RENÉE CARLINO

Dieser eine Augenblic

Renée Carlino

DIESER EINE AUGENBLICK

Roman

Ins Deutsche übertragen von
Frauke Meier

LÜBBE

MIX
Papier aus verantwortungsvollen Quellen
FSC® C019821

Dieser Titel ist auch als E-Book erschienen

Titel der amerikanischen Originalausgabe:
»Wish You Were Here«

Textredaktion: Anne Pias, Köln
Umschlaggestaltung: ZERO Werbeagentur, München
Einband-/Umschlagmotiv: © KanTaengnuanjan/shutterstock.com
Satz: hanseatenSatz-bremen, Bremen
Gesetzt aus der Minion Pro
Druck und Einband: C. H. Beck, Nördlingen

Printed in Germany
ISBN 978-3-431-04132-3

2 4 5 3 1

Sie finden uns im Internet unter
www.luebbe.de
Bitte beachten Sie auch: www.lesejury.de

Für Rich, den besten Bruder auf der Welt.
Ich liebe dich, auch wenn du Moms Liebling bist.

1. Kleine Fahnen

Im *Blackbird's Café* waren Dienstage Tortillasuppentage. Dann gab es Suppe satt für lausige vier fünfundneunzig. Toll, wenn man Tortillasuppe liebte. Aber ziemlich übel, wenn man dort als Kellnerin arbeitete.

Der Trick dabei war, dass die Suppenteller zwar groß, aber flach waren, sodass der Gast den Eindruck bekam, er hätte eine Riesenmenge suppiger Köstlichkeit bekommen, obwohl jede Portion tatsächlich nur aus einigen wenigen, gut verteilten Unzen bestand. Das Problem mit besagten Tellern war, dass man sie auf einem Tablett nicht transportieren konnte; jedes Mal, wenn man aus der Küche zum Tisch des Gastes latschte, schwappte die Suppe erwartungsgemäß von einer Seite zur anderen und ergoss sich über den Tellerrand, auch wenn man noch so ruhige Hände hatte. Jack, der Eigentümer, und sein fetter kleiner Bruder, der auf den Namen Jon-Jon hörte (idiotisch, ich weiß), bestanden darauf, dass wir die Tabletts über unsere Köpfe hielten, so wie die Kellnerinnen auf Rollerskates in einem gottverdammten Drive-in. *Das gehört zum Ambiente*, sagten sie. Meiner Ansicht nach diente das Wort *Ambiente* ihnen vorwiegend dazu, die veraltete Innenausstattung zu rechtfertigen.

Bestellte man Tortillasuppe »bis zum Abwinken«, musste man eine Minifahne an einem Minifahnenmast hissen, der an die Tischkante geschraubt war. Eine scheußlich peinliche Prozedur, die jedoch die von Jack und Jon-Jon gewünschte Wirkung erzielte: Niemand, nicht einmal ein Dreihundert-Pfund-Mann mit einer Leidenschaft für Texmex, würde dieses Fähnchen je mehr als zweimal hissen; das war einfach zu demütigend.

Bedauerlicherweise war diese Methode, Leute in den Laden

zu locken, ohne dabei draufzuzahlen, nicht dazu angetan, eine Klientel anzuziehen, die sich in Bezug auf Trinkgelder besonders großzügig zeigte, wodurch der Dienstag für die Kellnerinnen im *Blackbird's* eine einzige Pleite war. Wir verdienten nichts und gingen jedes Mal mit einer gesunden Portion Tortillasuppe auf unseren weißen Smokinghemden nach Hause. (Ja, wir mussten in einer besseren Frittenbude Smokinghemd und Fliege tragen; ich nehme an, das trägt auch zum Ambiente bei.)

Aber dieser spezielle Dienstag war schlimmer als alle anderen.

»Ich komme mir vor, als wäre ich in der Hölle gelandet. Hast du den Typ an Tisch dreiundzwanzig gesehen?«, fragte mich Helen, meine beste Freundin, Mitbewohnerin und Kollegin, hinten im Servicebereich.

Ich lugte um die Wand herum und entdeckte einen grauhaarigen Mann, der allein aß. »Ja. Was ist mit ihm?«

»Er hat nach einer Avocado al dente verlangt. Wer zum Teufel sagt ›al dente‹, wenn er eine Avocado beschreiben will?«

»Du weißt aber, was er meint, oder?« Ich lachte, aber Helen blieb ernst.

»Ja, aber wir sind hier nicht im *Spago*. Der kann von Glück reden, wenn er hier grüne Avocados bekommt.«

»So schlimm ist es nun auch nicht«, erwiderte ich und füllte einen Plastikbecher mit Coke. Der Getränkedispenser fing an zu keuchen und die Luft in kleinen Portionen auszuhusten. »Verdammter Mist, die Kohlensäure geht aus. Kannst du Jon-Jon Bescheid geben?«

»Sorry, muss erst die Bestellung von einundzwanzig erledigen.« Helen verließ den Servicebereich, und ich sah zu, wie ihre Hüften von einer Seite zur anderen schaukelten, während sie in den Gastraum tänzelte. Helen wusste, dass sie eine gute Figur hatte und die Männer sie angafften, und sie bewegte sich so langsam und rhythmisch, dass ich annahm, die Aufmerksamkeit gefiel ihr.

Ich dagegen ließ die Schultern hängen und hielt den Kopf gesenkt, wo immer ich auch hinging. Die Leute sagten immer zu mir: »Du bist ein hübsches Mädchen, Charlotte. Warum gehst du wie ein alter Mann?« Meine Antwort lautete meist: »Keine Ahnung, ich gehe halt so«, oder so ähnlich. Lahm, ich weiß, aber ich machte mir eben nicht viele Gedanken darüber, wie ich von anderen wahrgenommen werde. Wahrscheinlich, weil das Einzige, was ich an meinem Äußeren wirklich mochte, mein langes rotbraunes Haar war. Ich hatte große braune Augen, die mein Bruder als »kackfarben« bezeichnete, und Sommersprossen, die mit zunehmendem Alter glücklicherweise allmählich blasser wurden. Trotzdem würde ich mich, wenn ich ein Selbstporträt malen sollte, automatisch mit Sommersprossen abbilden. Das ist wie mit dieser Freudschen Theorie, die so ungefähr besagt, dass man im Kopf immer auch irgendwie Kind bleibt.

»Habe ich da gerade meinen Namen gehört?« Plötzlich, ich bin gerade dabei, die große CO_2-Flasche abzuschrauben, steht Jon-Jon unangemessen dicht hinter mir.

»Kannst du das machen?« Ich stand vorgebeugt da, den Hintern in die Luft gestreckt.

»Du scheinst das doch ganz gut hinzukriegen.«

Ruckartig richtete ich mich auf. »Musst du immer so pervers sein? Irgendwann verklagt dich jemand.« Wäre ich in diesem Jahr nicht schon aus zwei Jobs geflogen, würde ich mich ganz bestimmt nicht mit Jon-Jons Mist herumschlagen, aber ich brauchte das Geld und konnte es mir nicht leisten, noch einen Job zu verlieren. Ich glaube, ich muss nicht extra betonen, dass Kellnerin nicht mein Traumberuf war, auch wenn das nicht mein größtes Problem war. Ich hatte einen Abschluss in Ernährungswissenschaften und eine Maklerlizenz, und ich war staatlich geprüfte Massagetherapeutin. Sie sehen ein Muster? Irgendwann hatte ich mir sogar ernsthaft eingebildet, Jockey wäre ein toller Beruf für mich. Ich hatte zwar noch nie auf einem Pferd gesessen, aber ich musste nur ein paarmal *Seabiscuit* sehen, um vollends überzeugt zu sein.

»Entspann dich, Charlotte, und geh mir aus dem Weg.« Jon-Jon schob seinen zu kurz geratenen rundlichen Leib vor mich und nahm mir den Austausch der Flasche ab.

Ich warf einen Blick in den Gastraum und sah gehisste Flaggen auf drei meiner Tische. Zeit für ein bisschen Genialität. Unter dem Geschirrspüler fand ich einen großen Krug. »Kann ich den nehmen?«, fragte ich und hielt ihn einem der Hilfskellner vor die Nase.

»Klar, Gutterfoot«, sagte er. Habe ich schon erwähnt, dass mich jeder im *Blackbird's* Gutterfoot nannte? Direkt unter den großen Metalltabletts, auf denen wir das schmutzige Geschirr stapelten, gab es einen dreißig mal dreißig Zentimeter großen Abfluss, in den wir all das eklige Essen warfen, das wir von den benutzten Tellern kratzten. Manchmal war er verstopft, und ganz selten trat auch eine Kellnerin hinein. An einem beschissenen Dienstag, als ich in Eile gewesen war, war ich diese Kellnerin, und das verdammte Ding ist mehr oder minder übergelaufen mit etwas, das aussah wie Erbrochenes. Natürlich war es keine Kotze, aber wenn Sie je etwas benötigen, das genauso aussieht, dann dürfte die Mischung aus Suppe, Hackbratenresten, Kuchen, Limonade und Bier der Sache am nächsten kommen. Die Brühe ging mir bis zur Mitte der rechten Wade, aber ich zog einfach den Fuß raus und lächelte und schickte einen kurzen Dank auf eine höhere Ebene. An jedem anderen Tag der Woche wäre ich wütend gewesen, aber es war eben ein Dienstag. Ich war überzeugt, man würde mich von meinen Pflichten als Suppenschubse befreien und nach Hause schicken. Ich lag falsch. Jack sagte, es sei zu viel los, also musste ich bleiben und mit einem klatschnassen Bein und Schuhen voll gammelndem Speisebrei Tortillasuppe bis zum Abwinken servieren. Logisch, dass mir das den Spitznamen Gutterfoot einbrachte.

Ich schnappte mir den Krug und fing an, Tortillasuppe hineinzuschöpfen, als Jon-Jon mich ertappte. »Charlotte? Was machst du da?«, fragte er.

»Ich habe einen Haufen Teller nachzufüllen. So geht es schneller und einfacher.«

»Du weißt schon, dass du dich seit der Kapriole mit der Wäschekammer auf ziemlich dünnem Eis bewegst, oder? Wir servieren unsere Suppe nicht aus dem Krug«, wies mich Jon-Jon zurecht.

»Ich bin nur rational! Und außerdem, das mit der Kammer war Helens Werk.« Wir wurden immer für die Missgriffe der anderen gerügt, weil wir so unzertrennlich waren. Vor ein paar Wochen, als in unserer Schicht kaum noch was los war, hatte sie mich gebeten, Jon-Jon zu suchen und ihn zu fragen, ob er die Tür zur Wäschekammer repariert habe. Ich wusste, sie führte etwas im Schilde.

Als Jon-Jon die Tür öffnete, sprang Helen heraus und schrie »Wah!«, woraufhin er prompt zu Boden stürzte und seine Hand in die Brust krallte; ein so kleiner Mann mit einem so plumpen Körper war definitiv ein Kandidat für einen plötzlichen Herzstillstand. Glücklicherweise hatten wir uns die Verantwortung für sein vorzeitiges Ableben trotzdem nicht auf unser Gewissen geladen … bisher, jedenfalls.

»Du hast mitgespielt«, sagte er.

»Nein, wirklich nicht.«

Helen hüpfte durch die Küche. »Süße, du hast so ziemlich auf jedem deiner Tische gehisste Flaggen. Die Leute haben einfach keine Würde.«

»Ich komm ja schon.«

Jon-Jon hatte recht, Tortillasuppe sollte nicht aus dem Krug serviert werden, aber sollte mich jemand fragen, würde ich sagen, das gehöre zum Ambiente im *Blackbird's*.

Als es endlich ruhiger wurde, leistete ich mir selbst eine kleine Kapriole mit der Wäschekammer. Ich wusste, dass Helen, wenn sie Pause machte, dort öfter mit Luc herummachte. Die beiden schleckten sich schon seit ungefähr sechs Monaten gegenseitig das Gesicht ab. Er war Franzose und aus irgendeiner Schickimicki-Konditorschule in Frankreich rausgeflogen, und nun saß er im *Blackbird's* fest und produzierte massentaugliches Gebäck. Eigentlich war er erstaunlich stolz auf seinen Job, und das, obwohl er nicht mehr als den Mindestlohn verdiente. Seine Backmethode war bemerkenswert, und man hatte ihm freigestellt, selbst zu entscheiden, welche Kuchensorten er backen wollte. Aus irgendeinem Grund fuhr Helen darauf ab. Ich gab mir Mühe, mich jeglichen Urteils zu enthalten, aber ich konnte den Anblick von Helens Gesicht, wenn Luc irgendetwas sagte, kaum ertragen. Er sprach ihren Namen *Ä-leen* aus, und immer, wenn er das tat, stand sie kurz vorm Orgasmus.

Als die beiden sich das erste Mal begegnet waren, hatte er ihr die Hand geküsst und ihr ins Ohr geflüstert: »Du und ich, wir könnten wunderschöne Babys machen.« Helen war prompt dahingeschmolzen und Luc von da an vollkommen verfallen. Er hatte uns beiden zu dem Job im *Blackbird's* verholfen – ich war gerade arbeitslos gewesen, und Helen hatte schon seit acht Jahren keine ordentliche Rolle mehr ergattert –, folglich verdrehte ich nur die Augen, hielt aber die Klappe, wann immer ich sah, dass Helen ihm verführerische Blicke zuwarf.

Aber als ich die Tür zur Wäschekammer aufriss, saß da nur Helen auf einem Hocker und hielt mit verheulten Augen eine Flasche Wodka in der Hand, die sie zweifellos aus Jon-Jons berüchtigter Bloody-Mary-Bar entwendet hatte.

»Was machst du hier?«

»Luc hat mit mir Schluss gemacht.« Sie schniefte vernehmlich.

»Was? Jetzt gerade? Warum?«

»Er hat irgendwas halb auf Französisch und halb auf Englisch gefaselt, darum habe ich nicht alles verstanden. Irgendwas mit einem Schiff, das seinem Kurs folgen muss, und überreifen Pfirsichen. Und der Mistkerl hat die ganze Zeit gelächelt.« Sie nahm einen Schluck und hickste.

»Und woher weißt du dann, dass er mit dir Schluss gemacht hat?«

»Das weiß ich, weil er gesagt hat: ›Ä-leen, ess war ganz sön mit unss, aber isst vorbei.‹«

Unbeabsichtigt hatte sie Luc so nachgeahmt, dass sein Akzent plötzlich mexikanisch klang, und ich musste unwillkürlich lachen. »Tut mir leid«, sagte ich, als ich mich beruhigt hatte. »Aber ehrlich, ohne ihn bist du besser dran. Ich meine, diese leuchtend pinkfarbenen Tennisschuhe, dieser permanente Bartschatten … ernsthaft. Ich wette, er trägt auch Speedos.«

»Ja!« Und damit brach sie wieder in Tränen aus.

Ich beugte mich zu ihr hinab und legte ihr den Arm um die Schultern. »Sei nicht traurig, Babe; es schwimmen noch andere Fische im Teich, sogar welche, die nicht so stinken.«

Sie richtete sich auf. »Er riecht, nicht wahr?«

»Nach einer Mischung aus Schweiß und Teig. Echt abstoßend.«

»Ich brauche eine Aufmunterung.« Abrupt riss sie die Augen auf und reckte den Zeigefinger in Richtung Decke. »Das ist es! Wir gehen heute Abend aus.«

Ich schüttelte den Kopf. »Ich bin zu müde, und du solltest heute Abend lieber nicht losziehen. Dadurch fühlst du dich auch nicht besser. Die erste Nacht nach einer Trennung sollte chinesischem Essen, Eis und schlechten Fernsehsendungen vorbehalten bleiben.«

»Du darfst mir morgen die Haare färben«, bot sie an.

»Warte. Echt?«

Helen nickte wie ein aufgeregter Welpe.

»Abgemacht.« Ich hatte darüber nachgedacht, auf eine Kosmetikschule zu gehen, aber ich kannte nicht genug Leute, mit denen ich üben konnte. Helen änderte ihre Haarfarbe bei jeder Trennung – derzeit war es ein blasser Purpurton –, aber bisher hatte sie mich noch nie auch nur in die Nähe ihrer Haare gelassen.

»Ich denke an Chartreuse«, sagte sie und stand von ihrem Hocker auf.

»Chartreuse sieht an dir bestimmt toll aus!« Aus Dankbarkeit nahm ich sie so fest in die Arme, dass ihr die Luft wegblieb. »Morgen holen wir uns was von Manic Panic. Also, wo willst du heute Abend hin?«

»Meine Damen!«, blaffte Jon-Jon. »Raus da. Muss ich euch daran erinnern, dass ihr euch in Geschäftsräumen aufhaltet?«

Wir lugten um die Tür herum. »Wir haben nichts angestellt, Jon-Jon. Wir wollten nur in Ruhe Pause machen«, behauptete ich.

»Dann geht nach draußen. Ihr zwei seid für heute fertig.« Er bewegte seine Hand kreisförmig vor dem Gesicht, seine Geste für *Bringt eure Tische in Ordnung, dann könnt ihr nach Hause gehen.*

»Danke, Jesus!«, rief Helen. Wenn der Hochbetrieb erst vorbei war, hofften alle Kellner, dass sie heimgeschickt wurden. Nach dem Abendessensansturm gab es kaum noch etwas zu verdienen, und die Kellner, die bleiben mussten, durften sich um langweilige Dinge wie das Auffüllen der Salzstreuer und Ketchupflaschen kümmern. Das war einfach scheiße.

»Haben wir schon entschieden, wo wir heute hingehen?«, fragte ich Helen, während wir unsere leeren Tische wischten.

»Wie wäre es mit dem *Villains*?«

Ich schenkte ihr ein breites Grinsen. »Perfekt.«

2. Muse

Das *Villains* war eine anspruchslose Kneipe mit Livemusik, ungefähr fünf Blocks entfernt von unserer Wohnung im Arts District in Downtown L.A., in der Helen und ich schon seit acht Jahren zusammenlebten. Ich hatte von Freundschaften anderer Leute gehört, die zerbrochen waren, kaum dass die allerbesten Freunde zusammengezogen waren, aber Helen und ich waren von jeher unzertrennlich. Wir kannten uns seit unserer Kindheit, die wir in der gleichen Vorort-Sackgasse verlebt hatten, und wir hatten zwölf Schuljahre und vier Jahre College an der UCLA zusammen gemeistert. Wenn wir überhaupt irgendein Problem hatten, dann wohl, dass wir uns vielleicht ein bisschen zu wohl fühlten mit der Vorstellung, niemals einen Mann fürs Leben zu finden.

Helen liebte das *Villains*, denn, und davon war ich tief im Inneren ziemlich überzeugt, ihr Plan B sah vor, Muse für irgendeinen Rockgott zu werden. Wann immer wir ein Konzert besuchten, stand sie ganz vorn, nahe an der Bühne, und wiegte sich hin und her in dem Bestreben, die Aufmerksamkeit des Sängers zu erregen. Und sie ging nicht gerade raffiniert vor. Ich saß dann gewöhnlich am Tresen und beobachtete das Spektakel aus der Ferne.

Wenn es um Dates ging, so wartete ich immer darauf, dass ich angesprochen wurde. Ich hatte Beziehungen gehabt, aber keine hat länger als ein Jahr gehalten. Ich hatte die Neigung, aus jedem Date so eine Ein-Jahres-Geschichte zu machen, statt mich frühzeitig zurückzuziehen, wenn mir klar wurde, dass es nicht von Dauer wäre. Ich konnte mich einfach nicht auf One-Night-Stands einlassen. Helen hingegen unterwarf sich keinerlei Regeln, und darum beneidete ich sie.

Als unsere Schicht beendet war, gingen wir zurück in unsere Wohnung, schälten uns aus einer Lage Tortillasuppe, machten uns fertig und gingen gegen zehn zum *Villains*. Ich trug meine Partyuniform – schwarze Bluse und Jeans – und Helen einen ausgestellten roten Rock mit hoher Taille und eine ärmellose Bluse zu Plateau-Stilettos. Sie sah immer viel hipper aus als ich.

Kaum hatten wir die Bar betreten, brüllte sie: »Verdammt!«

Ich folgte ihrem Blick zur Bühne, wo eine Girlband sich auf ihren Auftritt vorbereitete.

»Schade«, sagte ich.

»Lass uns abhauen, Charlie. Das ist mir zu blöd.«

»Nein. Mir gefällt es hier. Es ist so schön nahe an unserer Wohnung. Zwing mich nicht, wieder da rauszugehen.«

Die Sängerin trat ans Mikro und tippte darauf. »Check, Check.« Als sie dann einen irren Gitarrenriff spielte, hellte sich Helens Miene auf. »Okay, schön. Eine Weile können wir bleiben, aber wir trinken Kurze!«

Wissen Sie noch, wie ich sagte, Helen unterwerfe sich keinen Regeln? Sie stand gern im Zentrum der Aufmerksamkeit, von wem, war ihr egal. Wir stellten uns also an die Bar und tranken einen Schnaps nach dem anderen, vergaßen die Tortillasuppe, Luc und das ganze Chaos, das wir Leben nannten. Als die Band etwa eine Stunde lang gespielt hatte, ließ Helen mich allein, um zur Bühne zu gehen. Wie üblich baute sie sich ganz vorn auf und versuchte verzweifelt, die Aufmerksamkeit der Sängerin zu erregen, aber die Frau zeigte nicht das geringste Interesse. Vielleicht war sie hetero? Nach einigen weiteren Schnäpsen, während deren ich Helens jämmerliche Versuche, den Blick der Sängerin auf sich zu ziehen, beobachtet hatte, fand ich mich in einer Nische wieder, in der ich eine zurückgewiesene – und sehr betrunkene – Helen trösten musste.

»Warum will mich niemand?«, lallte sie. »Nicht mal die lesbische Braut mit der Gitarre.«

»Na ja, mich hat auch niemand angegraben.«

»Dich gräbt nie jemand an, Charlie! Dafür bist du zu spröde.«

»Was? Nein, bin ich nicht«, jammerte ich.

»Deine Augen brüllen ›Bleib mir vom Leib, ich hasse One-Night-Stands‹.«

»Jeder hasst One-Night-Stands. Die sind einfach tierisch peinlich.«

»Du bist doch nur prüde.«

»Puh. Lass uns nach Hause gehen. Ich habe genug, und ich will nicht, dass du dich hier übergibst.« Auch ohne Helen musste ich mir von meinem Bruder, meiner Mom und Helens Mom genug Mist über mein Liebesleben anhören.

»Nein, ich will tanzen.« Helen glitt aus der Nische und landete prompt mit dumpfem Schlag auf dem Hinterteil. Ich schob die Hände unter ihre Achseln und zog sie wieder hoch, legte ihr den Arm um die Taille und zerrte sie Richtung Tür. Wir lieferten eine spektakuläre Vorstellung ab, aber so bekam Helen endlich, was sie wollte: Die Sängerin starrte sie an, ebenso wie jeder andere in der Kneipe.

»Ich komme allein klar«, informierte sie mich.

»Das glaube ich nicht, Babe. Du kannst ja nicht mal gehen.« Mit dem Fuß stieß ich die Tür der Kneipe auf und führte sie hinaus auf die Straße.

»Ich glaube, jemand hat mir was in den Drink gemischt«, lallte sie; ihr Kopf beschrieb eine Kreisbewegung und landete an meiner Schulter.

»Ich glaube, das waren die zehn Kurzen, die du getrunken hast, von dem Wodka vorher ganz zu schweigen.«

Wir bogen um eine Ecke, und ich blickte gerade noch rechtzeitig auf, um den Mann zu sehen, der direkt vor uns mit gesenktem Kopf seine Handfläche betrachtete, in der etwas geschrieben stand. »'tschuldigung«, murmelte ich und versuchte, um ihn herumzusteuern, aber er stand nun einmal mitten auf dem

Gehweg, in der Hand einen Beutel, der nach chinesischem Essen zum Mitnehmen aussah.

»Mjam, ist das chinesisch?«, fragte Helen.

Der Typ blickte auf, musterte sie auf eigenartige Weise und sah dann den Beutel in seiner Hand an. Er trug Shorts, Flipflops und einen schwarzen Kapuzensweater, der einen Schatten über seine Augen warf. Nicht gerade ein besonders modebewusstes Outfit. »Das hier? Ja, ist es. Haben Sie Hunger?«

Ich fing an, Helen weiterzuzerren. »Komm schon«, flüsterte ich. »Du kannst doch nicht mitten auf der Straße das chinesische Essen von irgendeinem Fremden vertilgen.«

Sie stolperte, fing sich aber ab, ehe sie auf der Nase landen konnte.

Der Mann trat auf ihre andere Seite. »Lassen Sie mich Ihnen helfen«, erbot er sich.

»Nein, nein, wir kommen schon klar«, protestierte ich, aber Helen hatte ihm bereits den Arm um die Schultern gelegt. Dann reckte sie die Hand hoch und zog seine Kapuze zurück. Verdattert drehte er sich zu ihr, und seine Augen waren vor Neugier geweitet. Er sah unbestreitbar gut aus. »Ich bin Adam«, sagte er. »Lassen Sie sich doch helfen.«

»Nett, Sie kennenzulernen, Adam. Ich bin Trixie, und das ist Dottie. Ich glaube, wir kommen allein zurecht«, erwiderte ich.

Adam grinste. Zwei tiefe Grübchen erschienen auf seinen Wangen. »Trixie und Dottie, ernsthaft?«

»Jep«, sagte ich kurz und bündig.

Helen verdrehte die Augen. »Das ist Charlotte, und ich bin Helen.«

Ich rammte ihr den Ellbogen in die Rippen. Sie beugte sich zu mir und flüsterte: »Er hat chinesisches Essen, und er ist süß.« Letzteres sagte sie etwas zu laut, was Adam ein Lächeln entlockte.

»Wohnen Sie hier in der Gegend, Adam?«, erkundigte ich mich.

»Ja, ich wohne an der Molina.«

»Und warum gehen Sie dann in die Gegenrichtung?«

Er starrte stur geradeaus, sodass ich sein Gesicht nicht sehen konnte. »Ich muss wohl irgendwie die falsche Richtung eingeschlagen haben.«

Neugierig beäugte ich ihn. *Vielleicht ist er neu in der Gegend? Das würde erklären, warum ich ihn hier noch nie gesehen habe.*

»Wollen Sie in unserer Wohnung essen?«, lallte Helen.

»Schon gut«, sagte Adam. »Ich begleite Sie nur bis nach Hause.«

»Es ist gleich da.« Ich zeigte auf die Stufen, die zum Eingang des Gebäudes führten. »Bis hierher reicht. Den Rest schaffe ich schon.«

Er blieb stehen und betrachtete mit schiefgelegtem Kopf die Seitenwand des Hauses. »Aah, Mann, ich liebe dieses Wandgemälde. Sieht aus wie Wölfe, die in einem Blumenbeet tanzen.«

Ich folgte seinem Blick zu dem großen abstrakten Bild, das die gesamte Seitenwand unseres Gebäudes mit einem Durcheinander aus Grau-, Rosa-, Orange- und Blautönen überzog.

»Wir dachten immer, diese Streifen wären Blut«, bemerkte Helen mit einer ausholenden Handbewegung.

»Das ist eine ziemlich gruselige Interpretation. Das sind natürlich rote und rosafarbene Blumen«, konterte er. »Ihre Pracht soll die wilde Schönheit der Wölfe unterstreichen.«

Ich neigte den Kopf zur Seite und kniff die Augen zusammen. »Jetzt, da Sie es erwähnen, das könnten wirklich Blumen sein. Aber warum sind die Wölfe so wütend, wenn sie in einem Blumenbeet tanzen?«

»Vielleicht haben sie Heuschnupfen«, schlug Helen vor.

»Wer sagt, dass sie wütend sind?«, erwiderte Adam. »Die Blumen erheben sich aus dem Boden, um sie zu umarmen. Für mich sehen sie glücklich aus.«

Ich starrte ihn an, während er das Gemälde anstarrte. Er wirkte vollends fasziniert. Stille senkte sich über uns, während wir gemeinsam auf dem Gehweg standen, zwei enge Freundinnen und ein Fremder, die einen sonderbar innigen Moment teilten.

»Tja, war nett, Sie kennenzulernen, Adam«, sagte ich und durchbrach die kollektive Benommenheit. »Danke für Ihre Hilfe.«

»Kein Problem. Hat mich gefreut, meine Damen.« Er nickte uns zu, winkte knapp und ging die Straße hinauf. Aber als wir kehrtmachten und die Treppe erklommen, hörten wir Adam rufen: »Oh, das hätte ich beinahe vergessen!« Er lief zurück zu uns und nahm eine Essenspackung aus seiner Plastiktüte. »Hier. Ich habe versprochen zu teilen.« Er hielt mir den Karton hin und sah mir mit einem Ausdruck vollkommener Aufrichtigkeit in die Augen. Als er dann mit der anderen Hand sein dichtes braunes Haar zurückstrich, spürte ich tief im Inneren so etwas wie einen Sog.

»Schon gut.«

»Nein, wir nehmen es!« Helens Hand klatschte auf den Karton, als sie ihn Adam entriss.

Er gluckste leise, ehe er sich wieder auf mich konzentrierte. Ich konnte den Blick nicht von ihm wenden, von diesem Gesicht, das so voller Liebenswürdigkeit war, von diesen Augen, deren Augenwinkel leicht herabgezogen waren, was ihm etwas Trauriges verlieh. Eigentlich sollte mir unbehaglich zumute sein, war es aber nicht.

Kennen Sie das, wenn Sie jemanden ansehen und einfach lächeln müssen, weil die Person sich ihrer eigenen Anziehungskraft nicht bewusst ist? Genau das passierte mir da, und es machte mich … glücklich. Euphorisch. Irgendetwas Unbeschreibliches geschah mit mir. Es war, als würden wir einander längst kennen, als wären wir uns in einem früheren Leben bereits begegnet. Erinnerungen, die gar nicht existierten, erblühten wie Feuerwerk in meinem Kopf.

Ich lächelte ihn an; er lächelte mich an. Da war eine Nähe zwischen uns, aber ich wusste nicht, wo genau sie hergekommen war. Vor einer halben Stunde hatte ich den Typ nicht mal gekannt, aber jetzt *musste* ich ihn kennenlernen.

Sein Blick glitt an mir vorbei zu dem Wandgemälde und suchte dann meine Augen. Er musterte mich eingehend. »Sind wir uns schon mal begegnet?«, fragte er. *Spürt er das auch?*

»Nein, ich glaube nicht.«

»Aber Sie kommen mir so bekannt vor.«

»Das geht mir mit Ihnen genauso«, erklärte ich im Brustton der Überzeugung

Er reichte mir die Hand, ohne auch nur für einen Moment den Blick von mir abzuwenden. »Vielleicht haben wir beide vertraut wirkende Gesichter.«

»Durchschnittliche, meinen Sie?«, fragte ich.

»Ihres ist alles andere als durchschnittlich«, erwiderte er. Wieder fühlte ich dieses Ziehen. Ich ließ zu, dass er mir übertrieben lang die Hand schüttelte, während er mich weiter beäugte. Dann drehte er meine Hand mit der Handfläche nach oben und strich mit dem Zeigefinger über meine Haut. »Lange Lebenslinie«, konstatierte er.

»Danke. Schätze ich.« Wenn er nicht so hinreißend gewesen wäre und ich mich nicht wie magnetisch von ihm angezogen gefühlt hätte, ich wette, mein Unbewusstes hätte sich unüberhörbar erkundigt, ob der Kerl vielleicht ein Serienmörder war.

Helen gähnte hörbar, und mir wurde bewusst, dass Adam und ich nur dastanden und uns wie in Trance gegenseitig anglotzten.

»Bye, Adam«, flüsterte ich.

Fältchen zeigten sich um seine freundlichen Augen. »Bye, Charlotte.«

Schluckend entzog ich ihm meine Hand. Nachdem er kehrtgemacht hatte und die Straße wieder hinunterging, fragte Helen: »Was um alles in der Welt war das?«

»Was meinst du?« Ich blinzelte immer noch gegen meinen tranceartigen Zustand an.

»Mit dem Blick hätte er dich schwängern können.«

Ich lief die Treppe zu unserer Wohnung hinauf. »Ja, er war irgendwie …«

»Scharf!«, platzte Helen heraus.

Ich hatte *seltsam* sagen wollen, obwohl mir gerade das an ihm gefiel.

Sie fuhr fort: »Ist dir aufgefallen, wie er das Bild angesehen hat?«

»Ja. Ich fand das ziemlich süß.«

Helen stand in der Nähe der Tür und wartete darauf, dass ich aufschloss. »Du hättest dich mit ihm verabreden sollen. Hätte er mich so angesehen, ich hätte ihn nicht entkommen lassen.«

»Zu spät, schätze ich.«

Kaum drin, hüpfte Helen auf die Arbeitsfläche vor der Glasschiebetür, die hinaus auf einen kleinen Balkon auf der Vorderseite des Gebäudes führte. Sie riss den Karton mit chinesischem Essen auf und aß direkt aus der Packung mit den Stäbchen, die Adam ihr gegeben hatte.

»Nicht zu fassen, dass du das isst«, bemerkte ich vom Sofa aus.

»Es ist köstlich«, murmelte sie mit einem Mund voller Nudeln.

Ich legte den Kopf an die Rückenlehne der Couch, schloss die Augen und gähnte. »Ich glaube, ich gehe ins Bett.«

»Oh mein Gott!«

»Was?« Hastig sah ich mich zu ihr um.

»Schau. Schau doch, da ist er!« Helen zeigte auf die Glasschiebetür.

Ich sprang auf, öffnete die Tür und rannte hinaus auf den Balkon. Von unserer Wohnung im ersten Obergeschoss aus konnten wir bis zu der Ecke sehen, an der Adam wie erstarrt auf dem Gehweg stand und zu einem Straßenschild hinaufblickte.

»Was macht er?«, fragte Helen und kam zu mir auf den Balkon.

»Ich glaube, er hat sich verirrt.«

»Sollen wir ihm helfen?«

»Adam?«, rief ich. Er drehte sich um und schlurfte auf unser Haus zu.

»Jetzt kannst du dir seine Nummer geben lassen«, flüsterte Helen.

»Sieh ihn dir an. Er hat keine Ahnung, wo er ist«, sagte ich.

»Vielleicht ist das nur irgendeine schräge Show.«

»Adam? Alles in Ordnung?«, rief ich.

»Ja. Ich wohne noch nicht lange hier, und ich habe mein Telefon vergessen.« Er blickte zu uns herauf.

Helen bedrängte mich. »Los, hilf ihm. Lass ihn eines unserer Telefone benutzen.«

»Ich komme runter und helfe Ihnen«, sagte ich.

Als ich zur Tür ging, folgte mir Helen. »Sag ihm, er kann dein Telefon benutzen – im Austausch für einen Kuss.«

»Nicht, während du uns vom Fenster aus zusiehst, du Verrückte.«

Ich weiß nicht, was sich in mir verändert hatte; vielleicht lag es einfach nur an dem süßen Lächeln, mit dem er wie ein verlorener Welpe zu mir heraufgestarrt hatte, während er seine Tüte mit chinesischem Essen umklammert hielt; aber vielleicht war ich es auch nur leid, immer diejenige zu sein, die danebensteht und zusieht.

Seine Augen waren geweitet, als ich auf der Treppe vor dem Haus zu ihm stieß. Ich hielt ihm mein Telefon hin. »Wollen Sie Ihre Adresse in die Karten-App eingeben?«

»Ja«, sagte er und nahm es entgegen. »Vielen Dank.«

»Gern.« Er reichte mir die Essenstüte, las eine Adresse von seiner Handfläche ab und tippte sie in mein Telefon.

»Dann sind Sie also total neu hier?«, fragte ich.

»Äh, na ja … gewissermaßen. Okay, links, links, rechts, drei Blocks, links, dann rechts. Links, links, rechts, drei, dann links und wieder rechts.« Er studierte das Display.

»Sie wohnen direkt bei der Bar *Kenner* in diesen Lofts in den Backsteingebäuden?«

Er zeigte mir einen hochgereckten Daumen. »Sie haben's erfasst.«

Ich zog eine Braue hoch. Diese Lofts waren sehr kostspielig. »Das ist ganz in der Nähe«, sagte ich.

»Gehen Sie dort auch hin? Ins *Kenner*?«, fragte er.

»Ja. Helen und ich gehen manchmal nach der Arbeit hin.«

Er lächelte, wie mir auffiel, als ich seinen Mund anstarrte. »Haben Sie Lust, auf einen Drink hinzugehen?«

Oh mein Gott, er will sich mit mir verabreden. Ganz ruhig jetzt. »Klar. Wann?«

»Jetzt?« Er zuckte mit den Schultern und zeigte mir wieder seine Grübchen. »Das Leben ist kurz.«

Ich nahm mein Telefon wieder an mich und sah nach, wie spät es war. Halb zwölf. »Ist ziemlich spät.«

Feigling!, brüllte ich innerlich.

»Na los! Geh!«, ertönte eine Stimme über uns. Nein, nicht Gottes Stimme. Es war Helen. Sie stand auf dem Balkon und hatte natürlich gelauscht.

»Ich versüße Ihnen das Angebot und teile mein kaltes Gung Bao mit Huhn mit Ihnen.«

»Das klingt sehr verlockend«, sagte ich.

»Ich meine, ich verstehe natürlich, wenn Sie nicht können«, sagte er, als ihm mein Zögern bewusst wurde. »Es ist spät. Sollen wir es verschieben?«

»Geh mit!«, rief Helen.

»Sicher. Soll ich Ihnen meine Nummer geben?«

Er sah sich um und schob die Hände in die Taschen, als wollte er nach einem Stift suchen, fand aber keinen. Das war der Moment, in dem ich eine Entscheidung traf.

»Scheiß drauf! Gehen wir jetzt auf einen Drink. Warten Sie hier, ich muss mir schnell einen Pulli holen.«

»Ich werde hier sein«, versprach er.

Und ich rannte mit einem breiten Lächeln im Gesicht zurück in unsere Wohnung.

3. Seelenverwandtschaft

Ich nahm zwei Stufen auf einmal und platzte zur Tür herein, hinter der Helen schon auf mich wartete. »Er ist ein edles, unaufdringliches Rehauge«, beschied sie mir. Ich rannte auf der Suche nach einem Pullover durch die Wohnung, während sie weiterredete: »Er muss einen anständigen Job haben; er trägt eine TAG-Uhr, und diese Lofts in der Nähe vom *Kenner* sind superteuer.«

»Die Uhr passt nicht so recht zu seinem Stil. Vielleicht hat er sie geschenkt bekommen?«

»Er ist ja nur rausgegangen, um sich was zu essen zu holen.« Sie hält mich an den Schultern fest, um mich davon abzuhalten, ständig im Kreis zu laufen. »Sei nicht so spröde. Dieser Typ scheint nett zu sein. Außerdem ist er scharf. Habe ich das schon erwähnt?«

»Warum müssen du und mein Bruder eigentlich so darauf beharren, mir zu erklären, wie spröde ich wäre?«

»Weil du eine ziemlich klägliche Erfolgsbilanz hast. Es ist Zeit, das zu ändern. Geh einfach, trink was mit ihm und sei cool.«

»Es ist spät, und er ist ein Fremder. Wir sind uns gerade erst auf der Straße begegnet. Darf ich da nicht ein bisschen nervös sein?«

»Von mir aus schick mir alle fünf Minuten eine Nachricht, wenn du dich dann besser fühlst. Ich bleibe auf. Außerdem ist es nur zwei Blocks entfernt, und du bist in der Öffentlichkeit. Du hast schon dubiosere Dinge angestellt. Erinnerst du dich an den Typ, den du im Museum of Death kennengelernt hast?«

»Ugh, erinner mich nicht an den.«

»Hat der nicht ein Hundehalsband getragen?«

Ich wühlte immer noch in meinem Kleiderschrank nach dem

perfekten Pulli und versuchte, Helen zu ignorieren. »Ja, ja, hat er.«

»Wie war das noch mit seinem Namen?«

Ich musste lachen. »Er hat mir erzählt, sein Name wäre Atticus Danger, und dann habe ich seinen Ausweis gesehen; da stand Albert Davis. Und ein Teil von dem Totenkopftattoo an seinem Unterarm ist abgegangen, als ich beim Abendessen meine Margarita über ihn verschüttet habe.«

»Und du machst dir Sorgen wegen dem da draußen? Nimm halt ein Uber, wenn dir das so zu schaffen macht.«

Ich formte meine Finger zu einer Pistole, obwohl ich mich längst entschieden hatte. »Das ist ein guter Plan. Ich muss los.«

»Ich bin stolz auf dich. Du gönnst dir sonst nie Spaß. Ooh, vielleicht vögelt ihr ja sogar.«

»Lass uns nichts überstürzen. Ich werde einen Drink mit ihm nehmen, also lass die Verkuppelungsversuche sein.« Ich hastete zur Tür. »Wenn du bis zwei nichts von mir gehört hast, gib eine Vermisstenanzeige auf.«

Ich hörte sie vergnügt gackern, als die Tür hinter mir ins Schloss fiel.

Adam beobachtete mich aufmerksam, als ich das zweite Mal in dieser Nacht die Treppe hinunter auf ihn zuging. »Sie sehen zauberhaft aus.«

»Ich habe nur ein Sweatshirt übergezogen.«

»Na ja, dann sehen Sie eben in diesem Sweatshirt zauberhaft aus.«

»Danke.«

Er ergriff meine Hand. »Kommen Sie.«

Ich zog ihn in die Gegenrichtung. »Da geht es lang.«

»Oh, richtig, ha. Wollte Sie nur auf die Probe stellen.«

Ich wusste wirklich nicht, was mich dazu trieb, mein Haus mitten in der Nacht zu verlassen und vier Blocks von Skid Row entfernt mit einem Fremden durch die dunklen Straßen zu ziehen. Ich schätze, wenn es um Adam ging, schaltete sich die Alarmfunktion meiner Intuition einfach ab.

Wir suchten uns zwei Plätze an der Theke und bestellten den gleichen Wein, worauf Adam vorschlug, wir sollten gleich eine Flasche nehmen. »Warum nicht?«, entgegnete ich und schlug jegliche Vorsicht in den Wind.

»Also, Charlotte, erzählen Sie mir von sich. Was machen Sie so?«

»Na ja, ich arbeite im *Blackbird's*, das ist dieses beschissene Restaurant an der Vierten. Aber ich spare, damit ich zur Kosmetikschule gehen kann.«

»*Blackbird's*? Der Laden mit der Bloody-Mary-Bar und den komischen Fahnen?«

»Genau der!«, erwiderte ich, zu gleichen Teilen befriedigt und peinlich berührt.

»Die haben aber eine gute Tortillasuppe, richtig?«

»Ja, leider.« Zeit, das Thema zu wechseln. »Wie steht es mit Ihnen, Adam?«

»Ich war mal Anwalt.«

»Anwalt?« Damit hatte ich nicht gerechnet.

»Ja, Prozessanwalt für Gesellschaftsrecht. Die richtig verkommene Sorte.« Er feixte.

»Und dann? Haben Sie zu Gott gefunden oder so was?«

»Ja, so was in der Art.« Er streckte die Hand aus und strich mir mit dem Daumen über die Unterlippe. Ich hatte von innen an ihr genagt, eine reizende Gewohnheit, die ich mir schon als Kleinkind zugelegt hatte. »Sie werden sich noch die Lippen abkauen.«

»Das tue ich immer.«

»Irgendwie niedlich.«

»Eher irgendwie eklig.«

»Sie haben recht, es ist abscheulich«, sagte er, aber mir war klar, dass er nur scherzte.

»Hey!«, protestierte ich, und wir mussten beide lachen. »Also, Sie waren ein korrupter Anwalt, und dann haben Sie Gott entdeckt und gekündigt? Wie können Sie sich da dieses extravagante chinesische Essen zum Mitnehmen leisten?«

Für einen Moment studierte er mich eingehend. »Möchten Sie mit rüberkommen?« *Whoa, das kam aber plötzlich.*

»Äh, was? Zu Ihnen nach Hause?«

»Ja! Interesse an einer Übernachtungsgelegenheit?« Er wackelte mit den Brauen. *Oh mein Gott, der Kerl ist dreist.*

»Ehrlich, das macht mir irgendwie Angst, Adam.« Um die Wahrheit zu sagen, ich wollte nichts lieber als eine Übernachtungsgelegenheit in seiner Wohnung, aber das ging mir ein bisschen zu schnell. Selbst wenn ich Helens Maßstäbe zugrunde legte.

»Okay, dann trinken wir nur den Wein.« Er nippte an seinem Glas, als würde ihm die Zurückweisung überhaupt nichts ausmachen. »Um Ihre Frage zu beantworten, ich nehme mir gerade eine Auszeit von der Arbeit. Und ich bin Maler.«

»Wände?«

Er lachte. »Nein, Bilder.«

»Ach, diese Art Maler.«

»Mögen Sie Kunst, Charlotte?«

»Wer nicht?«

»Ein Haufen Leute, bedauerlicherweise.« Wieder lachte er. »Erzählen Sie mir mehr über Ihr Leben, Ihre Familie. Was machen Sie gern in Ihrer Freizeit?«

Er fixierte mich, als wollte er versuchen, sich alles einzuprägen, was ich sagte. Während er sich in meine Erzählungen vertiefte, fielen mir ein paar Dinge an ihm auf. Zunächst war er irre attraktiv. Haut und Haar waren gerade dunkel genug, um das Braun seiner Augen unwahrscheinlich hell wirken zu lassen, und er war groß und schlank, sah dabei kräftig und leistungsfähig aus.

Es war schon enorm sexy, wenn ein Mann sich in seiner Haut so wohlfühlte, wie Adam es tat. Seine Bewegungen waren geschmeidig, von der Art, wie er das Weinglas zum Mund führte bis hin zu jeder unbedeutenden Geste. Er hatte etwas Ungezwungenes. Und er war spontan und unterhaltsam. Das reizte mich.

»Meine Eltern sind immer noch glücklich verheiratet und leben in Thousand Oaks, wo ich aufgewachsen bin. Ich habe einen kleinen Bruder, Chucky, der zur Uni geht. Er will Zahnmediziner werden, genau wie mein Dad. Ein echter Goldjunge, aber auch ein Arsch. Ich stehe meiner Mutter ziemlich nahe, weil sie mich versteht, aber mein Dad war schon immer übertrieben kritisch, jedenfalls mir gegenüber. Er nennt mich Paper Doll.«

»Was bedeutet das?«

»Es bedeutet, dass er mich für flatterhaft hält. Als würde ich beim kleinsten Windhauch davonschweben.«

»Wow. Das ist aber irgendwie fies.«

»Ja, ich bin auch ganz geknickt.«

»So wirken Sie aber nicht auf mich.«

»So gut kennen Sie mich nicht.«

Er lächelte, als würde er glauben, das hätte keinerlei Einfluss auf die Situation.

»Freund?«, fragte er.

»Nein. Sie?«

»Ich bin hetero.«

Ich versetzte ihm einen Hieb an die Schulter. »Ich meine: Haben Sie eine Freundin?«

Er lächelte. *Gott, diese Grübchen. Diese Lippen.* Ich konnte den Blick nicht von ihm abwenden; es war, als wären wir in unserer eigenen Welt, abgesondert vom Rest der Bar. Er blinzelte und schüttelte dann den Kopf.

»Was?«, fragte ich.

»Sie sind wirklich wunderschön, Charlotte. Und … ich möchte Sie küssen.«

»Das geht alles ein bisschen schnell, Adam«, stammelte ich.

»Das Leben ist kurz«, sagte er erneut und sah mir wie gebannt tief in die Augen.

Ich reckte die Hand hoch. »Meins nicht.«

»Angeberin«, flüsterte er, beugte sich vor und ließ meinen Mund nicht aus den Augen.

Auf halbem Wege trafen wir uns, und plötzlich küssten wir uns doch. Langsam, zart. Nichts außer unseren Lippen berührte den anderen.

Endlich wich er zurück und öffnete die Augen. »Willst du mit zu mir kommen und bei mir übernachten?«

»Das hast du mich schon gefragt.«

»Was hast du noch geantwortet?«

»Meine Antwort lautete: Ja, auf jeden Fall, ganz bestimmt. Lass uns zu dir gehen.«

Er zog seine Brieftasche hervor und warf ein bisschen Geld auf den Tresen, ehe er die Weinflasche hochhielt und mit ihr vor dem Barkeeper wedelte. »Können wir die mitnehmen?«

Der Barkeeper drückte den Korken zurück in die halb leere Flasche, packte sie in eine Papiertüte und reichte sie Adam. »Bis demnächst, Adam«, sagte er.

»Ja, Mann, wir sehen uns.«

»Kennst du ihn?«, fragte ich.

»Klar, er ist hier der Barkeeper.« Er reichte mir die Hand, um mir von dem Barhocker zu helfen. »Komm, Kindchen, lass uns eine Pyjamaparty feiern.«

Hand in Hand gingen wir zu Adams Wohngebäude. »Irgendwie kommst du mir gar nicht vor wie ein Anwalt.«

»Wie ist denn ein Anwalt? Idiotisch vielleicht?«

»Nein, eher … diszipliniert. Angespannt. Neurotisch. Du dagegen streifst mitten in der Nacht in Flipflops durch die Straßen und bietest Fremden chinesisches Essen an.«

»Du kennst anscheinend nicht viele Anwälte. Wie auch immer, ich streife nachts in Flipflops durch die Straßen, habe chinesisches Essen dabei und halte gerade deine Hand. Ich gewinne. Und nichts ist wichtiger für einen Prozessanwalt als gewinnen.«

Ich lachte. »Muss ich mich auf ein lächerlich sauberes und aufgeräumtes Loft gefasst machen? Muss ich womöglich meine Schuhe ausziehen?«

»Eher auf einen totalen Saustall. Eigentlich ist mir das ein bisschen peinlich«, sagte er, aber ich glaube nicht, dass es ihm wirklich peinlich war. Er wirkte einfach zu selbstsicher, um wegen irgendetwas in Verlegenheit zu geraten.

Plötzlich entdeckte Adam einen BMW, der schief und krumm in einer Parklücke vor seinem Haus abgestellt worden war, und blieb abrupt stehen. Er war mit mehreren orangefarbenen Umschlägen verziert, in denen ich Strafzettel erkannte. »Mist, die habe ich vorhin gar nicht bemerkt.« Er fing an, die Umschläge einen nach dem anderen abzuzupfen, bis er den ganzen Stapel in Händen hielt.

»Ist das dein Wagen?«

»Nein, ich zahle nur die Strafzettel von diesem armen Tropf. Ja, was sonst, das ist mein Wagen.«

»Und du wirst die bezahlen?«

»Nein. Ich werde sie wegwerfen.«

»Das ist nicht dein Ernst.«

»Doch, ist es. Ich habe neuerdings erkannt, dass ich mich nicht mit jedem Mist beschäftigen kann und will. Ich setze den Wagen morgen um, aber heute interessieren mich die Strafzettel und das Auto einen Scheiß.«

»Was interessiert dich dann?«

»Dich kennenzulernen«, sagte er. »Und vielleicht zu malen.« Ich glaubte keine Sekunde, dass er die Strafzettel wegwerfen würde, aber ich bekam allmählich das Gefühl, dass Adam eine große Veränderung in seinem Leben durchmachte. Leute, die Jura studierten, waren gewöhnlich nicht der Typ, der sein Telefon zu Hause vergaß oder massenweise Strafzettel ansammelte. Ich fragte mich, was ihm in seinem Beruf begegnet sein mochte, das ihn in die Person verwandelt hatte, die nun vor mir stand.

Als wir die Treppe hinaufgestiegen waren, starrte er eine Weile seine Schlüssel an. »Auf geht's!«, sagte er, aber der erste Schlüssel passte nicht. Der zweite öffnete die Tür. »Du kennst den Barkeeper aus dem Laden, in dem wir gerade waren, aber du weißt nicht, welcher Schlüssel zu deiner Wohnungstür passt?«, zog ich ihn auf. Er sagte nichts dazu, sondern zwinkerte mir nur zu.

Hinter der Tür erwartete mich ein traditionelles Loft mit hoher Balkendecke und raumhohen Fenstern, die zur Straße hinausführten. Die anderen Wände bestanden aus unverputzten Backsteinmauern. Überall waren Leinwände, Abdeckplanen und Malerutensilien – und an den Wänden lehnten im wahrsten Sinne des Wortes Hunderte von Gemälden. Darüber hinaus gab es, von ein paar Küchentischen und -geräten, einer Kommode und einem kleinen Tisch mit zwei Stühlen abgesehen, nur noch ein Bett. Keine weiteren Möbel. Und das Bett war nicht gemacht. Mir fiel auf, dass auf den ersten vier Gemälden, die ich zu Gesicht bekam, Frauen abgebildet waren. Eine in einem Park, eine in einem Taxi, eine, die in einem fließenden orangefarbenen Kleid auf einem Bett lag, und eine, die auf den Ozean hinausblickte.

In dem Loft herrschte tatsächlich Chaos. Es war nicht schmutzig – eigentlich war es sogar sehr sauber –, aber überall lag irgendetwas herum. Ich entdeckte einen BH, der über einem Stuhl in der Nähe des Tisches hing. Prompt wirbelte ich herum und maß Adam mit einem finsteren Blick.

»Du hast mir gar nicht geantwortet. Hast du eine Freundin?«

»Nein, nicht in dem Sinne. Der gehört einer Freundin, die für mich Modell steht.«

»Sieht aus, als hättest du eine ganze Menge Freundinnen, die für dich Modell stehen«, konterte ich scharf.

Neugierig musterte er mich. »Stört dich das?«

»Nein«, sagte ich leichthin und fühlte mich plötzlich sehr verunsichert.

»Hast du Hunger? Ich verhungere. Und wir müssen das hier noch leermachen.« Er hielt die Weinflasche hoch. »Außerdem ist das hier das beste chinesische Essen überhaupt.«

Ich hatte das Gefühl, ich war auf dem besten Weg, zu einer Kerbe im Bettpfosten zu werden. Dort war ich noch nie gelandet, und diesen Weg hatte ich offen gesagt auch nie einschlagen wollen. Bis ich Adam begegnete.

»Okay«, sagte ich. Vielleicht hatte er mit einem Haufen Mädchen geschlafen und dann erst Bilder von ihnen gemalt. Und? Er war Künstler. Waren die nicht bekannt für so etwas? Waren sie nicht so romantisch, dass sie sich bisweilen ein Ohr abschnitten, um es der Frau zu schicken, die sie liebten?

Moment, das ist nicht romantisch, das ist wahnsinnig.

In Helens blöder Bucket List gab es alle möglichen schrägen Punkte, darunter, dass sie einmal Muse für jemanden sein wollte. Sollte ich nun für eine Nacht Adams Muse werden, würde ich dann am nächsten Tag ein Ohr in der Post finden?

Ich vertrieb die verrückten Gedanken und ging weiter durch Adams Wohnung. Seine Bilder waren großartig – wirklich überwältigend. Sie waren modern, wirkten aber auch irgendwie klassisch, wie es bei figurativer Kunst bisweilen geschah. Einige Porträts waren fotorealistisch, andere gezielt unproportional wie bei Picasso. Ich fragte mich, ob mein Bild irgendwann auch in einem Stapel Gemälde irgendwo in diesem unordentlichen Loft verschwinden würde.

Ich folgte ihm in den Küchenbereich, wo er das Essen auf zwei

Teller verteilte und sie in die Mikrowelle stellte. Als ich mich in der Nähe des Geräts auf den Tresen lehnte, ergriff er meine Hand und wirbelte mich herum, sodass ich an der Arbeitsplatte auf der anderen Seite landete. »Du solltest nicht so nahe an einer Mikrowelle stehen, wenn sie läuft.«

»Warum?«

»Sie kocht dir das Gehirn weich.«

»Das glaubst du nicht ernsthaft.«

Er riss die Augen weit auf. »Doch, natürlich!«

Ich kicherte. »Also, was hast du vor?«

»Wir machen es uns einfach ein bisschen gemütlich. Hängen ab«, sagte er, während er mir den Rücken zukehrte.

»Das alles fühlt sich viel zu entspannt an für zwei Leute, die sich überhaupt nicht kennen.«

Nun schaute er sich zu mir um. »Wir kennen uns nicht?«

Ich lachte, aber es schien nicht so, als würde er scherzen. Endlich lächelte er. »Es sieht ganz so aus, was? Machen wir das Beste daraus. Lernen wir einander kennen. Was würdest du denn jetzt gern tun?«

»Äh, schlafen? Es ist ziemlich spät.«

»Ich schlafe, wenn ich tot bin.« Er tat zwei Schritte, und plötzlich klebte ich am Küchentresen, weil er sich mit seinem Körper an mich presste. »Wenn du nicht bleiben willst, dann verstehe ich das. Ich kann dich nach Hause bringen.«

Ich legte den Kopf in den Nacken und blickte ihm in die Augen. Unsere Gesichter waren vielleicht zehn Zentimeter voneinander entfernt, dann war es eine einstellige Zahl, und schließlich blieben noch ein paar Millimeter, ehe wir uns endlich küssten.

Als er sich von mir löste, fühlte ich mich benommen. »Ich bleibe noch ein bisschen«, sagte ich.

»Gut. Ziehen wir uns aus.«

»Lieber nicht.«

Die Mikrowelle klingelte. »Okay, dann lass uns essen.«

Ich war verliebt in seine Spontanität, und ich beneidete ihn darum. Wir setzten uns an den kleinen Tisch, tranken Wein und verspeisten das aufgewärmte chinesische Essen.

»Also, erzähl mir ein bisschen von dir, Adam.«

»Tja, ich bin neunundzwanzig, aufgewachsen in Nordkalifornien. Mein Dad war einer dieser Jungs, die ziemlich früh in einem kleinen Laden namens Google angefangen haben, also hatten wir haufenweise Geld, als ich ein Kind war.«

»Ach, dieser kleine Laden? Ja, von dem habe ich auch schon gehört. Erzähl weiter.« *Jesus, er musste stinkreich sein. Kein Wunder, dass er den ganzen Tag malen konnte.*

»Ich habe hier an der Loyola Jura studiert, und das war es dann auch schon. Bisher hat sich mein Leben als Erwachsener ausschließlich um Arbeit, Arbeit, Arbeit gedreht.«

»Aber du hast doch nebenbei bestimmt immer gemalt, oder?«

»Nein. Ich habe erst vor einem Jahr angefangen. Es liegt mir einfach.«

Ich sah mich um. »Du nimmst mich auf den Arm. Du hast all diese Bilder in nur einem Jahr gemalt?«

»Ich bin schnell.«

»Sieht so aus.«

»Aber nicht bei allem.« Er zwinkerte mir zu.

Adam hatte keine gerahmten Bilder von seiner Familie oder Freunden. Tatsächlich wirkte das Loft nicht, als würde er wirklich hier leben, eher so, als wäre es lediglich sein Studio. »Wohnst du hier?«

Er lachte. »Ja. Warum fragst du?«

»Na ja, ich sehe hier überhaupt keine persönlichen Gegenstände.«

»Du meinst irgendwelchen Schnickschnack?«

»Ja. Oder Urlaubsfotos.«

»Mein Leben als Anwalt war total langweilig. Ich dachte die

ganze Zeit, ich täte das Richtige, Stunden abrechnen, für die Arbeit leben, aber dann …« Er zögerte. »Eines Tages bin ich aufgewacht und habe begriffen, dass ich keine einzige Minute meines Lebens mehr vergeuden will. Ich hatte so hart gearbeitet, um Geld zu scheffeln, aber ich hatte keine Zeit, es auszugeben. Ich habe in einem Hochhaus in der Innenstadt gelebt und gearbeitet, aber als ich an dem Tag aufgewacht bin, habe ich erkannt, dass es mir die Luft abgeschnürt hat. Also habe ich dieses Loft gekauft, meinen Job gekündigt und angefangen zu malen. Und ich war nie glücklicher.«

Ich hätte zu gern gewusst, was diesen entscheidenden Moment herbeigeführt hatte, und ich hatte das Gefühl, ich bekäme nur einen Teil der Geschichte zu hören, aber ich wollte auch nicht übertrieben neugierig erscheinen.

»Hast du Geschwister?«, fragte ich.

»Nein, ich bin ein Einzelkind. Meine Eltern hingen der Denkart an, dass es besser wäre, die Leute würden sich auf ein Kind beschränken und ihre Sache wirklich gut machen.«

»Und, haben sie?«

»Das zu beurteilen werde ich dir überlassen.« Ehe ich ihm noch eine Frage stellen konnte, erkundigte er sich: »Magst du Donuts?«

»Ja.«

»Was ist deine Lieblingssorte?«

»Äh … Maple Bars, glaube ich.«

»Nicht zu fassen, die mag ich auch am liebsten! Ich kenne da einen Laden, der hat vierundzwanzig Stunden am Tag geöffnet. Die machen Maple Bars, so groß wie mein Arm. Wollen wir hingehen?«

»Jetzt?«

»Ja, jetzt. Warum, denkst du, habe ich das Thema angeschnitten?«

»Okay. Kann ich kurz dein Bad benutzen?«

»Natürlich.« Er zeigte auf die von der Wohnungstür abgesehen einzige Tür.

Im Bad kontrollierte ich meine Frisur, legte noch etwas Lipgloss auf, starrte mein Ebenbild im Spiegel an und fragte tonlos: »Was machst du hier eigentlich?«

»Komm schon, Schöne! Lass uns diese Donuts holen!«, rief er aus der Küche.

»Eine Sekunde!«

Als ich die Tür öffnete, stand er mit hängenden Schultern auf der anderen Seite und sah niedergeschlagen aus. Endlich löste er den Blick vom Fußboden und sah mir in die Augen.

»Hi!«, sagte er mit leiser Stimme.

»Was ist los? Vor dreißig Sekunden warst du noch so heiß auf die Donuts.«

»Ich bin immer noch heiß auf die Donuts. Mich hat nur der Gedanke traurig gemacht, dass diese Nacht irgendwann zu Ende geht.«

Mein Herz tat einen Satz. »Tja, dann sollten wir sie so lange wie möglich ausdehnen.«

Er lächelte. »Bin dabei. Oh, und du bist wunderschön. Habe ich dir das eigentlich schon gesagt?«

Ich antwortete nicht. Von mir aus konnte er mir das sagen, so oft er wollte.

»Donutzeit«, bemerkte ich.

Auf dem Weg die Treppe hinunter hielten wir einander an den Händen. Als wir unten waren, stellte ich fest, dass es inzwischen deutlich kälter war. »Ach, Mist, ich habe meinen Pulli vergessen.«

»Ich hole ihn.« Rasch lief er hinauf und kehrte bald darauf mit meinem Sweatshirt und einem Rucksack zurück.

»Was ist da drin?«

»Nur Zeug. Willst du mir helfen?«

»Wobei?«

»Beim Malen. Aber wir müssen uns beeilen.«

Mein Herz raste. »Was?«

Er zog mich mit sich. »Komm mit, Kätzchen.«

»Du hast mir Donuts versprochen.« Plötzlich fürchtete ich, wir könnten festgenommen werden.

»Für deine Arbeit als meine Assistentin werde ich dich mit einem riesigen Maple Bar entlohnen. Ich werde dich sogar damit füttern.«

4. Geblendet

Hand in Hand rannten wir die Straße hinunter. Am Ende des Blocks zerrte er mich vom Bordstein weg und schlug eine Hand auf seine Brust, als hätte er einen Herzanfall. »Oh, Jesus, ich dachte, da kommt ein Auto. Sorry.«

Es war total still hier draußen – kein Auto zu hören, auch nicht aus weiterer Entfernung. Zumindest war er vorsichtig. Wir überquerten die Straße und blieben ungefähr zwei Blocks von seinem Loft entfernt vor einer Betonmauer stehen. »Ich habe nur genug Farbe für ein kleines Bild.« Er holte zwei kleine Farbdosen und ungefähr zwölf Pinsel aus dem Rucksack. Gleich darauf fing er an, wie wahnsinnig zu malen.

»Heilige Scheiße! Und was soll ich tun?«

»Aufpassen.« Das schien das Verrückteste zu sein, was ich je getan hatte, aber schließlich verunstaltete er das Gebäude nicht, er schuf ein Kunstwerk.

Er war extrem fokussiert, hatte sich die Kapuze aufgesetzt und summte unbekümmert vor sich hin. »Ich glaube«, murmelte er dann, »eines Tages wird das Sinn ergeben.«

Nach einer Weile, mir kam es vor, als wären Stunden vergangen, drehte ich mich um.

»Voilà«, sagte er.

Das Bild zeigte das Profil eines Mannes, der einen schwarzen Anzug und einen Zylinder trug und auf seine Füße starrte, die ein Stück über dem Boden schwebten. Die einzige andere Farbe, die Adam benutzt hatte, war das Babyblau, mit dem er die umwerfenden Schwingen gemalt hatte, die aus dem Rücken des Mannes wuchsen. »Wow. Das ist atemberaubend, Adam. Was soll das darstellen?«

»Einen Mann mit Flügeln, Schlaukopf.«

»Das weiß ich, Schlaukopf, aber was hast du gemeint, als du gesagt hast, es wird eines Tages Sinn ergeben?«

»Habe ich das gesagt?«

In einiger Entfernung hinter ihm sah ich Scheinwerfer aufleuchten. »Wir verschwinden besser. Willst du es signieren?«

»Nope.«

Ein letztes Mal betrachtete ich das Bild. Adams Pinselführung hatte eine auffällige Ähnlichkeit mit der des Wandgemäldes an unserem Haus. »Adam, hast du diese Wölfe an meinem Haus gemalt?«

»Welche Wölfe?«

Dann wohl eher nicht. »Hauen wir ab.« Mit meinem Telefon machte ich ein Foto von dem Bild und schickte es Helen.

Ich: Das hat Adam gerade gemalt!

Helen: Schön, dass du noch lebst.
Es ist noch nicht mal eins, also
habe ich dich noch nicht vermisst
gemeldet.

Ich: Hole mir jetzt Donuts.

Helen: Mit dem impulsiven
Künstlertyp?

Ich: Ja. Mein Dad wäre hin und weg.

Helen: Klar. Verstoßen würde
er dich.

Ich: Ich mag ihn, H.

Helen: War zu erwarten. Heißt das,
wir sehen uns morgen früh wieder?

Ich: ☺

Wissen Sie noch, ich sagte, ich sei ein bisschen flatterhaft? Das bezog sich nicht nur auf meinen Job. Ich hatte auch eine Reihe merkwürdiger Ex-Freunde. Da war George, der gern meine Unterwäsche getragen hatte … täglich. Nicht nur, um darin herumzustolzieren – er trug sie bei der Arbeit unter seiner Levi's. Als Bauarbeiter. Bei seinen Kollegen kam das nicht so gut an, als sie es schließlich herausfanden. Nun arbeitet er bei Jamba Juice. Ich glaube nicht, dass es bei Jamba Juice irgendjemanden interessiert, welche Art Unterwäsche er bevorzugt.

Dann war da Curtis. Er litt unter einer irrationalen Furcht vor El Caminos. Ja, der Wagen. Er hasste sie so sehr, dass er sich ernsthaft davor fürchtete, einen zu sehen. »Ich verstehe das nicht, ist das ein Auto oder ist es ein Truck?«, klagte er immer wieder, und die Verwirrung trieb ihm die Tränen in die Augen. Wenn wir zusammen die Straße hinuntergegangen waren, hatte ich ihn führen müssen wie einen Blinden, weil er die Augen nicht aufmachen wollte aus Angst, er könnte einen El Camino erblicken. Und wann immer das tatsächlich geschah, ruinierte es ihm den ganzen Tag. »Da ist schon wieder einer«, brüllte er dann. »Warum, Gott?« Und dann musste er siebenmal blinzeln, nach Süden gucken und vier Ave-Maria aufsagen. Ich weiß nicht, was aus Curtis geworden ist. Vermutlich hat er sich in sein Haus verkrochen, spielt Videospiele und sammelt Gebrechen aller Art.

Nach Curtis kam Randall, den ich nie vergessen werde. Er war Sign Spinner von Beruf, eine wandelnde Reklametafel. Wie diese Leute, die sich Schilder umhängen und irgendwo an der Ecke herumstehen. Randall hat damit geradezu Karriere gemacht. Er war stolz auf seinen Titel als bester Spinner in L.A., den er mit aller Macht verteidigte. Ich lernte ihn kennen, als er mit »Jesus Christ Bail Bonds«-Schildern auf der Fifths Street stand und geschickt mit einem riesigen Pfeil hantierte, auf dem stand: »Lass dich von Gott befreien!« Sein Enthusiasmus faszinierte mich. Ich lächelte ihm von der Abbiegespur aus zu. Er legte seine Schilder ab, winkte mich zu sich und bat mich um meine Telefonnummer. Wir verabredeten uns umgehend. Wenn jemand ihn fragte, womit er seinen Lebensunterhalt verdiente, bezeichnete er sich als Manager für Pfeilwerbung. Er konnte diese Schilder herumwirbeln, als würden sie gar nichts wiegen. Und wenn er seinen leuchtend roten Beats-by-Dre-Kopfhörer trug, konnte er um seine Schilder hiphoppen wie niemand sonst auf der Welt. Er war schon was Besonderes, und ich hatte ihn wirklich gern, aber er hat mich für Alicia abserviert, die in derselben Ladenzeile für Liberty Tax arbeitete. Sie stand regelmäßig an der gegenüberliegenden Ecke und tanzte als Freiheitsstatue verkleidet zur Nationalhymne. Die beiden waren füreinander bestimmt.

Nach Randall kam Paul. Oje, Paul. Das, ich gebe es zu, war allein mein Fehler. Was ihn betraf, hatte ich nicht eine Spur von Weitblick. Helen und ich arbeiteten damals in dieser Massagepraxis namens Dharma. Sie war Rezeptionistin, und ich versuchte, mir dort einen Kundenstamm aufzubauen. Wissen Sie, was man in der Massageschule nicht lernt? Man lernt nicht, dass auch in einigen der nettesten Etablissements schlimme Dinge geschehen. Man lernt nicht, dass man, ganz gleich, wo man arbeitet, von Zeit zu Zeit auf einen Kerl trifft, der sich einbildet, für einen Extrazwanziger würden Sie ihn ganz besonders glücklich machen. Helen nannte das Dharma nicht umsonst auch das schönste Freudenhaus *außerhalb von* Texas.

Paul kam eines Tages herein und schien ein echter Gentleman zu sein. Und gut aussehend dazu. Ich habe ihn massiert, und dann hat er mich um ein Date gebeten. Es war eine ziemlich ernste Sache … dachte ich jedenfalls. Dann und wann kam er in seiner Mittagspause ins Dharma, und wir trieben es heimlich still und leise zu der Zen-Meditationsscheiße, die sie in dem Laden in einer Endlosschleife gespielt hatten.

Eines Tages, als ich spät dran war und Helen krank zu Hause geblieben, erzählte mir ihre Vertretung, dass Amy, eine andere Masseurin, die wir wegen ihrer gewaltigen falschen Brüste (und weil wir sie nicht leiden konnten) Airbag-Amy nannten, mit einem Patienten in meinem Behandlungsraum sei. »Warum?«, hatte ich gefragt.

»Der Patient sagte, die Liege dort sei besser.«

Etwas brachte mich dazu, zu der Tür reinzuplatzen, eine Macht, der ich nichts entgegenzusetzen hatte. Ich hatte es wirklich einem göttlichen Fingerzeig zu verdanken, dass ich Airbag-Amy auf meinem Massagetisch Paul in umgekehrter Reiterstellung vögeln sah. Ihre Riesentitten hüpften auf und ab, als wären sie aus Gummi. Noch am selben Tag kündigte ich in diesem schönen Freudenhaus. Paul sah ich nie wieder. Gerade noch davongekommen.

Nein, bisher hatte ich mit meiner Männerwahl nicht gerade den ersten Preis gewonnen, folglich wartete ein Teil von mir nur darauf, dass Adam mir sein anderes Gesicht zeigte.

Wir kamen zu dem *Donut King*, der in einem kleinen Haus logierte, das zwischen erheblich größeren eingeklemmt war. Das Gebäude sah aus wie ein Anhängsel seiner Nachbarn. Eine Tür gab es nicht, nur ein Fenster und eine Schlange, die sich über den halben Block zog.

»Ich wusste nicht mal, dass es den Laden gibt!«

»Der kommt erst nachts so richtig in Schwung«, erklärte Adam.

»Kommst du mit all deinen Dates hierher?«

Er schüttelte den Kopf.

»Du hast eine Menge Bilder von Frauen in deinem Loft«, bemerkte ich.

»Das sind nur Frauen, die ich auf der Straße gesehen habe und so.«

»Also gehst du nicht mit ihnen aus?«

»Ich glaube nicht, dass ich einen besonders guten Partner abgeben würde, kleines Fischlein.«

Oh-oh. Will ich wirklich wissen, warum? Moment, hat er etwa jetzt schon meinen Namen vergessen? Gibt er mir deswegen all diese seltsamen Spitznamen?

»Warum sagst du das, Adam?«

»Ich bin ein bisschen vergesslich, falls dir das noch nicht aufgefallen ist. Ganz schlecht, wenn es um Jahrestage, Geburtstage, Schwiegereltern, Strafzettel und so weiter geht. Du weißt ja, wie das läuft.«

»Warst du immer so vergesslich?«

Er antwortete nicht, und ich stand ziemlich betreten da.

»Als ich noch in meiner Firma war, hatte ich eine Beziehung zu einer Läuferin. Ihr Name war Keri. Jedes Wochenende sind wir früh aufgestanden und laufen gegangen. Einmal sind wir um sieben Uhr morgens hier vorbeigekommen, und da war eine Riesenschlange. Als wir vorbeigelaufen sind, hat Keri die Schlange angesehen, die Augen verdreht und gesagt, das seien gefräßige Schweine oder so. Und ich weiß noch, dass ich wirklich einen Donut wollte.« Er sah mich an und lächelte. »Ich bin froh, dass ich mit dir hier bin.«

»Was ist aus Keri geworden?«

Getroffen blickte er an mir vorbei die Straße hinunter. »Sie hat mich vor etwa einem Jahr verlassen. Gleich, nachdem ich meinen Job gekündigt hatte.«

»Tut mir leid«, sagte ich.

»Muss es nicht. Ist ihr Pech.« Er schmunzelte. »Ernsthaft, ich hätte mich ihr gegenüber besser verhalten können.«

Wir waren schon recht nahe am Verkaufsfenster, als er mir eine Hand in den Nacken legte, sich vorbeugte und mich küsste. Die Dame hinter ihm stieß heftig gegen seinen Rucksack, wodurch Adam in mich hineinstolperte. Über meinen Kopf hinweg streckte er eine Hand nach der Hauswand aus und schlang mir die andere um die Taille, um zu verhindern, dass ich gegen die Ziegelmauer gedrückt wurde. Das war schon beinahe ein athletischer Zug. Ich fühlte mich bei ihm völlig sicher und aufgehoben.

Seine Augen waren weit offen, und er sah wütend aus.

Die Dame beugte sich vor und sagte: »Das tut mir leid.«

Sein Körper entspannte sich wieder. Er ließ mich los, drehte sich zu der Frau um und lächelte: »Kein Problem!«

Ich bewunderte seine Selbstbeherrschung.

Ich wurde einfach nicht schlau aus Adam. Alles, was ich wusste, war, dass ich ihn mochte. In der einen Minute war er total konzentriert, in der nächsten widmete er sich schon einer anderen Sache. Ich wusste nicht, ob er wirklich so ein Freigeist war oder noch darauf hinarbeitete. Eigentlich wirkte er wie ein typischer Mann seines Alters, aber ich hatte den Verdacht, dass er mit etwas aus seiner Vergangenheit kämpfte.

Wir bestellten zwei Maple Bars und gingen zurück zu Adams Loft. Am Kopf der Treppe stand eine Frau in der Nähe seiner Wohnungstür und hielt eine Katze auf dem Arm. »Oh, Mist«, sagte Adam.

Mir wurde flau. Ich war überzeugt, dass diese Frau seine feste Freundin oder eine wütende Ex war. »Hi, Adam. Foxy war draußen auf dem Sims und hat die letzte halbe Stunde gemaunzt.«

Er rannte die Stufen hinauf zu der Frau. »Komm her.« Er nahm der Frau die flauschige schwarze Katze aus den Armen. »Ach, tut mir leid, Foxy«, sagte er zu der Katze.

Ich stand ein paar Stufen hinter Adam. Die Frau trug einen

dünnen Morgenmantel. Nun beugte sie sich vor und winkte mir zu. »Ich bin Stacy, seine Nachbarin.«

»Oh, hi, ich bin Charlotte. Eine Freundin.«

»Es ist schon spät. Tut mir leid, dass wir dich geweckt haben, Stacy«, sagte Adam.

»Du darfst nicht vergessen, das Badezimmerfenster zu schließen, Adam. Foxy kann da rausspringen.« Sie zog ein Post-it aus der Tasche ihres Morgenmantels. »Ich habe dir eine Notiz für dein Badezimmer geschrieben.«

»Danke.« Er nahm ihr den Zettel ab und winkte mir zu, hochzukommen. »Komm, lass uns reingehen.«

In dem Durcheinander war mir das vorher gar nicht aufgefallen, aber als ich nun wieder in seine Wohnung kam, entdeckte ich die kleinen Post-its, die auf diversen Dingen in seinem Loft klebten und ihn an scheinbar wahllose Dinge erinnern sollten, Dinge wie essen, Lebensmittel einkaufen oder duschen. Als meine Großmutter dement wurde und wir sie in einem Genesungsheim besuchten, erinnerte sie sich an meine Mom, wie sie vor dreißig Jahren war, wusste aber nicht mehr, was sie zum Frühstück gegessen hatte. Wir mussten Post-its auf die diversen Fotos in ihrem Zimmer kleben, damit sie sich unsere Namen merken konnte. Sie vergaß sie trotzdem.

Adam setzte Foxy ab. »Ich schließe besser das Fenster, ehe ich es vergesse.« Ich nahm die Katze auf die Arme. Sie schnurrte. Adam rief mir zu: »Das ist Foxy Cleopatra! Macht euch miteinander bekannt.«

Er hatte eine Katze. Ich hatte von jeher eine Vorliebe für Männer mit Hunden, weil ich dachte, Hundemenschen wären irgendwie normaler, aber das sind sie nicht. Tatsächlich sind sie sogar weniger normal. Einmal hat George (der Wäschemann) mich gebeten, seinen Labrador Lucy zum Hundefriseur zu bringen, während er auf der Arbeit war. Als ich sie abgeholt habe, trug sie ein pinkfarbenes Halstuch mit Kirschenmuster.

Die Hundefriseurin erklärte mir, sie habe eine Pilzerkrankung in den Ohren, und empfahl mir Ohrentropfen für sechzig Dollar und ein Naturjoghurt zu jeder Mahlzeit. »Sie nehmen mich doch auf den Arm! Joghurt für einen Hund?«, fragte ich.

»Es ist ein Hefepilz. So was wie das, was Frauen bekommen, nur in den Ohren.«

»Das heilt schon von selbst wieder«, hatte ich gesagt.

Ihr Lächeln verblasste. »Reagieren Sie auch so, wenn Sie sich eine Candidainfektion einfangen? Warten Sie dann einfach ab, bis es von selbst heilt?«

»Sie ist ein Hund.«

Mit dieser Bemerkung rief ich die Fiffipolizei auf den Plan. »Wie können Sie nur so herzlos sein? Das arme Tier ist davon abhängig, dass Sie für es sorgen.«

Ich war drauf und dran, der Frau zu sagen, dass das nicht einmal mein Hund war, aber ich befürchtete, sie könnte versuchen, mich wegen Hundeentführung festnehmen zu lassen. »Ich habe keine sechzig Dollar.«

»Wir akzeptieren Visa und Mastercard.«

Als ich George von dem Vorfall berichtete, sagte er, ich sei hartherzig. Und die sechzig Dollar hat er mir auch nie zurückbezahlt. Hundemenschen.

Als Kind hatte ich eine Katze namens Ginger, ein orangefarbener Kater. Den Namen habe ich ihm mit drei gegeben, als ich noch nicht wusste, dass Ginger für den größten Teil der Welt ein Mädchenname ist. Wie auch immer, als ich etwa acht war, hat ein Waschbär Ginger angegriffen. Danach ist er die Auffahrt unseres Hauses raufgegangen und hat einen Teil seiner Eingeweide, die aus seinem Bauch herausgehangen haben, über den Beton geschleift. Mein Dad sagte, er komme wieder in Ordnung, aber niemand glaubte ihm. Ginger schaffte es irgendwie, auf die Dachsparren der Garage zu klettern. Ich war zu 99 Prozent sicher, dass er dort sterben würde, aber das tat er nicht. Sieben

Tage lang leckte er seine Wunden, bis er sich wieder erholt hatte. Katzen sind der Hammer! Nach dieser Geschichte hatten wir viel mehr Respekt vor Ginger, auch wenn er irgendwie ein Mistvieh war.

»Oh mein Gott!« Adam knallte die Kühlschranktür zu, und plötzlich galt meine Aufmerksamkeit wieder allein ihm. Er stand in der Küche und sah schockiert aus.

Ich setzte Foxy Cleopatra ab. »Was ist denn?«, fragte ich und ging in Richtung Kühlschrank.

Er stand davor und ließ mich nicht vorbei. »Nein! Nein, du kannst da nicht reingucken!«

Allmählich wurde mir ein bisschen schlecht. »Was ist denn los?« *Liegt da ein menschlicher Kopf drin?*

Langsam ging er aus dem Weg. »Irgendwann wirst du es sowieso herausfinden.« Er starrte zu Boden, als ich die Hand nach dem Griff ausstreckte. Ich zitterte. Dieses Date wurde immer seltsamer.

Ich öffnete und schaute hinein. Da war nichts Außergewöhnliches zu sehen. Adam beugte sich zu meinem Ohr und flüsterte: »Champagner. Wir hatten heute gar keinen Champagner.«

»Du hast mir Angst gemacht!«, kreischte ich ihn an, schnappte mir die Flasche und nahm sie heraus.

»Was hast du gedacht, dass du dort finden könntest?«

»Das willst du gar nicht wissen.«

Wir aßen die riesigen Maple Bars in der Küche und tranken dazu Champagner aus der Flasche.

Danach waren wir beide mit Zucker vollgepumpt, und Adam wirkte kribbelig. »Pinkelpause. Bin gleich wieder da«, sagte er.

»Okay.« Er gab mir sein Telefon. »Hier, es ist mit dem Lautsprecher da oben verbunden. Willst du mal Musik anmachen?«

»Klar.«

Als Bildschirmschoner diente ein Foto von Foxy. Vielleicht sind Katzenmenschen auch ein wenig seltsam. Wer gibt einem anderen schon einfach so sein Telefon? Er verbarg nichts vor mir und war mir doch ein Rätsel.

Ich wählte Paul Simon, und »Obvious Child« hallte aus dem Lautsprecher. »Gute Wahl!«, rief Adam aus dem Bad. Gleich darauf kam er heraus und trug nur noch T-Shirt und Boxershorts. Mir blieb vor Schreck der Mund offen stehen.

»Was?«, fragte er.

»Was ist aus deinen Klamotten geworden?«

»Hab ich ausgezogen.« Er blinzelte verblüfft. »Warum bist du dick eingepackt? Es ist mitten in der Nacht.«

Ich stutzte einen Moment lang, wusste nicht, was er meinte. »Das sind dieselben Sachen, die ich schon den ganzen Abend getragen habe. Wie sollte ich denn angezogen sein?«

Etwas flackerte in seinen Augen auf. »Sorry. Ich wette, das hat sich komisch angehört. War nur ein lahmer Versuch, einen Witz zu reißen. Sollen wir es uns bequem machen?«

5. Merkwürdigkeiten

»Ach, zum Teufel«, sagte ich, trat mir die Schuhe von den Füßen, schälte mich aus meiner Jeans und zog mir das Shirt über den Kopf. Schließlich stand ich in einem schwarzen Spitzen-BH und passendem Slip da.

»Wow.«

»Wow?«

»Ja, wow. Übrigens, habe ich dir schon gesagt, wie schön du bist?«

Ich drehte die Lautstärke hoch. »Nein!«, schrie ich über die laute Musik hinweg. »Sag es mir noch mal, Adam!«

»Du bist wahnsinnig schön!«, brüllte er, zog mich zu sich, und ich zerrte ihm das T-Shirt vom Leib. Er hatte *Muskeln*. Wenn man einen One-Night-Stand mit einem sonderbaren Künstler, der Wandgemälde in der Nachbarschaft malt, ins Auge fasst und einem alles ein bisschen unheimlich erscheint, sind Muskeln schon hilfreich. Ich strich mit den Fingern über die Erhebungen auf seinem Bauch und dann hinauf zu den Armen und dem definierten Bizeps. Er lachte.

»Kitzlig?«, fragte ich.

Er führte meine Hand zu seinem Mund und tat, als wollte er mir die Fingerspitzen abbeißen.

Eine Sekunde später tanzten wir wie zwei Verrückte vor dem großen Fenster und glitten abwechselnd auf Socken über den Parkettboden. Wir aßen noch mehr chinesisches Essen und tranken noch mehr Champagner und wirbelten einander herum, bis wir gemeinsam auf seinem Bett zusammenbrachen. Dann küssten wir uns, und das war nicht mehr so zurückhaltend und zart, sondern wild und leidenschaftlich. Wir zerrten aneinander, rollten von einer Seite seines Betts zur anderen. Dann, als er über mir war, zog ich ihm mit den Zehen die Boxershorts vom Hintern.

Plötzlich richtete er sich auf und packte meinen Fuß.

»Was fällt dir ein?«

Er inspizierte meine Füße. »Oh mein Gott!« Er hielt einen meiner Füße hoch. »Wie kommst du nur mit diesen Wurstzehen zurecht?«

»Hey! Ich mag meine Zehen.«

»Sie sind hinreißend, aber sie sehen aus, als würden sie zu einem fetten Kleinkind gehören.«

Wir lachten beide, aber ich fühlte mich auch irgendwie verletzlich, also setzte ich mich auf. »Zeig mir deine Füße.«

»Ich habe sehr schöne Füße«, behauptete er, und er sagte die Wahrheit. Der Mistkerl hätte als Fußmodell arbeiten können.

»Zur Hölle mit dir!«

»Ach, komm schon, zeig mir diese kleinen Cocktailwürstchen.«

»Lass meine Zehen in Ruhe!« Ich wollte vom Bett huschen, aber er fing mich ab. Er saß auf dem Rand und zog meinen Arm nach hinten. Dann drehte er mich um, und sein Gesicht sank auf die Höhe meines Bauchs. Er küsste ihn, langsam, und strich mit der Hand über die Innenseite meines Oberschenkels. Danach gab es nichts mehr zu reden.

Er zog mich auf sich, öffnete sanft meinen BH und fing an, meine Brüste zu küssen. Ich bog den Rücken durch und ließ den Kopf hängen. Einen Moment später waren wir beide vollständig nackt und rollten uns über das Bett. Ich versuchte, ihn auf mich zu ziehen, aber er drehte uns wieder um, sodass ich auf ihm landete. Ich beugte mich vor und schaltete die Nachttischlampe aus. Das Licht, das von der Straße hereindrang, wurde von der Decke zurückgeworfen und verbreitete einen kühlen Lichtschimmer in dem großen Loft.

Eigentlich war ich immer der Meinung gewesen, One-Night-Stands wären peinlich. Nun, mit Adam war es nicht peinlich. Normalerweise kollidieren Zähne oder Köpfe, oder Hände schlagen die falsche Richtung ein. So, als würde man eine Straße hinuntergehen und einer entgegenkommenden Person nach rechts ausweichen, während diese Person nach links ausweicht, was zu einer ganzen Reihe von unbeholfenen Bewegungsabläufen führt, sodass sich am Ende beide vorkommen wie Trottel.

Aber so war es gar nicht.

Zuerst küssten wir uns nur. Ich war ein wenig befangen, als ich so nackt auf ihm saß. Und dann war er in mir, brachte mich dazu, mich zu bewegen. »Setz dich auf«, flüsterte er.

Ich richtete mich auf. Mein Haar fiel frei über meinen Rücken. Er packte meine Hüften mit festem Griff, als ich anfing, mich auf ihm zu bewegen, und er passte sich mühelos meinem Rhythmus an.

Mit glückseliger Miene sah er mich an, während ich ihn ritt. Meine Befangenheit schwand einfach dahin. Als ich langsamer wurde, drehte er uns beide um, sodass er über mir war. Er war so voller Kraft, und wir waren verbunden, waren einander so nahe. Er küsste meinen Hals, knabberte an meinem Ohr, und dann lagen seine Lippen auf meinen. Er wurde schneller, und ich spürte, wie mein ganzer Körper kribbelte, wie ich dahinschmolz, mich mit einem Fremden völlig gehen ließ. Ich konnte nicht fassen, wie leicht sich das alles mit ihm anfühlte. Und schließlich gab es kein Halten mehr, mein Rücken bog sich, mein Hals wurde steif, und ein leises, beinahe gequältes »Oh« entfleuchte meinen Lippen, ehe ich spürte, wie ich um ihn herum pulsierte.

»Oh Gott«, murmelte er, und dann stieß er ein letztes Mal tief in mich hinein und ließ sich ermattet auf mich sinken.

Als ich endlich die Augen aufschlug, hatte er sich über mir hochgestemmt und blickte auf mich herab.

»Was?«, fragte ich.

Er kniff ein wenig die Augen zusammen, als versuchte er, sich etwas in Erinnerung zu rufen. »Wie lange lieben wir uns schon?«

Meine Kehle war plötzlich wie zugeschnürt. Ich hatte das *Gefühl*, ihn zu lieben, aber ich kannte ihn ja gar nicht. Das war nur Lust, Ekstase, irgendein irrer Streich, den uns das Gehirn nach dem Sex spielt. Aber seine Miene wirkte so süß, so aufrichtig und ernst. Ich streckte die Hand aus und fuhr ihm mit den Fingern durch das Haar.

»Jahre. Fünf, nicht wahr?«

»Ja, ich glaube schon, aber ich kann mir Jahrestage nicht merken, weißt du noch?« Er lächelte.

Es war ein Rollenspiel, und es machte Spaß. Die meisten Männer, mit denen ich je ausgegangen war, würden davor zurückschrecken … hätten Angst, dass das der Auftakt zu etwas Dauerhaftem wäre. Aber ich wollte nur für diese eine Nacht so tun, als wären wir ein Liebespaar … als wäre ich seine Muse.

Nebeneinander lagen wir nackt im Bett, hielten einander an den Händen und starrten zur Decke hinauf.

»Glaubst du an Reinkarnation?«, fragte er.

»Ich weiß nicht recht«, antwortete ich. »Irgendwie glaube ich, unsere Energie ist überall, auch dann, wenn wir die physische Welt verlassen haben. Als würden unsere Seelen eine Art bleibenden Eindruck bei den Leuten hinterlassen, die wir gekannt haben, oder so was in der Art.«

»Erklär mir das genauer.«

Ich drehte mich zu ihm und stützte den Kopf auf die Hand. »Deine Kunst, unsere Erinnerungen, die Erinnerungen, die andere Leute an uns haben … das macht uns unsterblich. Wenn du jemanden liebst, Familienangehörige, Freunde, Partner, was auch immer, das ist, als würdest du einen Keim von dir in das Herz des anderen pflanzen.«

»Das gefällt mir«, sagte er. »Erzähl mir von uns. Wie haben wir uns kennengelernt?«

Forschend sah ich ihm in die Augen. »Ich kann nicht fassen, dass du das nicht mehr weißt.«

Er lächelte, als wollte er sagen: *Du weißt doch, dass ich das tue.* »Ich will es nur noch mal von dir hören. Ich liebe die Art, wie du es erzählst.«

»Wir sind uns im Museum begegnet … im Getty.« Unwillkürlich dachte ich an meine Stummelzehen, aber nun bekam ich eine Gelegenheit, genau das zu beschreiben, was mir gefiel. Meine Fantasie wiederzugeben.

»Das Getty … richtig. Weiter«, sagte er.

»Wir waren beide total gebannt von diesem Bild von Edvard Munch. Was war es noch?«

»Der Schrei?«

»Nein, *Sternennacht*«, widersprach ich.

»Das ist van Gogh, Kätzchen.«

Ich griff über ihn hinweg nach meinem Telefon, das auf dem Nachttisch lag. »Ich schwöre bei Gott, Munch hat auch eine *Sternennacht* gemalt, und sie hängt im Getty. Wir sind uns genau vor diesem Gemälde begegnet.« Ich googelte es und reichte ihm das Telefon. Er starrte auf das Display.

»Ja, jetzt fällt es mir wieder ein. Was hattest du an?«

»Ein rotes Kleid. Und ich hatte mir die Haare hochgesteckt wie Audrey Hepburn.«

»Richtig. Und du hast das Gemälde lange betrachtet.« Er schloss die Augen. »Ich wollte deinen Nacken küssen.«

»Hast du aber nicht; du hast nur geistesabwesend etwas gesagt, so was wie: ›Es hat nicht so viele Sterne wie die Version von van Gogh.‹«

Er lachte. »Ja, das klingt ganz nach mir.«

»Ich habe dir zugestimmt, und dann hast du mich um ein Date gebeten, was ich höflich ausgeschlagen habe.«

»Wie konntest du nur?«

»Ich habe mich geziert.«

»Natürlich hast du.«

»Aber dann bist du mir durch das ganze Museum nachgelaufen und hast alberne Kommentare über die Kunst abgegeben. In der Abteilung für italienische Romantik haben wir Ich-sehe-was-was-du-nicht-siehst gespielt. Du hast dir dauernd Penisse und Brüste rausgepickt, und ich habe dich aufgefordert, erwachsen zu werden. Daraufhin bist du eine Weile verschwunden und hast mich später wiedergefunden, als ich mir die Bilderhandschriften angesehen habe. Du hast versucht, dich kultiviert und gebildet zu geben, und hast irgendeinen Unsinn über die exquisite Pinselführung erzählt, und wir mussten beide lachen. Danach hast du mich noch einmal um ein Date gebeten, und da habe ich Ja gesagt.«

»Und bei unserem ersten Date habe ich dich eingeladen ins …«

»*Pink's Hot Dogs!*«, rief ich.

»Igitt.«

»Allerdings. Ich war total verdattert, aber du hast nur gesagt, es sei eine Institution.«

»Weißt du, ich esse gar kein Schwein«, sagte er.

»Da gibt es Hotdogs mit Rinderwürstchen«, konterte ich rasch.

»Und nach dem *Pink's* habe ich dich hierhergebracht, und wir haben uns geliebt.«

»Nein.«

»Nein?«

»Du warst der perfekte Gentleman, hast mich nach Hause gefahren, mich zur Tür gebracht und auf die Wange geküsst. Und dann hast du mich um ein zweites Date gebeten.«

»Nur, weil ich dich wirklich mochte.«

»Ich habe dich mit in meine Wohnung gezogen, und wir hatten Sex auf dem Küchenboden.«

Er drehte sich um und starrte mich aus großen, erschrockenen Augen an. »Hast du nicht.«

»Ich weiß, ich wollte dich nur aufziehen. Wir sind am nächsten Abend wieder ausgegangen. Und seitdem sind wir zusammen.«

»Habe ich dich nicht ein paar Monate später ins Griffith-Observatorium mitgenommen?«, fragte er.

»Willst du mich auf den Arm nehmen? Da hast du mir zum ersten Mal gesagt, dass du mich liebst.«

Eigentlich wartete ich darauf, dass er irgendwann anfangen würde zu lachen, weil das alles so albern war, aber das tat er nicht.

»Das habe ich nicht vergessen. Ich wollte dich nur auf die Probe stellen«, sagte er.

»Weißt du noch, du hast durch ein riesiges Teleskop geguckt, und dann hast du dich umgedreht und gesagt ›Verdammt, es sind nicht genug‹, und ich habe gefragt ›Was?‹, und du hast gesagt ›Es sind nicht genug Sterne da oben, um all die Gründe aufzuzählen, warum ich dich liebe.‹«

»Gott, ich bin ja so romantisch, wenn ich nur will.«

»Ja, das bist du.«

Er beugte sich zu mir und küsste mich. »Ich bin sicher, ich habe dir das schon eine Million Male erzählt, aber ich sage es trotzdem noch einmal. Dein Körper ist perfekt.« Mit der Hand strich er über meine Seite bis hinab zur Hüfte, während wir uns Auge in Auge gegenüberlagen.

Ich folgte seinen Brustmuskeln mit dem Finger über ein kleines Büschel Haare. »Du bist auch nicht so übel.«

»Weißt du, warum ich male?«

»Weil du so verdammt gut darin bist.«

Er lachte kurz auf. »Nein, das ist nicht der Grund.«

Ich zog das Laken vom Bett und wickelte es mir um den Körper. Dann ging ich zum Fenster und bückte mich neben einem Stapel Leinwände, die an dem Glas lehnten. »Du hast das hier gemalt, weil du die Haarfarbe der Frau magst.« Die Frau auf dem Gemälde stand vor Adams Haus.

»Vielleicht«, antwortete er vom Bett aus.

»Das muss dir Freude machen.«

»Das tut es.«

»Hast du je versucht, sie auszustellen oder eines davon zu verkaufen?«

»Nein. Das ist mir eigentlich nicht so wichtig.«

»Sie sind wirklich wunderschön, Adam. Die Welt sollte sie zu sehen bekommen.« Ich warf einen Blick zur Uhr. Es war beinahe drei. »Mist, ich muss Helen eine Nachricht schreiben.«

Das Gesicht zum Fenster gewandt, richtete ich mich auf, und als ich mich umdrehte, stand Adam mit weit aufgerissenen Augen direkt hinter mir. »Was machst du?«, fragte ich.

Er blinzelte. »Malen«, sagte er, aber das tat er nicht. Er sah mich nur an.

»Na bitte! Du bist wirklich ein Romantiker.«

»Schon möglich.«

»Ich muss Helen anrufen.« Ich wollte weggehen, aber er zog mich an sich und küsste mich.

Als er sich wieder von mir löste, fragte er: »Wer ist Helen?«

»Meine Mitbewohnerin.«

Er feixte. »Du meinst, ich bin nicht dein Mitbewohner?« Er machte immer noch weiter mit dem kleinen Spiel. *Vielleicht machen wir das ja die ganze Nacht. Ich hätte nichts dagegen.*

»Nein. Weißt du nicht mehr? Wir hatten beschlossen, nicht zusammenzuziehen.«

»Ich kann mir nicht vorstellen, warum«, sagte er voller Ernst.

Adams Telefon vibrierte mit einem stummen Alarm. Er starrte es an.

»Was bedeutet das?«, fragte ich.

»Nichts. Keine große Sache. Ich bin gleich wieder da.« Er verschwand im Bad, und ich schickte Helen eine Textbotschaft.

Ich: Bleibe heute Nacht hier.

Helen: Alles in Ordnung? Codewort?

Helen und ich hatten Codewörter für alles Mögliche. Meist war es ein Name eines ehemaligen Haustiers oder eine Zeile aus einem unserer Lieblingsfilme. Als wir Kinder waren, hatte Helens Familie Maltipoos, eine Mischung aus Maltesern und Zwergpudeln … verdammte Hundemenschen, verdammte Überzüchtungen. Wie auch immer, sie hatten einen kleinen schwarzen Maltipoo namens Major. Er wäre liebenswert gewesen, hätte er nicht unaufhörlich gevögelt. Das war einfach abscheulich; wirklich, dieser Hund war so hartnäckig wie fanatisch, wenn es ums Vögeln ging. Zuzusehen, wie Major alles belästigte, was seinen Weg kreuzte, war traumatisierend. Er war ständig in Bewegung, und sein kleiner Hintern pumpte unentwegt auf und ab. Irgendwas stimmte eindeutig nicht mit dem Vieh. Er vögelte alles, von Stofftieren über Staubsauger bis hin zu sämtlichen Beinen, mit denen er in Kontakt kam. Helen und ich hassten diesen Hund. Wir nannten ihn Major Vögler. Nach der Schule wurde er zu unserem Code für: *Ich will unbedingt von diesem Kerl gevögelt werden.* Ich weiß, wir waren widerliche Gören.

Ich: Major.

Helen: Major was?

Ich: Lass das …

Helen: Ich rufe die Polizei.

Ich: Major Vögler.

Helen: Ich wusste es. Na schön,
dann viel Spaß, du Luder.

Aber ich war kein Luder. Ich war Adams langjährige Freundin, die er im Getty-Museum kennengelernt hatte. Als ich das Telefon weglegte, fiel mir auf, dass er in all seiner nackten Pracht vor dem Fenster stand. Ich ließ mich auf dem Bett zurücksinken und betrachtete ihn, während er auf die Straße hinausblickte.

»Oh mein Gott, Liebling, das musst du sehen. Da unten ist ein Paar. Ich glaube … ich glaube, sie verlieben sich gerade«, sagte er.

»Und wenn sie raufgucken und dich so sehen? Ist das nicht Voyeurismus oder so was? Du könntest verhaftet werden.«

»Es ist Exhibitionismus, nicht Voyeurismus. Außerdem können die mich sowieso nicht sehen. Die sind viel zu verliebt ineinander, um irgendetwas um sich herum wahrzunehmen.«

»Was machen sie?« Ich stand nicht auf. Irgendwie hielt mich irgendwas auf dem Bett fest, von dem aus ich ihn in all seiner unschuldigen Schönheit bewundern konnte.

»Ach, das ist so süß. Oh, jetzt tanzen sie unter der Straßenlaterne. Heilige Scheiße, er kniet sich vor sie.«

»Macht er ihr einen Antrag?«, fragte ich.

»Warte, ich bin ein guter Lippenleser, ich kann dir erzählen, was er sagt. Okay, er sagt: *Ich weiß, wir haben uns gerade erst kennengelernt, aber ich finde dich toll.*«

»Wow, was für ein Zufall«, bemerkte ich.

»Warte, da kommt noch mehr. Er sagt: *Ich möchte den Rest meiner Tage mit dir verbringen.* Oh mein Gott, Kätzchen, er hat es wirklich getan.«

»Was? Was?«, rief ich völlig gefangen im Augenblick.

»Er hat sie gefragt. Er sagte ›Heirate mich.‹«

Endlich sprang ich aus dem Bett und zog das Laken hinter meinem nackten Körper her.

Ich trat hinter Adam und schlang die Arme um seinen Körper, während er auf die Straße hinausschaute. Gerade, als ich über seine Schulter gucken und nachsehen wollte, was er da beobachtete, drehte er sich um und nahm mich in die Arme. »Du hast es verpasst«, sagte er. »Sie sind weg.«

»Ach, verdammt, ich hab's verpasst. Wo sind sie hingegangen?«

»Vermutlich irgendwohin, wo sie Sex haben können.«

»Oder irgendwohin, wo sie sich einen Donut holen und feiern können?«

»Ja, bestimmt holen sie sich einen Donut.« Er lachte und küsste mich auf die Nase. »Lass uns tanzen.«

Wir wankten vor und zurück, bis wir uns wieder küssten. Mühelos hob er mich hoch, und ich schlang die Beine um seinen Leib. Dann presste er mich mit dem Rücken an das Fenster auf der Vorderseite des Hauses. »Man wird uns sehen«, sagte ich.

»Und? Es ist mitten in der Nacht. Sollen wir das denn nicht tun? Ist das nicht genau das, was wir tun sollten?«

»Was, Adam?«, fragte ich heiser und konnte kaum atmen, als seine Zunge über meinen Nacken zu meinem Ohr glitt.

»Die ganze Nacht aufbleiben, reden, Liebe machen?«

Ich drehte mich um. »Ja, das sollten wir.«

Er presste sich fester gegen mich. »Lass uns den Moment leben.« Seine Stimme, so nah an meinem Ohr, machte mich schaudern. Er zog das Laken um uns beide, packte meinen Hintern und drückte mich gegen das Glas. Drang geschmeidig in mich ein, vergrub sein Gesicht an meinem Hals und wimmerte. »Gott, du fühlst dich so gut an.« Er blickte auf, sah mir ins Gesicht, und ich entdeckte einen Ausdruck der Neugier in seinen Augen.

Plötzlich kam mir ein Gedanke. Er hatte das schon früher getan, ganz eindeutig. Rasch sah ich mich in dem Raum um. Eine oder alle diese Frauen, die er gemalt hatte, waren vermutlich auch schon gegen dieses Fenster gepresst worden, genau wie ich, während Adam langsam in sie stieß und einer Person, die er nicht einmal kannte, seine unsterbliche Liebe erklärte.

Er kam, hielt mich weiter fest und atmete direkt an meinem Hals.

Ich rührte mich nicht, kniff die Augen zu und kämpfte die Tränen nieder. Das war genau das, was ich an One-Night-Stands nicht ausstehen kann. Am Ende spielt man sich doch nur gegenseitig etwas vor.

Das Beben in Adams Brust erschütterte meinen ganzen Körper, als er plötzlich laut lachte. Mir war, als müsse ich mich übergeben. Er ließ mich runter. »Wahrscheinlich haben wir ausgesehen wie ein gespenstischer Fleck, vögelnd, am Fenster, in ein weißes Laken gehüllt.« Doch nun wirkte sein Humor nicht mehr so bezaubernd auf mich, sondern eher kaltschnäuzig.

»Mmmhmm«, machte ich, und meine Stimme klang ein wenig mürrisch.

Er richtete sich auf und trat einen Schritt zurück. Die Änderung in meinem Auftreten war ihm nicht entgangen. »Was ist los?«

»Mein Name ist Charlotte.« Mein Bauch verkrampfte sich.

»Ich weiß«, sagte er. »Was ist los, Charlotte?«

Ich lehnte immer noch am Fenster. Nun stieß ich mich ab und wickelte mich in das Laken. Adam stand nackt vor mir. »Nichts«, murmelte ich.

»Etwas stimmt nicht.« Mit Daumen und Zeigefinger ergriff er mein Kinn und drückte meinen Kopf hoch, damit ich ihn ansah. Da war ein Lächeln in seinen Augen, ein total aufrichtiges und warmes Lächeln.

Voller Selbstvertrauen kam er näher und küsste mich, sanft, süß. »Du bist umwerfend, und das war wunderschön, und ich habe jede Sekunde geliebt. Tut mir leid, dass es dir nicht gefallen hat. Habe ich dir wehgetan?«

War das echt? Oder nur so dahingesagt?

»Nein, aber hast du vor, das zu malen?«

»Was zu malen?«

»Uns. Das, was wir gerade getan haben?«

Er schüttelte den Kopf. »Nein.«

»Nein?«

»Nein. Das muss ich nicht malen. Ich werde es nie vergessen, und es ist mir heilig.«

Er malt, um nicht zu vergessen?

Ich wollte ihm glauben. Ich wollte einem Fremden glauben, den ich auf der Straße getroffen hatte, dass er nicht nur mit mir spielte. Ich wollte glauben, dass er sich in mich verliebte. Ich küsste ihn, ließ das Laken fallen und schmiegte mich mit dem ganzen Körper an ihn. Meine Brust bebte, so sehr erschütterten mich die Gefühle. Er hielt mich fest an sich gedrückt, rieb mir den Rücken, während er mich zum Bett zurücktrug und sanft auf die Matratze legte. Ich war so hundemüde, dass sich nichts mehr real anfühlte. Alles wirkte wie in einem Traum.

Er küsste mich auf die Nase. »Du solltest ein bisschen schlafen«, sagte er. »Ich mache dir Frühstück, wenn wir aufstehen.«

»Morgen früh werden die Dinge anders aussehen«, bekundete ich.

»Warum?« Er glitt neben mir unter die Decke. Ich legte meinen Kopf auf seine Brust, und er hielt mich in den Armen, als würden wir schon jahrelang so schlafen.

Allmählich drang die Glut des Sonnenaufgangs in das Loft vor, unerwünscht und quälend hell. Wir kämpften gegen den Schlaf, waren aber total ruhig und hielten uns gegenseitig fest.

»Habe ich dich gefragt, ob du mich heiratest?«, fragte er schläfrig. Schon ging es wieder los.

»Jeden Tag«, antwortete ich.

»Und …?«

»Ich sage immer: Noch nicht.«

Adam döste, doch bevor er ganz weg war, murmelte er noch: »Warum?«

Ich war überzeugt, dass er bereits schlief, als ich endlich antwortete: »Weil ich nicht will, dass du aufhörst, mich zu fragen.«

6. Nur ein Traum

Stunden später schrak ich in dem grellen Sonnenschein hoch, der durch das große Fenster des Lofts eindrang. Ich war nackt und lag allein in Adams Bett. Mein Telefon brummte, und als ich hinsah, erkannte ich, dass ich drei Anrufe verpasst hatte, alle von meiner Mom. Rasch schrieb ich Helen eine Nachricht.

Ich: Es geht mir gut. Danke
der Nachfrage.

Helen: Habt ihr gevögelt?

Ich: Ich rufe dich später an.

Helen: Das bedeutet ja,
Major Vögler.

Ich: Hör auf zu texten.

Helen: Deine Mom hat zweimal
hier angerufen. Hat gesagt,
dein Telefon wäre aus. Hab ihr
erzählt, du wärest in der Kirche.
HAHAHAHAHAHAHA

Ich: Ich rufe sie in einer
Sekunde an.

»Adam«, rief ich, erhielt aber keine Antwort. Vermutlich war er im Bad.

Ich wählte die Nummer meiner Mutter. Sie nahm beim ersten Klingeln ab. »Kirche? Bitte. Du musst Helen sagen, dass sie sich was Besseres einfallen lassen soll.«

»Ich war Donuts holen.« Ich bemühte mich, den Anruf schnell hinter mich zu bringen, damit ich auflegen konnte, ehe Adam wieder da war. »Warum hast du angerufen?«

»Tolle Manieren. Ich habe nur angerufen, um Hallo zu sagen. Darf ich das?« Sie kicherte.

»Natürlich. Tut mir leid, Mom. Mir geht es gut, wirklich.«

»Und du kommst heute tatsächlich zum Abendessen vorbei?«

Genau in dem Moment betrat Adam den Raum und musterte mich eigentümlich. »Hallo«, sagte er in befangenem Ton.

»Ähm …« Ich war sprachlos.

»Habe ich da gerade eine Männerstimme gehört?«, fragte meine Mutter.

»Nein. Äh, also, ja, ich komme zum Abendessen. Um wie viel Uhr?«

»Gegen sechs?«

»Das haut hin«, sagte ich. Adam starrte mich immer noch an. Dann kam er näher, sammelte meine Klamotten vom Boden und legte sie auf das Bett, ehe er in den Küchenbereich ging. *Das war komisch.*

»Hab dich lieb, Mom. Aber jetzt muss ich los.«

Und da hörte ich aus der Küche einen lauten Krach, akzentuiert von einem leisen Stöhnen. Nur in das Laken gewickelt rannte ich zu Adam, so schnell ich nur konnte. Er krümmte sich zusammen und schimpfte: »Scheiße, Scheiße, Scheiße!«

Ich umrundete den Tresen und legte ihm eine Hand auf den Rücken. »Oh mein Gott, bist du in Ordnung?«

Er zuckte vor Schmerz zusammen und hielt sich den Kopf. »Adam, hast du dich geschnitten?« Ich beäugte das kaputte Glas im Spülbecken und dann seine Hand, sah aber kein Blut. »Adam, bist du in Ordnung?«

Er stöhnte und knirschte mit den Zähnen. »Es geht mir gut«, antwortete er nach einer Weile. »Es ist nur … zu viel Alkohol und zu wenig Schlaf, letzte Nacht.«

»So viel haben wir doch gar nicht getrunken.«

»Weißt du was, du bist nicht wirklich meine Freundin.« Und dann starrte er meine Klamotten auf dem Bett an. »Ich brauche deine Hilfe nicht, okay?«

Einen Moment lang starrte ich ihn nur an, dann richtete ich mich wieder auf und zog das Laken fester um den Körper. »Ich habe wegen letzter Nacht bestimmt nicht vergessen, wer ich bin, verlass dich drauf.«

Erneut kämpfte ich mit den Tränen. Ich hastete zurück zum Bett, schnappte mir meine Sachen und ging ins Bad. *Was zum Teufel ist hier eigentlich los?*

Als ich aus dem Bad kam, erhob er sich vom Küchenboden und eilte zur Tür, um mich abzufangen. »Verrate mir etwas.«

»Was?«

»Warum hast du gelogen?«

»Was meinst du?«

»Diese Story … über uns, dass wir zusammen wären …«

Mir wurde übel. »Du hast auch gelogen.«

»Warum hast du das getan?«

»Weil du es so wolltest? Weil ich mir gewünscht habe, es wäre wahr?«

Er schüttelte den Kopf und nagelte mich mit seinem Blick fest.

»Tut mir leid.« Das war mein Ernst. Ich war wieder nüchtern, und jetzt kam mir das alles furchtbar dumm vor.

Seine Miene wurde milder. Er streckte die Hand nach meinem Gesicht aus, zog sie aber wieder weg. »Ich glaube, du solltest jetzt gehen«, sagte er.

»Ich bin dir bereits einen Schritt voraus.«

Ich öffnete die Tür und ging, ohne mich noch einmal umzusehen.

Wieder zu Hause blies ich weiter eifrig Trübsal, während Helen mich nicht aus den Augen ließ. Ich hatte ihr alles erzählt und zugesehen, wie ihre Miene von total begeistert zu vollkommen entsetzt gewechselt hatte.

»Hast du seine Telefonnummer?«

»Ich weiß, wo er wohnt, Helen. Ich brauche seine Nummer nicht. Außerdem will ich ihn nie wiedersehen.«

Sie war dabei, Wäsche auf der Couch zu sortieren, und sah mir zu, wie ich den Kühlschrank öffnete, verständnislos hineinstarrte und die Tür wieder schloss. Immer und immer wieder. Aber es hatte keinen Sinn. Ich hatte schlicht keinen Appetit.

»Ich glaube, du solltest noch mal hingehen und fragen, was das alles soll. Sag ihm, du bist erwachsen und weißt, was ein One-Night-Stand ist. Er muss sich nicht aufführen wie der letzte Arsch.«

Im Kopf ging ich die Nacht und den Morgen noch einmal durch. »Das Komische daran war, dass er eher enttäuscht als grob gewirkt hat.«

»Manche sind eben nicht so direkt. Die geben lieber Frauen das Gefühl, sie wären zu blöd, damit sie von selbst verschwinden.«

»Oh, *er* hat mich sehr direkt dazu aufgefordert.«

Wieder öffnete ich den Kühlschrank.

»Du lässt die ganze kalte Luft entweichen, Charlie.«

»Willst du heute zum Abendessen bei meinen Eltern mitkommen?«

»Wird Chuck the Fuck auch dort sein?« Sie sprach von meinem Bruder, dem Goldjungen.

»Wen interessiert das?«, gab ich matt zurück.

»Mich nervt nur, wie deine Eltern ihn vor deinen Augen verhätscheln.«

Ich ließ mich neben ihr auf die Couch fallen und fing an, Wäsche zusammenzufalten. »Mom macht das nicht.«

»Nein, wohl nicht, aber Pops ist nur uns gegenüber ziemlich streng.« Meine Eltern behandelten Helen und mich, als wären wir Schwestern, weshalb Helen meine Mom bisweilen »Mom« und meinen Dad »Pops« nannte. Ich glaube allerdings nicht, dass er über diesen Spitznamen sehr erfreut war. Als wir jünger waren, hatte sie viele Wochenenden in unserem Haus verbracht, also ist das einfach normal, aber ich glaube, mein Dad hatte das Gefühl, die Beziehung zwischen Helen und mir sei irgendwie merkwürdig und nicht gut für mich. Vielleicht war das ja so, aber das kümmerte mich nicht. Sie war meine einzige Freundin.

7. Dieses Computerdingsda

Ich war immer noch mies gelaunt, als wir bei meinen Eltern eintrafen. Meine Mom stellte mir eine Million Fragen, während sie das Bœuf Stroganoff zubereitete, was ich im Übrigen von Herzen verabscheute. Mein Bruder Chucky liebte es, also kochte sie es jedes Mal, wenn sie dachte, er könnte sich zum Abendessen zu uns gesellen.

»Kommt Chucky überhaupt?«, fragte ich, während ich beim Ofen herumlungerte und Helen, die auf der Arbeitsplatte saß, auf ihr Telefon guckte.

Meine Mom achtete gar nicht auf mich. »Runter von der Arbeitsplatte, Helen. Hilf Charlotte lieber beim Tischdecken.«

»Sollen wir auch einen Platz für den Prinzen reservieren?«, fragte Helen.

Meine Mom lächelte. Sie hatte Helen sehr ins Herz geschlossen. »Zwei Plätze, einen für Charles und einen für das Mädchen, mit dem er sich neuerdings trifft.«

»Ii, wie unappetitlich. Wer würde sich denn mit ihm einlassen?«, bemerkte ich und verdrehte die Augen.

Chucky zeigte sich nicht, obwohl er theoretisch noch bei meinen Eltern lebte, aber er hatte null Respekt vor ihnen, und das, obwohl sie ihm alles gaben, inklusive ihrer Aufmerksamkeit.

Das Erste, was mein Dad sagte, nachdem er mich auf die Wange geküsst und seinen Platz am Tisch eingenommen hatte, war: »Wann wollt ihr zwei euch denn mal dem Ernst des Lebens widmen?«

»Wie meinst du das, Pops?«, fragte Helen.

»Ich meine, habt ihr vor, im *Blackbird's* zu arbeiten, bis denen die Tortillasuppe ausgeht?«

»Liebling«, mahnte meine Mom.

»Nein, Laura, das ist wichtig. Diese Mädchen vergeuden ihre Zwanziger, wenn sie weiter Spielchen in einem Diner treiben und sich mal mit diesem, mal mit jenem und dann mit wieder einem anderen verabreden.« Er schüttelte den Kopf. »Wie kommt es, dass wir nie einen dieser Kerle zu sehen bekommen?«

Mom antwortete an meiner Stelle. »Das haben wir doch. Wir haben diesen einen Jungen kennengelernt, den mit dem Tattoo am Hals.«

Ich sah Helen an. »Curtis.«

Helen brach in hysterisches Gelächter aus. »Ihr habt Curtis kennengelernt, den Typ, der angefangen hat zu heulen, wann immer er einen El Camino gesehen hat?«

»Das ist nicht witzig, Helen«, schimpfte ich. »Er hatte eine ernsthafte Phobie. Er konnte kaum das Haus verlassen.«

Ich dachte an die vorangegangene Nacht mit Adam. Er hätte meinen Eltern gefallen. Zu schade, dass er mich abserviert hatte.

Helen sah mir an, dass ich an ihn dachte, und sie fixierte mich von der anderen Seite des Tisches aus.

»Was für ein Pech, dass ihr Adam nie kennengelernt habt, Laura«, sagte Helen.

»Von einem Adam habe ich noch nie gehört«, entgegnete meine Mom.

Ich gab mir Mühe, jeglichem Blickkontakt mit meiner Mom auszuweichen.

»Helen«, quetschte ich warnend zwischen zusammengebissenen Zähnen hervor. Prompt sah meine Mom mich an. »Was denn?«, sagte ich zu ihr.

»Erzähl mir von Adam.«

Meine Mom war offen und herzlich, mein Dad hingegen schlürfte nur kopfschüttelnd sein Essen und versuchte, uns zu ignorieren.

»Er war Anwalt«, sagte ich.

»Anwalt?«, wiederholte meine Mom, und schon spitzte auch mein Dad die Ohren.

»Ich hatte ein Date mit ihm, Mom.« Ich erwähnte nicht, dass das erst gestern Abend war, das wäre vermutlich sogar Helen zu unangenehm gewesen.

»Warum? Was ist passiert?«, fragte mein Dad.

»Nichts. Ich glaube, er mochte mich nicht so.«

»Wie könnte er dich nicht mögen?« Meine Mutter war entsetzt. »Du bist klug und schön.«

»Danke, Mom«, murmelte ich in meinen Teller Bœuf Stroganoff.

»Natürlich, da findet Charlotte endlich einen netten Anwalt und schlägt ihn prompt in die Flucht.«

»Wie läuft das Zahnarztgeschäft, Dad?«, versuchte ich, das Thema zu wechseln.

Er sah mich an. »Wunderbar, wie üblich. Charles hat wirklich Glück, dass er die Praxis erben wird, aber er hat sich auch richtig reingehängt.«

»Adam war auch Künstler«, warf Helen ein. »Maler.«

Warum musste sie an diesem Thema festhalten? Ich fühlte mich auch so schon mies genug.

»Wie romantisch«, sinnierte meine Mutter.

»Ja, und wie«, kommentierte mein Dad sarkastisch.

»Können wir aufhören, darüber zu reden?«, bat ich.

»Na ja, ich weiß, dass du über das Thema nicht gern redest, aber ich habe dich bei diesem Computer-Matching-Dingsda angemeldet.«

Wie kommt es bloß, dass so viele Leute über sechzig alles, was mit dem Internet zu tun hat, als irgendeine Art »Computerding« bezeichnen?

Helen gab sich alle Mühe, nicht laut zu lachen. »Meinst du zufällig Match.com, Laura?«

Mein Vater stöhnte inzwischen unüberhörbar.

»Ja, das ist es. Charles hat mir geholfen, ihr Profil zu erstellen.«

»Oh mein Gott, Mutter! Willst du mich verarschen?«

Helen sprang von ihrem Platz auf und rannte zu dem Computer im Arbeitszimmer meines Dads, das direkt an das Esszimmer grenzte.

»Raus da, Helen«, schrie mein Vater, aber sie achtete nicht auf ihn.

Ich hastete hinter ihr her, aber sie streckte den Arm aus, um mich vom Monitor fernzuhalten. »Nein, ich muss das sehen!«, kreischte ich.

»Hört auf, Mädchen«, tadelte meine Mutter.

»Weg da, Miststück.« Wir waren ziemlich erwachsen für unser Alter.

»Das ist der beste Tag meines Lebens. Deine Mommy hat ein Match-Profil für dich angelegt!«

»Eigentlich hat Chuck das gemacht!«, rief meine Mutter quer über den Flur.

Oh, Scheiße!

Helen tippte rasch meinen Namen, und schon blinkte das Foto von meinem Abschlussball vor neun Jahren auf dem Monitor auf. Mein Bruder hatte Steve Dilbeck aus dem Bild geschnitten, so gut es ihm möglich gewesen war, aber man konnte immer noch sehen, dass Steve den Arm um meine in purpurnes Chiffon gewickelte Taille gelegt hatte. »Du verarschst mich. Das kann doch nur ein beschissener Witz sein!«

»Deine Ausdrucksweise, Charlotte«, schimpfte mein Dad lautstark.

»Mom!«, jammerte ich. »Er hat das Foto von meinem Abschlussball benutzt. Was stimmt denn bloß nicht mit ihm?« Mit achtzehn hatte ich immer noch eine Zahnspange. Ich hatte sie sieben Jahre lang tragen müssen, weil mein Kieferorthopäde sagte, ich hätte die schlimmsten Zähne, die er je gesehen habe.

Sie wissen doch, wie die Zähne bei Haien angeordnet sind, nicht wahr? Ja, so war das bei mir. Dafür gebe ich auch meiner Mutter die Schuld, weil sie mich so übermäßig lang gestillt hatte. Mein Bruder, Chuck the Fuck, hatte mich immer aufgezogen und gesagt, das wären die Überreste meines toten siamesischen Zwillings, den ich im Uterus absorbiert hätte. Mein Bruder ist ein Arsch, insofern ist es schon der Hammer, dass er ein Datingprofil für mich zusammengestellt hatte. Übrigens, falls Ihnen das noch nicht aufgefallen sein sollte, unsere Namen sind Charlotte und Charles. Nur eine weitere elterliche Foltermaßnahme. Wäre es pathetisch, das als Kindesmisshandlung einzustufen?

Unter meinem Foto waren Details zu meinem Profil aufgeführt, die ich las, während Helen so lachte, dass sie kaum noch Luft bekam.

> *Mein Name ist Charlotte, und ich bin eine durchschnittliche Siebenundzwanzigjährige. Wenn Sie das Wort* medioker *in einem Lexikon nachschlagen, finden Sie dort ein Foto von mir – natürlich eines, das jünger ist als diese neun Jahre alte Aufnahme, aber auf der hatte ich wenigstens noch kein völlig schwachsinniges Tattoo im Gesicht.*

Habe ich vergessen zu erwähnen, dass ich mir einen winzigen Stern unter das linke Auge hatte tätowieren lassen? Ja, zu dem Zeitpunkt war ich besoffen gewesen. Ich litt unter einem vorübergehenden Verlust meines Urteilsvermögens. Er wäre sogar ganz süß, wäre er etwas größer, aber er ist so klein, dass die meisten Leute denken, es wäre ein Krümel oder eine Sommersprosse. Ich decke ihn mit Make-up ab.

> *Ich mag Junkfood und Reality-TV. Meine beste Freundin und ich trinken gern Sekt, weil wir uns dann so mondän fühlen, und wir vergnügen uns gern mit Wettfurzen. Ich hatte zwölf*

Freunde in den letzten fünf Jahren, darum suche ich jetzt einen Lebenslänglichen. Es ist übrigens kein Zufall, dass ich einen Begriff benutzt habe, der sonst für Strafgefangene ohne Aussicht auf vorzeitige Entlassung benutzt wird.

»Chuck the Fuck«, quiekte Helen kichernd.

Ich drehte mich zu ihr um und warf ihr einen finsteren Blick zu. »Er weiß immer noch nicht, dass du ihn wie eine Pädophile beim Wichsen beobachtet hast, als er vierzehn war.«

»Er ist nur drei Jahre jünger als wir.«

»Vier. Und ich *werde* es ihm sagen. Ich werde Chuck the Fuck auf dich loslassen, wenn du nicht aufhörst.«

Meine Brüste sind klein, und mein Hintern ist groß, und ich habe eine mäßig behaarte Oberlippe. Ich benutze keine Zahnseide, reinige die Spange nicht und nehme auch nur unregelmäßig Mundwasser.

»Gott, mein Bruder ist ja so besessen von Mundhygiene.«

»Das ist alles, was dir auffällt? Er schreibt, du hast einen Schnurrbart.« Helen grinste mich an.

»Mädchen, kommt da raus und räumt den Tisch ab«, schrie mein Dad.

»Was meinst du, wie lautet das Passwort?«

»Versuch es mit ›Fettarsch‹«, schlug ich vor.

»Jep, das passt. Okay, ich ändere dein Profil, während du den Tisch abräumst.«

Meine Eltern hatten sich ins Wohnzimmer zurückgezogen, sodass ich in Ruhe abräumen konnte, während Helen versuchte, um meines Liebeslebens willen Schadensbegrenzung zu betreiben.

»Ich habe ein gutes Bild von dir von Facebook«, sagte sie. »Oh mein Gott, Charlie, du hast drei Nachrichten von Männern, die sich mit dir verabreden wollen.«

»Lies sie vor«, rief ich.

»Okay, diese ist von Rod aus Hollywood. Hier steht: ›Charlotte, ich möchte zu gern dein Tattoo sehen, und mir gefällt deine Offenheit. Können wir chatten?‹«

»Wie sieht er aus?«

»Oh nein, sein ganzes Gesicht ist tätowiert.«

»Vergiss ihn, lies den Nächsten vor.«

»Das ist Ben aus Encino. Er schreibt: ›Charlotte, meld dich mal, yo.‹«

»Der Nächste!«, riefen meine Mutter und ich wie aus einem Munde.

»Okay, die ist von Charles aus TO. Das ist dein Bruder.« Helen fängt wieder an zu kichern. »Er schreibt: ›Hey, Fettarsch, schätze, du hast das Passwort erraten. Bitte bring keine armen Kerle dazu, sich mit dir zu verabreden, indem du sie über deine scheußlichen Angewohnheiten und deinen ekligen Mundgeruch belügst. In Liebe, Chucky.‹«

»Dreckskerl!«, schimpfe ich leise, aber nicht leise genug.

»Charlotte Ann Martin!«, tadelte mich mein Vater aus dem Nebenraum.

Ich hatte nicht damit gerechnet, dass er mich hören konnte.

»Okay, ich bringe das in Ordnung«, versprach Helen.

Das Bild, das sie anstelle des alten reinsetzte, zeigte mich in einem knappen Bikini in einem Haus in Cabo, wie ich mir stirnrunzelnd einen Eisbeutel ans Auge drücke. Unsere Familien waren ein Jahr zuvor dort im Urlaub gewesen, und eine Biene hatte mich in die Stirn gestochen, woraufhin mein ganzes linkes Auge angeschwollen war und ich ausgesehen hatte wie ein Kugelfisch.

»Das Bild?«

»Du wirkst verletzlich und süß, und dein Körper sieht scharf aus.«

Die neuen Einzelheiten zu mir lauteten:

Ich bin Charlotte, 27, und reagiere ein bisschen allergisch auf Bienen, aber ich bin gern draußen, mag den Strand und Livemusik, Baseball und Essengehen. Ich liebe das Leben und das Abenteuer, ganz besonders, wenn ich jemanden habe, mit dem ich all das teilen kann.

»Gefällt mir, aber Baseball?«

»Du liebst Baseballspiele«, konstatierte Helen.

»Richtig, aber ich würde mich nicht gerade als Fan bezeichnen. Ich kenne nicht einen einzigen Spieler der Dodgers.«

»Jetzt hör mal, Kerle mögen Frauen, die bereit sind, mit ihnen Sport zu gucken. Ich möchte mich nicht einmal tot bei einem Baseballspiel erwischen lassen, aber du siehst dir den Mist gern an.«

»Eigentlich liebe ich vor allem die Ärsche in den Baseballhosen.«

»Trotzdem, Charlie. Du bist so vielseitig. Wäre es dir lieber, wenn ich deine Vorliebe für Männer mit lähmenden Phobien und einem Cross-Dressing-Fetisch erwähne?«

»Schön, dann lass das Baseballding eben drin.«

Als wir an diesem Abend das Haus meiner Eltern verließen, riet mir meine Mom, ich solle Geduld haben, und mein Dad sagte: »Du überlegst dir besser was. Dein Collegegeld ist weg, und ich kann dir auch nicht aus der Klemme helfen.«

So verletzt ich auch war, ich umarmte ihn. »Mache ich, Dad. Ich werde Friseurin.«

»Was? So, wie du Maklerin geworden bist?«

Das tat weh.

Helen zupfte an meinem Arm. »Komm schon, Charlie. Bye, Pops, bye, Mom, wir müssen los.«

Manchmal rettete sie mich vor ihren prüfenden Blicken, und manchmal tat ich das Gleiche für sie bei ihren Eltern. Wir verließen uns sehr aufeinander. Vielleicht ein bisschen zu sehr.

8. Jedi-Psychotrick

Eine Woche später rief ich Match.com auf und lachte herzlich über die Nachricht, die ich erhalten hatte.

Charlotte, hallo, mein Name ist Seth Taylor, und ich reagiere auch ein bisschen allergisch auf Bienen, liebe Baseball und habe idiotische Familienangehörige, die sich für ganz besonders witzig halten. (Ich hatte ganz kurz einen Blick auf dein ursprüngliches Profil werfen können.) Ich wohne südlich von L.A. und bin nicht besonders gut mit E-Mails oder Textnachrichten, also wenn du reden willst, hier ist meine Nummer. Ich würde mich sehr gern mit dir unterhalten.

Ich saß auf der Couch in unserer Wohnung und wartete darauf, dass sein Profil geladen wurde.

»Oha.«

»Was?«, rief Helen aus dem Bad. »Ist er hässlich? Oder ein alter Knacker?«

Ich war sprachlos. Seth war *scharf.* So scharf, er ließ nicht nur die Zehn auf der Messlatte hinter sich, er war von der Sorte, die Leuten wie mir nicht mal die Uhrzeit nennen dürften. Und natürlich hatte er ein Foto von sich eingestellt, auf dem er ohne Hemd am Strand liegt und ein anbetungswürdiger schwarzer Labrador auf seinem Twelvepack schläft. Diese Bauchmuskeln würde ich mit der Zunge polieren, wenn ich nur könnte.

»Nein, er ist süß!«, antwortete ich. »Aber er ist ein Hundemensch.«

Helen kam aus dem Bad und blickte mir über die Schulter. »Sieht toll aus.«

»Der mag mich bestimmt nicht«, sagte ich.

»Probier es aus.«

Es war zehn Uhr morgens an einem Montag. »Meinst du, es würde komisch wirken, wenn ich ihn jetzt anrufe?« Ich konnte den Blick nicht von dem Foto lösen. Er hatte kurzes dunkelblondes Haar, blaue Augen und einen perfekten Dreitagebart. Auf dem Foto sah er verspielt aus, so wie einer von diesen Leuten, die allein mit ihren Augenwinkeln schon wunderbar lächeln können.

»Du solltest ihn anrufen. Sonst schnappt ihn dir nur jemand weg. Und schau mal, er ist jünger als du, du Cougar.«

»Er ist zwei Jahre jünger als ich«, protestierte ich.

»Ruf ihn an.« Helen verwuschelte mir das Haar und verschwand dann in ihrem Zimmer.

Ich wählte seine Nummer. »Hallo«, sagte er. Seine Stimme klang tiefer und weicher, als ich erwartet hatte. Sie strahlte in meinen ganzen Körper aus.

»Hi.«

»Hi.«

Ich hätte die ersten fünf Eisbrecherzeilen notieren sollen, ehe ich angerufen hatte.

»Ich bin Charlotte. Die Frau, der du bei Match eine Nachricht geschickt hast.«

»Hi, Charlotte. Ich bin Seth.«

Unbehagliche Stille. »Hi, Seth.«

»Tja, ich schätze, die Vorstellung haben wir nun hinter uns. Dein Profil war ziemlich knapp, aber ich konnte noch das Abschlussballfoto sehen, das vor diesem drin war. Das, nebenbei, richtig scharf aussieht, auch wenn du dir einen Eisbeutel ans Gesicht hältst.«

Er hat mich scharf genannt. Ist das gut oder schlecht? Hör auf, dir unnötig den Kopf zu zerbrechen, Charlotte, und rede mit dem armen Kerl. »Oh, danke. Das erste Profil war ein Produkt der Schöpfergabe meines Bruders.«

»Dachte ich mir. Ich bin bei uns der Jüngste und habe drei Schwestern – also verstehe ich genau, wie Geschwisterliebe funktioniert.«

»Drei Schwestern? Meine Güte. Das muss ja interessant gewesen sein.«

»Es gab eine Menge Theater und Streiterei wegen des Badezimmers. Und ich bin sehr versiert darin, Nagellack aufzutragen und Accessoires auszuwählen.«

»Mir fällt gerade erst auf, dass ich mir deine Profilbeschreibung gar nicht angeschaut habe. Alles, was ich gesehen habe, war dein Bild und die Nachricht, die du mir geschickt hast.«

»Du hättest dich informieren sollen. Womöglich haben wir gar nichts gemeinsam. Ich kann dir die Beschreibung vorlesen, wenn du willst.«

»Klar.« *Bizarr.*

»›Ich bin Seth Taylor. Ich jage gern große, vom Aussterben bedrohte Spezies und finde immer Möglichkeiten, mich vor der Bezahlung meiner Steuern zu drücken. Ich sehe besser aus als die meisten Leute und hasse alle unter achtzehn und über fünfundfünfzig. Ich besitze jede Menge gestreifte Button-Down-Hemden, und mein Lieblingsparfüm heißt Sex Panther. Hergestellt wird es mit kleinen Teilen von einem echten Panther, damit man auch weiß, wie gut es ist. Meld dich mal.‹«

Ich hatte keine Chance, das Lachen zurückzuhalten. Ehe ich irgendetwas sagte, rief ich sein Profil an meinem Laptop auf und sah, dass da gar keine Beschreibung war, also wusste ich, dass er sich das alles ausgedacht hatte.

»Und, was hältst du davon?«

Ich lachte immer noch. »Sex Panther hört sich herrlich an.«

»Frauen mögen das zu sechzig Prozent immer.«

»Also gut, ich habe dein echtes Profil aufgerufen, und da gibt es gar keine Beschreibung, du Schlaukopf.«

»Tja, ich kann dir etwas über mich erzählen. Was die kleinen

Pantherteile betrifft, habe ich gelogen, alles andere ist wahr. Was willst du sonst noch wissen?«

Die Unterhaltung ging wie von selbst voran. Mit ihm zu reden fühlte sich gut an. Er wirkte unkompliziert und humorvoll.

»Wo wohnst du, was tust du, was macht dir Spaß? Ist das dein Hund auf deinem Profilfoto?«

»Ja, das ist mein Hund. Obi-Wan, und er ist toll. Ich wohne in Encinitas. Weißt du, wo das ist?«

»Ja, an der Küste, richtig? In San Diego?«

»Jep. Es ist mir peinlich, das zuzugeben, aber ich wohne bei meinen Eltern, bis ich mit dem Studium fertig bin.«

Puh, er ist mit fünfundzwanzig immer noch auf dem College?

»Was sonst?«

»Ich mag Baseball, und ich mag Surfen. Aber mehr würde ich dir lieber persönlich erzählen. Können wir uns morgen Abend treffen?«

Der Vorschlag kam ein wenig abrupt. »Äh, na ja …«

»Ich meine, jetzt muss ich leider weg, aber ich würde gern etwas verabreden … mit dir.«

»Ja, sicher, wo sollen wir uns treffen?«

»Wie wäre es, wenn du mir eine Adresse schickst, und ich treffe dich dort morgen um sieben?«

»Okay, hört sich gut an.«

»Freu mich darauf, dich persönlich kennenzulernen.«

»Ebenso.« Wir legten auf.

Ich schrie laut auf vor Freude, und dann tanzten Helen und ich durch unsere Wohnung. Adam würde schon bald nur noch eine ferne Erinnerung sein, wenn ich erst mit dem süßen, klugen Seth ausgegangen wäre.

Am nächsten Tag suchte mir Helen ein nuttiges Outfit zusammen, aber ich beschloss, lieber in Jeans, Sweatshirt und flachen

Schuhen loszuziehen. Wir würden uns im *Villains* treffen. Ich dachte, es wäre eine gute Idee, in sicherer Distanz zu bleiben, nahe genug, dass ich jederzeit Verstärkung rufen konnte, sollte ich es für nötig halten.

Im *Villains* setzte ich mich an den Tresen und bestellte ein Glas Weißwein. Alle fünf Minuten schaute ich auf mein Telefon und sah mich um. Aus fünf Minuten wurden dreißig – kein Seth.

Ich schrieb Helen.

Ich: Ich wurde versetzt. Er
ist immer noch nicht da.

Helen: Er hat einen weiten Weg.
Schreib ihm, oder gib ihm noch
zwanzig Minuten.

Ich: Das ist mehr als unhöflich.
Er sollte mir schreiben.

Nach einer Stunde, drei Gläsern Wein und gar keinem Essen fing ich an, die Klöster in der Umgebung zu googeln. Viele gab es nicht, was nicht gerade eine Überraschung war. Gleich darauf sprang Helen auf den Barhocker neben mir und legte mir einen Arm um die Schultern. »Ach, Charlie, tut mir so leid.«

Sie warf einen Blick auf mein Telefon. »Willst du jetzt Gott heiraten?«

»Ich denke darüber nach.«

»Hör auf, deine Sorgen in diesem Wein zu ertränken. Lass uns nach Hause gehen. Morgen wartet im Restaurant ein Brunch auf uns, und du weißt, wie Jon-Jon reagiert, wenn wir mit einem Kater da auftauchen.«

»Ich habe erkannt, dass ich mich nicht um jeden Mist kümmern kann und will, Helen, und Jon-Jon gehört dazu.« Ich benutzte Adams Worte, weil er recht hatte. Ich musste Prioritäten setzen.

Sie nahm mir das Glas aus der Hand und kippte den Rest Wein hinunter. »Treffen wir eine Vereinbarung. Morgen, nach der Arbeit, besorgen wir Wein, und dann gucken wir gemeinsam bei Match.com nach ein paar netten Jungs … für uns beide.«

»Nein!«, blaffte ich. »Bestimmt nicht.« Ich tippte die Match.com-App auf meinem Telefon an und löschte sie vollständig. »Ich hab das hinter mir. Ich brauche eine Pause von der Partnersuche. Und dafür gebe ich mir sechs Monate. Mindestens.«

Helen lachte. Sie glaubte mir kein Wort, aber ich spürte plötzlich und endlich so etwas wie Entschlossenheit, nachdem ich so lange so wankelmütig gewesen war. Gleich von zwei Kerlen fallen gelassen zu werden, kann so etwas schon bewirken.

9. [...]

Sechs Monate später …

Nach sechs Monaten Zölibat kredenzte ich immer noch Fritten im *Blackbird's*. Helen hatte es inzwischen geschafft, eine Hilfskraft, einen Koch und den UPS-Fahrer aufzureißen. Erst versorgte er das *Blackbird's*, dann versorgte er die süße Helen in der Vorratskammer. Seit der Trennung von Luc hatte sie sich schon um die zehnmal über ihn hinweggetröstet, was ihm offenbar nicht das Geringste ausmachte. Sie erklärte mir, ich müsse mir auch mal wieder jemanden angeln, als wäre ich da bisher so erfolgreich gewesen. Meine aktuelle Beziehungsbilanz beschränkte sich auf einen One-Night-Stand, gefolgt von einem scharfen Typ mit Sixpack, der mich gleich beim ersten Date versetzt hatte.

An einem Dienstag kam meine Mom zum Abendessen ins *Blackbird's*. Nach unserer Schicht würde sie uns nach Hause begleiten, damit ich ihr den Haaransatz nachfärben konnte. Ich hatte mich durch die ersten Unterrichtseinheiten der Kosmetikschule gewurstelt, aber mit jedem Tag mehr das Interesse verloren, was wirklich niemanden mehr zu überraschen vermochte.

Ich sah mich zu dem Tisch um, an dem meine Mom saß, und stellte fest, dass sie die alberne kleine Tortillasuppenfahne hisste und senkte, als wäre der Flaggenmast ein Spielzeug. Schließlich ging ich zu ihr und fragte: »Ist dir langweilig?«

»Ganz und gar nicht, Liebling.« Meine Mom hatte eine wunderbare Stimme und die freundlichsten Augen. Sie konnte jedem ein Lächeln entlocken. Helen sagte immer, in dem Punkt seien Mom und ich uns ähnlich. Ich hoffte, dass sie recht hatte.

Ich setzte mich zu ihr in die Sitznische. Plötzlich war ich neugierig, wie sie wohl in meinem Alter gewesen war, und mir ging auf, dass ich sie nie danach gefragt hatte. »Was wolltest du machen, als du noch jünger warst?«

»Wie meinst du das? Meinst du so was wie Reisen?«

»Nein, beruflich.«

Sie seufzte. »Ich wollte so viele verschiedene Sachen machen. Aber das waren andere Zeiten, damals. Ich war mit einundzwanzig verheiratet und schwanger, und dein Dad hat Zahnmedizin studiert. Ich habe ungefähr sechs Monate bei *JCPenney* gearbeitet, und dann war ich deine Mom … und dann auch Chucks Mom.«

»Was waren diese *verschiedenen Sachen*, die du machen wolltest?«

Jon-Jon kam vorbei, hielt inne und sah mich an. »Bezahlen wir dich fürs Rumsitzen?«, fragte er.

»Ich nehme mir nur gerade meine gesetzlich vorgeschriebene Fünfzehn-Minuten-Pause und unterhalte mich mit meiner Mom. Helen übernimmt so lange meine Tische.« Jon-Jon gönnte uns keine Pausen, auch wenn er genau wusste, dass sie uns zustanden.

»Erst musst du dich bei mir abmelden«, sagte er.

»Ich konnte dich nicht finden. Papi hat gesagt, du wärest vor einer halben Stunde im Klo verschwunden.«

Er warf mir einen finsteren Blick zu, ging dann aber.

»Was hat er für ein Problem?«, fragte meine Mom.

»Tja, so ist er eben.« Ich zeigte auf seinen wabbeligen, fetten Arsch, der beständig seine Hose zu fressen schien, als er davonmarschierte, und dann auf seinen älteren Bruder Jack. »Und das ist sein Bruder. Ihm gehört das Restaurant. Jon-Jon arbeitet schon seit fünfzehn Jahren für ihn.« Jack war ein extrem attraktiver Mann in den Vierzigern. Ihm gehörten drei verschiedene *Blackbird's*-Filialen, und Jon-Jon war lediglich der Manager von einer davon.

»Ach, ich verstehe. Geschwisterrivalität«, sagte meine Mom. »Ja, ich weiß, wie das ist.«

»Warum sagst du so etwas, Charlotte?«

»Weil Chucky der Goldjunge ist und ich in diesem Laden arbeite.« Vage wedelte ich mit der Hand. »Sieh dich doch um. Sieh dir an, was ich anhabe.« Ich zeige auf meine Fliege.

»Ich liebe dich, Charlotte. Ich weiß, dein Dad ist streng mit dir, aber mir würde es nichts ausmachen, wenn du den Rest deines Lebens Tortillasuppe servierst. Ich wünschte nur, du und Helen wäret nicht dauerhaft alleinstehend.«

Keine der Beziehungen, die ich hinter mir hatte, war je wichtig genug gewesen, um mit meiner Mom darüber zu sprechen; auch Curtis hatten meine Eltern nur durch Zufall kennengelernt.

»Alle sagen, Chucky würde so gut aussehen, er sei so klug und so ein toller Sportler. Dad war bei keinem meiner Fußballspiele während der Highschool, weil ich nicht gut genug war. Chucky war in der Highschool ein Mädchenschwarm, und mich fanden die Jungs nur nervig.«

Sie schnaubte verärgert. »Hast du in letzter Zeit mal in den Spiegel geguckt? Du bist zu einer hinreißenden jungen Frau herangewachsen. Kannst du nicht mal ein bisschen Selbstvertrauen haben? Und sitz grade!«

Ich war eher bemüht, krummes Sitzen und eine schlechte Haltung auf ein ganz neues Niveau zu bringen. »Es kommt mir einfach so vor, als wäre ich in einer Sackgasse gelandet.«

»Tja, mein Kind, dann wird es verdammt Zeit für eine Kehrtwende. Übrigens, es wäre möglich, dass ich mich auf deinem Computer-Dating-Ding umgesehen habe.« Sie warf mir einen wachsamen Blick zu. »Sei nicht sauer. Helen hat mir erzählt, dass du es nicht mehr benutzt hast, seit dieser Seth dich versetzt hat.«

»Ja, und am nächsten Tag habe ich auch gleich meine Telefonnummer gewechselt. Sauberer Schlussstrich.«

»Hm, das erklärt einiges.«

Jon-Jon war wieder da. »Sind das jetzt fünfzehn Minuten?«

Ich schaute auf meine imaginäre Armbanduhr. »Nein, erst zwölf.«

Kopfschüttelnd zog er ab. Ich schaute mich um und sah Helen mit einem Gast flirten.

»Siehst du, Helen hat Selbstvertrauen«, kommentierte meine Mutter.

»Sie ist eine verdammte Schauspielerin. Wie auch immer, was wolltest du mir über die Dating-Seite sagen?«

»Da war eine Botschaft von diesem Jungen. Dem, der dich versetzt hat. Er hat geschrieben, sein Dad …«

»Moment mal. Woher weißt du das?«

»Helen hat es mir erzählt.«

Ich erhaschte Helens Aufmerksamkeit und formte tonlos die Worte: *Ich bringe dich um!*

Sie zuckte nur mit den Schultern.

»Wie dem auch sei«, fuhr meine Mutter fort, »Seths Dad hatte einen Autounfall. Er wird wieder gesund, aber er musste operiert werden.«

Plötzlich weiß meine Mom alles über Seths Familie? Seth, den ich nicht einmal kenne?

»Schön, und, Mom? Daten habe ich hinter mir gelassen.«

»Er ist wirklich süß. Er hat sich ausufernd entschuldigt und gesagt, er habe versucht, dich anzurufen. Das muss wohl gewesen sein, als du deine Nummer gerade geändert hattest. Ich hatte mich schon gefragt, warum du das getan hast.«

»Ich muss weiterarbeiten.«

»Warte noch. Vor ungefähr einer Woche hat er wieder geschrieben und gesagt, er würde hoffen, dass du immer noch in dein Postfach guckst. Du solltest auch mal deine Nachrichten lesen.«

»Vielleicht«, sagte ich, küsste sie auf die Wange und ließ sie allein.

Als wir in unserer Wohnung waren, färbte ich meiner Mutter am Küchentisch die Haare, während Helen auf der Couch mein Match-Profil auf ihrem Laptop aufrief.

»Oooh!«, machte sie.

»Was? Lies vor!«

Sie räusperte sich und fing an. Mir hatte sie den Rücken zugekehrt, sodass ich ihr Gesicht nicht sehen konnte, aber sie klang von Beginn an regelrecht gerührt. *»Liebe Charlotte, ich kann dir gar nicht sagen, wie leid es mir tut, dass ich unser Date verpasst habe. Mein Dad hatte ungefähr zwanzig Minuten, bevor ich hätte losgehen wollen, einen Autounfall. Ich war furchtbar besorgt um ihn. Es war ziemlich schlimm, und er musste operiert werden.«* Helen fing an zu schniefen.

»Was denn, Helen? Himmel noch mal.«

»Er hat ein Foto von sich und seinem Dad im Krankenhaus angehängt.«

»Lies weiter.«

Meine Mutter schniefte ebenfalls. Ich drehte sie samt Stuhl um. »Ernsthaft? Weinst du jetzt auch noch?«

»Er schien nur so ehrlich besorgt um seinen Dad zu sein.«

Ich schüttelte den Kopf. »Weiter, Helen.«

»Würdest du bitte einen neuen Versuch in Betracht ziehen? Und gerade letzte Woche hat er noch eine Nachricht geschickt. *Hey, Charlotte, hab mich nur gefragt, ob du noch hier reinschaust. Ich versuche es noch ein letztes Mal. Ich würde mich sehr gern mit dir treffen. Ich würde dich sehr gern ausführen. Jedenfalls, wenn du dich dazu durchringen kannst, mir zu verzeihen.«*

Ich ging zum Sofa, während das Färbemittel einwirken musste. »Gott, er sieht wirklich gut aus, was? Vielleicht schreibe ich ihm.«

»Charlotte, meine Kopfhaut fängt an zu brennen.«

»Mist.«

Ich spülte meiner Mom das Haar aus, das eindeutig eher

orange als rot war, frisierte sie und präsentierte ihr das Ergebnis im Spiegel. Ich wusste, dass ich es vermasselt hatte, aber sie sagte nur: »Gefällt mir!« Dann nahm sie mich voller Inbrunst in die Arme. Vielleicht war sie zu nachsichtig mit mir. Vielleicht hatte Dad recht. Immerhin hatte ich ihr das Haar versaut, und sie umarmte mich trotzdem.

Als sie gegangen war, wedelte Helen mit dem Telefon vor meiner Nase, während ich Geschirr spülte. »Hör auf, und ruf ihn an.«

»Also gut.« Ich trocknete mir die Hände und ging zur Couch. »Verschwinde«, wies ich sie an. Sofort zog sie sich in ihr Zimmer zurück, aber ich wusste, dass sie trotzdem lauschte.

Ich suchte Seths Telefonnummer heraus und rief an. Er ging beim ersten Klingeln dran.

»Du hast angerufen!«, stellte er triumphierend fest. »Können wir uns morgen in Lake Elsinore treffen, Charlotte?«

Oje, einfach so. Der Typ ist schon eine Nummer für sich. »Äh, hallo, hi, wie geht es dir? Wie geht es deinem Dad?«

»Hallo, hi, mir geht es gut. Meinem Dad geht es auch gut. Ich möchte dich treffen. Ich bin froh, dass du mir verziehen hast. In sechs Monaten hat mich niemand auf irgendeiner Website oder im realen Leben so neugierig gemacht wie du, und ich bekomme dein Bild einfach nicht mehr aus meinem Kopf. Höre ich mich gerade an wie ein Stalker?«

»Ja.«

»Was soll's? Wie wäre es, wenn du morgen einfach zu einem Baseballspiel kommst, dann können wir uns treffen und diese tolle und typisch amerikanische Freizeitbeschäftigung gemeinsam genießen.«

»Ein Baseballspiel in Lake Elsinore? Was, Little League?«

Er hat ein Kind?

»Die San Diego Padres haben eine Mannschaft namens The Storm in der Minor League, und die spielen da.«

Ich war verwirrt. »So wie *Bull Durham*?«

»Ja, genau!« Er hörte sich an, als wäre er ganz begeistert, weil ich wusste, wovon er sprach. »Willst du das Spiel sehen?«

»Äh …«

Plötzlich sprang Helen hinter der Couch, wo sie sich inzwischen versteckt hatte, hervor, zeigte auf das Telefon und formte mit den Lippen ein tonloses *Ja!*

»Kann meine Freundin Helen mitkommen?«

»Warum nicht? Okay, dann hinterlege ich an der Kasse zwei Tickets für euch. Um sechs geht es los. Sehen wir uns dann?«

»Okay.«

Sofort danach legte er auf. Ich drückte auf die Trenntaste des Telefons und blickte zu Helen empor. »Was hat er gesagt?«, fragte sie und bürstete sich das nasse Haar aus.

»Ich dachte, ich hätte dich duschen gehört. Wie lange hast du dich schon hinter der Couch versteckt?«

»Ist doch egal. Was hat er gesagt?«

»Nicht viel. Wir treffen uns bei einem Baseballspiel. Er hat gesagt, er hinterlegt Karten für uns.«

»Nicht zu fassen, dass du ihm gesagt hast, ich käme mit. Ich komme nicht mit«, konstatierte Helen und verdrehte die Augen.

»Du musst. Ich kenne ihn doch gar nicht. Das ist das Verrückteste auf Erden. Ich werde eineinhalb Stunden fahren müssen, nur um mir mit ihm ein Minor-League-Baseballspiel anzusehen. Was, wenn er mich wieder versetzt?«

»Du bist mit Adam zu ihm nach Hause gegangen und hast es die ganze Nacht in seinem Loft mit ihm getrieben. Bildest du dir wirklich ein, das wäre sicherer, als sich mit irgendeinem Typen an einem öffentlichen Ort zu treffen, wo sich gleichzeitig noch Tausende von anderen Zuschauern aufhalten?«

»Warum musst du immer Adam zur Sprache bringen?« Ich stand vom Sofa auf und ging zu meinem Zimmer.

»Warte, wo willst du hin?« Sie stolzierte hinter mir her. »Ich bringe ihn zur Sprache, weil du danach so verändert warst, und jedes Mal, wenn ich seinen Namen erwähne, benimmst du dich, als wäre das nicht nur ein One-Night-Stand gewesen.«

In der Tür zu meinem Zimmer drehte ich mich um und starrte ihr in die Augen. »Ich habe mich von ihm extrem zurückgewiesen gefühlt, okay? Und ich will nicht darüber reden.«

Sie stemmte eine Hand in die Hüfte. »Das ist viel zu lange her, um immer noch an ihn zu denken.«

»Ich mochte ihn, und er hat mich rausgeworfen … Ich kam mir vor wie ein Idiot.«

Bedächtig musterte sie mich. Ich wusste, der Selbstvorwurf, der sich in meinen Worten verbarg und darin, wie ich mich direkt im Anschluss an diese Nacht mit Adam verhalten hatte, war ihr nicht entgangen. »Ich habe ihm angesehen, dass er dich auch mochte, Charlie … genauso sehr wie du ihn. Es hat nur nicht sein sollen. Irgendwas war mit ihm nicht in Ordnung. Wer weiß, was das war?«

Ich nickte. Tränen traten mir in die Augen.

»Mach dich nicht mehr so fertig deswegen, okay? Ich gehe morgen mit zu diesem Spiel, obwohl ich Baseball hasse. Tut mir leid, dass ich dir damit in letzter Zeit so in den Ohren gelegen habe. Dieser Typ sieht auf seinem Profilfoto echt süß aus. Anscheinend mag er Tiere, und er möchte mit dir zu einem Ballspiel gehen und hat nicht einmal etwas dagegen, dass du deine Freundin mitbringen willst. Das ist doch ein guter Anfang.«

»Ich weiß, trotzdem, was heißt das schon? Ich ziehe die seltsamsten Leute an. Aber ich versuche, morgen besser gelaunt zu sein.«

»Okay, und willst du heute Abend noch ein bisschen um die Häuser ziehen?«

»Nein, ich habe morgen die Frühschicht.«

Also ging Helen zu Bett. Ich zog mich in mein Zimmer zurück und suchte auf Facebook und Instagram nach Seth, fand aber nichts.

Am nächsten Tag gab ich mir während der Arbeit alle Mühe, das Lampenfieber vor dem ersten Date unter Kontrolle zu halten. Der Schwachkopf, der bei Helen Avocado al dente bestellt hatte, war wieder da und jammerte mir die Ohren voll, dass die pochierten Eier zu fest seien. Ich rannte mir die Hacken ab, um sicherzustellen, dass seine Eier beim zweiten Versuch auf den Punkt waren, und dann gab er mir bei einer Achtzehn-Dollar-Rechnung eins fünfundzwanzig Trinkgeld.

Als ich Jon-Jon davon erzählte, sagte er: »Er ist Stammgast, Charlotte. Mach den Mann glücklich. Wen interessiert, wie viel Trinkgeld er gibt?«

»Ich arbeite für Trinkgeld, Jon. Ich weiß, für dich ist das unwichtig, aber er ist gegenüber dem Servicepersonal extrem unhöflich, ganz besonders gegenüber den Frauen. Und du stehst nie hinter uns.«

»Weißt du, wie viele Leute für deinen Job und die tollen Schichten, die ich dir verschaffe, töten würden?«

Hört sich schlimm an, aber ich wünschte, unsere kleine Schrank-Eskapade hätte ihn wenigstens eine Weile ins Krankenhaus gebracht. Ich war nicht überzeugt, dass ich noch weitere sechs Monate an diesem Ort, mit diesen idiotischen Werbeaktionen und Jon-Jons schlechtem Benehmen, aushalten würde.

»Ich glaube, wir sollten die Tortillafahnen abschaffen, und diese Outfits sind auch nicht gerade überzeugend.«

»Charlotte.« Er umfasste meine Schultern, eine Berührung, die mich schaudern machte. »Reich eine Beschwerde bei Jack ein, wenn du so unzufrieden bist.«

»Vielleicht mache ich das.«

»Mach deine Tische fertig, dann kannst du nach Hause gehen.«

»Ich habe heute Vormittag zwölf Mäuse verdient, und dafür musste ich meinen Arsch um halb sechs aus dem Bett hieven.«

»Nicht mein Problem«, sagte er und ließ mich einfach stehen.

Warum konnte ich diesen blöden Job nicht an den Nagel hängen? Oh, ich weiß es wieder, weil ich Miete bezahlen muss.

10. Storm Chasing

Gegen vier verließen Helen und ich die Wohnung und machten uns auf den Weg nach Lake Elsinore, was mitten im verdammten Nirgendwo liegt. Der Verkehr war übel, aber wir schafften es bis sechs zu dem kleinen Minor-League-Stadion. Wir trugen beide Jeans und T-Shirt und bemühten uns auszusehen wie zwei Mädchen, die sich bloß das Spiel ansehen wollten, auch wenn wir heute etwas mehr Zeit als sonst für unser Make-up und Haar aufgewandt hatten. Chucky wäre stolz auf mich, hätte er gewusst, wie sorgfältig ich mit der Zahnseide hantiert hatte.

Als wir uns einen Weg zu unseren Plätzen bahnten, hielt ich Ausschau nach einem Mann, der Seths Profilfoto entsprach, aber es war nicht einfach, in diesen Horden von Moms, Dads und kleinen Kindern irgendwelche Gesichter herauszupicken.

Wir fanden unsere Plätze, aber keinen Seth. In unserer Reihe saß überhaupt niemand außer uns. Mir wurde ganz anders. Was, wenn das nur ein Witz war, den sich irgendein gelangweiltes Kind ausgedacht hatte, um sich auf Kosten eines zurückgewiesenen Dummerchens wie mir zu amüsieren? Nur, um herauszufinden, ob ich wirklich blöd genug war, um über hundert Meilen zu einem Baseballspiel zu fahren? Ich konnte nicht anders, ich musste mir ständig das Schlimmste ausmalen. Das Einzige, was mich etwas beruhigte, war, dass jemand Eintrittskarten für uns gekauft hatte.

»Schätze, er ist noch nicht hier«, bemerkte Helen. »Irgendwie schwach, zu spät zu einem Date zu kommen, nachdem man die Frau beim ersten Versuch gleich ganz versetzt hat.«

»Vielleicht steckt er im Verkehr fest? Er kommt aus der anderen Richtung.« Ich konnte kaum glauben, dass ich tatsächlich Ausreden für ihn suchte.

»Du bist zu nachsichtig mit den Leuten, Char. Wenn er heute zu spät kommt, kannst du dich mehr oder weniger darauf verlassen, dass er das ständig macht und total unzuverlässig ist.«

Ich zuckte mit den Schultern und konzentrierte mich auf den Gang über uns in der Hoffnung, dort einen knapp eins neunzig großen, attraktiven Mann auf uns zukommen zu sehen.

»Soll ich uns ein paar Bier holen?«, fragte Helen.

»Okay«, sagte ich. Das Spiel war schon im Gang. Lake Elsinore Storm war auf dem Feld, und irgendeine Mannschaft aus Modesto hatte die Plate. Ein paar Minuten später kam Helen mit zwei großen Bieren vom Fass und zwei Hotdogs zurück.

»Ii, du weißt doch, dass ich Hotdogs hasse.«

»Schön, du musst ihn ja nicht essen; ich gebe ihn einfach Seth, falls er irgendwann auftaucht.« Helen war erkennbar verärgert. »Nicht zu glauben, dass er immer noch nicht da ist. Was für ein Arschloch.«

»Ich werde das Bier gleich in einem Zug leeren«, kündigte ich an und starrte ins Nichts. Zweimal von derselben Person versetzt zu werden war jämmerlich.

»Warte noch. Nur nicht überreagieren.« Sie warf einen Blick zur Uhr. »Wenn er um halb sieben nicht hier ist, können wir gehen.« Inzwischen war Storm im Angriff, und ein Spieler machte sich gerade im Batter's Circle warm. Er hatte einen perfekten Arsch, und Helen ließ ihn nicht aus den Augen. »Oder wir bleiben und sehen uns das Spiel an.« Sie wackelte mit den Brauen. »Ach, diese Baseballhosen. Seufz.«

»Das ist erst die zweite Hälfte des ersten Innings. Ich gebe ihm bis Viertel vor sieben.« Ich betrachtete die Muskeln, die sich in den Armen des Spielers spannten, als er den Schläger ein paarmal geübt herumschwang. »Aber vielleicht machen wir es uns auch bequem und genießen die Show, genau, wie du gesagt hast.«

»Das Spiel, meinst du?«

»Ja, das Spiel.« Ich nahm mein Bier aus dem Getränkehalter und nippte daran, als die Stimme des Stadionsprechers aus den Lautsprechern hallte.

»Erster Batter für Lake Elsinor Storm, die Nummer zwölf, Center Fielder Seth Taylor!«

»WAS?«, brüllten Helen und ich im Chor. Kurz bevor Seth den Batter's Circle verließ, drehte er sich um und schaute zu mir herauf. Zum ersten Mal sah ich sein Gesicht im realen Leben. Er grinste und winkte mir kurz zu, ehe er sich wieder umdrehte und zur Plate ging.

Wenn ich raten sollte, wie ich in diesem Moment aussah, würde ich sagen, dass ich vermutlich große Ähnlichkeit mit einem dieser Chihuahuas mit den abnorm großen Alienaugen hatte, die einem bisweilen auf Grußkarten begegneten.

Helen stieß mich mit dem Ellbogen an. »Hast du gewinkt, Dummerchen?«

Mein Unterkiefer sackte zu Boden. »Oh mein Gott. Der spielt buchstäblich und im übertragenen Sinne nicht in meiner Liga.«

»Ach, halt doch die Klappe! Er hat dich angestrahlt.«

»Sei still und lass mich zusehen. Oh, Mann, sieh dir diesen Hintern an. Das ist so was von unfair. Gott treibt Spielchen mit mir. Ich habe Rettungsringe, und nun schau ihn an. Er ist perfekt.«

»Charlotte, du hast keine Rettungsringe. Hör auf damit!«

Seth hatte bisher nur einen Strike und lag damit hinten, schlug aber nun einen langsamen Pitch bogenförmig ins rechte Außenfeld. »Der kommt, der kommt!«, brüllte ich und sprang auf. Und der Ball schlug auf dem Boden auf. Seth passierte die zweite Base und rannte auf die dritte zu. »Lauf, Seth! Lauf!« All die Fans im Stadion feuerten ihn an. Der Right Fielder warf den Ball kraftvoll zur dritten Base, aber Seth machte einen Hechtsprung und war safe. Er hatte die Base gerade noch erreicht.

»Das war toll«, sagte Helen. »Er wirkt so koordiniert. Ich wette, er ist gut im Bett … ausdauernd und athletisch.« Sie schauderte. »Gott! Das macht Gänsehaut!«

Ich sah zu, wie er aufstand und sich die Hände an der Vorderseite seiner Kluft abwischte. Er klatschte sich mit dem Third Base Coach ab, sah sich dann zu mir um und kniff spekulierend die Augen zusammen. Ich hätte zu gern gewusst, was er dachte. Ich konnte es nicht erwarten, mit ihm zu reden. Eine Minute später punktete er und joggte zurück zum Dugout, ohne sich noch einmal zu mir umzusehen.

Während des restlichen Spiels schaute er nicht mehr zu mir herauf, aber er ging 4 für 4. Zweimal machte er einen Hechtsprung zur Base, beide Male schaffte er den Hit. Sein Spiel war großartig. Er war locker der beste Spieler aus beiden Mannschaften.

»Nicht zu fassen, dass er nicht in der Major League spielt. Er ist so gut«, schwärmte ich, kaum dass das Spiel vorbei war.

Viele der Fans standen auf, um das Stadion zu verlassen.

»Was hast du jetzt vor? Er hat dich ja irgendwie hinters Licht geführt. Ist das okay für dich?«, fragte Helen.

»Ich weiß nicht – hoffentlich kommt er raus zu uns. Ich komme mir so dumm vor, wenn ich nur hier rumsitze. Und dabei steht in meinem Profil, dass ich Baseball mag.«

Eine Sekunde später trat er ganz in der Nähe des Batter's Circle an den Zaun. Wir saßen etwa fünf Reihen entfernt. Er krallte die Finger in den Maschendraht und beugte sich vor. »Hey, meine kleine Glücksfee. Komm mal runter, damit wir uns offiziell bekannt machen können.«

Ich stand auf und ging die Stufen hinunter. Den ganzen Weg über betete ich darum, nicht zu stolpern, und überlegte, was er wohl von meinem Körper hielt. »Hallo«, sagte ich, als ich am Zaun angelangt war.

Forschend sah er mir in die Augen. »Ich bin Seth.« Durch den Zaun wackelte er mit den Fingern.

Ich streckte die Hand aus und schüttelte einen seiner Finger wie eine Schwachsinnige. »Ich bin Charlotte.«

»In echt siehst du viel besser aus.«

»Ich sehe auf jeden Fall besser aus, wenn ich nicht unter einem anaphylaktischen Schock leide.«

Er lachte. »Ja, richtig, der Bienenstich. Ich fand das süß.« Seine Lippen verzogen sich zu einem schiefen Lächeln.

»Du bist Baseballprofi?«

»Erwischt. Aber das ist die Minor-League, das ist nicht so aufregend.«

»Ich finde es durchaus aufregend. Außerdem hast du mir gesagt, du wärest am College.«

»Bin ich.« Er nickte und sah sich über die Schulter um. »Plan B. Ich könnte mich verletzen und nicht mehr spielen können. Außerdem werde ich nicht gerade gut bezahlt. Und, bist du jetzt nicht total beeindruckt?«

»Du hast jedenfalls toll gespielt.«

»Das beste Spiel meines Lebens, ehrlich. Ich erkläre dich hiermit zu meinem Talisman. Du musst von jetzt an zu jedem Spiel kommen, auf demselben Platz sitzen und dieses T-Shirt tragen. Und du darfst es nie waschen.«

Ich lachte.

»Das ist kein Witz. Baseballspieler nehmen ihren Aberglauben sehr ernst.«

»Vielleicht mache ich das. Und ich liebe es, durch einen Zaun mit einem Mann zu reden.«

»Ah, du stehst ein bisschen unter Strom, was? Ich mag humorvolle Mädchen. Hey, gibst du mir zehn Minuten? Ich muss duschen.« Mit dem Daumen deutete er hinter sich.

»Klar. Sollen wir einfach hier warten?«

Er blickte die Tribüne empor. »Ist das deine Freundin?«

»Ja, das ist Helen.«

»Sie ist süß.«

»Willst du lieber mit ihr losziehen?«

»Nein, Quatsch. Ich überlege nur, ob ich meinen Freund Robby mitbringen soll. Er ist unser Catcher. Wir stellen sie einander vor, dann kommt sie sich nicht vor wie das fünfte Rad am Wagen.«

»Dieser gewaltige, bärtige Bär von einem Mann?«

»Ja, genau der. Er ist ein sanfter Riese. Solange er nicht schlägt.« Er verdrehte die Augen, als ihm die Doppeldeutigkeit seiner Worte bewusst wurde. »Beim Baseball, meinte ich.«

»Ich habe schon verstanden, was du gemeint hast. Also, wo gehen wir hin? Wir können uns ja dort mit euch Jungs treffen.«

»Okay, ja. *Pints and Quarts* ist unsere erste Anlaufstelle. Warte, ich suche dir die Adresse raus.«

»Nicht nötig, ich sehe auf meinem Telefon nach«, entgegnete ich.

»Okay, cool, dann sehen wir uns dort.«

»Gutes Spiel, Seth.«

»Danke, Kid.«

Ich ging die Stufen wieder hinauf zu Helen, die mich äußerst selbstzufrieden angrinste.

»Also?«, fragte sie.

Ich zog sie am Arm mit mir. »Komm mit.«

Wir gingen zum Parkplatz. »Erzählst du mir nun, was er gesagt hat? Ich sterbe vor Neugier.«

»Helen!« Ich packte ihre Schultern und drehte sie zu mir. »Er weiß gar nicht, wie heiß er ist.«

»Oh, diese Typen liebe ich.«

»Nicht wahr?«

»Wirst du ihn wiedersehen?«

»Wir treffen uns gleich mit ihm und seinem Freund.«

»Seinem Freund?«, fragte sie und zog die Brauen hoch.

»Ja, der Catcher, Roddy.«

»Dieser große Kerl?«

Helen hatte einen Typ, ich nicht, abgesehen davon, dass die meisten Kerle, mit denen ich mich einließ, in irgendeiner Weise nicht gut für mich waren. Helen aber hatte insbesondere in körperlicher Hinsicht sehr klare Vorstellungen, zumindest, wenn sie den Mann länger als eine Woche daten sollte. Gewöhnlich waren sie eher dunkel, schlank bis dünn und aus dem Ausland. Sie mochte exotische Männer. Roddy dagegen war ein typischer Amerikaner, ein rothaariger Eins-neunzig-Catcher aus Nebraska mit Sommersprossen.

»Wir treffen uns ja nur auf freundschaftlicher Basis. Das wird bestimmt lustig.«

»Du willst mit Seth nur befreundet sein?«, fragte sie, als sie mir zum Wagen folgte.

»Nein, ich will, dass Seth mich gefangen hält und schlimme Dinge mit mir anstellt.«

Als wir in dem Restaurant eingetroffen waren, wies uns die Kellnerin unsere Plätze zu. Wir bestellten je ein Glas Rotwein und warteten darauf, dass die Jungs zu uns stießen. Wenige Minuten später ging die Tür auf, und da waren sie, Seth in Jeans und einem schlichten T-Shirt. Mehrere Leute am Tresen applaudierten jubelnd. Offenbar war das Lokal bei den Spielern ziemlich beliebt.

»Guter Gott, diese Unterarme«, sagte ich, als er auf mich zukam. In seinem Gesicht prangte dieses alberne Grinsen, das ihn total nahbar erscheinen ließ, obwohl er ein Gott war. Es verriet seine jungenhafte Unschuld; der Mann war einfach unbefangen. Sein Haar war zerzaust und oben auf dem Kopf länger als an den Seiten.

Auf dem Weg zu uns klatschte er sich mit mehreren Leuten ab. Roddy steckte am Tresen hinter Seth fest. Helen beugte sich zu mir und flüsterte mir ins Ohr: »Irgendwie sieht er ein bisschen abgedreht aus.«

»An diesem Körper ist gar nichts abgedreht.«

»Auch wieder wahr. Wo ist der andere Typ?«

»Am Tresen.«

Helen schaute zur Theke, wo Roddy sich gerade zwei Bier schnappte. »Oh, so übel ist er nicht.«

Roddy hatte einen Bart und einen Seitenscheitel im gegelten Haar.

»Sieht aus wie ein Riesenhipster«, kommentierte ich.

Endlich schaffte es Seth an unseren Tisch. Als ich aufstand, beugte er sich prompt vor und umarmte mich. »Hey, Kid.«

»So sollte ich dich nennen. Immerhin bin ich älter als du«, sagte ich.

Er ließ von mir ab und reichte Helen die Hand. Sie schüttelte sie, und die beiden stellten sich einander vor. Gleich darauf stieß Roddy mit den beiden Bieren zu uns, von denen er eines an Seth weitergab. »Meine Damen.«

Wir setzten uns und stießen miteinander an. »Auf ein tolles Spiel«, sagte Helen.

»Cheers.«

Als die Unterhaltung am Tisch so richtig in Gang gekommen und einige Drinks geflossen waren, konnten sich Helen und Roddy offenbar recht gut füreinander erwärmen, und Seth und ich kamen einander auch näher. Schließlich verabredeten wir, dass wir am Samstag zu einem weiteren Spiel am Tage zurückkämen und anschließend gemeinsam ausgehen wollten.

Als der Abend zu Ende war, begleiteten die Jungs uns zu meinem kleinen Honda Civic.

»Kannst du noch fahren?«, fragte Seth.

»Ja, ich hatte nur ein paar Drinks.« Über die Schulter sah ich mich zu Helen und Roddy um, die in der Nähe des Eingangs über irgendetwas lachten. Helen und ihr Dreihundert-Pfund-Gegenspieler hatten sich ein Wetttrinken geliefert, nachdem Helen gewettet hatte, sie könnte ihn unter den Tisch trinken, aber nach dem vierten Tequila hatte er sie überzeugt, aufzuhören. Ihm war von dem Alkohol nichts anzumerken, aber Helen war in ziemlich alberner Stimmung.

»Sie ist ziemlich voll, was?«

»Ja, aber sie ist okay.« Wir sahen zu, wie Roddy sich bückte und sie über seine Schulter warf, als würde er einen kleinen Mehlsack tragen wollen.

»Die mögen sich«, konstatierte Seth, während wir zusahen.

»Sie ist ja auch toll.«

Schließlich drehte er sich zu mir um. »Das war ein schöner Abend.«

»Finde ich auch.«

Er beugte sich vor und küsste mich auf die Wange. »Also sehen wir uns Samstag?«

»Ja. Bis Samstag.«

Roddy stolzierte herbei, während Helen, die mit dem Kopf nach unten über seinem Rücken hing, seinen Hintern mit Faustschlägen traktierte. »Lass mich runter, du Riesenochse.«

»Das gefällt dir, was, Tinkerbell?« Er kicherte tief aus der Brust, es hörte sich an wie ein Donnergrollen.

Als er sie absetzte, stellte sie sich auf die Zehenspitzen und küsste ihn auf den Mund. Die fingen direkt vor unserer Nase an zu knutschen. *Oh Gott, Helen ist verliebt.*

Ich pfiff »Sittin' on the Dock of the Bay«, während Seth, die Hände in den Taschen vergraben, zu Boden starrte.

»Jetzt komm schon, Helen, mach hin«, sagte ich.

Endlich lösten sie sich voneinander. »Okay, Jungs«, lallte sie, ging zur Beifahrertür und zeigte anklagend mit dem Finger auf Roddy. »Du bist wie ein rothaariger Thor! Genau, daran erinnerst du mich.« Sie war hysterisch.

Roddy und Seth lachten beide. »Wir sehen uns, Ladys.«

Ich stieg in den Wagen und startete den Motor, als ich im Rückspiegel Seth zu meiner Seitenscheibe laufen sah, also kurbelte ich sie runter. »Hey.« Er holte einmal tief Luft. »Kann ich dich morgen anrufen, nur so, zum Reden?«

»Klar«, sagte ich.

»Cool.« Er strahlte.

Meine Hände umklammerten das Lenkrad, als ich zusah, wie er davonjoggte. »Los«, forderte Helen.

Ich rührte mich nicht. »Los!«, wiederholte sie, und dann musterte sie mich forschend, während ich Seth nachblickte. »Ooh, dich hat es ja schlimm erwischt«, stichelte sie.

»Mich? Du hast doch mit Roddy Speichelhockey gespielt.«

»Ich mag diesen großen Bär. Er ist ganz schön bullig.«

»Bullig! Ha! Du verblüffst mich.«

Helen konnte lieben. Sicher, sie hatte einen Typ, aber im Grunde entdeckte sie in jedem, der ihr begegnete, irgendetwas, ganz gleich, was derjenige tat, wie er sich verhielt oder aussah. Sie ließ einfach zu, dass jeder Mensch, der in ihr Leben trat, in irgendeiner Weise ihr Herz rührte. Das machte sie so wunderbar, denn sie war imstande, das Wunderbare in anderen zu sehen. Sie ging Risiken ein, liebte heftig, kämpfte manchmal heftig und weinte heftig, wenn es vorbei war. Ich war nie bereit gewesen, irgendjemandem mein wahres Ich zu offenbaren, bis zu dieser Nacht mit Adam, der mir doch nur etwas vorgemacht hatte. In dieser einen Nacht war ich nur ich selbst gewesen. Vielleicht, weil ich gewusst hatte, wie das enden würde. Aber Helen lebte ihr Leben und hatte Spaß, während ich meines nur aus sicherer Entfernung vorüberziehen sah.

Zwanzig Minuten nachdem wir das Lokal verlassen hatten, schlief Helen tief und fest, also drehte ich für den Rest des Weges das Radio auf. Während der Fahrt versuchte ich, irgendetwas Nachteiliges an Seth zu finden, aber es gelang mir nicht. Trotzdem fühlte ich mich ihm nicht Gott weiß wie verbunden. Ich fühlte nicht das, was ich in jener Nacht mit Adam vor so vielen Monaten empfunden hatte.

Am nächsten Morgen schleppte sich Helen mühsam in die Küche. »Du siehst toll aus«, kommentierte ich. Sabber war auf ihrem Gesicht getrocknet, und ihr Mascara hatte sich über die Wangen ausgebreitet. Ihr Haar sah verfilzt aus, und sie trug die geblümte Oma-Unterwäsche, die ich noch aus unserer Jugend in Erinnerung hatte. »Warum hast du diese Wäsche immer noch?«

»Keine Ahnung«, sagte sie gähnend.

Eine Minute später kam Roddy mit weiter nichts als einer Boxershorts am Leib aus ihrem Zimmer.

»Oh … äh … hä?«, stammelte ich.

Er ging zu Helen, die sich auf die Arbeitsplatte stützte, schlang von hinten die Arme um sie und legte das Kinn auf ihre Schulter, als wären sie ein glücklich verheiratetes Paar. »Morgen«, sagte er zu mir.

»Morgen«, antwortete ich verdutzt. »Wann … Ich bin verwirrt.«

Helen lächelte. »Wir haben gestern noch spät in der Nacht telefoniert, und irgendwann habe ich gesagt, scheiße, was soll's, komm einfach her.«

»Wohnst du in der Nähe?«, erkundigte ich mich, immer noch völlig von den Socken.

»Ungefähr zwei Stunden entfernt.«

»Das ist nicht in der Nähe. Du bist mitten in der Nacht zwei Stunden hergefahren?«

»War es total wert«, gab er umgehend zurück, und Helen kicherte.

»Mehr muss ich nicht wissen«, sagte ich und ging zur Tür, um mich auf den Weg zur Arbeit zu machen. »Euch noch viel Spaß, Leute.« Sie antworteten nicht, weil sie sich in der Küche schon wieder gegenseitig ins Gesicht bissen.

In einer Arbeitspause schaute ich auf mein Telefon und sah, dass ich eine neue Nachricht von Seth bekommen hatte. Es war ein Screenshot des Spielplans der Lake Elsinor Storm.

Lachend wählte ich seine Nummer.

»Du kommst jetzt also zu jedem Spiel, ja?«, fragte er anstelle einer Begrüßung.

»Wie wäre es, wenn wir erst mal mit Samstag anfangen?«

»Ich habe heute Abend auch ein Spiel. Was soll ich da ohne meinen Talisman machen?«

»Behalt den Ball im Auge.«

»Das merke ich mir. Bist du auf der Arbeit?«

»Ja. Ich arbeite in einem Restaurant. Na ja, eigentlich ist es eher ein Diner.«

»Nett. Da muss ich irgendwann mal hingehen.«

»Übrigens war Roddy heute früh in unserer Wohnung«, berichtete ich.

»Ich weiß. Er mag Helen wirklich.«

»Schätze, die Wege von Match.com sind unergründlich.« Ich wollte nicht allzu viel Aufmerksamkeit auf den Umstand lenken, dass eigentlich wir ein Date verabredet hatten, bei uns aber im Grunde nichts passiert war, aber er schaffte das Problem aus der Welt, ehe ich noch etwas sagen konnte.

»Ich gehe es lieber langsam an«, sagte er mit ernsthafter Stimme.

»Ziemlich ungewöhnlich für einen Mann.«

»Nicht, wenn er das Singleleben leid ist«, erwiderte er.

»Das verstehe ich nicht.«

»Ich meine, ich weiß nicht, wie ich mich ausdrücken soll, ohne dass es arrogant klingt, aber …«

Ich wusste, worauf er hinauswollte. »Eine Frau zum Vögeln findest du immer. War es das, was du sagen wolltest?«

»Na ja, da ist so eine Gruppe von Frauen, die zu den Spielen kommen.«

»Du hast Groupies?«

»Gewissermaßen.«

»Die müssen doch auch wissen, dass du auf Match.com bist«, sagte ich.

»Ehrlich gesagt, habe ich dich ein kleines bisschen auf Instagram gestalkt, um mich zu vergewissern, dass du keine von denen bist. Es gibt da so eine Art notwendige Durchleuchtung, ehe ich jemanden date.«

Ich lachte. »Und ich habe bestanden?«

»Das Foto von dir, auf dem du in einem Kuhkostüm auf dem Jahrmarkt zu sehen bist, hat gewisse Zweifel geweckt.«

»Ach, das. Ich habe letztes Jahr beim LA County Fair als Kuh gearbeitet«, sagte ich, unterschlug aber, dass ich außerdem eine riesenhafte Hello Kitty gewesen war, die vor dem Sanrio-Laden in der Mall gestanden hatte. Wegen der schlechten Belüftung des Kostüms hätte ich beinahe einen Hitzschlag erlitten. Ich hatte viele Jobs gehabt. Sanrio hatte meine Arztrechnungen bezahlt, also war das in Ordnung.

»Hast du das Kuhkostüm noch?«

»Nein, das musste ich wieder abgeben.«

»Schade«, sagte er.

»Ich weiß.« Jon-Jon stand hinter der Kuchenauslage und musterte mich verdrossen. »Tja, ich muss weiterarbeiten. Nicht jeder kann ein Major League-Baseballspieler sein.«

Er gluckste. »Ist ja nur die Minor League.«

»Siehst du, das hätte ich auch gewusst, wäre ich ein Groupie.«

»Man nennt sie Storm Chasers.«

»Sturmjäger? Ernsthaft?«

»Ich schwöre bei Gott.« Eine Sekunde trat Stille ein. Dann: »Ich lasse dich dann mal arbeiten. Kann ich dich nach meinem Spiel anrufen?«

»Sicher.«

Helen kam kurz vor Beginn ihrer Schicht herein. Sie schleppte mich in den Personalbereich und sagte äußerst lässig: »Er hat mich gebeten, bei ihm einzuziehen.«

»Entschuldige. Was?«

»Ja, er hat mich gebeten, bei ihm einzuziehen.« Ihr Blick huschte erst zur Decke, dann zum Boden und blieb schließlich an ihren nervösen Händen hängen.

»Welche Art Mensch bittet eine Frau nach nur einer Nacht darum, bei ihm einzuziehen? Was hast du geantwortet, Helen?«

»Ja, habe ich gesagt.«

»Bist du übergeschnappt? Du bist ja total von der Rolle. Du bist Roddy vor nicht einmal vierundzwanzig Stunden zum ersten Mal begegnet, du Psycho!«

Endlich sah sie mir in die Augen. »Ich weiß, aber ich mag ihn wirklich.«

»Das ist verrückt. Sogar für dich, Helen.«

»Wenn es nicht hinhaut, ziehe ich wieder aus.«

»Tja, aber rechne nicht damit, dass ich dir in meiner Wohnung ein Zimmer freihalte, falls dein Experiment nach hinten losgeht.« Scheißwütend machte ich kehrt und wollte sie einfach stehen lassen.

»Du bist so eine tolle Freundin, Charlotte«, spöttelte sie. »Nur, weil du so was nicht tun würdest, kannst du dich nicht für mich freuen?«

Ich drehte mich wieder um. »Ich glaube, du machst einen Fehler, Punkt. Und ich kann es mir nicht leisten, deine Hälfte der Miete zu übernehmen, während du Vater-Mutter-ohne-Kind mit Roddy spielst, dem du vor *weniger* als vierundzwanzig Stunden zum ersten Mal begegnet bist!« Aufgebracht funkelte ich sie an.

»Das sagtest du bereits.«

Ich stampfte mit dem Fuß auf. »Du hast nicht mal was für Baseball übrig.«

»Jetzt schon«, erwiderte sie herausfordernd.

»Tja, dann schätze ich, wir sehen uns bei den Spielen.« Damit marschierte ich in die Küche und weiter in den Kühlraum, um Mayonnaise zu suchen.

»Warte, Charlie. Ich ziehe nicht gleich heute aus.« Helen folgte mir. Ich stieg auf ein Fass und versuchte, die Mayo im obersten Regalfach zu erreichen, ohne das Gleichgewicht zu verlieren. Helen war ein bisschen größer als ich und hatte längere Arme. »Lass mich das machen«, sagte sie.

»Nein! Ich muss jetzt lernen, ohne dich zurechtzukommen.« Als ich die Balance zu verlieren drohte, stützte sie mich. »Ich schaffe das schon, Helen.«

Mit der Mayo in der Hand sprang ich von dem Fass und ging zur Tür.

Warum muss sich alles immer ändern?

»Können wir reden?«, fragte sie und verstellte mir den Weg.

»Es ist kalt hier drin. Wir sind in einem Kühlraum.«

»Bist du deswegen so eisig zu mir?«

In dem Moment kam Luc, der Tortentyp, herein, um irgendwas zu holen. »Charelette und Ä-leen, hallo.«

»Es heißt Helen und Charlotte, Luc. Du bist schon lange genug in diesem Land, um zu wissen, wie man unsere Namen ausspricht.«

Helen war immer noch wütend auf ihn, und der Kühlraum war kein guter Ort für sie, um Luc Auge in Auge gegenüberzustehen. Immerhin hatten sie hier drin Sex gehabt. So um die fünfzigmal.

Finster starrte sie ihn an, während er Butter suchte.

»Lass uns hier raus, Helen.«

»Schön.« Kaum in der Küche, sagte sie: »Du solltest heute Abend zu dem Spiel gehen.«

»Warum?«

»Willst du Seth denn nicht sehen?«

»Ich kann warten«, erwiderte ich.

»Das ist das Problem mit dir. Du wartest immer. Wartest, bis irgendwas in deinem Schoß landet.«

»Ich werde ihn nicht stalken. So verzweifelt will ich nicht auftreten. Du kannst tun, was immer du willst, aber du wirst begreifen müssen, dass das, was bei dir los ist, für die meisten Leute nicht normal ist.«

»Das liegt nur daran, dass du unsicher bist«, sagte Helen.

»Hör verdammt noch mal auf, mich zu beleidigen! Es liegt daran, dass ich noch gar nicht weiß, ob ich Seth mag.«

»Mit Adam bist du ins Bett gehüpft, als du ihn gerade fünf Minuten kanntest.«

»Hier geht es nicht um Sex. Und das mit Adam war etwas anderes.«

»Warum?«

»Weiß ich nicht.«

»Warum gehst du dann nicht los und suchst ihn?«

»Ich habe es satt, darüber zu reden, Helen. Geh zum Spiel, ich decke dich. Zieh zu Roddy, mir egal. Tu, was immer du willst, aber du musst mir eine Monatsmiete bezahlen, damit ich Zeit habe, um einen Nachmieter für dein Zimmer zu finden.«

»Hältst du mich wirklich für verrückt, Charlie?«

Auf der Nase hatte Helen immer noch diese liebenswerten Sommersprossen, Überreste aus ihrer Kindheit. Ich sah sie an und dachte daran, wie sanft und rein und süß sie war. Daran, dass ihre Unschuld und ihr Vertrauen sie zu etwas Besonderem machten. Sie glaubte immer noch an Märchen. Und darum würde sie ihr Märchen auch bekommen.

»Ehrlich? Ja, ich halte das für verrückt. Aber ich schätze, irgendwie ist es auch mutig. Ich will nur nicht, dass du verletzt wirst.«

Sie blickte zu Boden und schaute dann nachdenklich wieder hoch. »Das ist es mir aber wert.«

»Ich weiß. Hab's begriffen. Geh, geh zu dem Spiel und triff dich mit deinem Mann.«

Sie hüpfte aus der Küche, und ich saß mit Jon-Jon im Lokal fest und durfte Fritten schaukeln.

»Danke, Charlie«, rief sie.

Auf dem Heimweg ging ich an Adams Loft vorbei. Sein Wagen war nicht da, und im vorderen Fenster hing ein »Zu vermieten«-Schild. Schätze, das hatte sich erledigt.

11. O Bruder

Nach dem Spiel rief Seth an. »Hab schon wieder vier für vier«, berichtete er.

»Oh, Mist, dann liegt es vielleicht an Helen«, sagte ich.

»Keine Ahnung. Sie war ziemlich süß, wie sie Roddy angefeuert hat. Hast du es schon gehört?«

»Ja, natürlich. Sie hat es mir umgehend erzählt, aber ich kann es immer noch nicht fassen. Macht Roddy so was öfter?« Ich hatte das Gefühl, ich sollte ein paar Nachforschungen für meine Freundin anstellen.

»Nein«, erwiderte Seth energisch. »Er ist, na ja, eher zurückhaltend. Er hat seinen Eltern noch nie ein Mädchen vorgestellt. Die waren heute auch bei dem Spiel, um Helen kennenzulernen.«

»Wow.« So schnell das auch ging, es schien was Echtes zu sein. »Tja, das wird entweder fantastisch schön, oder es endet in einer Katastrophe.«

»Ich glaube, es wird fantastisch schön«, sagte Seth.

»Unerschütterlicher Optimist?«

Er lachte. »Bei dir klingt das, als ob es etwas Schlechtes wäre. Oh, hey, Obi-Wan möchte dich kennenlernen«, sagte er.

Ich verdrehte die Augen und war froh, dass Seth mich nicht sehen konnte. »Oh, ja. Tja, sag ihm, er soll mich anrufen, dann machen wir was aus.« Urplötzlich blitzte in meinem Kopf eine Erinnerung an den Wäschemann und seine Hundebesessenheit auf.

Nachdem wir uns verabschiedet hatten, ging ich ins Bett und dachte über meine aktuellen Lebensumstände nach. Nicht, dass ich nicht bereit gewesen wäre, irgendeinem Kerl eine Chance zu geben. Mit Curtis hatte ich es länger ausgehalten als jeder normale Mensch. Selbst, als er sich immer und immer wieder bekreuzigt und diese seltsamen Rituale durchgeführt hatte, wann immer er einen El Camino zu Gesicht bekommen hatte, war ich geblieben und hatte ihm zugeschaut, bis er fertig war. Ich war mit Wäschemann fertig geworden, obwohl der meine teuerste Unterwäsche gestohlen hatte, und mit Paul und seiner Untreue ebenso. Ich war eine Heilige, und ich war auch richtig gut in Verleugnung. Ich hatte bei all diesen Beziehungen gewusst, dass sie nicht funktionieren würden, genauso, wie ich gewusst hatte, dass keiner meiner vielen Berufswünsche eine Chance gehabt hatte. Darum war ich ja bereit, meine Zeit mit ihnen zu vergeuden. Sie stellten keine Gefahr da. Und ich fürchtete Beständigkeit. Kein normaler Mensch würde mit einem Kerl nach Hause gehen, den er mitten in der Nacht mit chinesischem Essen auf einer Straße in L.A. gefunden hatte.

Aber ich glaube, bei Adam hatte ich das empfunden, was Helen nun für Roddy empfindet. Zu schade, dass Adam meine Gefühle nicht erwidert hatte. Zu schade, dass Adam fort war. Diese Kombination aus spektakulärem Sex, seinem Aussehen, seiner Art zu reden, zu denken … Damals war ich regelrecht besessen von ihm gewesen, und ich fühlte mich immer noch geradezu bezwungen von diesem Mann. Mein Selbstvertrauen, das bisschen, das ich gehabt hatte, war nach dieser Nacht auf Talfahrt gegangen. Und nun war Seth da, und ich mochte ihm nicht einmal die Chance geben, mir zu zeigen, wer er war.

Ein paar Tage später rief Seth wieder an, aber ich rief nicht zurück. Ich kam am Freitag von der Arbeit nach Hause und sah, dass Helens Sachen samt und sonders gepackt waren. Roddy trug Kartons die Treppe hinunter. »Hey, Charlie.«

»Charlotte«, korrigierte ich ihn. Ich konnte ihm nicht in die Augen sehen und ging einfach an Helen vorbei ins Wohnzimmer. »Hat er ein Spiel?«

»Heute Abend nicht. Sie haben ein Freilos.«

»Wusstest du vor heute Morgen, was ein Freilos ist?«

Sie stand wie angewurzelt an der Stelle, an der sie die letzten ihrer Bücher zusammengepackt hatte. »Sei kein Arsch, Charlotte.«

Roddy kam zurück und baute sich neben mir auf. »Kann ich draußen mit dir reden?«, fragte er.

»Mit mir?« Ich zeigte auf meine Brust.

»Ja.« Er wirkte besorgt.

»Oh Gott, was denn jetzt?«, murmelte ich, ehe ich ihm folgte. Wir gingen zur Wohnungstür hinaus auf den Treppenabsatz. Ein Luftzug von unten wirbelte meinen Rock hoch, und ich bemühte mich, ihn hinabzustreifen. »Was willst du? Es ist windig, und ich will wieder rein.«

»Ich weiß, wie es sich anfühlt, wenn einem der beste Freund genommen wird …«

»Hat Helen dir diesen Unsinn in den Kopf gesetzt?«

»Nein, es ist unverkennbar, dass du so empfindest; anderenfalls würdest du dich nicht verhalten wie eine Fünfjährige.« So unrecht hatte er nicht. In Roddys Stimme lag ein Grollen, das man auf der Haut spüren konnte, was ein wenig entnervend war. »Ich möchte nur, dass du weißt, ich habe bisher noch nie jemanden wie sie kennengelernt, und ich werde ihr nicht wehtun.« Er bedachte mich mit einem aufrichtigen Lächeln. Ich sah ihm in die hellbraunen Augen und erblickte jemanden, der aus tiefstem Herzen meinte, was er sagte.

»Wie willst du das wissen?«, entgegnete ich.

»Ich weiß es einfach.«

Wann werde ich so was einfach wissen?, fragte ich mich. »Tja, wenn du es dir anders überlegst und beschließt, Helen wehzutun, sorge ich dafür, dass es dir verdammt schwerfallen wird, je wieder einen Ball zu fangen.«

Er lächelte. »Etwas sagt mir, ich sollte diese Drohung ernst nehmen, auch wenn ich dein Körpergewicht in Nahrungsmitteln an einem Tag verspeisen kann. Aber ich werde es mir nicht anders überlegen.«

Als ich wieder hineinging, trug Helen ihre letzte Kiste Richtung Tür. »Chuck the Fuck hat angerufen.«

»Okay.«

Sie stellte die Kiste ab. »Kriege ich eine Umarmung?«

Ich hatte schon gegen die Tränen gekämpft, seit ich hereingekommen war, aber nun, da die Zeit für Umarmungen gekommen war, konnte ich sie nicht mehr zurückhalten. Ich fing an zu weinen. Sie zog mich fest an sich. »Scheiße, du bist doch immer noch meine beste Freundin«, sagte sie nahe an meinem Ohr. »Eine von uns musste den Anfang machen, anderenfalls hätten wir wie diese gruseligen alten Alleinstehenden geendet, die sich eine Messiewohnung teilen.«

»So alt sind wir gar nicht«, schniefte ich.

»Es war Zeit.«

Ich nickte zustimmend, brachte aber keinen Ton heraus.

In weniger als einer Woche hatte Helen jemanden gefunden, der genauso irre mutig und wunderbar war wie sie selbst. Binnen vier Tagen hatte sie ihren Job gekündigt und war Teil eines zusammenlebenden Liebespaares geworden. Ich hingegen würde wohl für alle Zeiten ganz allein Tortillasuppe schöpfen müssen. Das alles kam mir zu schnell vor, selbst für Helens Verhältnisse, aber was, wenn es tatsächlich funktionierte?

Als sie fort waren, rief ich Chucky zurück.

Er meldete sich mit: »Hey, Fettarsch.«

»Was ist los, Kackstängel?«

»Hab gehört, Helen ist ausgezogen.«

»Und? Helen und ich können auch getrennt leben.«

»Deshalb rufe ich nicht an. Herrgott, warum bist du mir gegenüber eigentlich so feindselig, Fettarsch?«

»Keine Ahnung, Chucky, vielleicht, weil du mich Fettarsch nennst.«

»Ich wollte nur mal hören, ob du einen neuen Mitbewohner brauchst.« Er hörte sich an, als würde er es ernst meinen.

»Dich?!«, fragte ich, als wäre das die schlimmste Idee, von der ich je gehört hatte.

»Ich biete dir kostenlose Reinigung und übernehme die Hälfte der Miete und der übrigen Kosten.«

»Kostenlose Reinigung? Meinst du Zahnreinigung?«

»Ja, was denkst du denn, was ich meine, Blödi?«

»Du wirst nie auch nur in die Nähe von meinem Mund kommen!«

»Charlotte, hör zu, Mom weicht mir kaum von der Seite, und das macht mich wahnsinnig. Ich muss hier raus. Und ich werde haufenweise Kohle machen, wenn ich erst das Examen bestanden habe und mit Dad arbeite.«

Mein Bruder hatte bis zur State Board Examination noch zwei Monate Studium vor sich, danach würde er ein echter Zahnarzt sein. Eigentlich war es eine ziemlich bemerkenswerte Leistung, dass er es geschafft hatte, die ganze Zeit bei unseren Eltern zu wohnen.

»Ich weiß, Mom schneidet dir immer noch die Ränder vom Sandwich ab. So einen Mist gäbe es hier nicht.«

»Ich habe ihr gesagt, sie soll damit aufhören. Das ist peinlich. Bitte, denk wenigstens darüber nach.«

Dass ich mit Chucky zusammenwohnen konnte, wusste ich. Das ist so eine Sache mit Geschwistern. In der Kindheit ist es ein einziger Spießrutenlauf. Bis man endlich erwachsen ist, hat man sich so oft vorgestellt, man würde sie erwürgen, dass man für ihren Mist gar nicht mehr empfänglich ist. Ich hatte meinen Bruder einmal gezwungen, zu Fuß im Regen von der Schule nach Hause zu gehen, weil er dem Jungen, mit dem ich zusammen war, erzählt hatte, ich würde schmutzige Unterwäsche tragen. Chucky hatte sich eine Lungenentzündung eingefangen. Meine Mom hatte sich aufgeführt, als müsse er sterben. Aber während er krank zu Hause blieb, ging er in mein Zimmer und löschte eine zwölfseitige Hausarbeit, die ich am nächsten Tag abgeben musste. Ich war so sauer, dass ich ihm buchstäblich vor die Füße kotzte, wenn auch nicht mit Absicht.

Danach wartete ich darauf, mich zu rächen. Am Tag vor seinem großen Kampf bei den landesweiten Wrestlingmeisterschaften pulverisierte ich ein paar Abführtabletten und mischte sie in seinen Proteinshake. So böse waren wir zueinander. Ich hatte echt gewollt, dass mein Bruder sich vor der ganzen Schule in die Hose scheißt. Aber er war mir auf der Spur und trank das Zeug Gott sei Dank nicht. Nachdem er den Shake weggeschüttet hatte, verbrachte er den ganzen Nachmittag damit, scharfe Soße auf all meinen Schuhen zu verteilen, während ich beim Mathe-Nachhilfeunterricht war. Für den Rest meines Abschlussjahres roch ich nach Sriracha-Soße. Seither waren wir ein gutes Stück erwachsener geworden.

»Schön, Chuck, du kannst hier wohnen, aber ich habe Regeln aufgestellt.«

»Hast du nicht. Du bist die schlimmste Chaotin, die ich kenne.«

»Ich habe mich verändert. Außerdem ist das meine Wohnung, also wirst du meine Regeln befolgen«, sagte ich.

»Na gut. Welche Regeln, Charlotte?«

»Weiß ich noch nicht, muss ich drüber nachdenken, aber sie werden streng sein.«

»Wann kann ich einziehen?«

»Helen ist weg. Du kannst sofort einziehen.« Es fühlte sich an, als hätte ich gerade gesagt, sie wäre gestorben. Mir war übel.

»Gut, dann packe ich meine Sachen und bin wahrscheinlich am Montag bei dir.«

»Okay.« Eigentlich konnte ich den Gedanken, das ganze Wochenende allein zu Hause zu sein, kaum ertragen, aber das konnte ich Chuck nicht erzählen. Ich konnte es ihm gegenüber nicht eingestehen, und ich konnte ihn nicht bitten, früher herzukommen, weil ich wusste, dass er mich das nie würde vergessen lassen. »Dann bis Montag.«

Ich ging in Helens leeres Zimmer, schaute mich um und weinte noch ein bisschen mehr.

Wenige Minuten später hörte ich eine Stimme. »Hallo, jemand da? Die Tür steht offen …«

Ich ging hinaus ins Wohnzimmer und erstarrte, als ich die Gestalt sah, die auf der Schwelle stand. Mein Blick fiel auf die Hand, die eine Tüte hielt, die ganz nach chinesischem Essen aussah, und für einen Moment wünschte ich, Adam würde dort vor mir stehen.

»Seth, was machst du denn hier?« Ich wischte mir unter den Augen über das Gesicht, wohl wissend, dass ich vom Weinen verhärmt aussehen musste.

Er füllte beinahe den ganzen Eingang aus. »Ich hoffe, ich überrumple dich nicht mit meinem Besuch«, sagte er.

Ich wusste nicht recht, wie ich reagieren sollte.

Er hielt die Tüte hoch. »Ich habe Abendessen mitgebracht.«

Langsam ging ich zur Tür. »Chinesisch?«

»Thai.«

Gott sei Dank.

»Charlotte?« Seth starrte mich immer noch an und wartete darauf, hereingebeten zu werden.

Ich blinzelte. »Tut mir leid. Ja, klar, bitte komm rein und setz dich.« Ich deutete auf den kleinen Tisch in der Küche und holte Teller und Besteck. »Möchtest du ein Bier oder irgendwas?«

»Sorry, ich hätte doch besser anrufen sollen«, sagte er und rutschte unbehaglich auf seinem Stuhl herum.

»Nein, schon gut. Ich stehe nur ein bisschen neben mir, weil Helen gerade gegangen ist. Wir haben zusammengewohnt, seit wir bei unseren Eltern ausgezogen sind. Ich bin drei Häuser von ihr entfernt aufgewachsen, also ist das eine große Veränderung für mich.« Ich gab ihm das Bier.

»Darum bin ich hergekommen«, sagte er. »Roddy hat mir erzählt, dass du ziemlich deprimiert seist.«

»Aber du kennst mich doch gar nicht«, platzte ich heraus, während ich neben ihm stand. Und bedauerte es, kaum dass ich die Worte ausgesprochen hatte.

Er machte Anstalten, aufzustehen. »Das war eine miese Idee.«

Warum musste ich bloß alles sabotieren? »Warte. Bleib. Lass uns essen. Das fühlt sich im Moment halt alles irgendwie schräg an.«

Als ich mich ihm gegenübersetzte, nahm er langsam einen Schluck von seinem Bier, schluckte und sagte: »Sorry, echt. So etwas habe ich wirklich noch nie getan. Wir hatten heute ein Freilos. Mir war langweilig, und ich habe an dich gedacht.«

»Schon gut.« *Er hat an mich gedacht.*

»Ich hätte dich für heute Abend um ein richtiges Date bitten sollen. Eigentlich hatte ich den Samstag abwarten wollen, aber dann haben Roddy und Helen alles in Lichtgeschwindigkeit gemacht.«

»Ich verstehe das schon, du musst mir nichts erklären, und wir müssen nicht auf Lichtgeschwindigkeit schalten, nur weil die es getan haben.«

Er atmete tief durch. »Okay. Dann ist zwischen uns alles in Ordnung?«

»Alles in Ordnung«, bestätigte ich.

»Willst du hier raus? Du kannst das Zeug ja in den Kühlschrank stellen und morgen essen«, schlug er vor.

»Wo willst du hingehen?« Bisher hatten wir die Speisepackungen noch gar nicht aufgemacht, also erhob ich mich und fing an, sie wieder in die Tüte zu packen.

»Ich weiß nicht, aber ich habe den Eindruck, ein Restaurant wäre besser, das fühlt sich bestimmt nicht so … linkisch an.« Er bedachte mich mit einem angespannten Lächeln.

»Ich glaube, du hast recht.«

»Bist du sicher, dass du ausgehen möchtest?«

»Ja, tut mir leid, dass ich so unbeholfen reagiert habe. Ich kenne einen tollen Laden mit einer echt gemütlichen Atmosphäre. *Wurstküche*. Das ist ein exotischer Wurstgrill. Wird dir gefallen.«

Er lachte. »Klingt furchterregend.«

»Komm.« Ich deutete mit einem Nicken auf die Tür, als er aufstand. »Da gibt es nette Leute und diverse Sorten Craft Beer. Außerdem, mögen nicht alle Baseballspieler Hotdogs?« Und wenn ich auch Hotdogs verabscheute, gab es dort doch auch die besten Pommes und Soßen, also würde ich auch satt werden. »Die haben da sogar Klapperschlangenwurst.«

»Du machst mich fertig. Nicht alle Baseballspieler mögen Hotdogs, und ich esse garantiert keine Klapperschlange, aber ich bin bereit mir anzusehen, was es sonst noch gibt.«

»Perfekt. Dann lass uns gehen.«

Ich sah nicht einmal in den Spiegel und machte mir erst recht nicht die Mühe, die schwarze Jeans und die Bluse, die ich den ganzen Tag schon getragen hatte, gegen etwas Frisches auszutauschen. Seth sah in seiner Jeans, dem kurzärmeligen Button-Down-Hemd und den weißen Converse recht locker aus.

Schulter an Schulter gingen wir nebeneinander und unterhielten uns, bis wir an die Ampel gegenüber von Adams Wandgemälde mit dem geflügelten Mann kamen. Ich starrte das Bild an, wie gebannt von der Tatsache, dass ich dabei gewesen war, als er so mühelos dieses ausdrucksstarke Kunstwerk geschaffen hatte.

Dann, einen Block weiter, sah ich noch etwas anderes. Und das verschlug mir die Sprache.

Ich erstarrte regelrecht.

An der Wand gegenüber dem *Villains* prangte ein ganz neues Wandgemälde. Seth musterte mich befremdet, als ich das Kunstwerk anstarrte.

»Was siehst du da, Charlotte?«

Als ich den Kopf hob, um seinem Blick zu begegnen, stellte ich fest, dass er besorgt wirkte.

»Nichts, gar nichts. Alles in Ordnung. Lass uns weitergehen.«

Meine Beine zitterten.

»Was ist mit dir, Charlotte?«

»Ich muss mich setzen.« Ich fing an zu schwanken.

Mit einer raschen Bewegung schob er mir seinen Arm unter und zog mich an sich. »Du bist leichenblass«, stellte er fest.

Was ich gesehen hatte, war einfach nicht möglich. Das ergab keinen Sinn. In Seths Armen starrte ich weiter das Wandgemälde an.

Das war ich, von hinten, wie ich im Getty-Museum Edvard Munchs *Sternennacht* bewunderte.

Ich trug ein rotes Seidenkleid mit offenem Rücken, und mein langes Haar war hochgesteckt und gab den Blick auf meinen Nacken frei.

Es war so realistisch, so genau. Es sah aus wie ein Foto, bis hin zu dem kleinen Leberfleck auf meiner Schulter.

Ich wusste, dass nur Adam das gemalt haben konnte, aber warum?

Seth musterte mich ernsthaft besorgt aus zusammengekniffenen Augen.

»Alles in Ordnung«, versicherte ich ihm.

»Du verhältst dich so seltsam. Ich weiß nicht, was ich davon halten soll. Du kannst kaum gehen. Hat dich die Sache mit Helen so aus der Bahn geworfen? Ist das etwas Körperliches? Fühlst du dich nicht gut?«

»Ich habe nur gerade an dieser Wand etwas gesehen, was mich verwirrt hat, das ist alles«, sagte ich mit leiser, zittriger Stimme.

»Willst du mir vielleicht erzählen, was los ist, Charlotte?« Er war nicht verärgert; er versuchte lediglich, sich in mich hineinzuversetzen.

Es fiel mir schwer, ihm in die Augen zu sehen, als ich ihm die Geschichte erzählte, also fixierte ich einen Gullydeckel in der Straßenmitte. »Vor ungefähr sieben Monaten habe ich einen Mann kennengelernt.« Und schon zögerte ich.

»Sprich weiter«, forderte er mich auf, und ich hörte einen Hauch von Besorgnis in seiner Stimme.

»Ich bin ihm auf der Straße begegnet. Ich bin mit ihm gegangen, und wir haben eine sehr seltsame, aber auch eine ganz besondere Erfahrung geteilt. Dachte ich jedenfalls.«

»Suchen wir uns eine Bank, damit wir uns setzen können. Ich habe bisher nicht die Spur einer Ahnung, wovon du eigentlich sprichst.«

Nun hockten wir vor der Mauer mit dem Wandgemälde.

»Ich versuche nur, dir die Geschichte zu erzählen, ohne dass ich dabei aussehe wie eine Schlampe.«

»Ich halte dich bestimmt nicht für eine Schlampe, Charlotte. Erzähl einfach.«

»Ich bin diesem Mann auf der Straße begegnet. Wir haben eine stürmische Nacht zusammen verbracht. Ich habe ihn in sein Loft begleitet. Er war Maler. Überall standen Gemälde herum. Wir hatten … Sex, eine Menge Sex.«

Seth schluckte. »Okay, und?«

»Irgendwann in der Nacht hat er mich gefragt, ob wir verliebt seien, als würden wir ein Rollenspiel spielen oder so was, und da habe ich mir eine Geschichte ausgedacht, die besagte, wir wären zusammen und hätten uns vor *Sternennacht* im Getty-Museum kennengelernt. Das ist schwer zu erklären, aber in dem Moment hat es irgendwie Sinn ergeben.«

»Ich dachte, im Getty hätten sie *Schwertlilien*?«

»Nein, Munchs *Sternennacht*, nicht van Goghs.«

»Ach so. Und …?«

Mit dem Daumen zeigte ich hinter mich. »Das war die Geschichte, die ich ihm erzählt habe. Und heute, gerade eben, habe ich dieses riesige Wandgemälde davon entdeckt. Ich komme ständig an dieser Wand vorbei; es war vorher noch nicht da.«

Seth drehte sich um und betrachtete das Gemälde. »Es ist wunderschön.« Dann sah er wieder mich an. »Und was ist passiert?«

»In dieser Nacht hatte ich mich irgendwie in ihn verliebt, aber am Morgen hat er sich seltsam verhalten und mir vorgeworfen, ich wäre eine Lügnerin. Das war alles ziemlich merkwürdig. Wie gesagt, ich dachte, das wäre nur eine Art Rollenspiel.«

Seth schluckte erneut. Eine ganze Weile schwiegen wir uns unbehaglich an. Schließlich drehten wir uns beide um und starrten eine lange Zeit das Bild an.

Irgendwann, es schien, als wären Stunden vergangen, sah Seth wieder mich an. »Ich werde nach Hause gehen, Charlotte. Ich glaube, du solltest jetzt besser allein sein, um über das hier nachzudenken. Ich urteile nicht über dich, aber du kommst mir gerade sehr betroffen vor, und du hattest einen langen Tag.«

Die Vorstellung, allein zu bleiben, ängstigte mich, und ich fragte mich, ob ich Seth gerade in die Flucht geschlagen hatte. Eigentlich *wusste* ich, dass ich das getan hatte. Aber zugleich wollte ich nichts anderes tun als die ganze Nacht dieses Bild anzustarren.

Wir erhoben uns. Die Fußgängerampel blinkte auf und lud uns ein, die Straße zu überqueren. Seth ergriff meine Hand, und ich blickte auf meine Finger in seinen hinab, ehe ich ihm ins Gesicht sah. Er lächelte. »Ich bin einer von den Guten«, sagte er. »Ich bringe dich nach Hause, weil deine seelische Verfassung mir Sorgen bereitet. Du wirkst wirklich verstört. Vielleicht solltest du ihn anrufen, Charlotte. Um dir Klarheit zu verschaffen oder so was. Um herauszufinden, warum er dieses Wandgemälde gemalt hat, sieben Monate nachdem er dich aus seiner Wohnung vertrieben hat.«

»Du hast recht«, antwortete ich, hatte aber keine Ahnung, wie ich an seine Nummer kommen sollte.

»Ich mag komplizierte Frauen«, sagte Seth aus heiterem Himmel, als wir zurück zu meiner Wohnung gingen. »Ich mag Herausforderungen, und ich mag interessante Menschen. Darum hat mich dein Profil so angesprochen. Und dann, an dem Abend, da wusste ich es. Deswegen bin ich jetzt hier. Aber du musst erst mit dieser Sache klarkommen, was immer dir auch so zu schaffen macht. Ich will nicht neugierig sein. So gut kennen wir einander noch nicht, und ich habe jetzt schon das Gefühl, dass ich heute Abend eine Grenze überschritten habe.«

»Das hast du nicht, Seth. Ich weiß nicht, was ich getan hätte, wenn ich ganz allein gewesen wäre, als ich dieses Wandgemälde entdeckt habe. Aber ich muss jetzt wirklich nach Hause.«

Als wir an meiner Tür angelangt waren, beugte Seth sich vor und küsste mich auf die Wange. »Hast du Lust, morgen zum Spiel zu kommen? Dann können wir uns anschließend noch unterhalten.«

»Okay«, sagte ich, obwohl ich nicht wusste, ob ich das wirklich noch wollte.

Als ich die Tür zu meiner Wohnung öffnete, sah ich Chucky am Küchentresen sitzen und Frühstücksflocken essen.

»Yay! Fettarsch ist da!«, brüllte er mit vollem Mund los.

»Du hast immer noch einen Schlüssel?«

»Du Trottel hast nicht abgeschlossen.«

Als wir Kinder waren, hatte Chucky ausgesehen wie diese Figur auf dem Cover von *MAD*, nur dass er schwarzes Haar hatte. Ich sah ihn immer noch so wie damals, obwohl er nun, als Erwachsener, aussah wie Jake Gyllenhaal. Ja, die Mädchen flogen auf ihn, aber er war arrogant und hatte unfassbar hohe Ansprüche.

»Isst du meine Frühstücksflocken?«

»Das Zuckerzeug esse ich bestimmt nicht«, erwiderte er.

Nichts von seinen Sachen lag irgendwo herum. Ich ging in Helens Zimmer und stellte fest, dass Chucky schon all sein Zeug hineingebracht und ausgepackt hatte in den gerade mal zwei Stunden, in denen ich nicht hier gewesen war. Und dabei sah das Zimmer auch noch super ordentlich aus. Mit großen Augen taxierte ich ihn, als ich wieder in die Küche ging.

Er blickte auf. »Was?«

»Alles so aufgeräumt.«

»Wir sind keine Kinder mehr, Charlotte.«

Auf der Suche nach einem Snack öffnete ich den Kühlschrank und stieß auf Hummus, Joghurt, eine Schale Quinoa und eine sehr teure Flasche Champagner.

»Was ist das alles?«

»Ich habe den Quinoa gerade gemacht. Der steht da drin zum Abkühlen. Ich dachte, ich könnte morgen einen Salat mit Quinoa und Feta machen. Und der Champagner ist für dich, meine liebe, süße Schwester.«

»Ernsthaft, Chucky?«

»Würdest du mich von jetzt an Charles nennen? Ich heiße nicht Chuck.«

Ich beugte mich vor, kniff die Augen zusammen und starrte ihn an. »Wer bist du, und warum trägst du die Haut meines Bruders?«

»Hör mit dem Mist auf, Charlotte.« Das war eine Phrase, die in meinem Elternhaus oft gefallen war. Als Kind war ich eine kleine Drama-Queen.

»Okay, Bruder. Ich empfange diese neue Version deiner selbst mit symbolisch, wenn auch nicht physisch weit geöffneten Armen und hoffe, das hält vor. Und danke für den Schampus.«

»Du bist so stilvoll, Fettarsch. Ich bin froh, dass wir jetzt zusammenwohnen.«

»Hast du eine Ahnung, wie viele Kniebeugen ich gemacht habe, um diesen Arsch zu festigen?«

»Lass es lieber. Versuch gar nicht erst, mich dazu zu bringen, mir deinen Arsch anzusehen; das ist gruselig und unappetitlich.«

Ich versetzte ihm einen Schlag an den Kopf. »Okay, Depp, ich gehe ins Bett.«

»Nacht.«

»Nacht.«

Ich fragte mich gar nicht, warum Chuck schon an diesem Tag eingezogen war und nicht erst am Montag, wie er es angekündigt hatte. Erst später sollte ich erfahren, dass Helen aus Sorge um mich meine Mom angerufen hatte, und die hatte Chuck gesagt, er solle noch am selben Tag in meine Wohnung ziehen. Schätze, meine Mom wusste genauso wie ich, dass ich nicht gut allein sein konnte.

Die ganze Nacht lag ich in meinem Bett, ohne auch nur für einen Moment Schlaf zu finden. Ich bekam das Wandgemälde einfach nicht aus dem Kopf.

Ich wusste, ich musste ihn suchen. Aber wo sollte ich nur anfangen?

12 Boy(s)

Irgendwann, kurz vor Anbruch der Morgendämmerung, schlief ich dann doch endlich ein. Als ich wieder erwachte, war Chucky bereits fort. Er hatte mir eine Notiz dagelassen, die besagte, er würde den ganzen Vormittag für den Iron-Man-Triathlon trainieren, habe mir aber Salat mit Quinoa, Feta und Oliven zum Mittagessen in den Kühlschrank gestellt. Schätze, er hatte sich wirklich verändert. Womit ich die Einzige war, die immer noch so war wie eh und je.

Ich beschloss, ich würde doch zu Seths Spiel gehen, aber ehe ich mich auf den Weg nach Lake Elsinore machte, fuhr ich an Adams Wohnung vorbei und sah dort dasselbe »Zu vermieten«-Schild wie zuvor. Ein Blick durch das Fenster verriet mir, dass das Loft bereits leer stand. Ich parkte den Wagen und klopfte an die Tür seiner Nachbarin, der, die Adam das Post-it wegen Foxy gegeben hatte, aber niemand öffnete. Ich stieg wieder in den Wagen und googelte auf meinem Telefon versuchsweise nach »Los Angeles Wandmaler«. Ich erhielt ein paar Treffer zu seinen Bildern, aber niemand wusste, wer er war, und ich nahm an, das würde ich auch nie wirklich wissen. Vielleicht wollte er es einfach so.

Mein Ticket für das Spiel am Abend lag wieder an der Kasse bereit, und nach dem Abholen traf ich Helen auf dem gleichen Platz wie beim letzten Mal. Sie blickte auf, als ich mich seitwärts durch die Sitzreihe schob. »Schätze, das ist die Freundinnenreihe«, kommentierte sie.

»Seth ist aber nicht mein Freund, Helen.«

»Ich weiß«, schnaubte sie. »Vergiss es.« Sie trug ein Storm-

T-Shirt mit Roddys Rückennummer, eines dieser Shirts, die für Frauen gefertigt wurden und deren Schnitt vorwiegend dazu diente, die Brüste größer aussehen zu lassen.

»Süßes Shirt«, bemerkte ich, aber Helen ging nicht darauf ein. »Ich freue mich, dass wir das Spiel zusammen sehen können«, gestand ich schließlich, nachdem für einige Augenblicke Schweigen geherrscht hatte.

Sie drehte sich zu mir um. »Ich mich auch.« Sie strahlte mich an. »Ich liebe dich, Charlie.«

»Ich liebe dich auch.« Prompt bekam ich feuchte Augen.

Die Lautsprecher erwachten knisternd zum Leben und kündigten Seth als nächsten Batter an. An der ersten und dritten Base waren Runner, und einer war draußen. Er schlug einen Blooper in den rechten Teil des Center Fields, der recht mühelos zu fangen war.

»Mist«, sagte ich.

»Nein, das ist okay«, widersprach Helen. »Das war ein Sacrifice Fly. Der Runner an der dritten Base hat ein Tag up gemacht und gepunktet.«

»Oh. Wow, Helen, ich bin beeindruckt. Ich hatte mich schon gewundert, warum er sich mit dem First Base Coach abgeklatscht hat, ehe er zum Dugout zurückgelaufen ist.«

»Siehst du, ich lerne dazu. Und es macht mir wirklich Spaß«, sagte sie.

»Das freut mich.« Ich drückte ihre Hand.

Seth absolvierte erneut ein tolles Spiel, und danach gingen wir in dasselbe Lokal wie beim letzten Mal. Helen zeigte mir zwei Storm Chaser am Tresen. Eine der Frauen war für ein Baseball-Groupie viel zu alt. Sie musste deutlich über vierzig sein und hatte den typischen Bob einer Soccer Mom. Ihre Jeansshorts hatte sie über die künstlich gebräunten Beine hochgekrempelt, und an ihrem Shirt hingen tonnenweise Storm-Buttons. Sie saß neben einem kleineren, dunkelhaarigen Mädchen, das ihre

Tochter hätte sein können, aber offenbar alt genug war, um hier am Tresen zu sitzen. Beide musterten uns finster. Roddy und Seth gaben sich alle Mühe, nicht auf die Groupies zu achten.

»Die riechen das«, kommentierte Roddy.

»Riechen was?«, fragte ich.

»Seths Aufstieg.« Er zog die Brauen hoch, als müsste ich wissen, worum es ging.

Peinlich berührt wandte Seth den Blick ab. »Was soll das heißen?«, fragte ich ihn.

»Es gibt Gerede, er könnte bald in die Majors aufsteigen.«

Helen klatschte aufgeregt. »Oh, das ist toll, Seth!« Sie verwandelte sich ziemlich schnell in einen Storm-Cheerleader.

Er lächelte verlegen. »Ich weiß nicht, ob es wirklich so weit kommt.«

»Sei nicht so bescheiden«, sagte ich, obwohl mir gerade das im Grunde besonders an ihm gefiel. »Du hast eine tolle Leistung gezeigt. Ich habe mich schon gefragt, warum du nicht in der Major League spielst, als ich dich das erste Mal habe spielen sehen.«

»Er war ja drin«, warf Roddy ein. »Er war bei den Royals. Kennst du die Story nicht?«

»Also gut, bringen wir es hinter uns«, sagte Seth und warf Roddy einen gespielt bösen Blick zu. »Ich habe eine Saison bei ihnen gespielt. Und in einem besonders wichtigen Spiel habe ich bei einem gewöhnlichen Fly Ball einen Fehler gemacht, durch den die andere Mannschaft in der ersten Hälfte des neunten Innings drei Runs geschafft hat. Dann habe ich mir in der zweiten Hälfte des Neunten auch noch nach zwei Outs und mit Runnern an den Bases ein Out mit drei Strikes geleistet. Wir haben das Spiel verloren und damit auch unsere Chance, in dem Jahr in die Playoffs zu kommen. So viel zu meinen verdammten Altlasten.« Er wirkte eher amüsiert als verärgert.

»Aber du könntest die Chance bekommen, dich zu rehabilitieren«, stellte ich fest.

»Vielleicht«, sagte er und sah geistesabwesend weg von mir.

Ich wusste nicht, was ich sagen sollte, aber Helen kam mir zuvor und brach das unbehagliche Schweigen. »Und was hat das nun mit den Storm Chasers zu tun?«

»Die folgen unserer Mannschaft und versuchen, sich an die Spieler heranzumachen, die es vielleicht zu den Padres schaffen«, erklärte Roddy. »Ich wette, diese Frau sucht einen Ehemann für ihre Tochter.«

Wir brachen in Gelächter aus. »Das ist so armselig«, sagte Helen. »Und außerdem muss sie uns nicht die ganze Zeit so finster angucken.«

»Wir sollten sie auf einen Drink an unseren Tisch einladen«, sagte ich.

»Nein!«, rief Seth lauthals.

»Ach, komm schon«, bettelte ich. »Ich möchte doch nur wissen, was die im Schilde führen.«

»Nein, darauf kann ich wirklich gut verzichten«, widersprach er.

Ich drehte mich zu ihm um und sagte leise: »Hattest du etwa schon ein Date mit diesem Mädchen? Liegt es daran?«

Er nickte.

Roddy sprang vom Tisch auf. »Noch eine Runde, die Damen?«

»Klar«, stimmten Helen und ich rasch zu.

Helen spürte, dass Seth und ich einen Moment unter uns brauchten, und folgte Roddy zum Tresen.

»Ich weiß, dass du schon früher Dates hattest, Seth, und nach gestern Abend weißt du, dass das für mich genauso gilt. Ich bin nicht davon ausgegangen, dass du ein Mönch bist. Lass uns da keine große Sache draus machen.«

Er lächelte. »Lieb, dass du das sagst, Charlotte. Aber ich will sie nicht an unserem Tisch haben, weil sie eine furchtbare Stimme hat. Quietschend – ernsthaft.«

»Wie lange wart ihr zusammen?«

»Ich bin nur einmal mit ihr ausgegangen. Wir haben uns nicht mal geküsst.«

Die junge Frau schien zu ahnen, dass wir über sie sprachen, denn eine Sekunde später kam sie auf uns zu.

»Seth«, sagte sie mit weinerlicher Stimme und zog seinen Namen auffallend in die Länge.

»Hey, Marley«, erwiderte Seth. Ich trank einen Schluck Bier und versuchte, keinen Augenkontakt zu ihr herzustellen. »Das ist meine Freundin Charlotte.«

Ich hustete und fühlte, wie mir das Bier in die Nase schoss. Bemüht, wieder zu Atem zu kommen, reichte ich ihr die Hand. »Nett, dich kennenzulernen«, sagte ich heiser.

»Oh!« Rasch schüttelte sie mir die Hand, aber ihr Griff war lasch. Sie sah Seth an. »Bist ja schnell weitergezogen, was?«

Er erhob sich vom Tisch. »War nett, dich zu sehen, Marley. Charlotte und ich müssen jetzt los.« Er nahm meine Hand und zog mich in Richtung Eingangsbereich. Auf dem Weg hinaus kamen wir an Helen und Roddy vorbei. »Bye, Leute«, sagte Seth.

»Wo wollt ihr hin?«, fragte Helen.

»Nach Hause«, sagte ich.

»Mist – ich wollte feiern!«

»Wir können ja trotzdem feiern, Süße«, sagte Roddy zu ihr, beugte sich hinab und brachte sie mit einem Kuss unter ihr Auge zum Kichern.

»Na gut. Dann sehen wir uns ein andermal. Kommst du morgen zu dem Spiel, ehe sie abhauen, Charlotte?«

»Abhauen?«, fragte ich.

Seth drückte meine Hand. »Ja, wir werden ein paar Tage nicht in der Stadt sein.«

Ich war die Einzige, die sich in dieser Situation unbeholfen verhielt, und jeder konnte es sehen. Ich würde weder real noch vorgeblich Seths Freundin sein, nur um ihm ein paar Storm

Chaser vom Hals zu schaffen. Ich hatte den Eindruck, ich sollte auf subtile Weise dazu manipuliert werden, eine Beziehung mit diesem Typ einzugehen, nur weil es irgendwie nett wäre, mit Helen und Roddy zusammen paarweise loszuziehen und darüber zu quasseln, wie wir daheim warten würden, während sie unterwegs waren, und das passte mir nicht. Ich kannte Seth bisher noch gar nicht, trotzdem schien sich plötzlich meine ganze Welt um ihn zu drehen, um seinen Spielplan und um das, was er wollte.

»Oh, gut, Jungs, dann viel Spaß auf eurer Tour. Ich werde morgen nicht kommen können, tut mir leid.« Ich bemühte mich redlich, freundlich zu bleiben und Seth keine falschen Hoffnungen zu machen, fand die drei aber lächerlich aufdringlich.

»Warum?«, fragte Helen.

»Weil ich andere Pläne habe, Helen.« Mein Lächeln war verschwunden, ebenso wie Seths. Der musterte mich forschend, versuchte, meinen Gesichtsausdruck zu entschlüsseln, während er nach wie vor meine Hand hielt.

»Was hast du an einem Sonntag zu tun, Charlie?« Helen zog die Brauen hoch.

»Schon gut«, sagte Seth und schüttelte den Kopf. »Kein Druck. Der Weg ist ganz schön weit, wenn man ihn zwei Tage nacheinander fahren soll.«

»Danke.« Das meinte ich ernst. Ich sah ihm in die Augen. »Das weiß ich zu schätzen. Mein Bruder ist gerade einzogen, und wir richten uns sozusagen erst ein.«

»Was? Chuck the Fuck ist eingezogen?«, kreischte Helen los.

Wir standen in der Nähe des Eingangs und mussten immer wieder aus dem Weg tänzeln, um andere vorbeizulassen, während wir mit Helen und Roddy sprachen, die inzwischen auf Barhockern thronten.

»Tja, ich habe dir ja gesagt, ich kann die Miete nicht allein tragen. Außerdem hat er sich verändert. Gewissermaßen. Ich meine, er ist immer noch Chucky, aber er ist ein gutes Stück erwachsener geworden.«

»O ja, das habe ich an dem Profil erkannt, dass er für dich bei Match.com eingestellt hat«, konterte sie.

Seth und Roddy hielten während meines Schlagabtauschs mit Helen den Mund. »Das war witzig«, sagte ich.

»Kam mir nicht so vor.« Helen verdrehte die Augen und wandte den Blick ab.

»Ich fand es schon witzig«, sagte Seth. »Deswegen habe ich sie angeschrieben. Sinn für Humor ist wichtig.«

»Tja, dann habt noch viel Spaß heute Abend.« Ich bemerkte eine Spur von Eifersucht in Helens Ton. Wahrscheinlich war sie gekränkt, weil ich so schnell einen neuen Mitbewohner gefunden hatte, auch wenn es mein eigener Bruder war.

Seth zog mich zur Tür hinaus. »Bye«, rief er.

Er tat ein paar Schritte auf seinen Wagen zu, der von meinem aus gesehen auf der anderen Seite des Parkplatzes stand. Dabei hielt er meine Hand und zog mich mit, als wäre das die natürlichste Sache der Welt. »Mein Wagen steht da drüben, Seth«, sagte ich und deutete auf meinen Civic.

»Oh. Willst du heute Nacht nicht mit zu mir kommen? Ich kann dich morgen früh zurück zu deinem Wagen bringen.«

»Nein, danke. Ich muss nach Hause. Und ich kann noch fahren.«

Prompt machte er kehrt und schlug die Gegenrichtung ein. Aus dem Augenwinkel sah ich, wie sich seine Brust hob und senkte. Als wir an meinem Wagen angelangt waren, schloss ich die Tür auf und lehnte mich dagegen, um ihn anzusehen.

»Tut mir leid, Seth.«

»Schon gut, Charlotte.« Er klang missmutig.

»Ich werde nicht nach ein paar improvisierten Dates und Spielen, in denen du dich auf den Ball konzentrieren musst und ich dasitze und zusehe, mit dir schlafen.«

Er kniff die Augen zusammen, und ich überlegte, ob er wohl an meinen One-Night-Stand mit Adam dachte. »Willst du überhaupt, dass ich dich noch mal anrufe?«, fragte er.

Mir wurde flau im Magen. »Na ja, klar, natürlich will ich das.«

»Ich bin davon nicht überzeugt.«

Ich schüttelte den Kopf. Nun war ich missmutig. »Ich weiß nicht recht, ob ich wirklich dein Typ bin, Seth. Ich meine, ich werde keine Storm-Klamotten zu einer extrem knappen Shorts tragen wie Marley.«

»Die ist nicht mein Typ – anderenfalls würde ich mit *ihr* losziehen. Ich frage mich nur, ob du nicht noch an diesem Mann hängst.«

Ich warf ihm einen Blick zu. *Das weißt du doch.*

Aber ich antwortete nicht. Seth war beinahe dreißig Zentimeter größer als ich in meinen flachen Schuhen, also musste ich den Kopf in den Nacken legen, und er musste seinen vorbeugen, wenn wir einander in die Augen sehen wollten. Die Parkplatzbeleuchtung war hinter ihm, sodass sein Gesicht im Schatten lag und ich seine Mimik nicht erkennen konnte, und folglich wartete ich darauf, dass er sich wieder äußerte.

»Ich finde dich wunderschön. Ich weiß, dass du Sinn für Humor hast, auch wenn ich persönlich noch nicht viel davon zu sehen bekommen habe, und ich weiß nicht, warum das so ist. Mir ist klar, dass du ein kluger Kopf bist und eine Menge Dinge über die Welt weißt, aber gleichzeitig hast du so eine schlechte Meinung von dir selbst. Warum, ist mir ein Rätsel.«

Was zum Henker …? »Danke für deine Ausführungen, Seth.«

»Warte«, antwortete er sofort. »Ich sage ja nur, dass ich das seltsam finde. Du scheinst nicht zu begreifen, wie andere dich sehen. Wie Männer dich sehen. Ich frage mich, ob dieser Typ dafür verantwortlich ist, dass du dich so unbedeutend fühlst.«

Ein Haufen Männer sind dafür verantwortlich, dass ich mich unbedeutend fühle.

»Ich will nicht, dass du dein Licht unter den Scheffel stellst.« Er trat zurück ins Licht, sodass ich endlich sein Gesicht erkennen konnte. Sein Lächeln war angespannt, aber auch aufrichtig, und mir ging auf, dass das daran lag, dass er mein Gesicht sehen konnte und wusste, dass ich für seine Worte gerade gar nicht empfänglich war. »Okay. Fahr vorsichtig, Charlotte.«

Als er sich abwandte und davongehen wollte, griff ich nach seiner Hand und trat auf ihn zu. Er zögerte, wartete darauf, dass ich den nächsten Zug tat. »Wann bist du zurück?«

»Donnerstag«, sagte er, und sein Ton klang prompt milder.

»Und wann hast du den nächsten freien Tag?«

»Donnerstag.«

»Wie schaffst du eigentlich den Unterricht mit so einem strammen Zeitplan?«

»Während der Saison erledige ich vieles online, und außerhalb der Saison besuche ich die Kurse.«

»Wo?«

»UC Davis.«

»Wirklich? Was studierst du eigentlich?«

»Veterinärmedizin.«

»Wow.« Ich sah ihm in die graugrünen Augen. »Das gefällt mir.«

Er lachte kurz auf. »Danke.«

Ich stellte mich auf die Zehenspitzen und berührte seine Lippen mit meinen, aber er war gehemmt, das war unverkennbar. Dabei spiegelte er nur meine eigenen Gefühle wider, fürchtete sich vor dem nächsten Schritt. Einen Moment küssten wir uns, dann löste ich mich von ihm, und dabei spürte ich, wie er mir nachfolgte, als ich zurückwich. Er wollte nicht, dass es vorbei war, bemühte sich aber um Selbstbeherrschung.

»Wie wäre es dann mit Donnerstag?«

Er nickte. »Hört sich gut an.«

»Dann kann ich Obi-Wan kennenlernen.«

»Das wird ihm gefallen.«

»Okay, dann haben wir ein Date.«

»Okay, wir sehen uns am Donnerstag.« Er beugte sich vor und küsste mich auf die Wange.

»Viel Glück auf der Tour.«

Ich öffnete die Wagentür. Seth wartete, bis ich eingestiegen war und den Motor gestartet hatte. Dann trat er einen Schritt zurück und winkte mir nach, als ich davonfuhr.

13. Die Dinge ändern sich

Die ganze Woche hörte ich nichts von Helen. Mir brach beinahe das Herz, aber glücklicherweise war Chucky da und verhalf mir auf humorvolle Art zu einer gelösteren Stimmung. Jeden Abend saßen wir zusammen auf dem Sofa und sahen fern. Er trank sogar Sekt mit mir.

»Das schmeckt eigentlich verdammt gut. Lass uns heute Abend etwas kochen, und dann trinken wir den Rest der Flasche aus, einverstanden?«

»Hast du nicht eine Freundin, Chucky? Warum sitzt du mit mir hier herum?«

»Das Gleiche könnte ich dich fragen, Charlotte.« Er benutzte meinen vollen Namen, und prompt hatte ich ein schlechtes Gewissen, weil ich ihn Chucky genannt hatte.

Er stand am Küchentresen und schnitt Tomaten. Ich schob mich an ihm vorbei, um in den Kühlschrank zu gucken. »Lachs und Salat?«

»Jep«, sagte er. Wegen des Triathlons bemühte er sich um eine gesunde Ernährung. Obwohl seit seinem Einzug nur wenige Tage vergangen waren, fühlte auch ich mich schon ein bisschen gesünder. Zu behaupten, Helen und ich wären nicht gut füreinander, wäre unfair, aber wir hatten uns tatsächlich einige schlechte Angewohnheiten zugelegt. Und wir hatten uns nicht weiterentwickelt. Sie hatte recht, es war Zeit, ein bisschen Abstand voneinander zu bekommen, denn anderenfalls würden wir ewig einundzwanzig bleiben, uns in Beziehungen stürzen, die keine Zukunft hatten, und in dem Saustall von einer Wohnung herumlungern, während die ganze Welt um uns herum erwachsen wurde.

»Ich treffe mich mit jemandem, aber er ist gerade unterwegs

und hat keine Zeit«, sagte ich nach einigen Augenblicken kameradschaftlicher Stille.

»Das hat Helen mir schon erzählt.« Er ging zur Spüle, um sich die Hände zu waschen. »Aber sie hat gesagt, es wäre dir nicht ernst mit ihm. Überraschend ist das nicht. War es dir je mit irgendwem ernst?«

Wann zum Teufel hat Helen mit Chucky geredet? »Eigentlich nicht. Meine Erfolgsbilanz ist ziemlich mies. Ich bin nicht gut darin, mir einen passenden Mann auszusuchen.«

»Helen meint, der Typ wäre nett.«

»Wann hast du eigentlich so ein tiefschürfendes Gespräch mit Helen geführt?«

»Sie ist heute vorbeikommen, als du auf der Arbeit warst.« Auf dem Küchentisch stand eine kleine Schachtel. »Ich habe ganz vergessen, dir das zu geben.«

Ich öffnete die Schachtel. Darin lag eines dieser Freundinnen-Schmuckstücke. Eine Hälfte eines gebrochenen Herzens. Als wir Kinder waren, hatten Helen und ich nie so ein Ding gehabt, weil wir uns für zu cool gehalten hatten. Ein Zettel mit einer Nachricht war auch dabei.

Charlie, ich erwarte nicht von dir, dass du diesen Kinderkram wirklich trägst, aber er steht für ein Gefühl, das ich dir vermitteln will. Du und ich, wir werden immer Freundinnen sein, okay? Lass uns bald mal shoppen gehen und uns nicht aufführen wie Fremde, nur weil wir nicht zusammenwohnen. Ich verstehe dich, und du verstehst mich wie niemand anders. Beste Freundinnen für immer. Ich liebe dich. Helen.

Ich bekam feuchte Augen, aber Chucky klopfte mir auf den Rücken und verhinderte, dass ich in Tränen ausbrach. »Sie ist lieb. Und scharf. Ich wünschte, ich hätte sie flachgelegt, als ich noch eine Chance dazu hatte.«

»Du hattest nie eine echte Chance bei ihr, Chuck.«

»Machst du Witze? Helen war völlig verknallt in mich. Als ich dreizehn war, hat sie sich eines Nachts in mein Zimmer geschlichen und versucht, mich zu küssen.«

Ich war geschockt. »Was für ein Luder! Ich fasse es nicht. Das hat sie mir nie erzählt.«

Wir mussten beide lachen. Helen war immer schon verrückt nach Jungs gewesen. Ich glaube nicht, dass sie je wirklich in ihn verknallt war, aber ich bin froh, dass er sich nicht von ihr hatte küssen lassen. Allein die Vorstellung, mit so etwas leben zu müssen. Ekelig.

Als wir nach dem Essen auf der Couch saßen, stoppte ich *Game of Thrones* in einer Szene, in der Jon Snow den ganzen Bildschirm ausfüllte. »Perfekte Aussicht.« Ich drehte mich zu Chucky um. »Kann ich dir etwas erzählen?« Ich konnte selbst nicht fassen, dass ich im Begriff war, mich dem Goldjungen anzuvertrauen.

»Schieß los.«

»Vor ein paar Monaten habe ich auf der Straße, nur ein paar Blocks von hier, diesen Typ kennengelernt. Ich bin mit ihm in sein Loft gegangen und habe mit ihm geschlafen.«

»Schock.«

»Halt die Klappe, Chuck. Ich mochte ihn. Er war spontan und irgendwie abgedreht. Er hat innerhalb von einem Jahr sein ganzes Leben auf den Kopf gestellt und nur noch getan, was er wirklich wollte: malen.«

»Noch ein Schock«, kommentierte Chucky. »So wie Curtis und seine Videospiele? Du hast wirklich ein Talent, wenn es darum geht, dir einen Mann auszusuchen.«

»Ich weiß, ich weiß. Hör einfach zu. Die Sache ist die: Ich habe mich in ihn verliebt … sehr. Wir haben so getan, als wären wir ein Paar und schon jahrelang zusammen. Wir haben so getan, als würden wir einander lieben, und es hat sich so angefühlt, als täten wir das wirklich. Und dann, am nächsten Tag, hat er mich mehr oder weniger rausgeworfen.«

»War er drogenabhängig?«

»Nein, ich habe dir ja gesagt, ich bin mit ihm in sein Loft. Und es war schön. Er war mal Firmenanwalt, aber er hat seinen Job gekündigt, um Maler zu werden.«

»Ein Handwerker?«

»Nein, ein Künstler.«

»Das ist bisher deine seltsamste Eroberung, Charlotte. Wer tut denn während einer Nacht so, als wäre er verliebt?«

Ich schüttelte den Kopf. »Der Teil ist schwer zu erklären, aber in dem Moment hat es Sinn ergeben. Der Punkt ist, dass ich mich wirklich in ihn verliebt habe, aber nicht geglaubt habe, dass er sich auch in mich verliebt hat – besonders nach dem nächsten Morgen. Aber dann habe ich ein paar Blocks entfernt dieses Gemälde an einer Hauswand gesehen, und es stellt mich dar. Und jetzt kriege ich ihn einfach nicht mehr aus dem Kopf.«

»Und das macht es dir so schwer, mit dem Baseballspieler loszuziehen? Ernsthaft?«

»Ich glaube schon«, gestand ich.

»Ich nicht. Ich glaube, für dich ist jeder normale, brauchbare Mann unerreichbar, weil du dir einbildest, du wärest ihn nicht wert; darum bist du so besessen von Verrückten wie diesem Maler.«

Ich schüttelte den Kopf. »Das glaube ich nicht.«

Er ergriff meine Hand, was irgendwie gruselig war.

»Was machst du da, Chucky?«, fragte ich stirnrunzelnd.

»Charlotte, hör mir zu. Ich war ein beschissener Bruder. Ich fürchte, ich habe dein Selbstwertgefühl kaputtgemacht oder so was. Aber du bist hinreißend, okay? Und du verdienst etwas Besseres als irgendeinen bipolaren Hipster-Künstler.«

Ich entriss ihm meine Hand. »Bah, Chucky!«

»Ach, Charlotte, werd erwachsen. Ich wollte nur, dass du weißt, dass ich dich nicht für fett oder dumm halte. Jedenfalls nicht wirklich. Ich bin in Bezug auf Frauen so anspruchsvoll, weil ich eine fantastische Mutter und eine fantastische Schwester habe, die mir gezeigt haben, wie klug und schön eine Frau sein kann. Innerlich und äußerlich.«

»Ich fange gleich an zu heulen, wenn du nicht aufhörst.«

Er lachte kurz auf und wandte den Blick ab. »Ich wollte nur, dass du das weißt, okay?«

Nun ergriff ich seine Hand und drückte sie. »Ich finde dich auch ziemlich toll. Ich bin richtig stolz auf dich, dass du das Zahnmedizinstudium geschafft hast.« Und da fing ich tatsächlich an zu weinen, und Chuck bekam auch feuchte Augen.

»Danke, Schwesterherz. Gut, können wir uns dann jetzt wieder wie Arschlöcher aufführen? Nur so zum Spaß?«

»Auf jeden Fall.«

Am Montag tat ich, was ich konnte, um mehr Informationen über Adam auszubuddeln. Ich erfuhr, dass es im Bauamt von Los Angeles einen Mann gab, der sich für den Schutz der Wandgemälde im Arts District einsetzte und dafür, einige der übertünchten älteren Bilder in und um L.A. herum wieder freizulegen. Ich konnte mir überhaupt nicht vorstellen, dass irgendjemand einfach unsere lustigen Wölfe oder den geflügelten Mann überstreichen könnte … oder das neue Wandgemälde über meine Parallelweltromanze mit Adam.

Ich schrieb einen Brief an die Stadt, um die Petition zum Schutz unserer hiesigen Wandgemälde zu unterstützen. Ich wollte mit Hilfe von Adams Kunst die Fantasie so lange wie möglich am Leben halten.

Am Dienstag, bei der Arbeit, kippte ich einem Baby ein volles Glas Wasser über den Kopf. Die Mutter brüllte mich ganze fünf

Minuten lang an. Ich sagte nur immer wieder: »Wenigstens war es kein Kaffee.« Jon-Jon war nicht erfreut.

Davon abgesehen schaffte ich es unbeschadet bis zum Mittwoch, ohne Helen und ohne an Adams Loft vorbeizugehen oder Seth Nachrichten zu schreiben oder Helen damit zu nerven, wie einsam ich sei. Aber ich *war* einsam. An diesem Abend sah ich fern und ging die Match.com-Nachrichten auf meinem Laptop durch, als Chucky in Freizeithose und Button-Down-Hemd vorbeiging.

»Wo willst du hin?«, fragte ich.

»Ich habe ein Date.«

»Tschakka, Chucky! Wer ist sie?«

»Dieses Mädchen aus der Uni, mit dem mich schon ein paarmal getroffen habe. Jenn.«

»Okay. Gut, wenn du sie herbringen willst, schick mir eine Nachricht, dann verschwinde ich für eine Weile.«

»Echt? Das würdest du für mich tun?«

»Bitte! Das würde ich für *mich* tun. Ich will kein Ohrenzeuge deiner gruseligen Sexkapaden werden.«

Er kicherte. »Ist vermutlich auch besser so. Wir sehen uns.«

Und schon war er weg, und ich war wieder allein.

Um neun schrieb mir Chucky, ich solle verschwinden, also ging ich los und holte mir einen Donut. Ich bat ihn, mir eine Entwarnungsnachricht zu schicken, wenn er so weit war.

Dann setzte ich mich auf die Bank einer Bushaltestelle, aß einen riesigen Maple Bar und überlegte, wie ich diese Sache mit Seth anpacken sollte. Es funkte schon, ja, aber irgendetwas hinderte mich daran, ein Feuerwerk wahrzunehmen. Ich wünschte, ich würde mich seiner würdig fühlen. Ich wünschte, ich würde glauben, dass ich so attraktiv war wie er oder so viel zu bieten hatte. Ich war nur eine Kellnerin und wohnte zusammen mit meinem Bruder in einem bescheuerten Apartment in einer nicht gerade glanzvollen Gegend von L.A.

Als ich meinen Donut halb verspeist hatte, traf eine Nachricht von Chucky ein.

Chucky: Entwarnung, aber Jenn
bleibt über Nacht. Okay?

Ich: Sicher, ja, wie du willst.
Bin um zehn zu Hause. Bitte
seid vollständig bekleidet.

Statt direkt nach Hause zu gehen, spazierte ich an Adams Loft vorbei. Seine Nachbarin, die ich ungefähr zwei Sekunden lang kannte, kam gerade aus dem Gebäude. *Was tue ich hier? Ich habe mir geschworen, dass ich das nicht tun würde.*

»Entschuldigung? Hi.«

»Oh, hey«, sagte sie. »Charlotte, richtig?«

»Wow, Sie haben ein gutes Gedächtnis. Wie war Ihr Name noch?«

»Stacy.« Wir schüttelten einander die Hände. »Ich erinnere mich nur, weil Adam sich erinnert hat, und das war total untypisch für ihn. Er hat eine Weile nach Ihnen gesucht, aber er sagte, er hätte Sie nicht finden können.«

Was zum Teufel ist hier eigentlich los?

»Warum ist er nicht einfach zu mir gekommen? Er war doch schon mal dort, und ich wohne nur ein paar Minuten entfernt.«

Sie maß mich mit einem langen Blick. »Sie wissen es nicht, was?«

»Ich weiß was nicht?«

Sie starrte mich noch einige Sekunden länger an, und ich konnte sie förmlich denken sehen, als würde sie mit sich selbst ringen. »Ich glaube, es steht mir nicht zu, mehr zu sagen. Haben Sie etwas dagegen, mir Ihre Nummer zu geben? Dann setze ich mich mit ihm in Verbindung und frage, ob es okay ist, wenn ich Sie informiere.«

»Tja, verdammt, es hat nicht so gewirkt, als wäre ich eine Person, die er gern in seinem Leben haben will.«

»Nein, Sie verstehen das nicht. Es steht mir wirklich nicht zu, mit Ihnen darüber zu reden. Aber er hatte Sie sehr gern. Er hat sich an Sie erinnert. Für Adam war das zu dem Zeitpunkt verblüffend.«

»Warum war das zu der Zeit verblüffend für Adam? Ist er irgendwie geisteskrank oder so was?« Das würde allerdings einiges erklären.

Sie holte ihr Telefon hervor. »Nein, ganz und gar nicht. Tut mir leid, ich muss los und mich mit meinem Mann treffen. Geben Sie mir einfach Ihre Nummer, und ich melde mich bei Ihnen, okay? Ich verspreche es.«

»Äh, okay. Es ist nur … irgendwie hat er mich doch weggestoßen.«

»Nein«, sagte sie und schüttelte entschieden den Kopf. »Er war verwirrt. Ich werde Ihnen später alles erklären.«

Ich gab ihr meine Nummer, ehe ich verdutzt heimwärts stolperte, aber erst, nachdem ich noch einen weiteren Blick auf mein Gemälde geworfen hatte.

14. Sabotage

Von Chucky und Jenn, die während der ganzen Nacht in seinem Zimmer blieben, war nichts zu hören. Das war auch nicht anders als das Zusammenleben mit Helen. Außerdem konnte selbst Helen bisweilen schamlos laut sein, wenn sie irgendeinen Kerl mit nach Hause brachte.

Am Morgen ging ich früh zur Arbeit. Gegen elf schrieb Seth mich an.

Seth: Steht unsere Verabredung
für heute Abend noch?

Ich: Tut mir leid, aber ich
glaube, ich passe heute.
Können wir es verschieben?

Seth: Klar. Aber meinst du das
wirklich ernst … verschieben?

Ich: Ja.

Seth: Hab Neuigkeiten. Ich werde
ein Padre. Sie holen mich ins Team.
Erst mal im Center Field. Das war
also nicht nur ein Gerücht.

Ich: Das ist toll, Seth! Du
kommst in die Major League.

Und ich werde nie wieder von ihm hören.

Ich freute mich wirklich für Seth. Er hatte es verdient. Bald würden ihm die Frauen in noch größeren Scharen nachlaufen. Er würde mehr oder weniger täglich im Fernsehen zu sehen sein. Die Leute würden ihn auf der Straße erkennen.

Mein Magen drehte sich um. Und um und um. Ich musste ihm einen Ausweg liefern.

Ich: Du wirst wohl nicht mehr
viel Zeit haben, dich mit mir
zu treffen, wenn du erst
aufgestiegen bist.

Seth: Mein erstes Spiel ist
morgen.

Ich: Ja, ich schätze, du wirst
wahnsinnig beschäftigt sein.

Er durchschaute mich.

Seth: Können wir uns treffen?
Ist das okay, Charlotte? Oder
bist du dazu gerade nicht bereit?
Ich habe nämlich das Gefühl, du
versuchst dich irgendwie rauszuwinden.

Ich: Bin nicht sicher.

Seth: Komm zum Padres-Spiel am
Freitag, und gib mir Bescheid. Ich
hinterlege dir ein Ticket an der Kasse.

Ich ging nicht zu dem Spiel am Freitag. Stattdessen wartete und wartete ich darauf, dass Stacy anrief und mir etwas Neues über Adam erzählte.

Ich blieb zu Hause, aber ich sah mir das Spiel im Fernsehen an. Ich bezahlte sogar hundert Dollar für ein Baseballpaket über Direct TV, weil unser Regionalsender es nicht übertrug, aber ich musste ihn einfach spielen sehen. Im Fernsehen sah er auffallend gut aus. Wenn er zur Home Plate ging, hörte ich mehr Frauen als Männer jubeln, aber vielleicht spielte mir meine Fantasie auch nur einen Streich.

Chucky kam irgendwann um das fünfte Inning herum nach Hause.

»Yo«, sagte er, als er an mir vorbei zu seinem Zimmer ging.

»Yo.«

Als er wieder herauskam, trug er einen roten Trainingsanzug aus Polyester und hielt einen Beutel in der Hand. »Ich habe ein Geschenk für dich«, sagte er. Als ich aufstand, um ihm den Beutel abzunehmen, sah ich, dass der Name »Chuck« auf seine Jacke gestickt war.

Vorsichtig holte ich den Inhalt aus dem Beutel hervor. Es war genau so ein Trainingsanzug, wie er ihn trug, nur dass er mit dem Namen »Charlie« bestickt war. »Oh mein Gott, Chucky.« Ich brach vor Lachen beinahe zusammen.

»Scheiß auf Helen«, sagte er. »Jetzt wohnen wir zusammen.«

»Wir sind die Royal Tenenbaums!«, sagte ich, immer noch um Atem ringend. »Danke, Chuck. Ich war felsenfest überzeugt, du würdest bei erster Gelegenheit irgendwo Fettarsch draufsticken lassen.«

»Der Gedanke ging mir durch den Kopf.«

Immer noch lachend sagte ich: »Wir werden einen großartigen Anblick bieten.«

»Das ist verdammt geil. Lust auf einen kleinen Lauf?«

»Ich sehe mir das Spiel an.«

Er drehte sich zum Fernseher um. »Spielt da dein Typ?«

»Nicht wirklich mein Typ, aber ja, Seth spielt. Ich ziehe den jetzt an.«

»Cool.« Er setzte sich, um das Spiel zu verfolgen. »Seth Taylor, richtig?«

»Jep«, rief ich aus dem Badezimmer.

»Er schlägt jetzt.«

Ich rannte in meinem neuen Trainingsauszug ins Wohnzimmer. »Schnell, rutsch rüber.«

Seth hatte mehr Strikes als Balls kassiert und lag daher hinten, als er einen hohen Fastball in Richtung Anzeigetafel schlug. Jubelnd sprangen Chucky und ich auf. Die Leute im Stadion waren außer Rand und Band, und der Sprecher sagte: »Was für ein Einstand für Seth Taylor!«

Seth joggte mit einem bescheidenen Grienen um die Bases. Ich konnte den Blick nicht von ihm abwenden. Die Kamera fing eine Gruppe alberner Frauen ein, die über dem Dugout der Padres saßen und mit ihren blöden Möpsen wackelten, als Seth von der Home Plate aus auf sie zulief.

»Himmel!«, sagte Chucky.

»Nicht wahr? Schlampenhaufen.«

»Das war nicht das, was ich dachte.«

»Was hast du gedacht?«

»Ich dachte, dieser Kerl kann jede haben, die ihm gefällt.«

»Toll. Danke, dass du mich daran erinnerst.«

»Ich mein ja nur.«

»Was auch immer, lass uns eine Runde laufen gehen.«

Während des Laufens wechselten wir kein Wort, aber als wir die Treppe zu unserer Wohnung erreichten, fragte ich: »Meinst du, ich sollte es mit Seth versuchen? Ich meine, nach diesem Spiel ruft er mich vermutlich sowieso nicht mehr an.«

»Red keinen Müll, Charlotte«, tadelte Chucky, als er sich an der Tür an mir vorbeischob und zu seinem Zimmer ging.

Nachdem ich geduscht hatte, schlief ich ein, während ich eine Zeitschrift las. Um Mitternacht weckte mich das Brummen meines Telefons, das auf dem Nachttisch lag. Es war eine Textnachricht.

Seth: Hey, schöne Frau.

Ich: Hey.

Seth: Schläfst du schon?

Ich: Im Moment? Ja, ich bin
richtig gut im Schreiben,
während ich schlafe.

Seth: Klugscheißerin. Ich habe
vorhin versucht, dich anzurufen.

Ich: Ich bin eine Runde gelaufen
und danach gleich eingeschlafen.

Seth: Dann warst du gar nicht
bei dem Spiel?

Ich: Nein, sorry.

Seth: Ich war so sicher, dass
du da sein würdest.

Ich: Warum? Wegen des Home-Runs?

Seth: Du hast es also gesehen? ☺

Ich: Die Highlights.

Seth: Oh.

Ich weiß selbst nicht, warum ich log.

Ich: Glückwunsch.

Seth: Danke. Ich lasse dich dann
mal weiterschlafen.

Ich: Ok. Nacht.

Seth: Nacht.

Zurückweisung tat weh, sogar für jemanden wie Seth Taylor, aber ich war so selbstsüchtig, mir viel zu viele Gedanken darüber zu machen, dass ich zurückgewiesen werden könnte, als dass ich mir über seine Gefühle den Kopf zerbrach. Und ich war sauer, weil ich immer noch nichts von Stacy gehört hatte.

Am nächsten Tag musste ich eine Doppelschicht machen. In der Abendschicht war ich bereit, Jon-Jon umzubringen. Ein Gast hatte am Empfang eine Küchenschabe entdeckt, und als ich Jon-Jon informierte, tötete er sie, verlangte aber dennoch, dass die Frau ihr Essen bezahlte. Natürlich bekam ich kein Trinkgeld. Es gibt in jedem Restaurant Kakerlaken, man hofft nur immer, dass sie nicht im Essen landen. Trotzdem wollen die Leute sie nicht sehen, während sie ihre Mahlzeit verzehren.

Erst als ich spät am Abend nach Hause kam, warf ich einen Blick auf mein Telefon. Ich hatte eine Nachricht von Seth erhalten.

Seth: Hab dich heute Abend
vermisst. Bin 0 für 4 gegangen.
Kein Hit für mich.

Ich antwortete nicht, sondern kontrollierte meine Sprachnachrichten. Zu meiner Überraschung hatte ich gleich zwei bekommen. Mich rief sonst nie jemand an, aber sicherheitshalber überkreuzte ich die Finger in der Hoffnung, dass sie von Stacy waren. Die Erste kam von Helen. »Hey, was machst du so? Ich vermisse dich. Ruf an.«

Die Nächste stammte von meiner Mom. »Was zum Teufel muss ich tun, damit meine Kinder mich anrufen?« Sie vermisste Chucky.

Ohne mein Zimmer zu verlassen, brüllte ich: »Chuck, hast du Mom zurückgerufen?«

Er kam an meine Tür und blieb auf der Schwelle stehen. »Ja«, sagte er gähnend. »Die Kinder sind beide aus dem Haus. Sie leidet am Empty-Nest-Syndrom.«

»Das ist armselig. Hat auch bestimmt mehr mit dir als mit mir zu tun.«

»Dein Knabe hat ein mieses Spiel geliefert.«

»Schon gehört«, sagte ich.

»Arbeitest du morgen?«

»Nein, sonntags arbeite ich nicht. Der Sonntag ist heilig.«

Chucky erstickte beinahe an seinem Kombucha. »Du bist der Inbegriff gottesfürchtiger Tugendhaftigkeit.«

Ich bürstete mein Haar und begutachtete das Ergebnis der Balayage, die ich gestern aufgetragen hatte.

»Ich dachte, du würdest deiner Vermieterin gegenüber ein bisschen netter auftreten?«

»Dein Haar sieht gut aus, Charlotte. Ehrlich. Du sieht jetzt beinahe aus wie Lily Aldridge.«

»Wer ist das?«

»Irgendein Promiküken.«

Als Chucky gegangen war, googelte ich umgehend nach Lily Aldridge. Sie war Model und mit einem Rockstar verheiratet. Ich ging zu Chucks Zimmer. Er lag im Bett und war gerade dabei, einzuschlafen, als ich ihm einen Schlag an den Kopf verpasste.

»Was soll das?«, brüllte er.

»Du kannst mich nicht Fettarsch nennen und dann sagen, ich sähe aus wie die verdammte Lily Aldridge.«

»Okay«, greinte er. »Ich nehme es zurück. Du siehst aus, als hättest du Lily Aldridge gefressen.«

»Fahr zur Hölle, Chucky.«

Als ich in mein Zimmer zurückstolzierte, rief er mir nach: »Hab dich lieb, Fettarsch!«

Ich ließ mich auf mein Bett fallen und rief Helen zurück.

»Was gibt's?«

»Hey, wie geht es dir?«, fragte ich.

»Gut. Roddy ist gerade erst wieder in der Stadt, also holen wir die verlorene Zeit nach. Übrigens, ich glaube, jetzt, wo das Chartreuse so verblasst ist, hätte ich gern wieder meine natürliche Haarfarbe. Kannst du herkommen und mich vor Seths Spiel neu färben? Roddy hat vier Tickets für den Bereich, der für Familienangehörige und Ehefrauen reserviert ist. Hast du Lust?«

Ich zögerte.

»Sag nicht Nein«, bettelte sie.

»Ich komme morgen früh gegen neun vorbei und mache dir das Haar.«

»Und du gehst zum Spiel?«

Sie würde sowieso nicht aufgeben. »Ja, ich gehe hin.«

Ich habe ja nichts anderes zu tun.

Als ich am nächsten Morgen in der Eigentumswohnung von Roddy und Helen eintraf, war ich von diesem Schauspiel häuslicher Seligkeit doch ziemlich überrascht. Ich wusste, die beiden waren verliebt, aber ich hatte dennoch mit einer Junggesellenbude gerechnet. Tatsächlich war es ein angenehmes Heim, und ich entdeckte überall Helens persönliche Handschrift.

Sie führte mich herum und zeigte mir allerlei Dinge. »Und diese Wurfkissen habe ich von *Home Goods*. Sind die nicht süß?«

»Jep.«

»Komm, ich zeige dir unser Schlafzimmer.«

»Ich glaube nicht, dass ich das sehen muss, Helen.« In Vorbereitung auf die Haarfärbesitzung trug Helen bereits einen Bademantel, und Roddy war bisher noch nicht die Treppe heruntergekommen.

»Komm schon, es ist hübsch.«

»Ist Roddy nicht da oben?«

»Das ist okay. Babe!«, rief sie. »Ich komme mit Charlie rauf. Bist du sittsam gekleidet?«

»Kommt ruhig rauf!«, antwortete er nicht minder laut.

Ihr Schlafzimmer war riesig. Große Glastüren führten auf einen Balkon mit einem großartigen Ausblick auf eine unverbaute Landschaft. Das Badezimmer war so groß wie mein Zimmer in unserer Wohnung in L.A. Kurz erhaschte ich einen Blick auf Roddy, der sich in Boxershorts über das Waschbecken beugte und rasierte. Umgehend starrte ich meine Füße an.

»Mach dir keine Gedanken, das ist im Grunde nur eine kurze Hose«, sagte Helen.

»Nein, ist es nicht.« Sein Rücken und sein Hintern waren massiv und muskulös.

Roddy blickte mich über den Spiegel an und lächelte. »Hey, Charlotte.«

»Hi, Roddy.« Ich winkte und eilte mit hochrotem Kopf zur Schlafzimmertür.

Helens Haare färbte ich in dem Badezimmer im unteren Stockwerk. Anschließend zauberte ich ihr noch ein paar sanfte Wellen hinein. Als ich beinahe fertig war, kam Roddy zu uns, baute sich in der Tür auf und betrachtete Helen dermaßen andächtig, dass ich ganz gerührt war.

»Gefällt mir«, sagte er. »Das bist wirklich du.«

Helen nickte, und dann bekam sie feuchte Augen. Ihr Haar war wieder so, wie ich es aus unserer Jugend in Erinnerung hatte – ein helles, natürliches Blond. Ihre Brauen waren nur eine Nuance dunkler und betonten die grünen Augen.

»Du siehst toll aus«, sagte ich. »So habe ich dich schon lange nicht mehr zu sehen bekommen.«

Sie stand auf und trat näher an den Spiegel heran. »Himmel, Charlie, du bist ja die reinste Wundertäterin. Ich hätte nie gedacht, dass ich das Haar noch mal wiedersehe.« Und ich konnte nicht fassen, dass ich es nicht vermasselt hatte.

Ich war zufrieden mit mir, zufrieden damit, wo Helen mit Roddy war. Trotzdem, wie um alles in der Welt konnten sich zwei Leute so sicher sein, dass sie zueinanderpassten, nachdem sie sich gerade ein paar Stunden kannten?

Als Roddy das Badezimmer verließ, sagte ich: »Woher hast du es gewusst, Helen? Mit Roddy?«

Sie zuckte mit den Schultern. »Ich glaube, ich habe einfach endlich erkannt, wer ich bin. Ich war so ein verdammt dummes Ding, und ich hatte es satt, mit irgendwelchen Kerlen herumzumachen.« Sie schloss die Badezimmertür und setzte sich auf den Klodeckel. »Als ich Roddy zum ersten Mal gesehen habe … na ja, du weißt ja, er war eigentlich nicht mein Typ.«

Ich ging auf die andere Seite des Badezimmers, lehnte mich an das Waschbecken und verschränkte die Arme vor der Brust. »Also hast du beschlossen, zu ihm zu ziehen?«

»Nein, ich habe nur herumgealbert, war einfach ich selbst. Ich habe nicht damit gerechnet, dass da irgendwas draus wird. Aber es war toll, bei ihm nur ich selbst zu sein. Er hat sich auch völlig geöffnet. In der ersten Nacht haben wir herumgehangen, hatten irren Sex und haben noch ein bisschen mehr herumgehangen. Ich wollte nicht, dass es bei dieser einen Nacht blieb.«

»Ja, aber so geht es doch vielen Leuten, Helen. Trotzdem ziehen sie nicht gleich zusammen.«

»Nein. Ich war noch nie imstande, in Gegenwart von einem Kerl wirklich ich selbst zu sein und mich trotzdem anschließend noch zu mögen.«

»Hmm. Ich glaube, ich verstehe.«

»Seth ist ein Guter, Charlotte. Warum gibst du ihm nicht eine Chance?«

»Ich weiß überhaupt nichts über ihn.«

»Dann versuch doch, ihn kennenzulernen.«

Ich zuckte mit den Schultern. »Vielleicht.«

Aber der Mensch, den ich wirklich kennenlernen wollte, war nach wie vor verschwunden.

Als wir ins Stadion kamen, wurden wir zu unseren Plätzen geführt und stellten bald fest, dass Seth gar nicht spielen würde; sie hatten einen anderen Allrounder an seiner Position aufgestellt.

»Warum spielt er nicht?«

»Ich weiß es nicht, aber das ist Mist. Ich wollte ihn anfeuern«, grollte Roddy.

Wir verfolgten beinahe das ganze Spiel schweigend. Ich glaube, wir fragten uns alle, ob Seths Major-League-Abstecher womöglich nur von kurzer Dauer wäre.

In der zweiten Hälfte des neunten Innings lagen die Padres mit zwei Punkten hinten, hatten zwei Runner an den Bases und zwei Outs. Dann wechselten sie Seth als Pinch Hitter ein.

»Oh mein Gott, was für ein Druck«, sagte ich.

»Er kann das schaffen«, erwiderte Roddy. »Los, Seth!«, brüllte er dann.

»Los, Seth!«, schrie ich. Natürlich konnte er mich unmöglich hören, aber aus meiner Perspektive sah es aus, als würde er genau in dem Moment, in dem ich ihn anfeuerte, die Schultern kaum merklich durchdrücken. Der erste Pitch war ein Strike. Er trat aus der Batter's Box, atmete tief durch, nahm sich Zeit. Dann schwang er geübt den Schläger, tippte damit an seine Schuhe und kehrte für den nächsten Wurf zurück in die Batter's Box. Es war ein Highball, der die Strikezone verfehlte und als Ball gewertet wurde. Aber für einen Moment hatte es ausgesehen, als wäre er drauf und dran gewesen, ihn zu schlagen.

»Ganz ruhig, Nummer zwölf!«, brüllte Roddy. »Dieser Highball ist seine Schwäche«, sagte er leise zu uns.

Der nächste Wurf hing genau auf der Höhe seiner Schulter in der Luft. Wie in Zeitlupe sah ich zu, wie Seth die Knie beugte, vortrat und den Ball mit einer wundervollen Eleganz und Leichtigkeit schlug. Die Zuschauer waren völlig aus dem Häuschen, und wir sahen zu, wie der Ball die Anlage verließ, wie er über die Center-Field-Begrenzung hinausschoss. Das war der entfernteste Bereich, gute hundertzwanzig Meter entfernt, und Seth schlug den Ball darüber, als wäre das gar nichts. Das verhieß einen Grand Slam. Er lief um die Bases, und als er den Zeh auf die Home Plate setzte, küsste er seine Hand und winkte damit in meine Richtung. Für eine Sekunde hatten wir Blickkontakt. Ich strahlte so freudig, dass ich mir völlig debil vorkam.

»Wow«, machte Roddy. »Dabei heißt es, abends wäre es schwerer, einen Homerun zu schlagen, wegen des Küstennebels.«

»Wovon sprichst du?«, fragte Helen.

»Den Ball so weit rauszuschlagen trotz der dickeren Luft, das ist schon ein Hammer.«

Helen lachte. »Das muss daran liegen, dass sie hier ist.« Sie tätschelte meinen Kopf.

»Was? Meinst du das ernst?«

»Vielleicht«, sagte Roddy.

»Das ist albern.«

Helen beugte sich zu mir und flüsterte mir ins Ohr: »Manchmal müssen sie es einfach nur glauben. Das ist eine Kopfsache.«

Sie war im Grunde nicht abergläubisch, sie fiel nicht auf so einen Unsinn herein. Sie tat nur, was eine gute Spielerfreundin eben tat: Sie ließ ihnen ihre Überzeugungen. Ließ ihnen ihren Glauben. War das nicht so ziemlich das, was ich in jener einen Nacht für den verrückten Adam getan hatte?

15. Huldigung

Als das Spiel vorbei war, gingen wir in die Lobby Bar des *Omni-Hotels* auf der anderen Straßenseite.

»Er kommt rüber, wenn er fertig ist«, sagte Helen, als sie sah, dass ich mich umblickte.

»Ach, das ist nicht wichtig«, erwiderte ich.

»Doch, ist es.«

Roddy hatte uns allein gelassen, um mit einem der Coachs zu sprechen, und Helen und ich hatten es uns in den Rundsesseln bequem gemacht und beobachteten die Fanhorden, die sich in der Lobby versammelten.

Nach meinem zweiten Drink gähnte ich und beschloss, ihm noch weitere zehn Minuten einzuräumen, ehe ich mich auf den Heimweg machte. Ich hatte keine Nachrichten auf dem Telefon, also nahm ich an, dass er mit all dem Rummel wegen des Walk-Off Grand Slams beschäftigt war. Einen Moment später fiel mir auf, dass Helen, die neben mir saß, lächelnd aufblickte. Ehe ich Gelegenheit bekam, mich umzusehen, fühlte ich eine große warme Hand auf meiner Schulter.

»Charlotte?«

Als seine Hand mich berührte, machte plötzlich etwas Klick, und ich beschloss, einfach nur im Augenblick zu leben. Folglich sprang ich auf, drehte mich um und warf mich in seine Arme. »Du warst großartig!«

Sein Brustkorb erbebte unter seinem Lachen. »Das liegt nur daran, dass du hier bist.«

Ich küsste ihn, gleich dort vor hundert Leuten, die sich in der Lobby versammelt hatten und uns zusahen. Er roch sauber, und als ich ihm mit den Fingern durch das Haar fuhr, spürte ich, dass es feucht war. Offenbar hatte er im Umkleidebereich geduscht.

Ich wich um ein paar Zentimeter zurück, um mir sein grinsendes Gesicht anzusehen. »Ich bin froh, dass ich hergekommen bin«, gestand ich.

Er zog mich wieder in die Arme und küsste mein Ohr. »Ich auch.«

Helen stand ganz lässig neben uns und sagte »Glückwunsch, Seth«, ehe sie sich in einem falschen, übertriebenen Gähnen erging. »Mann! Roddy und ich müssen echt nach Hause.« Seth und ich lösten uns voneinander. »Charlotte, bist du so weit, oder … äh … vielleicht kann Seth dich zu unserem Haus fahren, damit du deinen Wagen holen kannst. Oder hast du andere Pläne, Seth?«

Er verspannte sich ein wenig. »Ich fahre sie gern … sofern sie will.«

Helen wedelte unverbindlich mit der Hand. »Einigt euch einfach.«

Roddy kam rüber und klopfte Seth auf den Rücken. »Was für ein Monsterschlag, Mann.«

»Danke, Bro.«

Helen küsste mich auf die Wange, und dann küsste sie auch Seth auf die Wange und flüsterte ihm etwas ins Ohr. Wir verabschiedeten uns, und weg waren sie, und Seth und ich blieben allein zurück. Und ich wollte ihn, das konnte ich nicht leugnen. Er stand einfach da, bescheiden und unaufdringlich, ohne irgendetwas zu erwarten, obwohl mindestens fünfundzwanzig Frauen in dem Foyer damit beschäftigt waren, diskret näher an ihn heranzurücken in der Hoffnung, er würde sie eines Blickes würdigen oder, besser noch, mich stehen lassen und stattdessen eine von ihnen erwählen. Aber er verhielt sich, als würde er sie gar nicht wahrnehmen. »Noch mal danke, dass du heute gekommen bist. Hast du Hunger?«

»Ja«, sagte ich. Mein Blick klebte an seinem Mund.

»Ich auch«, raunte er. »Ich habe für heute Nacht ein Zimmer hier im Hotel genommen.«

Ich nickte. »Bevor du wusstest, dass ich herkomme?«

»Nein, erst als ich dich gesehen habe. Gleich nachdem ich reingekommen bin.« Er zog eine Schlüsselkarte aus der hinteren Hosentasche.

Ich lachte. Vielleicht erwartete er doch etwas … »Das war ein bisschen vorschnell, oder?«

»Wunschdenken.« Er trat näher an mich heran und ergriff meine Hand. »Eigentlich ist es mir auch egal, wie das aussieht. Und ja, ich habe das Zimmer genommen, als ich dich gesehen habe, weil ich mit dir allein sein will. Okay?«

»Okay.« Ich nickte und ließ mich von ihm zu den Fahrstühlen ziehen.

Auf dem ganzen Weg hinauf in den einundzwanzigsten Stock hielt er meine Hand, und in der Kabine herrschte eine fühlbare sexuelle Spannung. Die Tür glitt auf, und er führte mich hinaus auf den Korridor. »Komm, Charlotte, ich will dich, und ich bin das Warten leid.«

»Eigentlich hatten wir bisher nur zwei Dates.«

»Mir egal«, sagte er mit dem Rücken zu mir.

Ich entriss ihm meine Hand, ehe wir die Tür zu seinem Zimmer erreicht hatten. »Und wenn es mir nicht egal ist?«

Er drehte sich um und kniff die Augen zusammen. Seine Miene war undurchschaubar. Abrupt ergriff er meine Unterarme und wirbelte mich herum. Unsere Lippen waren nur Zentimeter voneinander entfernt, während er mich an die Tür hinter mir drückte. Für eine Sekunde empfand ich Angst. Ich blickte den Korridor hinauf und hinunter, aber da war niemand außer uns. Drängend presste er seine Lippen auf meine, und wir küssten uns, derb, schnell, leidenschaftlich. Ich war völlig hin. Mein Körper sehnte sich nach seinem. Ich musste diese starken Hände an mir fühlen. Ich grub meine Finger in sein Haar, während er mit einer Hand meinen Nacken und mit der anderen meinen Hintern packte.

Widerstrebend löste er seine Lippen von meinen. »Willst du damit sagen, du willst nicht mit mir da drin sein?«, fragte er schwer atmend. »Denn dann bringe ich dich wieder runter und fahre dich, wohin du willst, oder ich rufe dir ein Taxi.«

Ich trat zur Seite. All meine Vorbehalte hatten sich in Luft aufgelöst. »Vergiss, was ich gesagt habe, und mach die Tür auf.«

Dem folgte ein Gestöber aus Händen und Lippen und einer unaufhaltsamen Bewegung in Richtung Bett. Keiner von uns machte Anstalten, den Lichtschalter zu betätigen. Durch die deckenhohen Fenster waren Coronado Bridge und San Diego Bay zu sehen und erfüllten den Raum mit einem magischen Lichtschein. Seth griff um mich herum und hob mich hoch. Ich schlang die Beine um seinen Leib, und er trug mich zum Bett. Ich löste mich aus unserem Kuss. »Gott, ist das schön da draußen«, sagte ich keuchend.

»Hier drin auch.« Mein Shirt flog schon quer durch den Raum, als er seine Schuhe von den Füßen trat. Er stellte mich wieder auf die eigenen Beine, und meine Waden berührten bereits das Bett. Mit flinken Händen öffnete er die Knöpfe meiner Jeans, und einen Moment später stand ich in BH und Slip vor ihm, öffnete seinen Gürtel und zerrte an seiner Hose und der Boxershorts, fiel auf die Knie und zog sie runter.

Als ich mich seiner bemächtigte, stieß er zischend die Luft aus. »Nein«, sagte er, bückte sich, ergriff meine Arme und zog mich hoch. »Was machst du?«, fragte er.

Ich lief rot an. Ich war erhitzt, aber auch verlegen. »Ich dachte …«

»Nein, lass uns knutschen.« Wieder lagen seine Lippen drängend auf meinen. Irgendwie schaffte er es, meinen BH zu öffnen, ohne dass ich es überhaupt merkte. Er fiel zu Boden, und er umfasste meine Brust, bückte sich und küsste sie, während seine andere Hand in meinem Kreuz lag. Ich reckte mich ihm entgegen. Seth bestimmte die Richtung, so elegant, stark und eindrucksvoll, wie er Baseball spielte. Er legte mich auf das Bett, richtete sich auf und betrachtete mich ausgiebig. Als er nach meinem Slip griff, legte ich meine Hände auf seine. »Warte.«

»Was ist los, Charlotte?« Seine Augen sahen vor Begierde ganz verschleiert aus.

»Magst du mich wirklich?«

»Natürlich. Würde ich das nicht tun, wäre ich jetzt nicht mit dir hier.«

Er kroch neben mich und stützte den Kopf auf eine Hand. Ich blickte an ihm hinab, und mir fiel auf, wie erregt er war. »Gib mir nur eine Sekunde«, sagte ich, und meine Brust hob und senkte sich deutlich.

»Du wolltest vorhin ohne das geringste Zögern über mich herfallen.«

»Ich weiß.«

Seine Fingerspitzen tanzten über meinen Bauch, ehe seine Hand unter den Bund meines Slips glitt. Sein Kopf sank zu meiner Brust hinab, seine Lippen liebkosten meinen Nippel.

Nach einigen Augenblicken flüsterte er: »Jetzt zeige ich dir, wie sehr ich dich anbete. Sag mir, wenn ich aufhören soll.«

»Aaah«, hauchte ich, als er mich weiter unten berührte. Ich hielt seine Hand an meinem Körper, drückte sie an mich, wies ihr den Weg.

»Nicht«, flüsterte ich.

»Was nicht, Charlotte?«

»Nicht aufhören.«

Eine Sekunde später war mein Slip fort, sein Mund war auf mir, und ich bog den Rücken durch. »Jesus. Nicht aufhören. Nicht aufhören!«

Als ich seinen Kopf an meinen Körper presste, summte er

zufrieden und brachte meinen Körper dazu, in eine Million Lichtpulse zu explodieren. Ich konnte keinen Laut von mir geben, konnte nicht atmen; ich zerfiel einfach in meine Einzelteile, versuchte verzweifelt, die Wogen zu reiten, ohne lauthals zu schreien. Vage spürte ich, wie sich mein Hinterkopf in die Matratze grub, während mein Körper zitterte und bebte.

Als mein Gehirn wieder in der Lage war, die Umgebung wahrzunehmen, blickte ich auf und sah Seth zwischen meinen Beinen. Er hockte auf den Fersen und sah wie gebannt aus. Ich war verlegen, aber alles, was ich in seinem Gesicht lesen konnte, war Verlangen. »Das war gut, was?«

»Ja«, würgte ich hervor.

»Du bist atemberaubend«, sagte er. Ich schüttelte den Kopf. Seine Hand lag immer noch auf mir und bewegte sich langsam im Kreis über meine empfindliche Haut. »Doch, das bist du, Charlotte. Warum weißt du das nicht?« Er zwinkerte. »Ich will Liebe mit dir machen.«

Wärme breitete sich von meiner Brust in meine Glieder aus. Ich schob seine Hand von meinem Körper und zog ihn über mich, öffnete die Beine weiter, um ihn einzuladen.

Kaum waren wir vereint, lag sein Mund auf meinem, und er stieß mit sanften Bewegungen in mich hinein. Er saugte an meiner Unterlippe und widmete sich dann meinem Hals und meinem Ohr. »Gott, Charlotte, du fühlst dich so gut an. Zu gut.« Er bewegte sich in einem schnelleren Rhythmus.

»Ah«, war alles, was ich von mir geben konnte. Sein Atem, so nah an meinem Ohr, löste in meinem Gehirn eine Fehlfunktion aus. Es ging schon wieder los, und ich spürte, wie mein Körper um ihn herum kribbelte. Er stieß noch einmal zu und sackte dann zusammen. Ich hielt ihn fest, bis unser beider Körper aufhörten zu pulsieren.

Nach einer Weile stützte er sich auf die Ellbogen und nahm den Kopf zurück, um mich anzusehen. Das Licht im Raum reichte gerade, damit ich seine heitere Miene erkennen konnte. »Das war unglaublich.«

»Ja«, stimmte ich zu, als ich mein Keuchen für einen Moment unterbrechen konnte. »Wahnsinnig schön.«

Er küsste mich auf die Lippen, dann auf die Wange, ehe er sich hochstemmte. »Duschen?«

»Okay.« Ich folgte ihm ins Badezimmer. Keiner von uns war befangen wegen unserer Nacktheit. Ich bewunderte seinen prächtigen Körperbau. Wie jung, wie männlich und enthusiastisch er war, sah ich, als er sich umdrehte und ich feststellte, dass er gerade ein paar Augenblicke, nachdem wir Sex hatten, schon wieder erregt war.

In der Dusche hob er mich hoch und presste mich an die kalten Fliesen. Ich schlang die Beine um ihn, und schon war er wieder in mir. »Ich möchte ganz lange in dir bleiben.«

»Ich möchte dich ganz lange in mir haben.«

Er bewegte sich kraftvoller, drückte mich an die Wand. »Ich mag dich wirklich, Charlotte. Ich bin dabei, mich in dich zu verlieben«, sagte er atemlos. Wie konnte er nur so offen und ehrlich sein?

Ich küsste ihn, antwortete wortlos auf seine Leidenschaft.

Als wir geduscht hatten, schliefen wir nackt auf der Bettdecke ein, fest ineinander verschlungen.

16. Gutes Timing oder schlechtes Timing

In zwei Tagen würde Seth die Stadt verlassen. Ich lud ihn ein, vorher zu mir zu kommen und die Nacht in meiner Wohnung zu verbringen, und er stimmte zu. Endlich ließ ich alles geschehen.

Als Seth und ich in mein Apartment kamen, stellte ich erstaunt fest, dass Chucky am Küchentresen saß, Frühstücksflocken aß und die Zeitung las.

»Kein heißes Date?«, fragte ich, als ich zur Tür hineinkam.

»Nicht heute, Fettarsch.« Als Chucky Seth hinter mir entdeckte, erhob er sich von seinem Barhocker und schluckte hastig einen Mundvoll Frühstücksflocken hinunter.

Seth ging sogleich auf ihn zu und reichte ihm die Hand. »Hey, ich bin Seth.«

Chucky antwortete mit einem festen Handschlag. »Nett, dich kennenzulernen. Ich bin Charles.« Er zog Seth näher zu sich und flüsterte laut genug, dass ich es hören konnte. »Wir haben Mafiaverbindungen. Vergiss das nie, Mann.«

»Ach, halt doch die Klappe, Chucky«, blaffte ich.

Achselzuckend widmete er sich wieder seinen Frühstücksflocken. Seth folgte mir in die Küche. »Willst du ein Bier oder irgendwas?«, fragte ich.

»Klar«, sagte er. Ein wenig betreten stand Seth neben Chucky auf der anderen Seite des Tresens, während mein Bruder in seiner Zeitung blätterte. Er und mein Vater lasen die Zeitung an jedem einzelnen Tag. Für die beiden war das wie Zähneputzen – und soweit es Chucky und meinen Dad betraf, hatte das einiges zu sagen. Als ich Seth das Bier über den Tresen reichte, lächelte er dieses süße, jungenhafte Lächeln und sagte: »Danke.« Aber während ich den Arm über den Tresen streckte, erweckte etwas anderes meine Aufmerksamkeit. Da war eine Sprachnachricht auf meinem Telefon.

»Entschuldigst du mich?«, sagte ich zu Seth.

»Klar.« Er musterte mich auf eigenartige Weise, als ich mir mein Telefon schnappte und in mein Zimmer ging. Ich konnte hören, dass Seth und Chucky sich unterhielten, und war erleichtert, dass Seth zumindest diese Ablenkung genießen konnte.

Ich drückte auf die Taste zum Abhören der Sprachnachricht und erkannte augenblicklich Stacys Stimme. »Hi, Charlotte. Ich habe mit Adam gesprochen. Er war nicht sicher, ob es okay wäre, wenn er Sie anruft, aber er würde sich freuen, von Ihnen zu hören. Außerdem denke ich, Sie und ich sollten uns unterhalten, falls Sie beschließen, ihn anzurufen oder sich mit ihm zu treffen. Ich möchte das nicht über einen Anrufbeantworter vertiefen, also rufen Sie mich einfach an, wenn Sie mögen. Ich werde den Rest des Abends erreichbar sein.«

Umgehend wählte ich ihre Nummer. »Hi, Charlotte hier.«

»Charlotte, ich bin so froh, dass Sie anrufen. Tut mir leid, dass ich es so spannend machen musste. Ich wollte Adam erst selbst aufsuchen und sehen, in welcher Gemütsverfassung er ist.«

Gemütsverfassung? Er ist verrückt. »Okay … und?«

»Er war tatsächlich richtig gut drauf.« Sie unterbrach sich und schwieg ein paar Augenblicke. »Charlotte«, sagte sie dann, »es ist mir unangenehm, Überbringerin der schlechten Nachricht zu sein, aber er wollte, dass ich Ihnen sage, dass er im Krankenhaus ist. Adam hat ein Grad-IV-Gliobastom.«

»Hä?«

»Das ist ein Hirntumor. Er hat Krebs, Charlotte.«

Ich ließ das Telefon fallen, und mir entfuhr ein kehliger Laut. Ich bekam keine Luft, presste die Hände an die Brust und spürte einen scharfen Schmerz in der Lunge. Dieser eine Satz hatte mir völlig den Atem genommen.

Nun ergab alles einen Sinn. Dass er seinen Job gekündigt

hatte. Die Strafzettel. Die Post-it-Notizen. Sein seltsames Verhalten, das mir wie eine spontane Marotte vorgekommen war.

Als ich Adam kennengelernt hatte, war er schon todkrank. Und er wusste es.

Endlich brachte ich die Kraft auf, das Telefon aufzuheben und mir ans Ohr zu halten. »Tut mir leid, ich habe das Telefon fallen lassen.«

»Ich weiß, das ist ein ziemlicher Schlag. Sie haben Adam beeindruckt. Als Sie beide sich kennengelernt haben, hat ein Teil des Tumors so sehr auf sein Gehirn gedrückt, dass sein Kurzzeitgedächtnis beeinträchtigt wurde. Er konnte sich nicht erinnern, welcher Wochentag war oder wem er fünf Minuten vorher begegnet war. Er hat immer wieder den Namen Charlotte gemalt. Er wollte Ihnen sagen, dass er die Story, die Sie sich ausgedacht hatten, für eine kurze Zeit geglaubt hatte. Ich weiß nicht, was das bedeutet, aber ich nehme an, Ihnen wird das mehr sagen.«

Ich war sprachlos.

Stacy fuhr fort: »Sie haben einen Teil des Tumors entfernt. Adam ist jetzt viel mehr da, aber der Krebs richtet immer noch verheerende Schäden an seinem Körper an.«

Ich konnte nicht antworten. Mir liefen die Tränen über die Wangen.

»Sind Sie noch da?«, fragte sie.

»Ja«, fiepte ich.

»Da ist noch etwas, Charlotte. Nachdem Adam ausgezogen ist, hat er mich gebeten, seine Bilder wegzuschaffen. Ich habe das nicht so ganz übers Herz gebracht, also habe ich die Eigentümerin einer Galerie in der Innenstadt angerufen, die ich persönlich kenne. Wir haben uns Hunderte von Bildern angesehen, und sie hat festgestellt, dass die mit Dutzenden von Wandgemälden in der ganzen Stadt zusammenhängen. Sie hat irgendeinen Denkmalschützer alarmiert, und jetzt nennt ihn die Kunstgemeinde von L.A. den Westküsten-Banksy. Er möchte seine Identität so lange wie möglich geheim halten. Sollte bekannt werden, dass der Künstler an Krebs stirbt, würde die Presse verrücktspielen.«

Ich dachte an die Wölfe. An den geflügelten Mann.

Sie sprach weiter. »Aber die Leute reden vor allem über das Wandgemälde, das Sie in einem roten Kleid zeigt. Adam wollte mir nicht verraten, was dahintersteckt, aber er erinnert sich, warum er es gemalt hat.«

Ich erstickte beinahe an den Gefühlen, die sich in meinem Hals zu einem Kloß ballten. »Und wo ist er nun? In welchem Krankenhaus? Und muss er wirklich sterben?«

»Es sieht nicht gut aus. Er hat mir einen Brief für Sie gegeben, und ich denke, Sie sollten ihn lesen, ehe Sie ihn besuchen. Er ist im Cedars.«

Mein Gehirn war so überfordert, dass ich zu atmen vergaß. Plötzlich stand Seth in der Tür. Obwohl er gerade erst gekommen war, musterte er mich forschend.

»Ich komme morgen vorbei, hole mir den Brief und vereinbare vielleicht auch einen Besuchstermin. Danke, Stacy. Vielen Dank.« Und dann fügte ich noch etwas hinzu, das mir in Seths Gegenwart nur schwer über die Lippen kam. »Er hat bei mir auch einen tiefen Eindruck hinterlassen.«

Wir verabschiedeten uns und legten auf. Seth stand immer noch auf der Schwelle, aber nun kam er zu mir, senkte den Kopf und küsste mich zart auf die Schulter. Meine Kehle war wie zugeschnürt, und ich versuchte verzweifelt, meine Gefühle hinunterzuschlucken. »Sag mir, was los ist«, bat er.

»Der Maler, von dem ich dir erzählt habe … er hat mich gar nicht fallen lassen. Er ist todkrank; er stirbt. An Krebs. Er hat versucht, mich zu finden, aber … der Tumor … sein Gedächtnis … er konnte sich nicht erinnern … oh Gott.«

Seth stand nur schweigend da.

»Seine Nachbarin hat einen Brief für mich. Ich habe ihr gesagt, ich würde ihn morgen holen und ihn dann besuchen.« Ich brach auf meinem Bett zusammen.

Es dauerte ein paar Augenblicke, dann fragte Seth: »Soll ich nach Hause fahren?«

»Nein!« Der Gedanke, allein zu sein, versetzte mich in Angst und Schrecken.

Er verschränkte die Arme vor der Brust. »Ich weiß nicht, was ich sagen soll, außer, dass es mir leidtut. Ich möchte nur nicht, dass es sich auf das auswirkt, was wir miteinander haben.«

Ich wollte ihm nicht sagen, dass es das garantiert tun würde. Im Augenblick wollte ich nur, dass er bei mir blieb.

»Ich sollte nicht hier sein, Charlotte.«

»Doch. Bitte, bleib.«

Er schüttelte den Kopf und drehte sich zur Tür um.

»Gehst du?«, fragte ich.

»Nein, ich besorge dir nur ein paar Taschentücher und Wasser.«

Mir war nicht einmal bewusst gewesen, dass ich geweint hatte.

Als er zurückkam, fragte ich: »Bist du sauer?«

»Ich bin nicht sauer. Natürlich bin ich nicht sauer.«

Wie sollte ich wissen, was Seth dachte oder fühlte? Alles, was in den letzten zwanzig Minuten passiert war, kam mir vor wie ein Traum. Ich war kaum imstande, meine eigenen Gefühle in Hinblick auf Adam, auf unsere gemeinsame Nacht und diese neuen Informationen zu fassen zu bekommen.

Und wie musste das erst für Adam sein? Wurde er immer schwächer, verkümmerte ganz allein und verwirrt in einem Krankenhausbett und dachte, dass wir so eine wunderbare Verbindung zueinander hatten, während ich fröhlich mein oberflächliches Leben weiterlebte, mich auf Match.com herumtrieb und mit Baseballspielern schlief?

»Ich bleibe, wenn du es willst«, sagte Seth.

»Ja, ich will, dass du bleibst.« *Ich wünschte, ich wüsste, wie Alleinsein geht.*

»Sollen wir uns ins Bett legen und reden?«, fragte er.

»Okay.«

Er schaltete das Licht aus und schlüpfte neben mir ins Bett. Wir wanden uns aus unseren Klamotten und lagen in unserer Unterwäsche da. »Ich weiß nicht, was ich tun soll«, gestand ich leise.

»Du solltest dir den Brief holen und ihn besuchen. Er wollte, dass du ihn bekommst, und er will dich sehen. Er liegt im Sterben.«

»Würdest du morgen mitgehen, wenn ich den Brief hole, bevor du nach San Diego zurückfährst?«

»Natürlich.«

»Kann ich dir was sagen, Seth?«

»Alles.«

»Mein Leben war ein einziges Durcheinander. Ich hatte so viele Jobs und seltsame Partner. Meine Zwanziger waren ein totaler Witz.«

Er drehte sich auf die Seite und zog mich in seine Arme. »Und?«

»Warum bist du so lieb zu mir?«

»Weil ich weiß, dass du ein guter Mensch bist. Ich habe auch meine Erfahrungen mit One-Night-Stands und schlechten Entscheidungen gemacht. Ich versuche nur, das hinter mir zu lassen.«

»Ich war irgendwie verloren, weißt du? Hab mit Helen die Zeit totgeschlagen. Ich bewundere sie für diesen Riesenschritt. So etwas könnte ich nie.«

Seth verspannte sich. »Hast du dich wirklich in den Mann verliebt?«

»Macht das etwas aus? Er stirbt bald. Normalerweise finde ich eine Möglichkeit, die Dinge zu sabotieren, oder ich binde mich an Leute, die unerreichbar sind. Das ist mir mit Adam passiert, ohne dass ich es geahnt habe.«

»Ich verstehe, warum er sich trotz seiner Gedächtnisprobleme in dich verguckt hat. Dich kann man einfach nicht vergessen. Ich konnte nicht aufhören, über dich nachzudenken, bevor ich dich überhaupt getroffen hatte.«

Ich lächelte. Unter der Tür drang genug Licht herein, sodass ich sehen konnte, dass er das Lächeln erwiderte. Ich drehte mich auch auf die Seite und schmiegte meinen Rücken an seinen Bauch. Ich wollte spüren, dass ich etwas richtig gemacht hatte, dass ich es verdiente, mit Seth zu kuscheln, dass ich es verdiente, Adams Muse zu sein.

Aber ich war immer noch hin- und hergerissen. Würde ich immer so sein?

Nach einem Brunch am nächsten Tag gingen Seth und ich zu Stacy, und ich klopfte an die Tür. Als sie öffnete, strich Foxy Cleopatra um ihre Beine. Ich bückte mich, um sie zu streicheln. »Hi, Foxy.«

Als ich aufblickte, fiel mir auf, dass Stacy Seth anstarrte – sie machte ihm keine schönen Augen, sie versuchte offenbar nur herauszufinden, wer zum Teufel er war.

»Stacy, das ist mein Freund Seth.« Die beiden schüttelten einander die Hände.

»Möchten Sie reinkommen?«

Wir folgten Stacy und setzten uns an einen runden Tisch. Foxy wich mir nicht von der Seite. Stacy reichte mir den Brief, und Seth saß schweigend daneben.

»Ich habe ihn nicht gelesen«, sagte sie. »Aber sofern Sie ihn hier lesen mögen, kann ich vielleicht weiterhelfen, falls Sie Fragen haben. Ich glaube, er hat ihn gleich nach jener Nacht geschrieben.«

Ich spürte, wie Seth neben mir unruhig wurde.
»Okay.« Ich öffnete den Brief und las.

Charlotte. Gleich nachdem du fort warst, habe ich mich an deinen Namen erinnert und ihn sofort aufgeschrieben. Ich wollte es dir erzählen, aber ich wollte dich nicht noch mehr verschrecken. Ich habe einen Gehirntumor. Einen von der richtig üblen Sorte. Darum erscheine ich so vergesslich. Meine Tage sind gezählt, Lady. Das war kein Scherz. Ich wünschte, ich hätte dich nicht so einfach gehen lassen. Nun weiß ich nicht, wie ich dich finden kann. Alles, was passiert ist, ehe du und ich in dieser Bar waren, ist verschwommen, aber an alles, was von da an passiert ist, erinnere ich mich klar und deutlich. Wie das kommt? Liegt es vielleicht daran, dass ich von dir so fasziniert war, dass du Spuren in meiner Seele hinterlassen hast und ich dich nun nicht mehr aus dem Kopf bekomme? Ich hoffe, du kommst zurück, aber falls du das nicht tust, hoffe ich, dass dieser Brief dich erreicht. Die letzte Nacht war die bei Weitem beste meines ganzen Lebens. Ich habe mich nie zuvor jemandem so verbunden gefühlt. Da hatte ich zum ersten Mal wirklich Angst zu sterben. Ich glaube, der Grund dafür ist, dass ich zum ersten Mal wirklich leben wollte. Mir war, als würden wir einander schon ewig kennen. Ich habe etwas empfunden, wovon ich dachte, es bliebe mir vorenthalten: Liebe. Du weißt schon, dieser verrückte, leidenschaftliche Mist, von dem alle reden. Du bist alles, was ich mir je erträumt habe. Ich weiß, das klingt verrückt, aber als du dir diese Geschichte ausgedacht hast, habe ich sie zuerst tatsächlich geglaubt, und ich war verwirrt, weil sie so real wirkte. Ich war nicht wütend auf dich, weil sie nicht wahr war, ich war traurig, dass ich dich nicht eher getroffen hatte. Ich war traurig, dass sie nur erfunden war und dass ich nicht mehr genug Zeit auf Erden habe, um dich wirklich und richtig zu lieben. Du hast Licht in meine Nacht gebracht … in mein verdammtes Leben, Charlotte. Ich erinnere mich nicht, mich je so danach gesehnt zu haben, jemanden zu berühren. Wärest du einverstanden gewesen, ich wäre bis zum Ende mit dir in diesem Loft geblieben. Ich wünschte, ich hätte dich gefragt.

Ich schreibe dir, weil ich möchte, dass du etwas weißt: Die Menschen sprechen oft von »der Einen«, und diese »Eine« warst du für mich. Ist das verrückt? Ich weiß, dass ich das für dich nicht sein kann, weil du noch dein ganzes Leben vor dir hast und wir nur eine Nacht miteinander verbracht haben, trotzdem musste ich dir das erzählen. Bitte such dir einen netten Mann, der dir keinen Mist über deine Zehen erzählt. Das sind die entzückendsten kleinen Würstchen, die ich je gesehen habe.

Wenn du das liest, dann nehme ich an, wir sehen uns auf der anderen Seite. Alles Liebe, Adam.

Er dachte, er wäre bereits tot, wenn ich diesen Brief las.

Man kann mit Fug und Recht sagen, dass ich, als ich zu Ende gelesen hatte, nur noch ein heulendes Häufchen Elend war. Ich war hysterisch, und ich hyperventilierte. Der Brief hatte Adam zu mir zurückgebracht, seine Spontanität, seinen Humor, die Tatsache, dass auch ich das Gefühl gehabt hatte, ich würde ihn schon mein ganzes Leben lang kennen. Seth wiegte mich in seinen Armen, redete besänftigend auf mich ein und rieb mir die Arme. Tränen troffen auf den Brief und tränkten Adams Worte.

In Seths Armen rollte ich mich zusammen, und er hielt mich fest, während ich weinte, bis ich völlig erschöpft war.

»Ich muss nach Hause«, sagte ich schließlich.

»Willst du ihn denn nicht besuchen?«, fragte Seth verwirrt.

»Ja, aber heute schaffe ich das nicht.«

»Er hat nicht …«

»Ich weiß, er hat nicht mehr viel Zeit. Ich werde ihn morgen besuchen, und wenn es das Letzte ist, was ich tue.«

Stacy schüttelte immer noch den Kopf, als Seth und ich ihre Wohnung verließen. Seth trug mich mühelos die Stufen zu meiner Wohnung hinauf und legte mich in mein Bett.

Einige Zeit später erwachte ich, als Seth ein Glas Wasser auf meinen Nachttisch stellte. Als ich die Augen aufschlug und ihn anblickte, setzte er sich auf die Bettkante und strich mir das Haar aus dem Gesicht.

»Hey«, sagte er mit leiser, freundlicher Stimme.

»Hey.«

»Ich muss los.«

»Ich weiß.« An ihm vorbei warf ich einen Blick auf die Uhr. Es war schon zehn Uhr abends. Ich hatte drei Stunden geschlafen, nachdem ich vorher eine Stunde geschluchzt hatte. Ein großer Teil meiner selbst wollte Seth sagen, er solle weiterziehen und uns vergessen. Er solle sich auf Baseball und seine Karriere konzentrieren, statt hier herumzusitzen und mich zu trösten. Aber als ich in seine ehrlichen Augen blickte, sein besorgtes Lächeln wahrnahm, da sah ich Verständnis und einen Mann, dem ich wirklich wichtig war.

»Du musst ihn besuchen, Charlotte.«

Ich nickte.

»Zumindest musst du ihm für das Wandgemälde danken, aber ich denke, da ist noch mehr als das.«

»Ich weiß.« Seth wusste genau, dass ich Adam, wenn ich ihn besuchte, auf keinen Fall nur für das Bild danken und ihn mit den Worten *Hab noch einen schönen Tag* wieder verlassen konnte.

»Ich werde neun Tage unterwegs sein, und wenn ich zurückkomme, dann wird das alles nur eine ferne Erinnerung sein, nicht wahr? Du besuchst ihn, und wir können unser Leben wiederaufnehmen?«

Ich fragte mich, ob das so einfach möglich sein würde. Schniefend wischte ich mir die Nase mit dem Handrücken. Seth lachte, beugte sich zu mir und küsste mich auf den Kopf.

»Ja, ich glaube schon«, sagte ich, obwohl ich da gar nicht so sicher war.

»Ich weiß, wir kennen uns noch nicht so lange, aber ich würde mich gern noch öfter mit dir treffen.« Er hob meine Hand an seine Lippen und küsste sie. »Also … ich muss sicher sein, dass du den Spielplan kennst, ehe ich gehe.«

Natürlich muss er. Ein Bild von Seth, wie er das Baseballteam unseres Kindes trainierte, huschte durch mein Bewusstsein. Das hätte mir ein gutes Gefühl vermitteln sollen, aber ich war einfach nur durcheinander. Ich setzte mich auf und lehnte mich an die Kissen. Obwohl aus dem Flur genug Licht hereindrang, dass Seth und ich uns ins Gesicht schauen konnten, schaltete ich die Nachttischlampe an, bloß um das alles irgendwie realer zu machen.

»Okay«, fing ich mit zitternder Stimme an. »Morgen bist du in Cleveland, und ich besuche Adam im Krankenhaus.«

Er nickte einmal, ermutigte mich, fortzufahren, also tat ich es.

»Du wirst neun Tage fort sein, und wenn du zurückkommst, treffen wir uns und reden über uns.«

»Nein, das ist nicht das, was ich gemeint habe.«

»Nicht?« *Worauf will er hinaus?*

»In neun Tagen komme ich zurück, und wir machen da weiter, wo wir aufgehört haben, als wir das Hotelzimmer verlassen haben.«

Ich schwieg. Viel zu lange. Und sein Gesicht wurde länger und länger.

»Okay«, sagte ich dann endlich.

Er beugte sich vor, küsste mich auf die Lippen und stand auf. Ich sah emotionslos zu, wie er zur Tür hinausging. Kurz bevor er die Wohnung verließ, rief er noch: »Schließ die Tür ab, Charlie.«

Er hat mich Charlie genannt. Werde ich ihm womöglich das Herz brechen?

17. Warum wir uns erinnern

Ich betrat Adams Krankenzimmer durch die Glasschiebetür. Erst sah ich ihn nicht, weil der Vorhang um sein Bett herum zugezogen war, aber ich konnte eine Bewegung hinter dem Vorhang wahrnehmen. Und dann hörte ich seine Stimme. Er sprach mit einer Krankenschwester.

»Kahl ist sexy, nicht wahr?«, sagte er, und ich lachte leise in mich hinein, während ich darauf wartete, dass die Schwester den Vorhang öffnete.

»Ja, Adam, kahl ist sexy«, stimmte sie in amüsiertem Tonfall zu.

»Ich meine, denken Sie nur an Bruce Willis, Vin Diesel … Natalie Portman … Adam Bramwell.«

Sie lachte und öffnete dann abrupt den Vorhang. Das Kreischen der Metallringe auf der Vorhangstange erschreckte mich. Plötzlich gab es keine Sichtbarriere mehr zwischen Adam und mir. Er war vollständig kahl und hatte zwei gut erkennbare Narben auf der linken Kopfseite.

Er riss die Augen weit auf und grinste, aber nur einer seiner Mundwinkel wanderte aufwärts. Ein Anblick, den ich als unglaublich herzerwärmend empfand und der mir zugleich das Herz brach.

»Hi, Adam«, sagte ich, und meine Stimme kam kaum über ein Flüstern hinaus.

»Komm her, Charlotte.« Ich hatte ein paar Schritte Abstand gehalten, bang und zaghaft. Die Schwester, eine junge Blondine, taxierte mich.

»Hallo«, sagte ich zu ihr, als ich zu Adam ging.

»Hallo«, erwiderte sie. »Ich lasse Sie zwei dann mal allein.

Adam, Ihr Mittagessen ist in einer Minute hier. Soll ich Ihnen helfen, oder …« Sie warf mir einen Blick zu und ich Adam.

»Ich kriege das hin, Leah, trotzdem danke.« Er ließ mich nicht aus den Augen. Soweit ich es beurteilen konnte, hatte er auf der linken Seite ein wenig Schaden genommen, wirkte aber immer noch agil und hellwach.

Ich stand neben seinem Bett und bemühte mich um Selbstbeherrschung, bis die Schwester den Raum verließ. Kaum war sie fort, fing ich an zu weinen.

»Nicht weinen, bitte«, sagte er.

»Danke … für das Wandgemälde und … für den Brief.« Tränen quollen aus meinen Augen.

»Danke, dass du meine Nacht so sternenhell gemacht hast.«

»Warum hast du es mir nicht gesagt?«

Er zuckte mit einer Schulter. »Ich weiß es nicht. Ich hatte Angst, du läufst davon.«

»Ich hätte eher das Gegenteil getan.« Ich konnte kaum sprechen.

»Eigentlich weiß ich das ja. Ich wollte nur auch nicht, dass du lediglich bleibst, weil ich Krebs habe.« Adams Augen blickten mitfühlend. »Aber jetzt bist du hier.« Lächelnd zeigte er auf die Narbe an seinem Kopf. »Sie haben operiert und einen Teil des Tumors rausgeholt, darum arbeitet mein Gehirn jetzt besser, aber meine linke Seite ist praktisch nutzlos. Ich war Linkshänder. Nun kann ich nicht mehr malen.« Er verstummte kurz. »Zumindest«, sagte er dann, »konnte ich dieses letzte Wandgemälde fertigstellen, ehe ich ins Krankenhaus gegangen bin. Ich bekomme jetzt öfter Krampfanfälle, was wirklich Mist ist. Oh, und ich sabbere ein bisschen. Ist doch ein echter Fortschritt, nicht wahr?«

Ich lachte, weil er die ganze Zeit über so strahlte, als könnte nichts seinen Tag verderben.

»Knutschen könnte also eine ziemlich feuchte Angelegenheit werden«, sagte er. »Ich hoffe, das stört dich nicht.«

Unwillkürlich presste ich die Lippen zusammen.

»Das war nur ein Scherz, Charlotte.«

Ich atmete auf. »Oh. Okay.«

»Tja, danke, dass du gekommen bist, und das mit dem Bild war mir ein Vergnügen. Ich dachte, falls ich die Operation nicht überstehe, hast du etwas, was dich an mich erinnert.«

»Und der Brief?«

Adams warme schokoladenbraune Augen erforschten meine. »Ich habe alles genau so gemeint.«

Wie aus dem Nichts verspürte ich den Drang, ihn zu küssen, also tat ich es. Ich beugte mich zu ihm hinab, umfasste sein Kinn und küsste ihn, sanft und langsam. Die linke Seite seines Mundes fühlte sich ein wenig schlaff an, aber das machte nichts; er legte mir die Hand auf den Hinterkopf und erwiderte den Kuss.

Als ich mich von ihm löste, sagte er: »Wow. Es war real.«

»Was?«

»Dieses Gefühl war echt. Ich habe mir das nicht nur eingebildet.«

Ich schloss die Augen. Meine Brust schmerzte. Genau in diesem Moment kam jemand aus der Cafeteria des Krankenhauses mit einem Tablett herein. »Ihr Lieblingsessen, Adam. Chicken Fajitas«, sagte die Frau.

»Juchhu!« Adam freute sich wirklich. Er war einfach bezaubernd. »Das ist der beste Tag überhaupt! Charlotte, setz dich. Ich teile mit dir. Wir tun einfach so, als wäre das ein Date.«

Genau deswegen hatte ich mich in ihn verliebt. Er lag sterbend im Bett und war immer noch heiter und charmant.

Ich musste gleichzeitig lachen und weinen. »Was ist mit deiner Familie, Adam? Warum ist niemand hier bei dir?«

»Mein Dad kann nicht weg aus seinem Job, weißt du? Und für meine Mom ist das alles zu hart. Ist keine große Sache; ich meine, ich könnte ja noch zehn Jahre so weiterleben. Sie müssen nicht die ganze Zeit hier herumsitzen und auf meinen Tod warten.«

Er fing an, die Deckel von den Essensbehältern abzunehmen. Ich stand auf, ging zu ihm und half ihm, sein Mittagessen so anzuordnen, dass er nur seine rechte Hand benötigte. »Ist das wahr? Du könntest noch zehn Jahre leben?«

Mit unbewegter Miene sah er mich an. »Was denn, glaubst du nicht mehr an Wunder?«

Ich schluckte schwer, sah, dass meine Hände zitterten, und wusste, dass meine Stimme mich im Stich lassen würde.

»Ich nehme dich auf den Arm. Kopf hoch, Charlotte.« Er legte seine Hand auf meine und blickte mir direkt in die Augen. »Entspann dich, okay? Ich werde vermutlich bald sterben.«

Ich schüttelte den Kopf. Da war eine kleine Schale mit Suppe. Ich nahm den Deckel ab und hielt Adam einen Löffel an die Lippen. Er machte den Mund weit auf und schluckte die Suppe hinunter.

»Das habe ich für dich getan«, klärte er mich dann lächelnd auf. »Du musst mich nicht füttern, aber es war mir ein Genuss.« Er hielt die rechte Hand hoch. »Diese Hand funktioniert noch, und ein paar andere Körperteile auch.« Er wackelte mit den Brauen. Was tat ich hier nur? Ich verhielt mich wie ein Trampeltier. Beinahe hätte ich gesagt, dass ich einen Freund habe, aber dann hielt ich mich doch zurück. »Außerdem ist die Brühe für die Leute, die keine feste Nahrung zu sich nehmen können.« Er öffnete den Deckel der Fajitas-Schale. »Ich bevorzuge diese Schätzchen.«

Ich konnte mir einfach nicht vorstellen, dass Adam an einem Gehirntumor sterben würde. Er war so munter und voll da. »Was haben die dir genau über …« Ich verspannte mich von Kopf bis Fuß.

»Über was?«, fragte er und machte einen beunruhigten Eindruck.

»Über … wie lange du noch hast?«

Eine Hälfte von Adams Mund bog sich aufwärts.

»Warum lächelst du?«

»Meine schöne Charlotte, bitte hör mir zu«, sagte er beinahe flehentlich. »Ich bin eine beschissene tickende Bombe, okay? Ich könnte fröhlich meine Fajitas genießen und dann …« Er schloss die Augen und gab ein Krächzen von sich.

»Das ist furchtbar!«

»Aber mein Ernst. Dem kann niemand entkommen. Ich will die Zeit, die mir bleibt, nicht damit verschwenden, mir Sorgen zu machen … Und du könntest einen Schlaganfall erleiden oder ein Aneurysma oder einen verdammten Herzanfall und vor meiner Nase tot umfallen, aus die Maus.«

»Und das wäre dir egal?«

»Nein, das nicht, aber ich werde keine Sekunde vergeuden, indem ich mir Gedanken über die bloße Möglichkeit mache.«

»Adam, bitte.« Er scherzte, aber mir blieb das Lachen im Halse stecken.

Er nahm einen Bissen von seiner Fajita. Mir fiel auf, wie viel Mühe es ihm machte, sein Essen im Mund zu behalten. Als er geschluckt hatte, lächelte er wieder und sagte: »Sieht nicht hübsch aus, funktioniert aber. Zieh dir einen Stuhl ran, Charlotte, du machst mich ganz nervös.«

»Warum solltest du nervös sein?« Ich nahm mir ein Taschentuch von seinem Nachttisch und wischte mir die Nase ab.

»Ich weiß nicht. Ich befürchte, du könntest flüchten, ehe ich Gelegenheit habe, mich von dir zu verabschieden.«

Hätten Sie mich sieben Monate früher gefragt, wie ich mich selbst beschreiben würde, hätte ich gesagt, flatterhaft, unentschlossen, richtungslos, oberflächlich, eigennützig und absolut unempfänglich für die Gefühle anderer Menschen. Aber das alles veränderte sich zusammen mit dem Rest meines Lebens. Vor sieben Monaten hätte ich vielleicht in dem Moment, in dem ich Adam zu sehen bekommen hatte, kehrtgemacht und sein Krankenzimmer verlassen. Aber nun war ich hier bei ihm und *wünschte* mir Veränderung. Wünschte mir, von seinem Beispiel zu lernen.

Also traf ich eine Entscheidung.

»Ich gehe nirgendwohin, Adam. Ich bleibe bei dir. Ich muss vielleicht irgendwann mal weg, um mir ein paar Sachen zu holen, aber dann kommst du mit mir.«

»Was?« Er legte seine Fajita weg, schob die linke Hand über den Körper und signalisierte mir, ich solle sie ergreifen. Dann drückte er meine, so gut er eben konnte, und sagte: »Du hast einen Job und ein Leben. Du musst das nicht tun.«

»Ich weiß, dass ich das nicht muss; ich will es. Willst du etwa sagen, ich kann das nicht tun?«

»Aber …«

»Nein, hör zu. Ich bin sicher, du musst nicht jede Sekunde des Tages hier verbringen, richtig?«

»Na ja …«

Ich nahm meine Tasche von der Schulter und stellte sie auf das Bett, damit Adam sehen konnte, dass ich nicht gehen wollte. »Ich rede mit der Krankenschwester. Bin gleich wieder da, okay?«

»Okay.«

Die Schwester, die Adam betreute, stand direkt vor der Tür und unterhielt sich mit einer Ärztin, einer Frau in den Sechzigern mit einem freundlichen Gesicht. »Hallo«, unterbrach ich sie.

»Hallo«, antwortete die Ärztin.

»Brauchen Sie etwas?«, fragte die Krankenschwester.

»Ich möchte nur wissen, wie es um Adam steht. Ich meine, kann er das Krankenhaus verlassen?«

»Adams Zustand verschlechtert sich«, klärte mich die Ärztin auf. »Seine Eltern kommen für die stationäre Pflege auf.«

»Aber muss er derzeit unbedingt im Krankenhaus bleiben?« Solch eine Entschlossenheit hatte ich noch nie zuvor im Leben verspürt.

»Wir machen es ihm so angenehm wie möglich«, sagte die Schwester.

»Okay, das verstehe ich. Adam wird sterben, aber er ist noch nicht tot. Kann ich ihn rausbringen? Kann ich eine Ausfahrt mit ihm machen?«

Die Ärztin schüttelte den Kopf. »Sie können ihn auf keinen Fall von hier fortbringen. Da gibt es alle möglichen Haftungsprobleme. So gern wir Adam eine kleine Auszeit von diesem Ort ermöglichen würden, die Vereinbarung, die wir mit seiner Familie getroffen haben, lässt das nicht zu.«

Mein langes Gesicht reichte bis zum Boden. Kurz bevor sie wegging, sagte die Ärztin noch: »Tut mir leid.«

Als sie fort war, folgte mir die Schwester schweigend in Adams Zimmer. Adam war mit dem Essen fertig und grinste immer noch so breit, dass die Schwester unwillkürlich lächeln musste. »Mir ist gerade aufgefallen, dass ich euch gar nicht vorgestellt habe«, bemerkte Adam. »Charlotte, das ist meine Lieblingsschwester Leah.« Leah hatte etwas an sich, das mich dazu brachte, ihr spontan zu vertrauen. Sie war älter als ich, vielleicht Mitte dreißig, aber in ihren großen blaugrauen Augen spiegelte sich etwas, das sie kindlich und aufrichtig erscheinen ließ.

Ich schüttelte ihr die Hand. »Nett, Sie kennenzulernen«, sagte ich.

»Ebenso«, gab sie zurück. »Ich habe ein Foto von dem Wandgemälde gesehen. Es ist wunderschön.«

»Ja, und das war ganz allein Adams Werk.«

»Mag sein, aber Sie waren offenbar eine wertvolle Inspiration für ihn.«

»Danke«, sagte ich, hatte aber das Gefühl, dass ich dieses Kompliment nicht verdiente.

Während sie um Adams Bett herumging, seine Kissen aufschüttelte und seine Vitalfunktionen prüfte, plapperte sie drauflos. »Also, Adam braucht alle vier bis sechs Stunden einen neuen

Tropf. Das sind Medikamente gegen Schmerzen und Krampfanfälle, und wir haben einen Zugang für Flüssigkeit gelegt, aber …«

»Aber davon abgesehen wird er nicht überwacht?«, fragte ich.

»Doch, schon, aber wissen Sie …« Sie zögerte und blickte auf. »Ich überwache ihn aus dem Stationszimmer.«

Ich wusste, worauf sie hinauswollte.

Sie steckte Adam einen Zungenspatel in den Mund und schaute ihm in den Rachen, während sie fortfuhr: »Hinter dem Haus gibt es einen Pfad, über den Sie ihn im Rollstuhl schieben können. Da gibt es auch einen kleinen Garten.«

»Wie lange kann er draußen bleiben?«

»Nun, solange er zu den Mahlzeiten und zur Medikamentenausgabe hier ist … Ich sehe alle zwei Stunden nach ihm, um seine Vitalwerte zu kontrollieren, aber wenn er das einmal ausfallen lässt, ist das wohl auch okay.«

»Aha.«

Die ganze Zeit, in der die Schwester redete, saß Adam einfach nur da und musterte mich vergnügt.

»Willst du mich über diesen Pfad schieben, Charlotte?«, fragte er.

»Vielleicht. Wenn du Glück hast.«

Er zwinkerte mir zu, und die Schwester verließ lächelnd den Raum.

»Was hast du vor, junges Gemüse?«

Ich packte die Griffe des Rollstuhls und schob ihn ein paarmal vor und zurück. »Lust auf einen Ausritt, Adam?«

»Sprichst du von Schweinkram?«

Ich lachte. »Komm schon, du kannst doch stehen, oder?«

Er riss die Bettdecke fort und schwang die Beine über die Kante. Eine Sekunde später kam die Schwester zurück und entfernte den Schlauch für die Kochsalzlösung. Der Zugang blieb in seiner Hand, war nur nicht mehr angeschlossen. Dann fummelte sie an ein paar anderen Dingen herum, ehe sie mich dabei unterstützte, Adam auf den Stuhl zu helfen. Ich klappte die Fußstützen herunter und stellte seine Füße vom Boden auf die Metallklappen. »Deine Füße sind eiskalt.«

»Ich hole ihm Socken«, sagte Leah. Als sie wiederkam und mir die Socken gab, sagte sie mit leiser Stimme: »Mit dem Hebel an der Seite kann man den Rollstuhl zusammenklappen.«

Diese Information war völlig überflüssig, es sei denn, ich wollte ihn in meinen Wagen setzen und das Gelände verlassen. »Danke. Wir sind in eineinhalb Stunden zurück.«

»Auf der Strecke herrscht manchmal ein ziemliches Gedränge. Er muss seine Medikamente erhalten, anderenfalls wird er einen Krampfanfall erleiden. Geben Sie auf den Verkehr Acht. Sie wissen schon, auf den Gängen und so.«

»Genau. Der Verkehr auf den Gängen.«

An der Rückenlehne des Rollstuhls war eine kleine Tasche mit Sonnenbrille, Fettstift, Sonnenschutz und Handdesinfektionsmittel. »Gehört die dir?«, fragte ich und zeigte Adam die schwarze Wayfarer-Sonnenbrille.

»Jep.« Er setzte sie auf und schenkte Leah ein breites Lächeln, als wir an ihr vorbei das Zimmer verließen. »Bye, Leah, wir sind bald zurück«, sagte Adam.

18. Umstände

Ich schob ihn rasch zum Fahrstuhl, achtete aber darauf, dass man uns nicht gleich ansah, dass wir etwas im Schilde führten. Der Adrenalinrausch, der zu den so oder so schon heftigen Gefühlen hinzukam, war überwältigend und versetzte mich in einen Zustand, der dem Gefühl der Verliebtheit nicht unähnlich war, allerdings konnte ich es mir nicht leisten, dabei zu verweilen.

Adam sagte nichts. Als wir bei meinem Honda angelangt waren, war ich heilfroh, dass niemand in der Nähe war und sehen konnte, wie ich ihn in einem Krankenhauskittel in den Wagen setzte und davonfuhr. Ich schob ihn zur Beifahrertür und sagte leise: »Willst du mit zu mir kommen, damit ich ein paar Sachen holen kann?«

»Liebend gern«, flüsterte er. Sein Enthusiasmus war so süß. Mich machte es unruhig, ihn einfach wegzubringen, aber ich konnte ihn auch nicht zurücklassen. Als Leah gesagt hatte, dass sie es ihm angenehm machten, da wusste ich, dass sie aufgegeben hatten und nur noch so gut wie möglich für ihn sorgten, während sie auf seinen Tod warteten. Eigentlich musste er nicht dort festsitzen. Ich konnte nicht fassen, dass er ein Einzelkind war und seine Mutter ihn allein sterben ließ.

Als ich ihm in den Wagen half, fragte ich: »Hat dich irgendjemand besucht?«

»O ja.«

Ich versuchte, ihm den Gurt anzulegen, aber er hielt meine Hand fest. »Das kann ich selbst.«

»Okay.« Ich hastete nach hinten und öffnete den Kofferraum. Der Rollstuhl ließ sich mühelos zusammenklappen, wog aber knappe zwanzig Kilo und war ziemlich unhandlich. Ich wuchtete ihn hoch und ließ ihn in den Kofferraum fallen, ehe ich rasch die Klappe zuschlug.

Ich stieg ein, drehte den Schlüssel im Zündschloss und wurde beinahe von dem Lärm aus dem Radio weggeblasen. Ich hatte ganz vergessen, dass ich es voll aufgedreht hatte. Die Black Keys dröhnten uns entgegen.

»Agh!«, schrie Adam auf und hob ein paar Zentimeter weit von seinem Sitz ab.

Ich drehte die Lautstärke runter. »Oh mein Gott, das tut mir so leid. Alles in Ordnung?«

»Ich sterbe doch eh bald an Krebs, Charlotte. Musst du mir da auch noch einen Herzanfall verpassen?«

»Tut mir wirklich leid.«

Wir lachten beide. Adam sah sich um und entdeckte auf dem Rücksitz eine Padres-Mütze, die Seth mir geschenkt hatte. »Bist du ein Padres-Fan?«

»Ja, so könnte man es ausdrücken.«

»Cool. Ich mag Baseball. Vielleicht können wir zu einem Spiel gehen, du weißt schon, bevor ich … bevor ich ins Gras beiße.«

»Adam«, mahnte ich. »Rede nicht so. Und du weißt selbst, dass ich dich nicht so lange aus dem Krankenhaus holen kann.«

»Ich weiß, ich denke nur, es würde Spaß machen, wenn wir uns zusammen ein Spiel ansehen würden.«

»Das würde es.« Durch den regen Verkehr bahnte ich uns einen Weg Richtung Downtown.

Als ich den Wagen auf einem Parkplatz vor unserem Gebäude abstellte, zeigte Adam auf das Wandgemälde von den Wölfen und lächelte. »Hey, das habe ich gemalt.«

»Ich weiß. Erinnerst du dich nicht mehr, dass du in der Nacht, in der wir uns begegnet sind, hier warst?« Ich schaltete den Motor ab.

Adam blinzelte, während er das Gemälde anstarrte. »Nein.

Ich erinnere mich, es gemalt zu haben. Als wir uns begegnet sind, ist bei mir alles sehr im Nebel versunken. Ich weiß noch, dass wir in meinem Loft waren, aber von dem, was vorher passiert ist, weiß ich nicht viel.«

»Hier wohne ich.«

»Oh, wenn ich das gewusst hätte …«

»Dann wärest du hergekommen, um mich zu suchen?«

Ohne mich anzusehen, streckte er den Arm aus und legte seine Hand auf meine. »Wärest du denn gern gefunden worden?«

»Ich bin ins Krankenhaus gekommen, nicht wahr?«

»Aber gleich nach dieser Nacht?«

»Adam, ich dachte, ich wäre für dich nur ein One-Night-Stand. Ich hatte ja keine Ahnung von den Umständen. Ich war todunglücklich.«

Er blickte sich zu mir um und nahm die Sonnenbrille ab. »Das tut mir echt leid. Ich war auch todunglücklich.«

»Die ganze Situation war ziemlich verkorkst«, bemerkte ich.

Er ließ meine Hand los und sah mir in die Augen. »Ja, das war sie. Wir hätten noch sieben Monate lang verliebt sein können. Nun weiß niemand, wie viel Zeit uns noch bleibt.«

Mir wurde ganz flau zumute, Speichel sammelte sich in meinem Mund, und meine Hände waren klamm. »Ich … ich …«

Endlich lächelte Adam. »Ich nehme dich doch nur auf den Arm. Es ist süß, wie du dich meiner erbarmst. In dem Krankenhaus langweile ich mich zu Tode. Das ist, als hättest du dich zu einem Ehrenamt verpflichtet.«

»Hör auf. Ich erbarme mich nicht. Ich hab dich *gern*«, sagte ich und meinte es auch so.

»Na klar.«

Ich nahm mein Telefon aus der Mittelkonsole und wählte die Nummer des *Blackbird's*. Als Jon-Jon abnahm, sagte ich: »Hey, Charlotte hier. Ich kündige.« Dann legte ich auf und sah Adam an.

»Siehst du?«

»Wow! Nicht zu fassen, dass du einfach so kündigst.«

»Ich habe vom Besten gelernt.«

»Aber wie willst du jetzt deine Miete bezahlen?«

Ich setzte eine ausdruckslose Miene auf. *Scheiße!*

»Weißt du was? Mach dir darüber keine Gedanken. Ich habe ein bisschen Geld, das ich dir geben kann, um das fehlende Einkommen für eine Weile auszugleichen. Meinst du, ein paar Hundert Riesen würden reichen?«

Ich starrte ihn an. Er meinte es ernst.

»Das würde für, ich weiß nicht, zehn Jahre reichen, Adam. Aber ich nehme dein Geld nicht. Ich will das tun, okay?«

Er nickte.

»Warte hier, ich bin gleich zurück.«

Ich rannte die Stufen zu meiner Wohnung hinauf, wo ich Chucky lesend auf der Couch antraf. »Hey, Kotzbeutel, kannst du mir eine Sekunde lang helfen?«

Er blickte nicht von seiner Ausgabe *Dental Practice* auf. »Was immer du brauchst, Fettarsch.«

»Ich meine es ernst.« Ich beugte mich über die Couch und giftete: »Ich meine es ernst. Bitte. Kannst du mit runter zu meinem Wagen kommen und mir helfen?«

»Womit?«, fragte er schnaubend.

»Komm einfach mit.« Ich zerrte ihn an der Hand hoch. Als wir am Fuß der Treppe angelangt waren, erstarrte Chucky. »Was ist das?«, fragte er und starrte Adam an, der immer noch auf dem Beifahrersitz saß.

»Ein Mensch, Dumpfbacke. Er hat einen Hirntumor und kann seine linke Körperseite nur begrenzt benutzen. Ich brauche deine Hilfe, um ihn nach oben zu bringen.«

Chucky klebte immer noch an der Stufe fest, auf der er stehen geblieben war. »Bist du eigentlich völlig bekloppt? Ist das ein Krankenhauspatient? Trägt er wirklich einen Krankenhauskittel? Jetzt bist du echt zu weit gegangen, Charlotte. Was hast du mit ihm vor? Bitte sag mir, das dient einem guten Zweck oder irgendwas.«

»Hör mal, das ist eine lange Geschichte.« Ich zog an seinem Arm. »Jetzt komm einfach und hilf mir.«

»Adam«, sagte ich, als ich die Beifahrertür geöffnet hatte, »das ist mein Bruder Charles. Charles, das ist Adam.«

Adam streckte die rechte Hand zum Handschlag aus, und Chucky tat es ihm gleich. »Schön, dich kennenzulernen«, rang sich Chucky widerstrebend ab, ehe er sich zu mir umdrehte und tonlos fragte: *Adam?*

»Gleichfalls«, sagte Adam.

Ich half Adam auf die Beine, legte einen Arm um ihn und stützte seinen Körper mit meinem. Chucky übernahm Adams andere Seite, und wir gingen zur Treppe. Auf halbem Wege nach oben lachte Adam plötzlich.

»Was?«, fragte ich.

Er blickte an seinem Krankenhauskittel hinab. »Zugig.«

»Darauf wette ich. Willst du normale Klamotten anziehen, solange du hier bist?«

Seit unserer gemeinsamen Nacht hatte Adam deutlich an Gewicht verloren, und er war schwächer und viel zerbrechlicher. »Ich komme schon klar«, antwortete er.

»Okay.«

Chucky war schweigsam auf dem Weg nach oben. Wir halfen Adam auf die Couch, und ich gab ihm Chuckys *Dental Practice*. »Ich fürchte, das ist die beste Literatur, die ich im Moment zu bieten habe. Kann ich dir ein Glas Wasser anbieten?«

Er musterte das Magazin auf sonderbare Art. »Klar.«

In der Küche wandte Chucky sich wieder an mich. »Also, was verdammt noch mal ist hier los? Er sieht dich an, als wärest du seine Freundin. Bist du nicht mit Seth zusammen?«

»Komm in einer Minute in mein Zimmer.«

Ich gab Adam das Wasser. »Ich muss einige Sachen zusammenkramen, die ich brauchen werde, wenn ich ein paar Tage im Krankenhaus bleiben will.«

»Wunderbar. Ich werde einfach dieses seltsame Zahnmagazin lesen. Warum hast du so was, Charlotte?«

»Mein Bruder schließt gerade sein Studium der Zahnmedizin ab. Ich dachte, das hätte ich dir in dieser Nacht erzählt?«

»Richtig, ich erinnere mich da an etwas«, stimmte er zu, aber ich war nicht sicher, ob er das auch wirklich tat. Er zitterte, also warf ich ihm eine dünne Decke zu, die ich in meiner Häkelphase gefertigt hatte.

Er hielt sie hoch. »Das sieht interessant aus.«

»Es ist eine Decke, und sie ist warm.« Ich konnte hören, wie Chucky hinter mir mühsam ein Lachen unterdrückte. Meine dünne Decke war so etwas wie ein familiärer Insiderwitz.

Ich verdrehte die Augen und hastete, gefolgt von Chucky, in mein Zimmer. Als ich die Tür geschlossen hatte, zeigte ich mit dem Finger auf meinen hämischen Bruder und befahl ihm, sich auf das Bett zu setzen. Dann zog ich meine Reisetasche hervor und fing an, die Dinge hineinzuwerfen, die ich brauchen würde.

»Okay, Charles, hör zu. Das ist der Typ. Der Maler, mit dem ich diese eine Nacht verbracht habe. Er hat vergessen, wo ich wohne, weil er einen verdammten Hirntumor hat, was ich gerade erst vor zwei Tagen erfahren habe. Er ist der Typ, der die Wölfe auf die Außenseite dieses Gebäudes gemalt hat.«

»Und er hat vergessen, dass du hier wohnst?«

»Er hatte einen Tumor, der es ihm schwer gemacht hat, sich an Dinge zu erinnern, die vor kurzer Zeit passiert sind, aber er erinnert sich an unsere gemeinsame Nacht.«

»Und du magst ihn?«

»Ja.«

»Was ist mit Seth?«

Ich hörte auf zu packen. »Seth weiß es. Er ist derjenige, der mir gesagt hat, ich solle Adam besuchen.«

»Also verlässt du deinen Freund für einen Kerl, mit dem du eine einzige Nacht verbracht hast? Ich meine, es ist dein Leben, aber ehrlich, du lernst nie dazu.«

»Seth ist nicht mein Freund. Wir hatten nur ein paar Dates.«

»Ich halte dich trotzdem für verrückt.«

Ich ging ins Badezimmer, um ein paar Toilettenartikel einzupacken. Als ich an Adam vorbeiging, schenkte er mir ein strahlendes Lächeln. Dann, wieder in meinem Zimmer, setzte ich mich zu Chucky.

»Adam stirbt, okay? Und sie glauben nicht, dass ihm noch viel Zeit bleibt. Ich werde das tun, ich werde mich um ihn kümmern. Wie lange es auch dauert, ich tue das für mich und für ihn. Verstehst du das, Charles?«

Eine Spur von Mitgefühl spiegelte sich in seinen Zügen. »Dad wird ausflippen.«

»Warum?«

»Weil er Seth wirklich mag.«

»Er ist ihm nie begegnet. Was er mag, ist seine Vorstellung von Seth.«

»Aber du hast gesagt, er sei einer von den Guten«, wandte Chucky ein.

»Ist er ja auch«, gab ich zurück. »Darum geht es nicht. Würde Dad verstehen, was ich tue, dann würde er mich unterstützen. Also, würdest du jetzt zu Adam rausgehen und nett zu ihm sein?«

Er schüttelte den Kopf, stand aber auf und ging zur Tür hinaus. Kurz darauf hörte ich ihn mit Adam plaudern.

Als ich mit dem Packen fertig war, saßen Adam und Chucky lachend auf der Couch. »Kannst du uns helfen, wieder zum Wagen zu kommen, Chucky? Ich muss Adam ins Krankenhaus zurückbringen.«

»Wenn es um diesen Burschen geht, kein Problem.«

Während wir Adam flankierten, beugte er sich zu mir und küsste mich auf die Lippen. Chucky sah es, sagte aber nichts.

Wir halfen Adam in den Wagen, und dann folgte mir mein Bruder zur Fahrertür. »Ich rede mit Dad. Ich hab's kapiert, okay?«

»Danke für dein Verständnis. Ich muss das einfach tun.«

»Ich weiß. Aber wenn du ihn nicht wahrhaftig liebst, dann …«

»Darüber kann ich jetzt nicht nachdenken, Chucky. Irgendwann ergibt das alles einen Sinn.« Plötzlich hatte ich ein Déjà-vu. Genau das hatte Adam vor Monaten zu mir gesagt.

»In Ordnung, Schwesterherz.« Wir umarmten uns, und es fühlte sich irgendwie linkisch an, aber ich dachte mir, das würde sich geben, wenn ich ihn nur öfter umarmte. Und ich schwor mir, ich würde Chucky von nun an häufiger in die Arme schließen.

Auf dem Weg zum Krankenhaus schwieg Adam. »Alles in Ordnung?«, fragte ich ihn.

»Ich bin nur ein bisschen müde, weiter nichts.«

Glücklicherweise herrschte nicht viel Verkehr. In dem Moment, in dem ich ins Parkhaus fuhr, ließ Adam ächzend den Kopf hängen.

»Oh Gott, halt durch, Adam. Wir sind beinahe da.« Ich raste auf die zweite Parkebene und schoss dort in den ersten freien Stellplatz. Dann rannte ich zum Kofferraum, holte den Rollstuhl heraus und hastete zur Beifahrertür. Als ich sie öffnete, blickte mir Adam mit gepeinigter Miene entgegen. Ich bückte mich und umfasste seine Leibesmitte, während er die Arme um meine Schultern schlang, damit ich ihn auf den Stuhl heben konnte.

Während ich damit beschäftigt war, lag sein Mund nahe an meinem Ohr. »Diesen Teil habe ich mir nicht ausgemalt«, flüsterte er. »Das gefällt mir gar nicht.«

Ich setzte ihn auf den Stuhl. »Es gefällt dir nicht, wenn ich dir helfe?«

»Es fühlt sich beschissen an. Ich will dir eine Stütze sein, nicht umgekehrt.« Bis zu diesem Moment war Adam so fröhlich gewesen.

»Es geht dir nicht gut. Ich glaube, du brauchst deine Medizin.«

»Das ist es nicht«, murmelte er, als ich ihn zum Fahrstuhl schob.

Kaum waren wir wieder in seinem Krankenzimmer, kam Leah herein und half Adam wieder ins Bett, ehe sie um ihn herumwieselte, ihn wieder an alle möglichen Schläuche anschloss und seine Medizin dosierte. Kurz musterte sie meine Reisetasche, ehe sie mir in die Augen sah und lächelte. »Er wird jetzt wegen der Medikamente vermutlich erst einmal ein bisschen schlafen, und dann muss er mit dem Schwamm gewaschen werden. Wollen Sie …?«

»Ich glaube nicht, dass Adam das will.«

»Was macht das für einen Unterschied?«, blaffte er.

»Wie meinst du das, Adam?« Ich trat neben sein Bett.

Er machte ein finsteres Gesicht. »Du oder sie, es ist auf jeden Fall zum Kotzen, Charlotte.«

»Was ist denn bloß über dich gekommen? Vor ein paar Stunden hast du dich noch so gefreut, mich zu sehen.«

Seine Lider wurden schwer, und er fing an, vor sich hin zu murmeln.

»Adam?«, sagte Leah. »Ich werde Sie jetzt flach hinlegen.« Sie stand auf der anderen Seite des Betts und drückte auf den Knopf, der das Kopfteil absenkte, bis die Matratze wieder eben war.

Leise sagte sie dann zu mir: »Können wir draußen kurz reden?«

Ich nickte und folgte ihr aus dem Zimmer hinaus.

»Also«, sagte sie, »er hat Stimmungsschwankungen. Das

hätte ich Ihnen schon früher sagen sollen. Es ist eine Nebenwirkung der Medikamente. Sie dürfen das nicht persönlich nehmen.

»Hab ich nicht.«

»Wenn er aufwacht, dürfte er wieder besser gelaunt sein, und vielleicht lässt er sich dann von Ihnen waschen.«

»Ich möchte das nicht tun.«

Ein Ausdruck der Enttäuschung huschte über ihr Gesicht. »Haben Sie mit so etwas Probleme? Denn …«

»Nein, gar nicht. Ich möchte es einfach nicht tun, weil ich Adam das Gefühl geben möchte, dass er seine Würde nicht verloren hat, okay? Besonders in Hinblick auf mich. Ich habe ein paar Ideen, wie ich ihm die letzten Tage auf Erden schöner machen kann.« Mir schnürte es die Kehle zu. »Ich möchte nicht diejenige sein, die ihn wäscht oder füttert oder herumträgt, okay? Ich bin nur hier, um bei ihm zu sein.«

Sie nickte. »Ich verstehe. Eigentlich ist das ja sowieso mein Job, ich dachte nur, ich sollte fragen.«

Ich atmete durch die Nase tief ein und durch den Mund wieder aus. »Ich hatte einen langen Tag. Ich gehe in Adams Zimmer zurück und mache selbst ein kleines Nickerchen.«

Ich ließ Leah auf dem Gang zurück, um mich auf der schrecklich unbequemen, mit Vinyl bezogenen Minicouch in Adams Krankenzimmer zusammenzurollen. Als ich schon beinahe weg war, fühlte ich, wie jemand eine Decke über mich legte. Ich schlug ein Auge auf und sah Leah vor mir stehen. »Danke«, murmelte ich.

»Keine Ursache.«

19. Exakt

Ich hatte keine Ahnung, wie spät es war, als ich wieder erwachte, denn in dem Zimmer war es vollständig dunkel und ziemlich kalt. Ich tastete herum, bis ich die Handtasche fand, die auf einer Ablage ruhte. Es war fünf Uhr dreißig. Mein Magen knurrte vor Hunger, und ich hatte einen abscheulichen Geschmack auf der Zunge. Eine Mitarbeiterin der Cafeteria klopfte leise an die Tür und trat dann mit einem Tablett ein.

»Schläft er immer noch?«, fragte sie.

»Ja«, sagte ich. »Ich wecke ihn gleich.«

»Okay.« Sie stellte das Tablett auf seinem Tisch ab und ging wieder hinaus.

Das einzige Licht, das in den Raum fiel, stammte von den grellen Neonlampen auf dem Korridor, deren Licht durch die offene Schiebetür hereindrang. Ich stand auf und dehnte meine schmerzenden Muskeln. Als ich kurz darauf die Hand nach dem Lichtschalter ausstreckte, erschrak ich, weil plötzlich eine Gestalt auf der Schwelle stand, von hinten beleuchtet, sodass sie kaum mehr als eine Silhouette war. Es war Helen.

Ich ging zu ihr. »Hey. Lass uns rausgehen; er schläft.«

Auf dem Korridor drückte ich Helen kurz und hielt sie dann auf Armeslänge von mir, um ihre Mimik zu studieren. Sie sah verwirrt aus und hatte immer noch nichts gesagt. »Was? Hat Chucky es dir erzählt?«, fragte ich.

»Ja.« Sie musterte mich von Kopf bis Fuß. »Du siehst furchtbar aus.«

»Mir egal.«

»Also hat er dich die ganze Zeit gesucht?«

»Sieht so aus.«

»Du hast auch irgendwie Ausschau nach ihm gehalten, richtig?«

»Vielleicht, auf der Straße. Ich hatte gehofft, wir würden uns zufällig begegnen.«

»Ich bin hier, um dich zu fragen, was du vorhast«, sagte sie. »Was sollen wir Seth erzählen?«

Ich verschränkte die Arme vor der Brust. »Ihr müsst Seth gar nichts erzählen. Das ist eine Sache zwischen mir und ihm. Außerdem weiß er, dass ich hergekommen bin. Er hat mir gesagt, dass ich das tun soll.«

»Wozu?«

»Du scheinst in diesem Punkt sogar noch unsensibler zu sein als Chucky. Vielleicht wollte Seth, dass ich herkomme, weil er mitfühlend ist.«

»Tja, vielleicht, aber ich weiß definitiv, dass er nicht damit gerechnet hat, dass du nach Hause laufen und dir ein paar Klamotten holen würdest, um in Adams Krankenzimmer zu ziehen.«

Aus dem Augenwinkel sah ich Leah in Adams Zimmer gehen und das Licht einschalten. Demnach war er wohl aufgewacht. Helen taxierte mich immer noch.

»Also, wie lange gedenkst du, bei ihm zu bleiben?«

»Den Rest seines Lebens.« Noch als ich die Worte aussprach, wurde mir bewusst, dass sie wahr waren.

»Das könnte ziemlich lange sein.«

»Nicht im Vergleich zu meinem Leben«, widersprach ich.

Sie schüttelte den Kopf, konnte es offenbar nicht fassen. »Ich möchte nur nicht, dass du die Sache mit Seth vermasselst. Es sieht aus, als hättest du ihn wirklich gern, und würde Adam nicht im Sterben liegen …«

»Hör auf, so etwas zu sagen. Sicher ist noch gar nichts.« Ich zuckte mit den Schultern. »Und ich bin hier, weil ich hier sein will. Ich bin nicht hier, um ihn zu bemitleiden.«

Helen befürchtete, dass ich bei Adam war, wäre die Folge

davon, dass ich auf Beziehungen fixiert war, die nirgendwo hinführten. Sie verstand schlichtweg nicht, wie gern ich ihn hatte.

Als sie damit fertig war, missbilligend den Kopf zu schütteln, studierte sie mein Gesicht. »Soll ich reingehen und Hallo sagen? Wird er sich überhaupt erinnern, wer ich bin?«

»Vielleicht. Vielleicht auch nicht. Das ist egal. Komm mit.«

Sie folgte mir in das Zimmer und stellte sich an den Fuß des Betts. Adam lächelte uns beiden zu und wartete geduldig auf eine Erklärung.

»Hi, ich bin Helen«, sagte sie.

»Hi, Helen. Du kannst ruhig näher kommen, ich beiße nicht … allzu schlimm.«

Kichernd trat sie neben das Bett. Adam konnte sogar die skeptische Helen bezaubern. Ich stand ihr gegenüber, und er sah mich an, als wollte er fragen: *Wer ist diese Frau?*

»Das ist meine beste Freundin. Wir haben früher zusammen in dieser Wohnung gelebt. In der Nacht, in der wir uns begegnet sind, hast du mir geholfen, sie nach Hause zu bringen.«

Er sah Helen an. Ihr blondes Haar fiel ihr in sanften Wellen über die Schultern. Adam kniff die Augen zusammen.

»Damals hatte ich grünes Haar«, fügte Helen hinzu, in dem Versuch ihm zu helfen.

»Wirklich? Grün? Wie konnte ich das vergessen?«

»Es war chartreuse«, sagte ich.

»Weißt du nicht mehr? Ich war betrunken, und du hast mir eine Packung mit chinesischem Essen gegeben.«

Er zeigte auf sie. »Ja. Ich erinnere mich. Du warst total voll.«

Ich machte mehr oder weniger einen Luftsprung. »Du erinnerst dich?«

»Gewissermaßen. Es ist verschwommen.« Er runzelte die Stirn und sog zischend Luft zwischen den Zähnen hindurch. »Au«, sagte er und hielt sich mit einer Hand den Kopf.

»Alles in Ordnung, Adam?«

Ich nahm den Deckel von einem der Teller. Zum Vorschein kam Rindfleisch-Teriyaki.

»Igitt.« Er biss die Zähne zusammen. Ich legte den Deckel wieder auf den Teller, und dann schien alles in Zeitlupe abzulaufen. Seine Arme fingen an zu zucken, er sackte auf dem Bett zusammen und fing an zu krampfen.

»Oh nein. Wir brauchen Hilfe!«, schrie ich.

Helen rannte hinaus auf den Korridor und brüllte: »Wir brauchen hier Hilfe. Helfen Sie uns.«

Ich hielt seinen Kopf, um ihn daran zu hindern, ihn auf das Kissen und die Stangen am Rand des Betts zu schlagen. Zwei Schwestern und eine Ärztin rannten ins Zimmer. Leah musste wohl gerade eine Pause machen. Eine Schwester spritzte eine Flüssigkeit in seinen Infusionsschlauch, die andere kam zu mir. »Treten Sie zurück, Herzchen, Sie könnten verletzt werden.«

»Wann hört das auf?« Ich erkannte meine eigene Stimme nicht wieder, aber ich nahm wahr, wie verzweifelt ich klang.

»Gleich. Es nimmt schon ab. Na also, Adam«, sagte sie zu ihm und strich ihm sanft über die Stirn. Er schielte und hatte einen beängstigenden und extrem gepeinigten Gesichtsausdruck.

Ich fing an zu weinen. »Hat er Schmerzen?«

Die Ärztin, mit der ich schon früher gesprochen hatte, antwortete, ohne aufzublicken. »Er wird sich nicht daran erinnern. Er wird nichts weiter wissen, als dass er einen Krampfanfall hatte.« Dann wandte sie sich an die Schwester, die neben ihr stand. »Erhöhen Sie die Dosis Valproinsäure auf sechzig Milligramm pro Tag. Ich schreibe noch eine Anweisung, aber wir sollten sofort anfangen und ihm jetzt schon zwanzig geben.«

Alle bewegten sich flink. Adam hatte aufgehört zu krampfen, und seine Augen blickten ruhig und fokussiert die Wand auf der gegenüberliegenden Seite des Raums an. Helen stand wie betäubt an der Tür. Ich ging zu Adam und strich ihm sanft mit der Hand über die feuchte Stirn. Sein Blick richtete sich auf mich. Er sah aus wie ein verängstigter kleiner Junge. Ich bückte mich und küsste ihn auf die Wange. »Alles in Ordnung. Du hattest einen Krampfanfall, aber jetzt ist es vorbei.«

Mit geweiteten Augen nickte er. Wieder bückte ich mich, aber dieses Mal küsste ich ihn auf die Lippen. Er war lethargisch, versuchte aber, die Lippen zu schürzen und ein Kussgeräusch nachzuahmen.

»Charlotte?«, murmelte er.

»Ja, ich bin hier.«

»Ich liebe dich«, sagte er. Ich weiß nicht, ob das, was Adam empfand, wirklich Liebe war, aber ich wusste, dass ich mich ihm extrem verbunden fühlte, genau wie an dem Tag, an dem wir uns kennengelernt hatten.

»Ich liebe dich auch.« Ich küsste seine Stirn, ehe ich in Helens schockiertes Gesicht blickte. »Ich bringe jetzt Helen zum Fahrstuhl. Ich verspreche, ich bleibe nicht länger als eine Minute weg.«

»Okay.« Er versuchte zu lächeln, hob dann die Hand und winkte Helen müde zu. Sie winkte ebenfalls, wirkte aber immer noch sehr bestürzt.

»Komm.« Ich packte sie am Arm und zog sie mit.

Sie sagte keinen Ton, bis wir bei den Fahrstühlen angelangt waren. »Du liebst ihn?«, fragte sie dann.

»Ich habe starke Gefühle für ihn.« Ich sah ihr entschlossen in die Augen. »Seth wird das verstehen. Das ist alles, was ich über die Situation zu sagen habe. Ich möchte nicht mehr darüber reden. Ich gehe jetzt wieder zurück, um ihm beizustehen. Du weißt, wo du mich findest, falls du mich brauchst. Danke, dass du gekommen bist.«

Ihr Mund stand immer noch halb offen vor Schreck. »Äh … okay, also dann, schätze ich, ich werde Roddy sagen, er soll Seth …«

»Nichts sagen, Helen. Du wirst Roddy nicht sagen, er soll

Seth irgendetwas sagen. Ich werde selbst mit Seth reden, wenn er wieder zurück ist.«

Die Fahrstuhltür öffnete sich, aber Helen stand einfach nur da. Als sie anfing, sich wieder zu schließen, sagte ich: »Du gehst jetzt besser.«

Sie streckte eine Hand aus, um die Tür offen zu halten. »Du hast noch dein ganzes Leben vor dir.«

»Exakt.« Ich nahm sie kurz in die Arme und ging davon.

20. Gutes und Schlechtes

Adam hatte gute und schlechte Tage. Es gab Zeiten, da wirkte er wie ein ganz normaler Mensch, abgesehen davon, dass er klüger, witziger und aufrichtiger war als alle anderen Menschen, die mir je begegnet waren. Dann wieder hatte er Krampfanfälle und war sehr deprimiert. Nach meiner Ankunft strichen sie für ein paar Tage die feste Nahrung von seinem Speiseplan, wodurch er sich wie ein Invalide fühlte, der er gar nicht war. Ich schmuggelte In-N-Out-Burger ins Krankenhaus, so oft ich konnte, und am vierten Tag schmuggelte ich Adam hinaus zum Drive-in. Er versprach mir, er würde das Essen nicht anrühren, ehe wir wieder im Krankenhaus wären, versuchte aber trotzdem, sich heimlich an den Pommes frites zu vergreifen. Ich hatte Angst, er könnte unterwegs einen Krampfanfall bekommen und an dem Essen ersticken. Was die Fahrerei durch L.A. noch schlimmer machte.

»Geheimnisvoller Künstler leidet an tödlichem Hirntumor und erstickt an seinem Double-double mit Käse«, witzelte er.

»Das ist nicht lustig.«

»Das ist sogar sehr lustig. Ich liebe diesen Song. Kannst du das lauter stellen?«

Vance Joys Song »Red Eye« lief. Ich drehte die Lautstärke auf. Adams Kopf wippte im Takt der Musik. An einer Ampel drehte ich mich zu ihm um. Er trug die Beanie, die mein Bruder ihm gegeben hatte, seine schwarze Wayfarer und den Krankenhauskittel.

Unwillkürlich musste ich lachen.

Lächelnd sah er mich an. »Was?«, fragte er.

»Du bist süß.«

»So? Willst du rummachen?« Er grinste.

Ich war froh, dass Adam dank meiner Sonnenbrille die Tränen nicht sehen konnte, die mir in die Augen stiegen.

Der Wagen hinter uns hupte. Ich trat aufs Gas, und mein Auto schlingerte über die Kreuzung. »Wie viel Zeit haben wir?«, fragte ich.

»Was? Meinst du das ernst?«

»Ja, Adam, das meine ich ernst.« Dies war einer seiner guten Tage.

Er griff nach meinem Telefon. »Uns bleiben eineinhalb Stunden, ehe Leah ausflippt.«

Ich wusste, ich ging ein großes Risiko ein, aber wie sollte ich ihn abweisen? An diesem Tag hatte er so viel Freude in sich, nur weil er Gelegenheit bekommen hatte, das Drive-in von einem In-N-Out zu besuchen.

»Okay.« Ich sah mich zu ihm um und warf ihm einen ernsten Blick zu. »Du bekommst unter mir besser keinen Anfall.«

»Ich wüsste keinen besseren Platz für einen Anfall. Obwohl ich mir vorstellen kann, dass dir das nicht allzu viel Spaß machen würde.«

Ich lachte hysterisch. »Oh Mann, ich meinte nicht wörtlich unter mir; ich meinte unter meiner Aufsicht.«

»Tja, Charlotte, ich kann das nicht kontrollieren, aber ich werde mich bemühen. Weißt du, was hilft?«

»Was?«

»Alkohol.«

»Wirklich?«

Als wir am *Four Seasons* vorbeikamen, sagte er: »Fahr hier rein.«

»Das ist zu teuer, Adam.«

»Was? Spinnst du?« Die Energie im Wagen war greifbar. »Das könnte das letzte Mal sein, dass ich mit einem Mädchen in einem Hotel absteige. Ich zahle. Ich habe einen Haufen Geld. Komm schon, Charlotte. Bitte?« Seine Stimmung war flugs lockerer geworden, so locker, wie seit Tagen nicht mehr.

»Okay.« Ich wendete den Wagen und steuerte ihn in die Einfahrt des Hotels.

Ein Hoteldiener nahm uns in Empfang. »Sie wollen einchecken?«, fragte er, als ich mein Fenster herunterkurbelte.

»Ja«, bellte Adam über mich hinweg.

»Nachname?«, fragte der Hoteldiener.

»Bramwell«, sagte Adam.

Der junge Mann beäugte Adam misstrauisch, stellte aber ein Ticket aus. Ich holte den Rollstuhl aus dem Kofferraum und half Adam hinein. Die Tüte von In-N-Out lag in seinem Schoß. Während ich ihn durch das schicke Foyer schob, fingen wir uns einige merkwürdige Blicke ein.

Die Mitarbeiterin am Empfang bemühte sich, normal aufzutreten, als sie Adams Kreditkarte entgegennahm.

»Der einzige barrierefreie Raum, der augenblicklich frei ist, ist eine Suite«, sagte sie.

»Perfekt«, entgegnete Adam mit seinem einseitigen Lächeln.

Die Frau reichte uns die Schlüssel und zeigte uns den Weg zu den Fahrstühlen. Während ich Adam zu unserem Zimmer schob, pfiff er einen Song vor sich hin. Dann kamen wir in die üppig ausgestattete Suite, die einen großen Wohn- und Essbereich hatte, ein riesiges flauschiges Bett und eine gewaltige, im Boden versenkte Wanne inmitten eines Badezimmers, das etwa so groß war wie meine Wohnung.

»Such den Alkohol, Charlotte!«, rief Adam schon an der Tür. Wie ich herausfand, war die Minibar gut gefüllt.

Ich schnappte mir die kleinen Fläschchen mit Tequila und Wodka und hielt sie ihm hin. »Bist du sicher, dass das gut ist?«

»Ja«, bekräftigte er. »Welche willst du?«

»Mir egal.«

Ich kippte den Wodka hinunter, er den Tequila, und dann

schob ich ihn für eine weitere Runde zur Bar. Wir aßen In-N-Out und lachten und tranken noch ein bisschen mehr. Adam schien völlig entspannt zu sein.

»Sollen wir ein Bad in dieser prächtigen Wanne nehmen?«, fragte er.

»Ich weiß nicht, Adam. Ich habe Angst. Was, wenn irgendetwas schiefgeht?«

»Bitte«, sagte er flehentlichen Blicks. »Bitte, bitte. Ich verspreche, mir passiert nichts.«

»Also gut«, stimmte ich zu, hatte aber Herzklopfen. Ich fürchtete, er könnte einen Anfall bekommen und ich wäre nicht imstande, ihn rechtzeitig rauszuholen.

Ich füllte die Wanne mit warmem Wasser und einem schäumenden Badezusatz, während Adam sich an den Waschtisch lehnte und den Krankenhauskittel abstreifte. Als er nackt war, blieb mir vor Schreck der Mund offen stehen. Er war viel dünner als früher. »Gewaltiger Unterschied, was?«, fragte er.

Ich schüttelte den Kopf und bemühte mich, die Tränen zu unterdrücken, ging zu ihm, umfasste sein Gesicht mit beiden Händen und sah ihm in die Augen. »Du bist immer noch der hübscheste Kerl, den ich kenne.« Und das war die Wahrheit. Adam sah sogar in diesem Zustand auf eine klassische Art attraktiv aus. Das war unbestreitbar. Ich küsste ihn, ehe ich ihm in die Wanne half.

Als er im Wasser war, hörte er gar nicht mehr auf zu strahlen. Er sah wieder beinahe so aus wie der Adam, den ich von jener Nacht in Erinnerung hatte. Er lächelte von einem Ohr zum anderen. »Also, lieferst du mir jetzt eine Show, oder was?«, fragte er.

Ich maß ihn mit einem bösen Blick. »Ich? Nein?«

»Na ja, die Klamotten musst du eh ausziehen, wenn du mit reinwillst. Nur zum Spaß.«

Ich schnaubte abwehrend. »In dem Punkt bin ich ein bisschen schüchtern.«

»Als wir zusammen waren, warst du gar nicht schüchtern.«

Er hatte recht – das war ich in der Tat nicht. Ich starrte die Decke an und überlegte, was ich tun sollte. Dann sah ich Adam an, der immer noch dieses idiotische Grinsen im Gesicht hatte. *Würde Seth das auch verstehen? War Seth überhaupt noch ein Faktor?*

»Lass mich Musik anmachen.« Ich startete The 1975 über das iPod Dock im Nebenraum und drehte die Lautstärke auf. Dann sammelte ich mich, kehrte ins Bad zurück und versuchte verzweifelt, jeglichem Augenkontakt zu entgehen, während ich mich allmählich entkleidete.

»Wie kannst du einem Sterbenden etwas verwehren?«

Ich zeigte mit dem Finger auf ihn. »Lass das!«

Er fing an zu lachen.

»Diese Karte hast du bisher nicht ausgespielt, also warum willst du jetzt damit anfangen?«

Als die Musik auflebte, schälte ich mich aus meiner Hose und sah zu, wie Adam seine kaum existenten Brauen hochzog und anfing zu nicken. Er war fasziniert. Ich zog mir das Shirt über den Kopf und stand in meinem schwarzen BH und dem Slip vor ihm.

»Du bist wunderschön«, flüsterte er.

Als ich meinen BH aufhakte und zu Boden warf, klappte sein Mund auf, und er bekam ganz große Augen. Er war bis zum Hals in dem schäumenden Badewasser versunken, und der Anblick brachte mich zum Lachen. Ich drehte mich um und bückte mich verführerisch, um meinen Slip abzustreifen.

»Oh mein Gott, Charlotte … so wollte ich sterben … während du nackt vor mir stehst. Vergiss das nicht, ja? Wenn für mich die Zeit gekommen ist zu gehen, musst du dich ausziehen, einfach so, direkt vor meiner Nase.«

»Das könnte ein bisschen peinlich für die Ärzte und Schwestern werden.«

»Komm rein. Ich möchte dich berühren.«

Als ich in die Wanne stieg, streckte er beide Hände aus, um mich zu dirigieren. Das Wasser schwappte auf beiden Seiten aus der Wanne und breitete sich auf dem Boden aus.

»Mist«, sagte ich.

»Es ist okay, komm einfach her.«

Ich saß mit meinem Rücken an seinem Bauch zwischen seinen Beinen. Er küsste meine Schulter, meinen Nacken und wanderte langsam weiter zu meinem Ohr. Ich erschauerte, als er um mich herumgriff und die Hand auf meine Brust legte. Adam hatte einen Teil seiner feinmotorischen Fähigkeiten in der linken Hand verloren, und das Gehen fiel ihm schwer, weil sein linkes Bein nicht immer mitspielen wollte, aber in diesem Moment, als wir zusammen waren und er mich küsste und liebkoste und unsere Körper sich berührten, gab es keinen Krebs, keinen nahen Tod. Ich konnte an nichts anderes denken als daran, wie richtig sich das alles anfühlte.

Ich kam nicht umhin, mich selbst zu hinterfragen, darüber nachzudenken, wie es dazu gekommen war, dass ich an diesem Tag in diesem Hotelzimmer gelandet war. Ich wusste, dass Adam und ich etwas Einzigartiges hatten, aber ich konnte es nicht beschreiben. Hätte mich jemand gefragt, warum ich mich ihm so verbunden fühlte, dann hätte ich gesagt: »Es ist einfach so, ich kann es nicht erklären.« Ich wusste, das hatte nichts mit seinem Tumor oder dem Wandgemälde zu tun. Es hatte mit diesem Ding zu tun, diesem Gefühl, das es mir vor sieben Monaten erlaubt hatte, mitten in der Nacht meine Wohnung zu verlassen. Wenn ich Adam in die Augen blickte, war es, als könnte ich seine aufrichtige, unverfälschte Seele sehen.

Ich würde lügen, würde ich behaupten, mein Gewissen würde mich nicht zwicken, wann immer mir Seth in den Sinn kam. Ich hoffte, er würde verstehen, aber falls nicht, würde das auch nichts an meiner Entscheidung ändern, jetzt mit Adam zusammen zu sein. Es ging nicht um Adams Wunsch, es ging um Adam und mich und darum, es durchzuziehen. Alle sagten immer, ich würde mich nur deshalb mit unerreichbaren Männern verabreden, weil dann keine Gefahr bestand, dass etwas Ernstes daraus werden könnte. Adam mochte nicht mehr lange zu leben haben, aber er war nicht unerreichbar. Er gab mir alles, und das Gleiche würde ich für ihn tun, auch wenn ich wusste, daran würde ich in Millionen winziger Stücke zerbrechen.

Ich drehte mich um und setzte mich mit gespreizten Beinen auf ihn. Unsere Küsse wurden fordernder, und als er mich dort unten berührte, verlor ich jeden Sinn für die Realität. Ich wollte ihn, und ich wusste, er wollte mich auch, und alles andere war nicht von Bedeutung.

»Lass uns hier raus und ins Bett«, sagte er.

Adam stand auf und wickelte sich ein Handtuch um die Taille. In diesem Moment war er stark und bestimmt.

Ich trocknete mich ab und stieg zu ihm ins Bett. Als die Handtücher fielen, sah ich, wie erregt er war. Ich kletterte auf ihn und küsste ihn leidenschaftlich, ehe ich mich auf ihn setzte, sodass er mich ansehen konnte. Mein Körper war völlig ungeschützt in diesem gut beleuchteten Raum. Er betrachtete mich mit einem Ausdruck des Staunens in den Augen. »Ich bin im Himmel, richtig?«, fragte er und sah dabei aus, als würde er das wirklich glauben.

»Ja, das ist der Himmel, Adam.« Ich beugte mich hinab, umfasste sein Gesicht mit beiden Händen und küsste ihn zart, ehe ich mit den Lippen zu seinem Hals und seiner Schulter wanderte.

»Mmm, dann bist du bestimmt ein Engel«, murmelte er.

»Für mich ist das auch der Himmel«, flüsterte ich nahe an seinem Ohr. Einen Moment später war er in mir, und ich bewegte mich auf ihm. Ich war völlig unbefangen, und dann packte er meine Hüften und stieß in mich hinein, passte sich meinem Rhythmus an. »Adam …«, stöhnte ich.

Ich presste die Hände auf seine Brust und bewegte mich kraftvoller, schneller. Für ein paar Minuten verschwand die ganze Welt um uns herum, und es gab nur noch uns beide. Zum ersten Mal seit jener Nacht in seinem Loft fühlte sich Adams Körper warm und stark an.

Er zog mich an sich, packte mit beiden Händen meinen Hintern und stieß fester in mich hinein, während ich auf ihm lag. »Fühl mich in dir«, flüsterte er. Mein Mund lag an seinem Hals, küssend, saugend, während er im gleichen ruhigen Tempo weitermachte. »Fühl mich, Charlotte.«

Ich konnte in diesem Moment gar nichts anderes tun als Adam zu spüren, in mir und um mich herum. Ich küsste ihn fest auf die Lippen, unsere Zungen wanden sich umeinander, während unsere Bewegungen drängender wurden. Und dann, als ich glaubte, ich könnte es nicht mehr aushalten, fühlte ich, wie die Anspannung allmählich brach. »Adam …«, keuchte ich mit dem Mund an seiner Brust. Er gab keinen Laut von sich, stieß nur noch ein letztes Mal tief in mich hinein, dann sanken seine Hände herab, er schloss die Augen und drehte den Kopf weg. Er grinste, aber seine Arme und Beine waren erschlafft, er rührte sich nicht, und er gab keinen Ton von sich.

»Adam?« Anfangs lächelte ich, aber als er nicht ansprechbar erschien, geriet ich sofort in Panik. »Adam!«

»Du hast mich umgebracht«, sagte er sanft.

»Mach die Augen auf, du hast mir eine Scheißangst eingejagt.«

Er sah mich an und lächelte breiter. »Das war toll.«

»Es war perfekt.«

»Weißt du, ich habe wirklich gedacht, du hättest mich umgebracht, Charlotte. Ich bin schon zu dem Schluss gekommen, dass das der beste Tod war, den man sich vorstellen kann.«

Ich warf einen Blick auf die Uhr hinter ihm. »Ich habe das Gefühl, wir sollten los«, sagte ich.

»Rein, raus, aus die Maus. Bekomme ich nicht einmal eine Umarmung?«

»Wir können uns im Krankenhaus in die Arme nehmen.«

»Komm her, beruhig dich. Was soll denn schon passieren?«

»Du könntest Schwierigkeiten bekommen.«

»Ha! Meinst du, sie werden mir Beschränkungen auferlegen? Ich bin doch schon gezwungen, mich mit Wackelpudding und Brühe zufriedenzugeben. Was sollen sie jetzt noch machen? Mir den Tropf wegnehmen?«

»Vielleicht sagen sie mir, dass ich nicht mehr bleiben darf.«

Er hob mein Kinn an, sodass wir einander in die Augen sahen. »Machst du dir darüber Sorgen, Charlotte?«

»Natürlich.«

»Das würden sie nicht tun. Außerdem bezahlt ihnen mein Dad einen ganz neuen Trakt für Krebspatienten. Die werden meine Freundin nicht rauswerfen und damit den tollen neuen Adam-Bramwell-Gedächtnis-Flügel samt Adam-Bramwell-Gemälden riskieren.«

»Deine Freundin?«

Er erschrak. »Na ja … eine Freundin eben. Und, hey, du hast gesagt, du wärest meine Freundin. Du erinnerst dich doch an den kleinen Schwindel, den du dir in der Nacht in meinem Loft einfallen hast lassen?«

»Ich mochte die Geschichte«, protestierte ich.

»Ich auch.« Einige Augenblicke lang kehrte Stille ein, bis Adam mit angestrengter Stimme wieder das Wort ergriff. Mein Gesicht ruhte an seiner Brust, darum konnte ich seinen Gesichtsausdruck nicht sehen, aber es hörte sich an, als würde ihm das Sprechen Schmerzen bereiten. »Warum muss die Story enden?«

»Muss sie nicht«, sagte ich prompt.

»Dann erzähl mir von unserem Leben, Charlotte.«

»Wirklich?«

»Ja.«

»Na ja … okay, lass mich überlegen … wir sind irgendwann zusammen in dein Loft gezogen. Übrigens hat mir dein Loft supergut gefallen.«

»Mir auch.«

»Also, wir haben in dem Loft gewohnt und dann … geheiratet? Ja, wir haben geheiratet. Ich habe doch endlich Ja gesagt.«

»Selbstverständlich. Ich musste doch eine ehrbare Frau aus dir machen. Aber das ist nicht der Grund, warum ich dich geheiratet habe.« Die Geschichte entwickelte ein Eigenleben, an dem wir beide teilhatten. »Wir haben geheiratet, weil wir uns geliebt haben.«

»Ja, wir haben uns geliebt.«

»Erzähl mir mehr. Erzähl mir von unserer Hochzeit und den Flitterwochen.«

»Wir haben die Flitterwochen sogar vor der Hochzeit gehabt. Du hast mich damit überrascht, mich nach Paris zu entführen. Wir sind am Ufer der Seine spazieren gegangen und haben bei den Bouquinistes Bücher gekauft. Wir haben alle wichtigen Museen besucht, sind durch Saint Germain geschlendert, haben in Brasserien gegessen und Stunden bei Shakespeare & Company zugebracht. Und dann hast du mich auf ein Boot gebracht und mir das Segeln beigebracht.«

»Habe ich?«

»Ja, an der Französischen Riviera.« Zu diesem Zeitpunkt hatte ich die Augen geschlossen und stellte mir vor, wie ein gesunder Adam eine Leine auf eine Winde spulte, während wir über das kristallklare blaue Mittelmehr segelten.

»Woher wusstest du, dass ich segeln kann?«, fragte er. »Habe ich dir das erzählt?«

»Ich habe in der Nacht in deinem Loft eine Segelzeitschrift gesehen.«

»Also habe ich dir Segeln beigebracht, und du lernst schnell?«

»Offensichtlich.«

»Ist das etwas, was du dir wünschst? Wovon du träumst, Charlotte? In Frankreich segeln lernen?«

Mach das nicht kaputt, Adam. Die Realität gefällt mir gerade nicht so gut. »Ich erzähle dir nur, was wir getan haben.«

»Aha. Okay, erzähl weiter.«

»Also, du hast mir Segeln beigebracht, und dann, später an diesem Tag, haben wir uns eine kleine Kapelle gesucht und geheiratet.«

»Das hört sich schön an«, sagte er, verfiel aber dann für einige Augenblicke in Schweigen.

»Das war es, Adam. Nicht nur schön – perfekt.«

»Hmm.« Wieder dauerte es eine Weile, ehe er sagte: »Zu schade, nicht wahr? Zu schade, dass es nicht wahr ist.«

Ich reckte den Kopf hoch und küsste ihn. »Wir haben jetzt und gestern und die Nacht, in der wir uns kennengelernt haben. Das ist absolut real, und es ist genug für mich.«

Er lächelte kläglich. »Ich weiß, auf dich wartet ein anderer, Charlotte.«

Ich schluckte. »Was meinst du?«

»Ich meine, es gibt jemanden in deinem Leben. Ich habe dich und Helen reden gehört ...«

Ich legte einen Finger auf seine Lippen. »Pst. Jetzt bin ich hier. Mit dir, Adam. Und ich will mit dir hier sein.«

»Wir sollten ins Krankenhaus zurückfahren«, sagte er.

Ich setzte mich auf die Bettkante und kehrte ihm den Rücken zu. »Bitte, tu das nicht.«

»Was?«

»Bitte ruinier nicht die Zeit, die wir haben.« Ich drehte mich zu ihm um. »Ich liebe dich. Das ist keine Story. Das ist keine Lüge.«

»Das solltest du nicht. Das kannst du nicht. Du kennst mich kaum, und ich sterbe bald.«

»Ich kenne dich gut genug ... und würdest bitte aufhören, das zu sagen?«

»Für dich bin ich ein Wohltätigkeitsempfänger, aber ich bin kein Idiot.«

»Wohltätigkeitsempfänger, Adam? Offensichtlich kennst du mich nicht. Ich kaufe nicht einmal Pfadfinderkekse. Ich habe mich in dich verliebt. Ich habe nicht mehr aufgehört, an dich zu denken, seit der Nacht, in der wir uns kennengelernt haben. Ich dachte nur, dass du nicht an mir interessiert bist. Ich wünschte mir jemanden, der gern die Zukunft mit mir verbringen und meinen Fantasien zuhören würde, ohne sich abschrecken zu lassen. So ein Mensch ist mir nie begegnet. Bis du gekommen bist. In dieser Nacht habe ich mich zum ersten Mal nicht wertlos gefühlt. Du hast mich verändert, Adam, und du veränderst mich auch jetzt.«

»Dann denkst du, du bist mir etwas schuldig?«, fragte er stirnrunzelnd.

»Wir müssen dich zurückbringen, damit du deine Medizin bekommst. Du wirst langsam mürrisch.«

Ich stand auf und ging ins Bad, um unsere Sachen zu holen. Ehe wir gingen, duschte ich noch kurz. Dann half ich Adam in Kittel und Stuhl, und er saß bei mir im Bad und sah mir zu, wie ich mir am Waschtisch in Unterwäsche die Haare föhnte. Im Spiegel sah ich sein Gesicht, das zunehmend reumütig aussah. Über den Lärm des Haartrockners hinweg rief er: »Tut mir leid.«

»Mach dir keine Gedanken darüber«, antwortete ich nicht minder laut.

»Ich habe es versaut!«

»Du hast gar nichts versaut!«

»Die Story war toll, Charlotte! Danke.«

»Mir hat sie auch gefallen, und gern geschehen!« Ich hörte mich immer noch aufgebracht an, aber als ich Adam im Spiegel lachen sah, musste ich auch lachen.

»Du bist launisch, Adam Bramwell!«

»Ich weiß, tut mir leid.« Aber er lachte immer noch.

21. Wunder

Es war ein Wunder, dass wir es zurück ins Krankenhaus schafften, ohne dass jemand von unserer Abwesenheit erfuhr, abgesehen von Leah natürlich. Als wir am Stationszimmer vorbeikamen, verdrehte sie gutmütig die Augen. »Sie haben sich die Haare auf dem Rollstuhlpfad gewaschen, Charlotte?«

Ich ignorierte sie und schob Adam weiter zu seinem Zimmer. »Siehst du«, sagte er, als ich ihm aufs Bett half, »das kümmert niemanden.« Ich legte mich neben ihn und barg meinen Kopf in seiner rechten Armbeuge. Er drückte mich an sich, und ein paar Minuten lang fühlte es sich an, als wäre alles ganz normal, als wären wir nicht in einem beschissenen Krankenhauszimmer.

Trotz der fernen Geräusche piepender Geräte und der medizinischen Gerüche, die durch den Raum waberten, war es immer noch, als wäre Adam mein Freund, als wären wir nur zwei Verliebte, die sich am Nachmittag träge zusammen hingelegt hatten, um ein Nickerchen zu machen. Als ich merkte, dass er weggedöst war, rief ich das Padres-Spiel auf meinem Telefon auf. Seth verbrachte die zweite Hälfte des Spiels wegen einer Handgelenkverletzung auf der Bank. Ich war in Versuchung, ihm eine Nachricht zu schreiben, hielt mich aber zurück. In ein paar Tagen würde ich ihn wiedersehen, und ich war sicher, dass ich dann einiges zu erklären hatte.

Adam hatte eine schwere Nacht. Ich weiß nicht, ob es daran lag, dass er sich während des Tages verausgabt hatte, oder ob es einfach zunehmend schlimmer wurde. Vermutlich beides. Im Laufe der Nacht hatte er drei Krampfanfälle. Nach dem dritten weinte er. Ich hielt ihn, wiegte ihn. Er war deswegen nicht verlegen, nur frustriert, weil er die Kontrolle über seinen eigenen Körper verlor, und das tat mir in der Seele weh. Ich wünschte mir so sehr, dass ich stark bleiben würde, aber als er schluchzend in meinen Armen zusammenbrach, verlor auch ich die Fassung. Ich fühlte mich beraubt, gestraft, weil mir nicht mehr Zeit mit ihm bleiben würde.

Nach dieser Nacht waren wir beide erschöpft. Wir verbrachten ein paar ruhige Tage im Krankenhaus, sahen fern, machten kurze Spaziergänge. Am Tag vor Seths geplanter Rückkehr hatte Adam den bisher schlimmsten Anfall. Er saß im Rollstuhl, als es passierte, und ich konnte ihn nicht schützen. Er fing an zu krampfen, fiel zu Boden und schlug mit dem Kopf auf die Fliesen. Ich drückte die Ruftaste, ehe ich mich neben ihn kauerte und versuchte, ihn daran zu hindern, sich selbst noch mehr wehzutun. Seine Krämpfe waren so heftig, dass ich weiter nichts tun konnte, als meine Hand zwischen seinem herumzuckenden Kopf und dem Boden zu platzieren. Am Ende hatte ich zwei blutige Finger und Adam eine Platzwunde, die sich von seinem Ohr bis zum Scheitel zog. Und er schämte sich so sehr wegen meiner Finger, dass er mich den Rest des Abends nicht mehr ansehen mochte.

Die Schwestern verbanden meine Finger und Adams Kopf mit weißem Verbandsmull. Auch am folgenden Tag war er noch sehr still, obwohl ich ihm immer wieder sagte, er solle sich um meine Hand keine Gedanken machen.

Er bat mindestens zwölfmal pro Stunde um Entschuldigung, bis ich ihm sagte, ich könnte mir auch noch die übrigen Finger brechen, weil ich ihm eine reinhauen würde, wenn er nicht aufhörte.

Früh am nächsten Tag war er wieder schweigsam, und ich dachte, dass er vielleicht meine Nervosität wegen Seths Rückkehr spürte. Ich hatte bisher noch nichts von Seth gehört, und ich fühlte mich nicht in der Position, um ihn zu kontaktieren, also blieb mir im Grunde nichts zu tun. Insgeheim war ich egoistisch genug zu hoffen, dass Helen ihm die Situation erklärte, damit ich es nicht tun musste, obwohl ich sie gebeten hatte, den Mund zu halten.

Adam saß auf seinem Stuhl und sah zu, wie ich in dem kleinen Krankenhauszimmer aufräumte, Müll wegwarf und Ordnung schuf. »Wozu machst du das?«, fragte er.

»Ich räume doch nur ein bisschen auf.«

Als ich an ihm vorbeikam, packte er meinen Arm und drehte mich zu sich. Er sah geschwächt aus. Seine Augen lagen tief in den Höhlen, und in das Weiß hatte sich ein gelblicher Ton geschlichen. Mit dem Daumen berührte ich seine Unterlippe. »Du brauchst einen Lippenbalsam. Ich hole dir einen.«

»Charlotte, warte.« Er griff nach meinem Arm und packte fest zu. »Lass uns rausgehen. Es ist schön draußen, und ich möchte hier raus und normale Kleidung tragen. Bitte, bring mich weg von hier.«

»Adam, nicht.«

»Was, nicht? Dieser Ort verlängert mein Leben kein bisschen.«

»Das weißt du nicht. Ich kann dich nicht mehr von hier wegbringen. Ich habe Angst.«

Er sagte nichts, starrte mich nur flehentlichen Blicks aus traurigen Augen an.

»Bitte sag mir, dass du das verstehst.« Ich beugte mich zu ihm, um ihn zu küssen, nur eine sanfte Berührung seiner Wange, aber er hielt die Augen danach noch lange geschlossen.

»Bringst du mich dann zur Brücke? Draußen scheint die Sonne, und ich muss aus diesem Zimmer raus.«

Er sprach von der langen, mit Glas verkleideten Fußgängerbrücke zwischen dem Nord- und dem Südturm. Manchmal schob ich ihn dorthin, und er beobachtete die Autos, die unter uns vorbeifuhren. Ich stimmte zu und brachte ihn umgehend hin. Als wir in der Mitte der Brücke angelangt waren, blieb ich stehen und drehte seinen Rollstuhl zur Straße.

»Als wir verheiratet waren …«, sagte er, als ich hinter ihm stand und die Griffe des Rollstuhls umfasste. Er rührte sich nicht, saß vorgebeugt auf dem Stuhl und sah zu, wie Auto um Auto vorüberfuhr.

»Was?«, fragte ich.

»Was ist passiert, als wir verheiratet waren?«

»Ach so, richtig. Wir sind zurückgekommen und haben einen Haufen Kinder bekommen.«

»Wie viele?«

»Sagen wir fünf.«

»Fünf? Wirklich? Ich dachte immer, ich hätte mal zwei.«

»Wir konnten wohl die Finger nicht voneinander lassen«, entgegnete ich.

Sein Körper erbebte vor Lachen, und das war eine Erleichterung. Seit der Nacht nach unserem Hotelbesuch war er trübsinnig gewesen.

»Wie heißen sie?«

»Du hast die Namen ausgesucht, weißt du nicht mehr?« Das Reden fiel mir schwerer und schwerer, weil ich einen beständig wachsenden Kloß im Hals hatte.

»Fünf, hmm. Drei Jungs und zwei Mädchen.«

»Genau, aber inzwischen sind sie alle groß. Sie haben nun ihre eigenen Familien, ihr eigenes Leben, aber wir haben immer noch einander.«

»Das Leben ist schnell vorübergezogen«, kommentierte Adam, und seine Stimme klang vage distanziert. Ich beugte mich vor und küsste ihn auf den Kopf. Ohne hinzusehen griff er nach meiner Hand, die auf seiner Schulter lag. »So ist das wohl, wenn man ein gutes Leben hat, nicht wahr? Wenn man jemanden hat, den man von Herzen liebt. Dann zieht es schnell vorüber. Ein Lidschlag, und schon ist es vorbei.«

»Bei dir klingt Liebe irgendwie tragisch«, bemerkte ich.

»Nein.« Er schüttelte den Kopf. »Ich würde es nicht anders haben wollen. Erzähl mir von uns. Was tun wir gern?«

»Malen und segeln und essen und trinken. Die einfachen Dinge eben.«

»Vergiss den Sex nicht«, kommentierte er.

»Ja, jede Menge Sex. Bevor die Kinder auf der Welt waren, waren wir beinahe den ganzen Tag nackt.«

»Das gefällt mir.«

»Und als sie etwas älter waren, haben wir uns an den Wochenenden davongestohlen und sie bei unseren Müttern gelassen.«

»Wie sind sie so? Unsere Kinder?«

»Glücklich. Das ist alles, was wir uns für sie gewünscht haben. Wir haben unsere Liebe an die erste Stelle gesetzt, und sie ist auf sie übergegangen, und darum sind sie nun auch glücklich.«

Tränen schossen in meine Augen, rannen über meine Wangen. Ist das nicht das, was wir alle hoffen, wenn es um unsere Kinder geht?

Plötzlich veränderte sich sein Tonfall. »Das ist wunderschön, Charlotte.« Es war, als würde er gerade aus einem Traum erwachen. Ich wollte noch nicht in die Realität zurückkehren, aber ich wusste, diese Fantasien dienten allein dazu, Adam von seinem Krebs abzulenken.

»Ich kann mir ein langes Leben mit dir vorstellen«, sagte er. »Ich kann mir vorstellen, was für eine tolle Ehefrau du wärest. Du wirst einmal jemanden zu einem sehr glücklichen Ehemann machen.«

Ich entzog ihm meine Hand. »In dieser Geschichte geht es um dich und mich.« Er sagte nichts, nickte nur und starrte weiter aus dem Fenster. Ich beugte mich erneut vor und küsste ihn auf den Kopf. »Sie handelt von uns«, flüsterte ich, »nimm mir das nicht weg.«

Aus dem Augenwinkel sah ich jemanden in der Nähe des Eingangs zum Südturm, von wo wir gekommen waren. Ich drehte mich um und erstarrte, als ich Seth erkannte, der vollkommen reglos dort stand und uns anstarrte. Er war ungefähr sechs Meter von uns entfernt stehen geblieben.

Ich richtete mich auf und drehte mich zu ihm um, als wollte ich auf ihn zugehen, konnte mich aber nicht bewegen. Meine Füße funktionierten einfach nicht. Mit den Lippen bildete ich das Wort *Hi.*

Er sagte nichts, sah aber ziemlich mitgenommen aus.

Endlich tat ich einen Schritt auf ihn zu, aber er reckte eine Hand vor, um mich aufzuhalten. Seine Mundwinkel bogen sich ein kleines bisschen nach oben, und sein Blick glitt zu Adam, der zusammengesunken auf seinem Stuhl kauerte, ehe er mir wieder in die Augen sah. Adam bekam gar nicht mit, was hinter ihm vorging.

Er schaute immer noch stumm hinaus. Seths rechtes Handgelenk war verbunden. Ich wollte ihn nach allem Möglichen fragen, wollte zu ihm gehen, aber ehe ich Gelegenheit dazu bekam, machte er kehrt und verschwand. Er wusste Bescheid.

Während ich wie festbetoniert dastand, wurde mir klar, dass ich die Sache mit Seth komplett versaut hatte. *War das wichtig?*

»Charlotte?« Adams Stimme klang drängend, und mir drehte sich vor Sorge der Magen um.

Hastig ging ich um ihn herum und beugte mich zu ihm hinab. Seine Augen waren geweitet. Inzwischen spürte Adam einen bevorstehenden Krampfanfall schon im Voraus, daher war ich überzeugt, er wollte mich warnen, dass es ihm nicht gut ging. Aber stattdessen lächelte er.

Ich runzelte die Stirn. »Du hast mir Angst gemacht. Warum hast du mich gerufen?«

Er griff nach meiner Hand. »Du musst mich wo hinbringen. Du musst mich wegbringen, jetzt.« In diesem Moment wirkte er stärker, agiler.

»Bitte, Adam, ich habe dir doch gesagt, dass ich davor zu viel Angst habe. Was ist nur in dich gefahren?«

Als ich mich neben seinem Stuhl wieder aufrichtete, packte er meine Hand und zog mich ruckartig auf seinen Schoß. »Oh mein Gott, Adam, was tust du?«

Er presste seine Hände an meine Wangen und küsste mich. »Versprichst du mir etwas, Charlotte?«

»Was?«

Seine Augen waren immer noch geweitet, sein forschender Blick bohrte sich in meine. »Versprich mir, dass das der letzte Moment in deinem Leben war, in dem du zugelassen hast, dass Angst dich hindert, das zu tun, was du tun willst.«

»Was?«

»Tust du das für mich? Scheiß einfach drauf und bring mich gleich jetzt von hier weg, und versprich mir, dass du dich nicht mehr vor deinem eigenen Schatten ängstigen wirst. Ich brauche ein Vermächtnis, Charlotte, und das bekomme ich nicht, wenn ich hier in diesem verdammten Rollstuhl sitze und sterbe. Bitte!«

»Bist du verrückt geworden?«

»Ja, vielleicht, wen interessiert das? In dieser Nacht hast du dich total hingegeben. Bring mich einfach hier raus, denn ich muss noch etwas anderes tun als nur hier herumsitzen und sterben. Bitte!«

»Wenn es nur um dein Vermächtnis geht, du hast längst eins. Die Kunstgemeinde nennt dich ein Genie. Wenn die herausfinden, wer du bist, werden deine Gemälde Millionen wert sein.«

»Das ist mir völlig egal. Bitte bring mich weg von hier.«

Noch hatte ich zu nichts zugestimmt. Ich schob ihn zurück in sein Zimmer, wo Leah ihm eine Dosis seiner Medizin verabreichte und ihm sein Abendessen in Form von Brühe und Wackelpudding kredenzte. Er schlürfte es mit einem Lächeln, kippelte dann mit seinem Stuhl und sagte: »Packen wir's.«

»Also gut, Adam, aber diese ganze Sache macht mich wahnsinnig.«

»Beruhig dich einfach. Wir haben nicht viel Zeit; wir müssen los. Zuerst müssen wir in den Bastelladen.«

»Ich dachte, du kannst nicht malen.«

Er schmunzelte. »Ich bin ein Genie, weißt du nicht mehr? Ich finde einen Weg. Lass uns los.«

Wir suchten einen *Michaels Store* ganz in der Nähe auf. Adam warf Pinsel und Farben in den Korb auf seinem Schoß, während ich ihn durch die Gänge schob. Als wir wieder im Wagen saßen, dirigierte er mich durch die Innenstadt, bis wir eine Straße in der Nähe meiner Wohnung erreicht hatten. »Park hier.« Er zeigte auf die gewünschte Stelle.

Direkt gegenüber prangte das Wandgemälde von dem geflügelten Mann. »Das hast du gemalt«, bemerkte ich.

»Oh, ich weiß. Darum sind wir ja hier. Ich muss es fertigmachen.«

Mir war gar nicht klar gewesen, dass es unfertig war. »Aber Adam, es ist mitten am Tag. Jemand könnte dich sehen, und wenn du erkannt wirst, landest du in den Nachrichten.«

»Wen kümmert das?«

»Lass mich dich wenigstens zu meiner Wohnung bringen, damit wir dir ein paar Klamotten von Chucky holen können.«

»Na gut, aber wir müssen uns beeilen.« Wir gingen in meine leere Wohnung und schnappten uns ein Sweatshirt, Jeans und Schlappen aus Chuckys Kleiderschrank. Adam war so dünn, dass die Jeans nicht oben bleiben wollten, also suchte ich rasch noch einen Gürtel heraus, ehe ich ihm half, die Treppe wieder hinunterzusteigen. Er war schwach, aber leichter als zuvor, darum fiel es mir nicht schwer, ihn auf der Treppe allein zu stützen.

Anschließend schob ich ihn zu dem Wandgemälde, und er hielt Farben, Pinsel und ein Backblech auf dem Schoß. »Ich werde auf dem Boden sitzen müssen. Ich muss den unteren Teil fertigmachen.«

»Der Boden ist eklig, Adam.«

»Himmel, Charlotte, kannst du mir nicht einfach helfen?« Also half ich ihm, sich vor dem Wandgemälde auf den Boden zu setzen. »Du stehst Schmiere«, sagte er, also setzte ich mich vor ihm in den Rollstuhl und tat mein Bestes, um die zusammengekauerte Gestalt vor der Mauer vor fremden Blicken abzuschirmen.

»Wie läuft es?«, fragte ich irgendwann.

»Ist nicht leicht«, sagte er. »Aber ich komme voran.«

Ich sah zur Uhr. Eine halbe Stunde war bereits vergangen. »Alles in Ordnung mit dir?«

»Ich bin fertig. Du kannst jetzt gucken.«

Ich stand auf, drehte mich um und half ihm wieder in den Rollstuhl. Als ich dann endlich wahrnahm, was meine Augen sahen, stolperte ich zurück und musste mich auf der Armlehne von Adams Stuhl abstützen. Er legte seine Hand auf meine. »Was meinst du?«, fragte er.

»Das ist … Adam, das ist …« Mehr bekam ich nicht heraus.

Zuvor schien das Bild einen geflügelten Mann darzustellen, der auf den Boden zu blicken schien, über dem er schwebte. Doch nun konnte man sehen, worauf er blickte. Adam hatte eine kleine Version meines Wohnhauses samt der herumtollenden Wölfe gemalt. Der geflügelte Mann wachte über mir.

Er nahm meine Hand in seine und sagte: »Keine Angst mehr.« Dann küsste er meine Fingerknöchel. »Versprich es mir. Versprich mir, dass du weitermachst und dir alles nimmst, was du willst, alles, was du verdienst.«

»Ich verspreche es.« Meine Kehle war wie zugeschnürt, und die Tränen liefen mir übers Gesicht.

Ich sah Adam an, der die Brauen hochzog, auf den geflügelten Mann zeigte und sagte: »Ich werde ein Auge auf dich haben.«

»Du wachst über mich, ja?«, schniefte ich.

»Und ich werde sehr wütend werden, wenn du bei mir verweilst, junge Dame. All die Dinge, die ich in meinem Brief geschrieben habe, habe ich auch so gemeint. Okay? Aber ich habe über mein Leben gesprochen, nicht über deins, und das war nicht der poetische Unsinn eines Sterbenden. Ich wollte dich wissen lassen, wie dankbar ich dir bin. Ich bin dir auch jetzt dankbar. Ich durfte etwas Besonderes in meinem Leben erfahren, und ich glaube nicht, dass sich das mit Zeit aufwiegen lässt.«

»Du glaubst nicht, dass sich was mit Zeit aufwiegen lässt, Adam?«, fragte ich mit erstickter Stimme.

»Liebe, Charlotte. So wenig, wie über uns anhand der Dauer unseres Daseins gerichtet wird, so wenig wird man mir das je wieder nehmen können. Nichts und niemand kann mir das nehmen. Nicht der Krebs, nicht mein Tod, nicht dein neuer Freund, nicht dein künftiger Ehemann, deine künftigen Kinder …«

»Hör auf, Adam!«

»Nein, das ist mir ernst. Aber ich meine es anders, als du es verstehst. Ich meine, es ist nicht wichtig, was als Nächstes passiert. Heute erhoffen sich alle die perfekte Zukunft und den perfekten Partner, einen, an dem einfach alles stimmt, damit sie sich einbilden können, das Leben, von dem sie träumen, sei möglich, aber wenn man den Tod vor Augen hat, dann will man sofort einen Menschen, den man lieben kann. Du warst mein perfekter Gegenwartsmensch in jener Nacht in meinem Loft, aber als du fort warst, ist mir etwas bewusst geworden.«

Inzwischen war ich in Tränen aufgelöst. »Was ist dir bewusst geworden?«

»Komm her.« Er zog mich auf seinen Schoß. Ich schlang die Arme um seinen Hals und rollte mich zusammen, küsste seinen Hals und legte dann meinen Kopf an seine Schulter. »Mir ist bewusst geworden, dass das Jetzt alles ist, was zählt, für jeden Menschen. Selbst wenn ich noch mein ganzes Leben vor mir hätte, so wie du, würde ich nichts ändern.« Er rollte mit mir zum Wagen. »In dieser Nacht mit dir habe ich etwas gelernt. Bevor ich krank geworden bin, habe ich Jahre damit verbracht, mir eine Karriere aufzubauen, die mich reich machen würde, weil ich geglaubt habe, ich würde so mein Glück finden. Aus dem gleichen Grund habe ich mir Frauen gesucht, die sich als Trophäen geeignet haben. All dieser Mist hat mich leer zurückgelassen. Mein Leben blieb unerfüllt, und ich betrog mich selbst. Erst, als ich wusste, dass mir nicht mehr viel Zeit bleibt, habe ich angefangen, wirklich zu leben. Das ist der Grund für all die Gemälde. Die Welt um mich herum wurde lebendig. Plötzlich konnte ich die Leute als das wahrnehmen, was sie waren, nicht als das, was sie hatten. Und als ich mit dir zusammen war, habe ich mich so lebendig gefühlt wie nie zuvor.« Als wir den Wagen erreicht hatten, wischte er mir die Tränen aus dem Gesicht. »Weil du toll bist, Charlotte. Du bist ein guter Mensch und siehst das Gute in anderen. Du sorgst dich. Du hast Licht in die dunkelste Zeit meines Lebens gebracht.«

»So etwas hat noch nie jemand über mich gesagt. Ich stecke voller Probleme, Adam. Ich hatte fünf Jobs in fünf Jahren und doppelt so viele Männer.«

»Nichts von all dem ist wichtig. Wie wäre es, wenn du anfangen würdest, an dich zu glauben? Ich habe dich gestern Abend mit deiner Mom reden gehört, und ich weiß, dass dein Freund heute im Krankenhaus war. Ich habe sein Spiegelbild in dem Glas auf der Fußgängerbrücke gesehen, und ich habe deine Reaktion gesehen, also wusste ich, wer er ist.«

»Wirklich?« Mein Herz pochte heftiger. »Er ist eigentlich nicht mein …«

Adam zeigte auf den Wagen. »Lass uns los. Ich muss ein paar Pläne machen.« Plötzlich wirkte er sehr entschlossen.

Ich half ihm auf den Beifahrersitz, packte den Rollstuhl in den Kofferraum und stieg ebenfalls ein. Dann nahm ich mir ein paar Minuten Zeit, mich zu sammeln, und Adam reichte mir ein Taschentuch aus dem Handschuhfach. »Ich sollte dich besser zurückbringen«, sagte ich. Adam griff nach meiner Hand und drückte sie. Ich drehte mich zu ihm um und sah ihm in die Augen. »Was hast du gehört?«

»Ich habe gehört, wie du deiner Mom von Seth erzählt hast und dass er, wenn das alles vorbei ist, vermutlich nichts mehr mit dir zu tun haben will. Ich hatte ein schlechtes Gewissen, als wäre das alles nur meine Schuld. Ich wollte ihn anrufen, wollte dir sagen, du sollst zu ihm gehen, aber zugleich dachte ich, wenn er wirklich nichts mehr mit dir zu tun haben will, weil du so gut und süß und toll bist und deine Zeit mit mir verbringst, dann ist er ein verdammter Idiot und verdient dich überhaupt nicht. Dann ist er im Krankenhaus aufgetaucht, und mir ist aufgegangen, dass diese Zweifel gar nichts mit ihm zu tun haben. Das bist du. Du weißt immer noch nicht, was für ein wertvoller Mensch du bist.« Er wischte mir eine Träne von der Wange und lächelte. »Und darum widme ich den Rest meines Lebens der Aufgabe, dir das zu beweisen.«

»Adam …«

»Leg dich nicht mit mir an. Fahr einfach, Werteste.«

Wieder zurück im Krankenhaus schob ich Adam rasch am Stationszimmer vorbei. Leah schüttelte den Kopf und war schon im nächsten Moment in Adams Zimmer. »Sie beeilen sich besser, diese Klamotten abzulegen und wieder in Ihren Kittel zu schlüpfen, Adam.«

»Leah«, sagte er bestimmt, »ich brauche einen Stift und Papier, so schnell wie möglich.« Leah lachte leise in sich hinein und ging, immer noch kopfschüttelnd, hinaus, während Adam Chuckys Sachen auszog.

»Aber du kannst nicht schreiben«, wandte ich ein.

»Charlotte, du musst jetzt nach Hause gehen und dort bleiben.«

»Was?«

Vollkommen nackt stand er neben seinem Bett und zeigte auf das Regal, in dem ein zusammengefalteter Kittel lag. »Kannst du mir den bitte reichen und dann nach Hause gehen und darauf warten, dass du Anweisungen erhältst?«

»Dass ich Anweisungen erhalte? Adam«, fing ich zutiefst besorgt an.

»Charlotte, sieh mich an. Viel hilfloser und verletzlicher, als ich es jetzt bin, kann ein Mensch nicht werden. Ich bin nackt und abgemagert, trage einen Verband an meinem kahlen Kopf, kann mich kaum auf den Beinen halten und werde bald sterben. Ich bitte dich, bitte tu einfach, was ich sage.«

»Okay, okay.« Ich gab ihm den Kittel und half ihm ins Bett.

»Jetzt geh. Ich habe deine Nummer. Ich rufe dich an. Aber du rufst mich nicht an.«

»Das ist doch verrückt.«

»Geh einfach.« Er scheuchte mich weg, lächelte aber dabei.

Mir war nicht zum Lachen zumute, auch wenn er versuchte, dem Ganzen einen lustigen Anstrich zu geben. »Und wenn …«

»Und wenn es in der nächsten Minute direkt unter uns ein Erdbeben der Stärke neun gibt? Und wenn morgen die Sonne explodiert? Und wenn es den Himmel wirklich gibt? Und wenn Gott eine Frau ist? Und wenn die Mondlandung doch nur ein Schwindel war? Und wenn Donald Trump ein Außerirdischer ist?«

»Letzteres stellt niemand in Frage«, kommentierte ich.

»Du hast mir versprochen, keine Angst mehr zu haben und das ständige Und-wenn zu lassen. Wenn etwas passiert, dann soll es eben passieren. Hast du denn nichts von mir gelernt? Jetzt geh, bevor Grumpy-Adam auftaucht.«

Ich küsste ihn und verließ ohne ein weiteres Wort das Zimmer. Es war ein seltsames Gefühl, allein zu meinem Wagen zu gehen. Noch seltsamer fühlte es sich an, Adam in seinem Krankenhauszimmer allein zu lassen, obwohl er jeden Moment sterben konnte und ich ihn nie wiedersehen würde.

22. Die Erprobung

Alle Welt läuft herum und redet über die Liebe und das Leben, als wüssten wir alle ganz genau, was das bedeutet und wie wir zu empfinden haben. Wir unterwerfen unsere Beziehungen all diesen dummen Beschränkungen … wozu? In Übereinstimmung womit? Gott? Der Gesellschaft? Nichts von all dem ist noch wichtig, wenn man erfahren muss, dass man sehr bald sterben wird, nichts von all dem hat dann noch Gültigkeit. Regeln sind etwas für Leute, die den Luxus unbegrenzter Zeit genießen.

Nichts hält dich zurück – Ablehnung am allerwenigsten. Du hast bereits die ultimative Ablehnung erfahren. Und wenn du jung bist und in einem Krankenhausbett darauf wartest, dass die Lichter ausgehen, weil die verdammte, beschissene Welt dich abgelehnt hat, dann kannst du nichts anderes mehr tun als zu versuchen, eine Saat dessen, was dich ausmacht, in einem anderen Menschen zu legen, so tief, dass du ohne jeden Zweifel durch ihn weiterleben wirst. Das ist es, was ein Vermächtnis ausmacht. Das ist das, was Adam genug Mut verliehen hat, um mich zu lieben.

Er mag eine Saat seines Selbst in jedem Menschen hinterlassen haben, der je seine wundervolle Kunst gesehen und sich von ihr berührt gefühlt hat. Und bezogen auf die Öffentlichkeit wird das sein Vermächtnis sein, aber was mich betrifft, ist sein Vermächtnis, mich etwas Wichtiges gelehrt zu haben. Er lehrte mich, dass eine Möglichkeit, dem Leben einen Sinn zu geben, darin besteht, einem anderen Menschen zu zeigen, wie er liebevoll in sein Inneres blicken kann.

Ich schaffte es nach Hause. Dort angekommen umklammerte ich die Klamotten von Chucky, die Adam getragen hatte, und schlich lustlos die Treppe hinauf. Kaum betrat ich die Wohnung, da sah sich Chucky, der am Küchentresen frühstückte, auch schon ruckartig zur Tür um. »Oh Mann, ist er gestorben?«, fragte er mit großen, mitfühlend blickenden Augen.

»Nein. Er hat mich rausgeworfen.«

»Was? Warum?«

»Ich weiß es nicht; er hat wohl noch irgendwas in petto.« Ich gab Chucky seine Klamotten.

»Hmm. Kürzlich habe ich eine medizinische Fachzeitschrift gelesen …«

»Nicht zu fassen!«

»Hör mir zu, Charlotte. Es gibt ein neues Testverfahren für Adams Krebserkrankung. Ich hatte ihn danach gefragt, als er hier war, aber er wollte nicht daran teilnehmen. Er hat aufgegeben.«

Ich schüttelte den Kopf. »Er hat einen Tumor, und der hat gestreut. Der Krebs hat sich in seinem ganzen Körper ausgebreitet. Er hat Chemotherapie, Strahlentherapie und Chirurgie über sich ergehen lassen.«

»Aber nun soll eine neue Methode erprobt werden, und er weiß es. Aber er will es nicht versuchen.«

»Das ist doch verrückt. Adam würde um sein Leben kämpfen. Er ist der lebensbejahendste Mensch, den ich kenne. Was ist das für eine Behandlung?«

Chucky ging zum Tisch, schnappte sich die Zeitschrift und warf sie mir zu. »Das findet im Cedars statt, auf derselben Etage. Er hat die Teilnahme verweigert. Er hat mir von einer Studie erzählt … von einer bevorstehenden Erprobung, aber dann hat er etwas darüber gemurmelt, dass ihm zu wenig Zeit bleibt, um sich Sorgen zu machen.«

Diese Neuigkeit war niederschmetternd. Würde Adam wirklich eine potenziell wirksame Behandlung verweigern? Oder eine, die zumindest sein Leben verlängern könnte? Er hatte mich angewiesen, mich von seinem Krankenbett fernzuhalten, bis er mich zurückriefe, aber das würde ich nicht auf sich beruhen lassen.

Ich las den Bericht über die Studie. In einigen Fällen hatte die Behandlung sehr vielversprechende Ergebnisse erbracht, und zwar bei genau dem Tumor, den Adam hatte, einem Glioblastom. Ich rief im Krankenhaus an und bat darum, zu seinem Zimmer durchgestellt zu werden. Er weigerte sich, den Anruf entgegenzunehmen, also erzählte ich der Empfangsmitarbeiterin, es handle sich um einen Notfall.

Endlich nahm er ab. »Was ist los, ist alles in Ordnung?«, fragte er in einem aufrichtig besorgten Tonfall.

»Hast du dich geweigert, an der Erprobung einer neuen Behandlungsmethode teilzunehmen? Einer Methode, die dein Leben verlängern könnte?«

Am anderen Ende der Leitung herrschte Stille.

»Hallo?«

Er räusperte sich. »Ich habe noch etwas Zeit, das weiß ich, und es gibt etwas, das ich wirklich tun will, aber das kann ich nicht, wenn ständig an mir herumgestochert und -gepikst wird.«

Ich war wütend. »Du willst es also nicht einmal probieren?«

Er atmete einmal tief durch. »Wenn du meinem Plan zustimmst, werde ich es machen, Charlotte. Ich verspreche es.«

»Was für ein Plan?«, fragte ich.

»Das kann ich dir noch nicht sagen. Warte, bis ich dich anrufe.«

»Also gut«, sagte ich und atmete meinerseits tief durch. Ich hatte Vertrauen zu Adam. »Ich werde warten, aber ich will bei dir sein.«

Lange sagte er gar nichts, dann: »Wir werden zusammen sein.«

Ich konnte unsere kurze Zeit in dem Hotelzimmer nicht aus dem Kopf bekommen. Das war so wundervoll, so verblüffend anders als die Zeit, die ich in einem anderen Hotelzimmer mit

Seth verbracht hatte. Nicht, dass es mit Seth unangenehm gewesen wäre – ganz und gar nicht; es war genau das gewesen, was ich in dem Moment gebraucht hatte –, aber zwischen Adam und mir gab es eine größere Gefühlstiefe und eine stärkere Verbindung. Ich vermisste ihn, kaum dass ich fünf Minuten ohne ihn war. Aber wenn Seth nicht in meiner Nähe war, schmachtete ich nicht nach ihm. Ich war ihm nicht einmal auf dieser Fußgängerbrücke nachgelaufen.

Ich schlug die Zeit tot, putzte, duschte, frisierte mich und ging die Rechnungen durch, die sich auf der Arbeitsplatte meiner Küche stapelten.

Chucky kam aus seinem Zimmer und sah, wie ich die überfällige Stromrechnung und den Stapel, auf dem sie lag, anstarrte. »Hast du die hiergelassen, damit ich sie bezahle, Chuck?«

»Nein, ich habe einen Stapel für Dad gemacht. Er wird uns bis September über Wasser halten.«

»Was?« Sicher, unsere Eltern gehörten zur gehobenen Mittelschicht und verfügten über eine bequem ausreichende Rente. Es würde sie nicht in den Ruin treiben, ein paar Monate lang unsere Rechnungen zu bezahlen, bis Chucky anfangen würde zu arbeiten, aber ich wusste nicht so recht, warum sie das tun sollten, abgesehen davon natürlich, dass sie einfach alles für meinen kleinen Bruder taten.

»Ich habe Dad erzählt, dass du deinen Job gekündigt und beschlossen hast, die Krankenschwester für irgendeinen krebskranken Künstler zu spielen.«

»*So* hast du ihm das gesagt, du Arsch?« Ich war am Boden zerstört, und mein Gesicht sprach Bände.

Dafür setzte Chucky eine mildere Miene auf, als ihm meine Seelenqual bewusst wurde. »Nicht ganz«, sagte er. Mir fiel auf, dass Chucky den roten Trainingsanzug trug, dessen Gegenstück er mir geschenkt hatte. »Ich habe Dad gesagt, ich finde, du tust da etwas sehr Liebenswürdiges, okay? Ich habe gesagt, das wäre eine starke Aktion.« Für Brüder ist es, selbst wenn sie erwachsen sind, nicht leicht, ihren Schwestern so ein Kompliment zu machen, und das gilt besonders für jemanden wie Chucky, der ein enorm großes Ego mit Konkurrenzdenken kombiniert.

»Liebenswürdig?«

»Pass auf, Charlotte, ich habe Dad die ganze verdammte Geschichte erzählt. Ich habe gesagt, dass ich Adam kennengelernt habe und finde, dass das, was du tust, wirklich ehrenwert ist. Er hat mir zugestimmt und erklärt, er würde für eine Weile für unsere Kosten aufkommen. Du solltest ihn anrufen und dich bedanken.«

Ich konnte nicht fassen, dass mein Vater mit irgendetwas, das ich tat, einverstanden war.

»Ich rufe ihn an. Danke, Charles.«

»Tut mir leid.« Er blickte auf. »Tut mir leid wegen Adam und Seth und dem ganzen Durcheinander.«

»Das bedeutet mir viel, aber ich kriege das schon hin.«

»Das weiß ich.«

Das Beste, was ein Bruder dir sagen kann, ist, dass er an dich glaubt. Das kostet mehr Nerven als ein Tut-mir-leid oder sogar ein Ich-liebe-dich.

Während der nächsten Viertelstunde tätigte ich drei Anrufe. Der erste galt meinem Dad.

»Hallo«, meldete er sich.

»Vielen Dank, Dad. Dafür, dass du mir aushelfen willst.«

»Gern geschehen, Charlotte. Aber ich mache mir Sorgen um dich.« Sein Ton klang mit jedem Wort düsterer.

»Das ist nicht so ein sentimentaler Wohltätigkeitsanfall wie damals bei Curtis.«

»Ich weiß, deswegen mache ich mir ja Sorgen. Ich möchte nicht, dass dich das am Ende zerreißt.« Mein Dad hatte noch nie so mit mir über mein Privatleben gesprochen.

Ich schluckte. »Ich liebe ihn, und das hat nichts mit seinem

Krebs zu tun.« Stille suchte den Äther heim. »Verstehst du das, Dad?«

»Ich verstehe es.«

»Und? Meinst du nicht, ich bin stark genug?«

»Ich glaube nicht, dass irgendjemand stark genug ist.«

»Das würdest du nicht sagen, wenn du nicht mein Dad wärest.«

»Daddys wollen ihre kleinen Mädchen vor Kummer beschützen.« Aber so hatte er sich mir gegenüber nie verhalten.

»Es würde mir das Herz brechen, könnte ich jetzt nicht bei ihm sein. Durch ihn bin ich stärker geworden.«

»Deine Mutter denkt, du tust das Richtige.«

»Aber du nicht?«

»Ich …«

Ich fiel ihm ins Wort: »Bitte sag Mom Danke von mir. Ich komme bald mal rüber und besuche euch.«

»Charlotte …«

»Ich muss auflegen, Dad. Hab dich lieb.«

»Ich hab dich auch lieb«, sagte er und klang dabei geschlagen.

Wir legten auf, und in der nächsten Sekunde wählte ich die Nummer des Krankenhauses und sprach mit Leah. »Wie geht es Adam?«

»Ihm geht es gut. Warten Sie einfach ein bisschen, ja? Er ruft Sie morgen früh an. Ruhen Sie sich etwas aus.«

»Was ist los, Leah?«

»Vertrauen Sie mir. Adam ist okay, und wir haben einen Spezialisten angefordert, der einige Tests durchführen wird.«

»Wofür?« *Er nimmt doch an der Erprobung teil. Er bereitet sich gerade darauf vor. Er hat es versprochen.*

»Es ist nicht das, was Sie denken. Warten Sie es ab, Charlotte. Er ruft Sie morgen an.«

»Wenn irgendwas passiert, während ich nicht bei ihm bin, werde ich stinksauer.«

Sie lachte.

»Das ist nicht witzig«, sagte ich.

»Es ist nur witzig, weil Adam gesagt hat, Sie würden das sagen. Derzeit ist er okay. Die Tumoren wachsen nicht in dem Tempo, mit dem wir gerechnet hatten.«

Ein weiterer Hoffnungsschimmer.

»Also werden sie versuchen, sie zu entfernen?«

»Charlotte, ich kann dieses Thema am Telefon nicht weiter mit Ihnen besprechen.«

»Ich weiß nicht, was er vorhat, aber ich werde diese Nacht kein Auge zutun.«

»Versuchen Sie es. Ich rufe Sie an, wenn sich etwas Neues ergibt, versprochen. Und ich werde die Nachtschwester auch entsprechend instruieren.«

»Okay, gut. Danke.« Ich legte auf.

Ich ging in die Küche und trank etliche große Schlucke Weißwein direkt aus der Flasche, ehe ich mich wieder in mein Zimmer zurückzog und Seth anrief.

»Hallo?«, meldete er sich.

»Hi, Charlotte hier.«

»Ich weiß.« Unbehagliche Stille.

»Wie geht es deinem Handgelenk?«

»Heilt gut aus. Ich habe zwei Spiele ausgesetzt, nur um sicherzugehen, aber morgen bin ich wieder auf dem Feld.«

»Das hört sich gut an.«

»Wie geht es Adam?«

»Ich weiß es nicht so genau. Vielleicht nimmt er an der Erprobung einer ganz neuen Behandlungsmethode teil.«

Er antwortete nicht, aber ich konnte hören, dass er offenkundig aufgebracht mehrmals tief durchatmete. »Gut für ihn«, sagte er dann. »Damit stehen wir genau da, wo ich es vermutet hatte. Warum rufst du an?«

Aua.

»Ich schätze … ich will dich um Verzeihung bitten und versuchen, dir zu sagen … Ich glaube … Ich schätze, ich …«

»Spuck's einfach aus, Charlotte. Was? Du hast erkannt, dass du nicht so auf mich stehst?«

»Nein, das ist es nicht.«

»Was dann?«

»Ich wollte dir sagen, dass ich mit Adam zusammen sein werde. Dass ich mit Adam … zusammen *war.*« Speichel sammelte sich in meinem Mund, als müsste ich mich jeden Moment übergeben. Ich lief zu meinem Schreibtisch und schnappte mir den Papierkorb, und die ganze Zeit lauschte ich Seths aufgewühlten Atemzügen. »Aber, Seth, ich mochte dich wirklich. Nur … ich kann dich nicht bitten zu warten.«

»Du musst das tun?«

»Ja. Aber das ist nicht alles. Ich will bei ihm sein.«

Mehrere Sekunden vergingen in Stille, und mir wurde mehr und mehr übel.

»Okay«, sagte er und klang schrecklich resigniert. »Dann hoffe ich für dich und Adam, dass er durchkommt. Ich kann mir gar nicht vorstellen, wie fertig du wärest, sollte er es nicht schaffen.« Ehe ich noch etwas sagen und ihm erklären konnte, wie endlos traurig ich darüber war, dass ich es dabei bewenden lassen musste, sagte er: »Hör mal, Charlotte, ich muss los. Der Trainer meiner Mannschaft wartet in der Umkleide auf mich.«

»Wo stehen wir nach diesem Gespräch? Ich meine, wirst du mir verzeihen? Du hasst mich doch nicht?«

»Ich sage dir, wo wir stehen. Es gibt nichts zu verzeihen. Ich hasse dich nicht. Du schuldest mir nichts.« Ich glaubte, Teilnahmslosigkeit in seiner Stimme wahrzunehmen.

»Du hast recht, ich schulde dir nichts. Ich dachte nur, weil wir so etwas wie den Anfang von etwas Gutem erlebt hatten …«

»Ja, das haben wir. Ich muss los. Der Trainer wartet.«

»Okay.« Ich fragte mich, ob ich gerade *die* tragfähige Grundlage für eine echte, stabile Beziehung in den Wind schrieb. Seth war der erste Mann in meinem Leben, bei dem alles stimmte. Mir war, als hätte mir jemand in den Unterleib geschlagen.

Ich legte das Telefon weg und fühlte mich noch verwirrter als zuvor. Es gab nichts, was einer von uns noch tun konnte. Ich hatte mit Adam geschlafen, ich kümmerte mich um Adam, und ich liebte Adam, Krebs hin oder her.

In der folgenden Nacht wälzte ich mich wechselweise hin und her oder weinte still in mein Kissen. Das Telefon lag die ganze Zeit direkt neben meinem Kopf für den Fall, dass das Krankenhaus anrief.

Am Morgen duschte ich und machte mich bereit. Erschöpft und halb weggetreten las ich eine Nachricht von Leah, die ich seltsam fand.

Leah: Hey, Leah hier. Adams
Krankenschwester. Sie können
jetzt zurückkommen.

Ich: Bin bald da.

Auf dem Weg zur Tür hielt Chucky mich auf. Er sagte nichts, er nahm mich nur in die Arme. Das war vielleicht das dritte Mal in unserem ganzen Leben, dass wir einander umarmten.

»Wofür war das denn?«, fragte ich.

»Ich wollte nur meine Schwester in die Arme nehmen und ihr Glück wünschen.«

»Du machst mir Angst, Chuck.«

Er kniff die Augen zusammen. »Ich wollte dir nur sagen, dass ich dich liebe.«

»Ich liebe dich auch, aber das haut mich trotzdem um.«

»Du gehst wohl besser.«

»Bye, kleiner Bruder.«

»Bye, Schwesterherz.«

Und dann lief ich die Stufen hinunter und zu meinem Wagen. Und auf der Fahrt fragte ich mich unentwegt, was mich wohl im Krankenhaus erwartete.

23. Der Plan

Als ich im Krankenhaus angekommen war, hatte sich eine Menschenmenge vor Adams Krankenzimmer versammelt. Einige der Frauen weinten. Die Welt fing an, sich um mich herum zu drehen. *Oh nein!* Meine Füße fühlten sich an, als wären sie am Boden festgeklebt, während ich versuchte, mir einen Weg durch den Gang zu bahnen. Ich war bereits in Tränen aufgelöst, als Leah mich auf halbem Wege abfing.

»Wer sind all diese Leute, und was machen die hier?«

Sie trat einen Schritt näher, sodass wir nur noch Zentimeter voneinander entfernt waren. »Das sind Adams Eltern, und da drüben steht sein alter Boss. Die junge Frau ist eine ehemalige Freundin oder so was. Sie sind alle hier, um sich zu verabschieden.«

»Verabschieden?« Mir verschwamm alles vor Augen. Mein Kopf schwankte so haltlos hin und her, als wäre er mit Knetmasse befestigt. »W-warum sind Sie so gelassen?« Gleich darauf gaben meine Knie nach, und sie griff nach meinen Schultern und versuchte, mich wieder auf die Füße zu hieven.

»Charlotte, er ist nicht tot. Stehen Sie auf. Er muss mit Ihnen reden.« Ich verstand immer noch kein Wort.

Alles war nach wie vor in einen Nebel gehüllt, bis Leah eine Riechsalzampulle aus ihrer Tasche nahm, sie brach und mir vor die Nase hielt. Prompt riss ich die Augen auf.

Inzwischen standen Adams Eltern ganz in unserer Nähe mitten auf dem Flur.

»Geht es ihr gut?«, fragte seine Mutter.

»Sie dachte, er wäre gestorben und Sie wären alle hier, um Abschied zu nehmen.«

Der Mascara im Gesicht seiner Mutter war verlaufen, aber sie lächelte. »Ich bin Deanna. Sie müssen Charlotte sein.«

Kraftlos schüttelte ich ihr die Hand. »Ja.«

Sie half mir, mich aufrecht zu halten. Mit ihrem grauen Pagenkopf, dem hochgeschlossenen Pullover und dem schlichten Make-up machte sie einen recht konservativen Eindruck.

»Kommen Sie«, sagte Leah. »Gehen wir zu unserem Freund.« Sie führte mich, den Arm um meine Taille gelegt, in Adams Zimmer. Er stand in einem schwarzen Pullover, Jeans und Mütze neben dem Bett. All die Leute, die sich vor der Tür versammelt hatten, wirkten trübsinnig, als ich an ihnen vorüberging, und sie beobachteten mich gespannt. Adam wirkte auf mich, als ginge es ihm besser, also verstand ich nicht, warum die anderen so niedergeschlagen aussahen.

Adam blickte lächelnd auf. »Ich werde hier ausbrechen, und ich möchte, dass du mich begleitest. Kommst du mit, Charlotte?«

Mir blieb vor Schreck der Mund offen stehen, während ich nach Worten suchte, um all die Fragen zu stellen, die mir durch den Kopf schossen. »Aber du hast …«

»Krebs, ich weiß. Endlich hast du es begriffen.« Mit dem Daumen deutete er hinter sich auf einen Mann, der gerade seinen Infusionsschlauch an eine tragbare Vorrichtung anschloss. »Darf ich vorstellen? Dr. Freiheit. Den nehmen wir mit. Mein Dad überlässt uns seinen Fahrer und seinen Privatjet.«

»Jet?«

»Ich habe einen Plan für uns. Du hast gesagt, du wirst meinem Plan zustimmen, richtig?« Er setzte sich auf das Bett und klopfte neben sich auf die Matratze. »Komm her, ich erkläre es dir.«

»Aber die Erprobung …«

»Die wird auch später noch durchgeführt werden.«

Mit Ausnahme von Dr. Freiheit hatten alle den Raum verlassen, scharten sich auf dem Gang zusammen und unterhielten sich leise.

»Also«, sagte Adam, »ich habe mir überlegt, dass ich nicht länger hierbleiben will, darum habe ich meine Eltern und ein paar andere Leute angerufen …«

»Deine Ex-Freundin?«

»Ja, na ja, mein Dad hat sie angerufen.« Adam verdrehte die Augen.

»Ist sie die Läuferin?«

»Ja.« Überrascht sah er mich an. »Wie kommst du darauf?«

»Ich habe ein gutes Gedächtnis.«

Er pikste mir mit dem Finger in den Arm. »Angeberin. Wie auch immer, ich habe ihnen gesagt, dass ich von hier verschwinde, dass du und ich eine Reise machen werden, also sind sie hergekommen, um sich zu verabschieden.«

»Adam …«

Er legte mir einen Finger an die Lippen. »Pst, lass uns einfach mal im Hier und Jetzt bleiben; das ist alles, was wir haben. Gehst du mit?« Ehe ich antworten konnte, beugte er sich herüber und küsste mich. Was er nicht sagte, war, dass alle gekommen waren, um sich zu verabschieden, weil sie fürchteten, dass er die Reise nicht überleben würde.

Ich wich zurück und sagte: »Aber ich habe gar nichts dabei«, in der Hoffnung, ihn damit umstimmen zu können.

»Darum hat sich Chucky gekümmert. Er hat eine Tasche gepackt, während du heute früh unter der Dusche gestanden hast; er hat sogar an deinen Pass gedacht.« Ich hatte nur deshalb einen Pass, weil meine Mom mir einen besorgt hatte. Benutzt hatte ich ihn noch nie.

»Chucky hat meine Schubladen durchwühlt?« Ich stellte mir vor, wie er sich meine persönlichen Dinge ansah, Fotos machte und bei Instagram zur Schau stellte.

Adam neigte den Kopf zur Seite und zog eine Braue hoch. »Er wollte nur helfen. Sei nicht so ein Quälgeist.«

»Schön. Also, Pass? Wir verlassen das Land?«

»Ich kann dir noch keine Details verraten. Das wird eine Überraschung.«

»Wir können aber nicht lange wegbleiben. Wir müssen bald zurückkommen, damit du mit der Erprobung dieser neuen Behandlungsmethode anfangen kannst. Ich habe alles darüber gelesen. Das könnte dir das Leben retten.«

»Mach dir keine Gedanken. Wir werden einfach ein bisschen Spaß haben, bevor sie mir noch mehr Gift spritzen.« Er lächelte strahlend.

Das Krankenhaus zu verlassen wirkte so surreal auf mich. All die Leute, die auf Adams Abreise warteten, wussten, wer ich war, umarmten mich, dankten mir. Die meisten waren in Tränen aufgelöst, als ich Adam in seinem Rollstuhl zu der Limousine schob, die am Bordstein auf uns wartete.

Nebeneinander saßen wir auf der Rückbank und hielten uns an den Händen. Ich legte den Kopf an seine Schulter. Plötzlich war mir völlig egal, wohin es ging.

»Glaubst du an Gott?«, fragte ich.

»Bist du besorgt um meine Seele, Charlotte?« Seine Brust bebte vor Lachen.

Ich wollte den Moment nicht ruinieren, aber ich musste mit ihm reden, musste wissen, was in seinem Kopf vorging. »Ich schätze, ich frage mich, wie es dir geht … ob … ob du Angst hast.«

»Ich habe keine Angst.«

Mein Kopf lag immer noch an seiner Schulter, darum konnte ich seine Mimik nicht sehen, aber er hob meine Hand an seinen Mund und küsste meine Finger. »Ich sage dir, was ich denke und glaube, wenn du mir versprichst, nicht traurig zu sein. Wir müssen versuchen, uns von all dieser Trauer zu lösen. Genau darum geht es bei meinem Plan.«

»Ich weiß, ich weiß.« Ich warf einen Blick auf den Fahrer und auf Doktor Freiheit auf dem Beifahrersitz.

Adam senkte die Stimme, damit das, was er sagte, unter uns blieb. »Ich glaube, du musst deine Beziehung zu Gott mehr schützen als jede andere, Charlotte. Ob du an Gott glaubst oder nicht, ob du Gott für furchtbar hältst, für himmlisch oder für schlicht nicht existent, das ist die ehrwürdigste und intimste Beziehung in unserem Leben.«

»Was meinst du damit?«

»Ich meine die Definition Gottes. Das ist nur etwas in dir drin. Das ist es, was ich glaube.«

Ich hob den Kopf, um ihm ins Gesicht zu schauen. Er lächelte warmherzig … und zufrieden. »Also, wenn das alles vorbei ist …«

»Gehen die Lichter aus.«

Ich schüttelte den Kopf, zog ein langes Gesicht, und mir stiegen die Tränen in die Augen. »Nein«, sagte ich.

»Du hast mir versprochen, nicht traurig zu sein.« Er presste seine Lippen auf meine, und ich fühlte, wie sich unsere Tränen auf unseren Wangen mischten, während wir uns küssten und küssten.

Als wir uns dann endlich wieder voneinander lösten, sagte ich: »Siehst du, nun habe ich dich zum Weinen gebracht. Willst du denn nicht glauben, dass wir wieder zusammen sein werden … dass wir uns wiedersehen?«

»Nein, Charlotte.« Er schüttelte den Kopf, wandte sich ab und starrte zum Fenster hinaus. »Ich möchte glauben, dass du dein Leben weiterlebst. Das hier ist meins. Das ist mein Hier und Jetzt, und das nehme ich mir.«

Obwohl ich ihm versprochen hatte, nicht mehr zu weinen, konnte ich nichts dagegen tun. Ich hatte das Gefühl, Adam wurde um etwas betrogen. Ich war wütend auf Gott und wusste nicht, wie ich diese Beziehung kitten sollte, die, die ich doch am meisten schützen sollte, wie Adam gesagt hatte. Mir fiel es schwer zu verstehen, wie er sich in seinem Kopf damit hatte aussöhnen können.

»Bist du denn nicht verbittert?«

»Ich glaube nicht, dass ich genug Zeit habe, um sie mit Verbitterung zu vergeuden.«

Er hatte recht. Und das traf auf uns alle zu.

Die Fahrt endete am Getty, wo wir uns *Sternennacht* ansahen – von Munch, natürlich, nicht von van Gogh. Adam bestand darauf, auf eigenen Füßen hineinzugehen, statt sich im Rollstuhl schieben zu lassen. Nun stand er hinter mir und sagte: »Ich dachte immer, van Gogh wäre lichter, aber nun, wo du hier stehst, ist klar, dass dieses Bild viel leuchtender ist.« Er kam näher, strich mein Haar zur Seite und küsste meinen Nacken, ehe er flüsterte: »Danke dafür, übrigens.«

Ich brauchte all meine Beherrschung, um nicht erneut in Tränen auszubrechen, aber ich nahm mir fest vor, ich würde Adam helfen, dieses letzte bisschen Leben zu genießen, ohne ihn ständig daran zu erinnern, dass er krank war.

»Gern geschehen, Hübscher.« Ich drehte mich um und schlang die Arme um ihn. Wir küssten uns vor zwanzig Fremden, und es war mir völlig egal.

Nach dem Museum kutschierte uns der Fahrer zum Observatorium im Griffith Park, wo Adam sich im Gras auf ein Knie sinken ließ.

»Was tust du?«, keuchte ich.

»Charlotte Anne Martin, es gibt nicht genug Sterne am Himmel, um die Gründe aufzuwiegen, aus denen ich dich liebe. Willst du mich heiraten und zum glücklichsten Mann auf Erden machen?« Er zog einen schlichten goldenen Ring aus der Tasche.

Ich zögerte nicht, sondern hielt ihm sofort meine Hand hin. »Ja, ich will.« Das war die einfachste Entscheidung meines ganzen Lebens.

Er steckte mir den Ring an den Finger. »Gut, denn sie machen gerade den Jet meines Vaters bereit für uns, und wir müssen so schnell wie möglich zum Van Nuys Airport.« Er blickte zu

Boden und lachte über seine eigene Hilflosigkeit. »Würdest du mir jetzt bitte aufhelfen?«

Doktor Freiheit, der, wie ich herausgefunden hatte, eigentlich Mark hieß, rannte herbei, als er sah, wie ich mich bückte, um Adam auf die Beine zu stellen, aber Adam streckte die Hand aus, um ihn abzuwehren. »Lassen Sie mich erst mal meine Verlobte küssen.« Mark blieb ein paar Meter entfernt stehen und gab sich Mühe, so zu tun, als würde er etwas beäugen, dass weit von uns weg war.

Ich konnte mir kaum vorstellen, wie viel es kosten mochte, einen Onkologen dazu zu bringen, Kindermädchen für Adam zu spielen. Mark war ein junger, unbekümmerter Arzt aus Oregon. Zwar kannten wir uns nur kurze Zeit, doch das reichte mir, um zu wissen, dass er wirklich hier sein wollte, und dass er Adam gern hatte. Ich stellte mir gern vor, er würde einfach auch einen Beitrag leisten wollen. Aber natürlich war es hilfreich, dass die Taschen von Adams Vater enorm tief waren; Adam selbst hatte einen großen Teil seines Geldes gespendet, ehe er ins Krankenhaus gegangen war.

Dass all diese Leute wegen Adam zusammengekommen waren, ergab für mich schon wegen Adams Anziehungskraft Sinn, wegen seiner Lebensfreude, seiner Courage an einem Punkt, an dem er durchaus dem Tod ins Auge sehen mochte. Das war quälend traurig, aber auch bewegend und lebensbejahend für diejenigen unter uns, die das Glück hatten, ihn in dieser Zeit erlebt zu haben.

Ein Learjet seiner Familie brachte uns nach New York, wo wir in ein Verkehrsflugzeug nach Paris stiegen.

Mark achtete gewissenhaft darauf, dass Adam seine Medizin bekam, während wir unterwegs waren. Adam und ich belegten drei Sitze in der ersten Klasse, und sollte Adam sich auch nur im Mindesten unwohl fühlen, so ließ er sich davon nichts anmerken. Ich ertappte ihn dabei, wie er mir dann und wann einen verstohlenen Blick zuwarf, sah ihn aus dem Augenwinkel lächeln und musste prompt selbst lächeln.

Als die Lichter in der Kabine heruntergeregelt wurden, setzte sich Mark auf die andere Seite des Gangs, und wir kippten alle unsere Rückenlehne nach hinten und schlummerten ein wenig. Adams Hand umfasste meine während des ganzen Fluges.

Kurz vor der Landung in Paris hatte Adam einen leichten Anfall. Mark griff gelassen ein und gab ihm ein anderes Medikament, das Adam sehr wackelig machte. Trotzdem weigerte er sich, den Rollstuhl zu benutzen, den die Fluggesellschaft bereithielt, und bestand darauf, den Flugsteig auf eigenen Füßen zu bewältigen.

Adam hatte in einem noblen Fünf-Sterne-Hotel, das sogar den Eiffelturm überragte, zwei Räume nebeneinander gebucht. Nicht einmal in meinen wildesten Träumen hätte ich mir vorstellen können, Paris je so zu sehen: Ich saß auf einem Balkon und betrachtete den Eiffelturm in all seiner Pracht. Dennoch war da ein Arzt, der die Vitalfunktionen meines Verlobten kontrollierte und nicht Teil meiner ursprünglichen Fantasie gewesen war. Ich wünschte, ich könnte sagen, dies wäre die romantischste Zeit meines Lebens gewesen, aber sie war in gleichem Maße tragisch, was sich bisweilen surreal anfühlte und mir das Herz zerreißen wollte. Trotzdem gab es Momente purer Magie. Ich gestattete mir, Adam in diese Momente zu begleiten, stellte mir vor, Dr. Mark wäre gar nicht da, und Adam und ich würden Paris genau so erleben, wie ich es ihm beschrieben hatte.

Ich hatte Kalifornien bis dahin nur verlassen, um meine Tante in Flagstaff, Arizona, zu besuchen, und ich war dreimal in Las Vegas gewesen. Ich hatte nicht einmal davon zu träumen gewagt, Europa zu bereisen. Ich hatte in einer Blase gelebt, in der ich geglaubt hatte, die Leute würden übertreiben, wenn sie erzählten, wie toll die Welt doch wäre. Sie kennen doch bestimmt diese Menschen, die sich einbilden, etwas auf einem Bild zu sehen wäre genauso, wie es im wahren Leben zu sehen? Tja, das ist ein Irrtum. Denn wenn man selbst vor Ort ist, hat man nicht nur ein Bild, sondern auch die Geräusche und Gerüche von Paris, die Art, wie sich die Luft auf der Haut anfühlt, wie anders der Wein schmeckt, wenn man ihn aus einem Pariser Glas in einem Korbsessel vor einem Café an einer Kopfsteinpflasterstraße genießt. Man kann das Murmeln einer fremden Sprache, die in der Realität ihre eigene Melodie entwickelt, nicht nachbilden. Oder die Art, wie die Sonne auf- und untergeht, wie die Schatten über die Gebäude gleiten, wie Autos in der Ferne hupen. Das alles ist anders, neu und faszinierend, wenn man sich weit von daheim entfernt.

Die ersten Tage verbrachten wir damit, Paris zu erkunden, so gut wir konnten, ohne Adam zu viel abzuverlangen. Am dritten Tag wurden wir in einer kleinen Kapelle getraut. Er trug einen schwarzen Anzug. Sein Haar auf dem Kopf und im Gesicht hatte wieder zu wachsen begonnen, und ich redete mir gern ein, das wäre eine Art Beweis dafür, dass es seinem Körper besser ginge. Ich selbst trug ein schlichtes, halblanges weißes Kleid mit einem weit schwingenden Rock.

Adam und ich standen einander gegenüber, während der Geistliche auf Französisch die Trauung vollzog … *unsere* Trauung. Mir war egal, welche Sprache er sprach; wir verstanden, was er sagte. Nur eine Handvoll Leute saßen in der Kapelle, darunter natürlich Dr. Mark, der unser Trauzeuge war.

Der Geistliche zeigte auf Adam und sagte mit starkem Akzent auf Englisch: »Ihre Gelübde.«

Adam hielt meine Hand, sah mir lächelnd in die Augen und sagte: »Hättest du mir gesagt, ich könne ein anderes Leben haben, ein längeres Leben, aber nur ohne dich, hätte ich Nein gesagt. Ich hätte immer wieder dich und mein kurzes Leben gewählt.«

Prompt fing ich an zu weinen, weil selbst in unseren Gelübden eine so tiefe Resignation lag. »Aber …«

Er legte mir einen Finger an die Lippen. »Warte, Werteste, ich bin noch nicht fertig.«

Ich nickte, während mir die Tränen übers Gesicht liefen.

»Seit jener Nacht in meinem Loft bin ich jeden Abend mit dem Gedanken an dich eingeschlafen, sah dich im Geiste jeden Abend vor *Sternennacht* stehen …«

Ich unterbrach ihn, indem ich mich vorbeugte und ihn küsste – tief und leidenschaftlich. Ich legte alles, was ich hatte, in diesen Kuss, denn die Wahrheit war, dass ich seit jener Nacht in Adams Loft jeden Abend mit dem Gedanken einschlief, ich wäre mit ihm zusammen. Selbst als ich mit Seth zusammen war, als ich in Seths Armen gelegen hatte, war ich mit dem Bild von Adam und mir, küssend und händchenhaltend, genau wie in diesem Moment, eingeschlafen.

»Nein, nein«, protestierte der Priester. »Das nicht ist Zeit für Küssen.«

Adam wich zurück und lachte, während ich einfach sprachlos war.

»Ich bin total verliebt in dich, aber nicht, weil du jetzt hier bist oder weil du für mich gesorgt hast, sondern weil dein Lachen nach purer Freude klingt und weil du superschnell mit hängendem Kopf läufst und jedes Mal, wenn du aufblickst, überrascht zu sein scheinst. Als würde dich die Welt mit ihrer Schönheit in Erstaunen versetzen. Ich liebe deine Art, die Welt zu sehen, Charlotte, und darum liebe ich dich. Wenn ich mir vorgestellt habe, wie du *Sternennacht* betrachtest, war das Bild nicht nur leuchtender für mich; ich wusste, es musste auch leuchtender für dich aussehen. Du weißt gar nicht, wie wundervoll diese Eigenschaft ist. Du bist schon jetzt so ein wunderbarer und liebenswürdiger Mensch und hast doch noch all diese Hoffnung und Verheißung in deinen Augen. Und du bist sexy, du bist die begehrenswerteste Frau, die mir je begegnet ist.«

»Adam«, tadelte ich. Der Geistliche zuckte nur mit den Schultern und wandte den Blick ab. Aber ich glaube nicht, dass er sich allzu viele Sorgen über die Schicklichkeit machte.

»Charlotte, ich bin so egoistisch, dir das anzutun.« Ich schüttelte den Kopf, aber Adam fuhr fort: »Dir all das zu sagen, obwohl ich dich schon bald verlassen könnte. Bis dahin verspreche ich, der beste Ehemann zu sein, der ich nur sein kann. Bis dass der Tod uns scheidet«, sagte er mit einem schiefen Grinsen.

Ich fand das nicht lustig. »Drück dich nur nicht, Bramwell«, sagte ich mit unbewegter Miene, ergriff sein Gesicht mit beiden Händen und sah ihm tief in die warmen braunen Augen. »Bis dass der Tod uns scheidet ist ein Satz für Drückeberger. Ich verspreche, dich ewig zu lieben. Solange es Liebe auf der Welt gibt, werden wir ein Teil davon sein.« Ich meinte es so, wie ich es sagte. Ganz gleich, was geschehen würde, ich würde ihn immer lieben. Ich wusste, für andere musste es sonderbar erscheinen, dass wir uns einfach so verliebt hatten, noch dazu unter diesen schlimmen Umständen, aber Adam war nun einmal exakt der Richtige für mich.

Wir küssten einander, bis sich der Geistliche nach einigen Sekunden vernehmlich räusperte. Wir ließen ihn die Zeremonie zu Ende bringen, dann gingen Adam und ich Hand in Hand, Seite an Seite den Mittelgang hinauf, begleitet von sanfter Musik.

»Warte«, sagte Adam. Er blickte zu der kuppelförmigen Decke und dem Fenster hoch, durch das Licht auf uns fiel, und verharrte für einige Augenblicke.

»Was ist los, Adam?«, fragte ich.

»Nichts. Lass uns gehen.«

Wir gingen hinaus zu dem wartenden Taxi. Dr. Mark ließ uns allein fahren, blieb uns aber in einem anderen Taxi dicht auf den Fersen. Wir hielten einander die ganze Zeit an den Händen, sprachen aber lange nicht.

»Adam, ich habe Angst, dass du etwas wirklich Dummes tun könntest«, sagte ich schließlich, getrieben von der Furcht, diese Stille könnte bedeuten, dass er ganz allein Entscheidungen fällte.

»Was zum Beispiel? Ich werde mich nicht umbringen, falls du das denkst.«

»Das weiß ich. Ich will nicht, dass du mir irgendetwas aus deinem Besitz gibst oder versuchst, für mein Auskommen nach deinem Tod zu sorgen. Mir ist gerade klar geworden …«

»Was, dass du jetzt meine Frau bist?«

»Genau.«

»Werde ich nicht. Ich gebe dir nur meine letzte Million, damit du dich ein bisschen damit vergnügen kannst.«

»Du hast keine Million Dollar … oder etwa doch?«

»Na ja, vermutlich nicht. Ich habe schon vor langer Zeit aufgehört, darauf zu achten.«

»Was immer du hast, spende es der Krebsforschung oder so was. Du kannst mir kein Geld geben, Adam.«

»Und wie ich kann.«

»Adam, ich werde so sauer auf dich sein. Versprich mir, dass du mir keinen Penny gibst.«

Er lachte. »Okay, ich verspreche, ich werde dir keinen Penny geben.«

»Und ich will nicht mehr darüber reden. Ich will über die Erprobung reden und darüber, was wir tun werden, wenn wir wieder zurück sind, und welche Pläne wir haben.«

»Ich verspreche, wir werden darüber reden, aber nicht gerade jetzt.«

Ich schüttelte den Kopf.

»Ich verspreche es, Charlotte. Wir werden darüber reden.«

24. Zeit zu reden

Später am Abend, als wir einen Raum von Dr. Mark entfernt in unserem Hotel waren und Adams Medikamente samt und sonders auf dem Nachttisch bereitlagen, liebten wir uns gemächlich und zart. Es war weihevoll. Danach war Adam geschwächt, wirkte aber zufrieden. Irgendwann mitten in der Nacht schrak ich aus dem Schlaf, und Paranoia raste wie eine Woge durch meine Brust. Hastig drehte ich mich um und legte eine Hand auf Adams Herz, um mich zu vergewissern, dass es immer noch schlug.

»Ich bin noch nicht ganz erledigt, wenn du gestattest«, flüsterte er und lachte leise, und ich hätte am liebsten mit der Faust auf ihn eingehämmert.

»Nicht witzig. Ich glaube, wir sollten allmählich über deinen Plan reden.«

»Das haben wir bereits«, sagte er, und seine Hand glitt zwischen meine Beine.

Er berührte mich, küsste mein Schlüsselbein, brachte mich um den Verstand. »Versuch nicht, dich da rauszuwinden, Adam.«

»So gut habe ich mich schon lange nicht mehr gefühlt.«

»Ahhh.« Ich konnte nicht still bleiben. Er bewegte sich schneller, küsste mich leidenschaftlicher.

Nur die Beleuchtung des Eiffelturms durchbrach die Dunkelheit in unserem Zimmer. Das Fenster sah aus wie ein Gemälde. Alles war ruhig, nur wir nicht. Ich fühlte, ich würde jeden Moment die Kontrolle verlieren, drückte meinen Mund auf seinen, um das Stöhnen zu unterdrücken.

Er jedoch wich zurück und flüsterte: »Ich spüre, dass du kommst, Charlotte. Lass los.«

Ich ließ los. Mehrere Minuten lang drückte er mich an seine Brust. Wir hätten reden sollen, aber Adam tat alles, um mich abzulenken; er machte sogar Witze.

»Ich kann zwar kein Auto fahren, aber ich kann eine Frau in weniger als drei Minuten kommen lassen.«

Ich ging nicht darauf ein. »Wenn wir zurück sind, dann lässt du dich behandeln …«

»Ich dachte, die Geschichte besagt, wir heiraten, bekommen Kinder, gehen in Konzerte, lesen im Park, sehen unseren Kindern beim Aufwachsen zu, werden alt, sitzen in Schaukelstühlen auf der Veranda. Klingt das gut?«

»Ich meine es ernst.«

»Ich auch. Worst-Case-Szenario: Ich sterbe heute Nacht in deinen Armen, was auch nicht so übel klingt.«

Ich fing an zu weinen. »Hör bitte auf. Noch habe ich ein bisschen Hoffnung, an der ich mich festhalten kann.«

Er zog mich an sich und küsste meine Nase. »Du hängst schon so sehr an mir. Ich kann den Gedanken nicht ertragen, dass du leiden musst.«

Ich nickte an seiner Brust.

»Als du gesagt hast, du würdest mich immer lieben …«

»Habe ich es auch so gemeint«, sagte ich.

»Ich möchte hören, wie du mir sagst, es wird dir wieder gut gehen, du wirst weiterziehen, jemanden lieben und dir ein neues Leben aufbauen.«

»Das habe ich dir schon gesagt.« Meine Stimme brach.

»Dieses Mal muss ich es dir auch glauben können.«

Ich schwieg einige Augenblicke lang.

»Ich habe Angst, wenn du das kannst, gibst du auf.«

Ich wusste, dass er meine Tränen auf seiner Haut fühlen konnte.

»Ich denke nicht, dass das so funktioniert, Püppchen.«

»Du weißt, was ich meine.«

»Das ist nur für mich, Charlotte. Damit ich aufhören kann, mich schuldig zu fühlen, weil ich dir etwas gegeben habe, das ich dir möglicherweise wieder nehmen werde. Du hast aufrichtig gewirkt, als du ›Für immer‹ gesagt hast, und das hat mir ein bisschen Angst gemacht.«

Ich richtete mich auf und setzte mich rittlings auf ihn. »Ich werde dich eigenhändig umbringen, wenn du nicht aufhörst, so resigniert zu tun und dich schuldig zu fühlen. Ich bin hier, weil ich es will. Und ich habe es so gemeint, als ich gesagt habe, ich werde dich immer lieben.«

Er schüttelte den Kopf.

»Schüttel nicht nur den Kopf.«

»Sag es«, forderte er.

»Es wird mir wieder gut gehen.«

»Sag es, Charlotte.«

»Ich werde weiterziehen.«

»Das ist die einzige Möglichkeit, wie du mich wirklich immer lieben kannst; das weißt du doch, nicht wahr?«

»Ja«, flüsterte ich und weinte noch etwas mehr. Er zog mich wieder auf seine Brust herab. Augenblicke später schlief er. Ich blieb wach und fragte mich, wie in aller Welt ich dieses Versprechen halten sollte, falls es notwendig würde.

Greller Sonnenschein in meinem Gesicht weckte mich auf. Adam war bereits wach, lag auf der Seite und betrachtete mich.

Ich drehte mich zu ihm. »Wie geht es dir?«

Das einseitige Grinsen erschien wieder in seinem Gesicht. »Die häufigste Frage an einen Sterbenden.«

»Offensichtlich gut genug, um Witze zu reißen, obwohl deine Aussprache heute schlechter ist als gestern.« Er war immer schwerer zu verstehen, je weniger Gefühl er auf der linken Seite seines Gesichts hatte.

»Kannst du heute einfach nur meine Frau sein und die gesundheitliche Begutachtung Mark überlassen?«

Ich küsste ihn. »Na gut. Was sollen wir mit unserem Tag anfangen, Ehemann?«

Er warf einen Blick zur Uhr. »Wir werden reisen. In einer Stunde müssen wir fertig sein.«

Adam hatte ein Privatflugzeug gechartert, das uns an die eineinhalb Stunden entfernte Côte d'Azur brachte, auch bekannt als Französische Riviera, wo uns ein Zimmer mit einer wunderbaren Aussicht auf den herrlich blauen Hafen mit all den Segelbooten erwartete.

Während Mark hinter mir auf dem Bett Adam untersuchte, stand ich auf dem Balkon.

»Was siehst du, Charlotte?«, fragte Adam.

»Das ist faszinierend … fesselnd. Um uns herum sind Gebäude in den verschiedensten Farben, und alle haben Schindeldächer und braten in der Sonne, die sie alle mit einem unterschiedlichen Gelbton überzieht, und das Wasser ist so klar, ich kann sogar das Riff unter der Oberfläche sehen. Die Segelboote sind bunt, genauso wie die vielen Tausend winzigen Menschen auf dem schmalen Strand unter uns. Das ist pure Magie. So etwas habe ich noch nie gesehen.«

»Ich wünschte, ich könnte dich so malen«, bekundete er.

Ich drehte mich um und sah Adam in seinem Stuhl sitzen, wie er mich in meinem fließenden weißen Rock auf dem Balkon betrachtete. Mein Haar tanzte in natürlichen rotbraunen Wellen über meine Schultern. Seit wir die Staaten verlassen hatten, hatte ich kein Make-up mehr benutzt, es schien schlicht nicht mehr notwendig zu sein. Ich lächelte. »Du bist süß. Du magst Charlotte *au naturel*?«

»Ich mag Charlotte auf absolut jede Art.« Er rollte auf mich zu und blickte auf das Meer hinaus. »Du hast nicht gelogen, was?«

Ich griff nach seiner Hand. »Es ist wunderschön, Adam. Danke, dass du mich hergebracht hast.«

Er drückte meine Hand so fest, dass es schon wehtat, und als ich ihn ansah, erkannte ich die schon vertrauten Anzeichen für einen beginnenden Anfall.

»Mark!«, schrie ich. Einen Moment später war er an meiner Seite und legte Adam behutsam und sicher auf den Boden.

»Holen Sie ein Kissen«, wies Mark mich hektisch an.

Adam zuckte heftig auf dem gefliesten Boden. Das Einzige, was man für einen Menschen mit einem solchen Krampfanfall tun kann, ist zu versuchen, ihn daran zu hindern, sich selbst oder die Leute um ihn herum zu verletzen. Mark hatte bereits alle Register gezogen. Er hatte Adam mehr Medizin verabreicht, als er für verträglich gehalten hatte, trotzdem hielt Adam eisern durch. Manchmal konnte er kaum sprechen oder gehen, aber wann immer ich ihn ansah, versuchte er zu lächeln. Wir mussten heimreisen; das wusste ich.

Als der Anfall vorbei war und Adam in Marks Armen lag, blickte Mark zu mir hoch und sagte: »Er hat Schmerzen, wissen Sie?« Adam gab keinen Laut von sich. Er war noch immer weggetreten.

Ich wusste, dass er Schmerzen hatte. Immer wieder hatte ich ihn zusammenzucken sehen, aber wie oft ich ihn auch fragte, er tat es einfach ab. Er hasste die Krämpfe, so viel wusste ich. Danach tat ihm alles so weh, dass er im Schlaf stöhnte. Er nahm dreißig verschiedene Medikamente, die alle unerfreuliche Nebenwirkungen hatten. Ich glaube, das, was ihn wirklich am Leben hielt, war dieselbe Hoffnung, an die auch ich mich klammerte.

»Das weiß ich, aber was können wir tun?« Ich fing an zu weinen. »Wie können wir ihm helfen? Das kommt mir so unbarmherzig vor.«

»Gott ist nicht immer barmherzig.«

Für einen Arzt schien mir das eine merkwürdige Äußerung zu sein.

»Können wir denn gar nichts tun?«

Mark schüttelte den Kopf und blickte auf Adam hinab. »Es ist unethisch …«

»Darum bitte ich nicht, Mark! Er wird an dieser Erprobung im Cedars teilnehmen. Es gibt immer noch eine Chance. Ich möchte nur nicht, dass er solche Schmerzen hat. Wir sollten ihn in die Staaten zurückbringen.« Ich war wütend, aber die Tränen rannen mir immer noch über das Gesicht. Es tat so weh, Adam leiden zu sehen.

Während er allmählich aus der von dem Anfall ausgelösten Benommenheit zurückkehrte, sah Mark mich nachdenklich an und fragte: »Von welcher Erprobung reden Sie?«

»Hat er Ihnen nichts davon gesagt?«

»Wenn Sie meinen, was ich vermute, das Sie meinen, dann hat er sich darum beworben, wurde aber abgelehnt.«

Ich schüttelte den Kopf.

Dr. Mark ließ nicht locker. »Charlotte«, fragte er, »wissen Sie, warum wir hier sind?«

»Nein«, rief ich. Ich wollte nichts hören. Ich rannte ins Bad, sank an der Tür hinab und schluchzte hilflos.

Eine halbe Stunde später, nachdem ich mich bemüht hatte, die Beherrschung wiederzufinden, verließ ich das Badezimmer. Adam blickte mir vom Balkon aus entgegen. »Du solltest …«, stammelte er mühsam und gequält. Mir war, als würde mir das Herz aus der Brust gerissen, als ich sah, wie schwer ihm das Sprechen fiel.

»Langsam, Adam.« Ich ging näher zu ihm.

Ich sah ihm an, wie er um Worte rang. »U-um-z-ziehen«, sagte er. »W-w-wir gehen segeln.«

Ich lächelte traurig.

»F-f-freust du dich nicht, Ch-charlotte?«

»Doch, sehr.«

»I-ich mag nicht, w-wenn du traurig bist.«

»Das ist nicht leicht«, gestand ich mit einem dicken Kloß in der Kehle. »Es ist schwer mit anzusehen.«

»Ich weiß, tut mir leid.«

»Adam, wie sollen wir bei deinem Zustand segeln gehen?«

»Ich h-habe Leute engagiert, die h-helfen. Mark kann segeln. D-das war eine der V-vor…«

»Nicht, Adam. Lass uns warten, bis es dir besser geht.«

»Ich bin okay. Ich wollte sagen, … eine der V-voraussetzungen für den J-job. Außerdem ist er ein Genie.«

»So weit würde ich nicht gehen«, meldete Mark sich zu Wort. »Aber ich kann Ihnen das Segeln beibringen, Charlotte, und das ist diesem Burschen aus irgendeinem Grund sehr wichtig.«

Ich wusste, Mark hatte zu Hause eine Frau und kleine Kinder, die auf ihn warteten; ich fand das, was er tat, wirklich edel. Ich kann mir gar nicht vorstellen, wie dieses Vorstellungsgespräch abgelaufen sein musste. *Können Sie sich an der Französischen Riviera um diesen Kranken kümmern und zugleich seiner frisch angetrauten Frau das Segeln beibringen?* Das schien zu bizarr, um wahr zu sein, aber ich schätze, jeder Moment, den ich mit Adam verbracht hatte, war irgendwie zu bizarr, um wahr zu sein, schon seit unserer ersten Begegnung.

Und so zogen Adam, Mark, zwei Mann Besatzung und ich hinaus auf das wunderbar blaue Wasser der Französischen Riviera und segelten drei Tage auf einer prachtvollen Zwölf-Meter-Jacht. Ich lernte, wie man Segel setzt, die Richtung ändert, ankert, steuert und all das damit verbundene, sonderbare Kauderwelsch, während Adam mir bewundernd vom Cockpit aus zusah.

»Charlotte, lass uns dort rübersegeln und eine Weile ankern!«, rief mir Adam über den Wind hinweg zu.

Ich ging zum Steuerrad und löste Mark ab. »Klar zum Wenden!«, sagte ich, und Mark beeilte sich, Leinen zu fieren und die Winsch zu bedienen. Adam versuchte von seinem Platz aus zu helfen, so gut er konnte, aber er war in den letzten paar Tagen viel schwächer geworden. Er konnte kaum noch etwas tun. Dennoch wollte ich die Wahrheit nicht akzeptieren.

Wir steuerten eine ruhige Bucht an und gingen vor Anker. Mark sprang in das warme Wasser und schwamm um das Boot, ehe er wieder an Bord kam und Mittagessen für uns alle machte, während Adam und ich die Schönheit unserer Umgebung genossen. Später saß ich mit Adam auf Deck, und Mark hielt unten ein Nickerchen. Adam, der trotz der vierundzwanzig Grad fröstelte, hatte sich in eine Decke gewickelt, und ich hielt ihn in den Armen.

»Du bist ein echter Profi, Charlotte«, murmelte er. »Du hast wirklich schnell gelernt. Ein helles Köpfchen, genau, wie ich gesagt habe.«

»Für dich Kapitän, Freundchen.«

»Charlotte?«

»Ja, Adam?«

»Mark und meine Familie wissen es bereits. Ich möchte eingeäschert werden.«

»Und warum sagst du mir das, wenn sie das bereits wissen?«

»Hier, in Frankreich.«

»Nein.«

»Bitte, hör mir zu. Das hier ist ein schöner Ort für einen Teil meiner Asche.«

»Nein.«

Er umfasste mit zitternden Händen mein Gesicht und sagte: »Und ich möchte, dass du den Rest meiner Mutter bringst.«

»Nein.«

»Und dann ziehst du weiter, okay? Zieh einfach weiter.«

»Nein.«

Das war die einzige Gnade, die ich ihm erweisen konnte, doch ich war zu egoistisch.

»Charlotte, ich habe schlimme Schmerzen.«

Ich fing an zu schluchzen. »Okay, okay, ich tue, was immer du willst.« Endlich sagte ich ihm, was er, wie ich sehr gut wusste, hören musste.

»Ich liebe dich. Du bist die Liebe meines Lebens. Das ist mein voller Ernst. Niemand könnte das ernster meinen als ich in diesem Moment.« Er hatte solche Mühe zu sprechen.

»Pst, sag nichts.«

»Ich muss dir sagen, dass ich viel darüber nachdenke und wirklich glaube, ich werde dich wiedersehen … Ich weiß, das werde ich.«

Ich wusste nicht, ob Adam das um meinetwillen sagte oder um seinetwillen.

»Ich liebe dich auch, und wir werden zusammen sein.«

»Das werden wir«, stimmte er zu.

Ich küsste sein Gesicht, zog ihn an meinen Körper und barg ihn an meiner Brust. Er schloss die Augen ein letztes Mal, und ich spürte, wie sich sein Körper entspannte.

»Mark«, rief ich mit resignierter, niedergeschlagener Stimme. Ich hatte nichts mehr aufzubieten. Mark kam die Leiter herauf und sah, wie ich Adam hielt.

»Ich glaube … ich glaube, irgendwas stimmt nicht«, sagte ich.

Mark lichtete den Anker. Ich blieb reglos auf Deck sitzen und hielt Adam fest, während wir auf ruhiger See zurück in den Hafen segelten. Ich streichelte Adams Gesicht und fühlte, dass er immer noch atmete, aber nur schwach und flach. Als wir anlegten, wartete schon ein Krankenwagen, um Adam in ein nahes Krankenhaus zu bringen.

25. Die Saat geht auf

Adam Bramwell wachte nicht mehr auf. Er starb in dieser Nacht in einem Krankenhausbett in Frankreich in meinen Armen, und ich vergoss meine Tränen über ihm. Ich blieb bei ihm, bis man mich nicht mehr ließ, und als ich weggezerrt wurde, war mir, als wäre Adams Geist in mir, als wäre er ein Teil meiner Seele geworden. Ich war der letzte Mensch, der ihn im Leben berührt hatte. Er war bei mir, und ich war bei ihm. Das vermittelte mir ein kleines Stückchen Frieden in jenem Moment unmittelbar nach seinem Tod.

Ich musste seine Mutter anrufen. Sie konnte den Rest der Familie informieren.

»Deanna. Er ist tot«, heulte ich.

Adams Mutter wimmerte und schluchzte, ehe sie das Telefon an Adams Vater weiterreichte. »Charlotte?«

»Ja, ich bin's.« Ich kannte nicht einmal seinen Namen.

»Hat er leiden müssen?«

»Nein. Er ist friedlich im Schlaf gestorben … in meinen Armen«, würgte ich hervor.

Er atmete tief durch. »Danke«, sagte er, und dann legte er auf.

Etwas, das ich niemals vergessen werde, war, dass Adam unglaublich viel gelächelt hatte in seinen letzten Tagen auf Erden. Ich weiß nicht, ob er etwas hatte sehen können, was niemand von uns sehen konnte, oder ob er am Ende sein Schicksal akzeptiert hatte oder ob er wirklich glücklich gewesen war. Alles, was ich weiß, ist, dass er mich viel über Eigenständigkeit und Selbstwert gelehrt hatte und darüber, wie kostbar das Leben ist.

Tagelang weinte ich in dem Hotelzimmer, während ich auf Adams Asche wartete. Wenn man so tief unten ist, werden all die normalen, alltäglichen Dinge, die wir tun, um am Leben zu bleiben, nebensächlich. Ich musste mich ermahnen, Wasser zu trinken. Essen war völlig unmöglich, aber ich wusste, ich musste auf eine ausreichende Flüssigkeitszufuhr achten. Ich musste mich daran erinnern zu atmen, denn manchmal ertappte ich mich dabei, die Luft anzuhalten, um nicht zu weinen. Die minimale Aktivität, einen Atemzug zu tun, würde einen weiteren Tränenausbruch herbeiführen.

Mark reiste zurück in die Staaten, um bei seiner Familie zu sein, während ich wartete. Allein. Das war schwerer als alles, was ich je im Leben getan hatte. Alle, die mich kannten, riefen an, aber Worte halfen mir nicht. Ich lag auf dem Bett, umklammerte seine Kleidung, roch immer wieder an ihr und hoffte, ich würde den Geruch nicht aus dem Stoff herausziehen. Ich konnte nicht begreifen, wie ein Mensch in der einen Minute da und in der nächsten fort sein konnte. Ich konnte nicht glauben, dass sein Körper sich einfach in Nichts auflösen würde. Ich wollte ihn so sehr festhalten, aber jedes Mal, wenn ich an den Punkt kam, an dem ich glaubte, ich müsste endgültig zusammenbrechen, hörte ich im Geist das Versprechen, das ich Adam gegeben hatte. Hörte seine Stimme, die mich dazu aufforderte.

Am vierten Tag rappelte ich mich auf, holte seine Asche, charterte allein ein Segelboot und segelte in die Bucht, in der er und ich zum letzten Mal zusammen gewesen waren. Dort streute ich etwas von der Asche ins Wasser und sah zu, wie die sanften Wellen Adam davontrugen. »Adieu, Adam Bramwell. Ich werde nicht länger um dich weinen, weil mir das nicht guttut. Ich habe dich geliebt. Aber nun bist du nicht mehr da.« Ich wusste, dass alles, was ich sagte, eine Lüge war. Ich liebte ihn immer noch, ich würde noch weiter um ihn weinen, und er würde nie wirklich fort sein, trotzdem versuchte ich verzweifelt, mein Wort ihm gegenüber zu halten.

Ich flog direkt zurück nach Nordkalifornien, wo Adams Eltern lebten. Dort mietete ich einen Wagen, fuhr zu ihrem Haus und ging hocherhobenen Kopfes zur Tür. Ich klopfte. In der anderen Hand hielt ich eine kleine goldene Urne. Ich zitterte nicht; ich hatte keine Angst.

Adams Mutter öffnete. »Er hat mich gebeten, ihn nach Hause zu bringen«, sagte ich, ehe sie auch nur Hallo sagen konnte. Ich hielt ihr die Urne hin, und sie nahm sie. Ich sah an dem Mascara unter ihren Augen, dass sie geweint hatte.

»Ich weiß nicht, wie ich Ihnen danken soll«, sagte sie mit der Urne in der Hand.

»Sie müssen mir nicht danken.«

»Sie haben etwas getan, das ich nicht hätte tun können.«

»Sie haben recht«, entgegnete ich, »aber nicht so, wie Sie denken.« Sie fühlte sich schuldig, weil sie nicht an seinem Sterbebett gewesen war.

»Adam und ich haben geheiratet«, beeilte ich mich hinzuzufügen. »Er wollte nicht, dass irgendjemand ihm beim Sterben zusieht oder auf seinen Tod wartet. Er wusste, dass Sie ihm eine gute Mutter waren. Er war beruflich erfolgreich und hat viele Erfahrungen gesammelt – viel mehr als ich, sogar mehr als viele der älteren Leute, die ich kenne. Er hat durch seine Kunst ein Vermächtnis hinterlassen, aber ich glaube, was er wirklich vor seinem Tod erleben wollte, das war Liebe. Wir haben einander geliebt, und das hat mich verändert, und ich bin ihm und Ihnen dankbar.« Ich weinte nicht. Ich brachte jedes Wort ruhig heraus und war stolz darauf.

Adams Mutter nickte mit Tränen in den Augen. »Der Arzt hat einen Umschlag für Sie hinterlassen. Bitte, kommen Sie rein.«

Ich folgte ihr durch den Flur in die Küche, wo ein Umschlag auf dem Küchentisch lag. »Für mich? Von Dr. Mark?«

»Ich glaube, er ist von Adam«, sagte sie mit dem Rücken zu mir. »Ich weiß es nicht. Ich habe ihn nicht gelesen.« Sie reichte mir den Umschlag. »Lesen Sie ihn, wann immer Sie dazu bereit sind.« Wie ein Zombie schlurfte sie vor mir her ins Wohnzimmer und stellte die Urne neben ein Porträt eines sehr gesunden und attraktiven Adam, der gerade das College abgeschlossen hatte. Dann stand sie einfach nur da, das Gesicht dem Kaminsims zugewandt, und starrte sein Foto an.

»Ich finde allein hinaus«, sagte ich. Sie reagierte nicht, aber das machte mir nichts aus. Ich hatte tagelang um Adam getrauert und seine Asche mit mir herumgetragen. Ich wusste, ich würde noch mehr um ihn weinen, vielleicht, wenn das Bild von Adam an der Ecke, verloren und verirrt mit chinesischem Essen in der Hand, aber von einem Ohr zum anderen strahlend, in meinem Bewusstsein auftauchte. Oder vielleicht, wenn ich das Gemälde sah, das er von mir gemalt hatte. Ich wusste, es würde passieren, aber für den Moment würde ich mein Versprechen halten.

Kaum hatte ich vor meinem Wohnhaus eingeparkt, sprang ich auch schon aus dem Wagen, und mir klappte der Unterkiefer hinab. Den Blick starr auf die Wand gerichtet, sank ich auf die Knie. »Nein!«, schluchzte ich. »Nein!« Die Wölfe waren übermalt worden.

Chucky, der oben auf der Treppe gewartet hatte, rannte zu mir. »Charlotte!«, rief er, bückte sich und schlang mir die Arme um die Schultern. Ich ließ mich an seine Brust sacken.

»Ich habe versucht, es zu verhindern, habe sogar die Stadt alarmiert, aber das ist Privatbesitz, und der Eigentümer wollte es los sein. Tut mir so leid, Char.«

Apathisch erhob ich mich und ließ mich von Chucky, der mir einen Arm um die Taille gelegt hatte, in die Wohnung führen.

Benommen packte ich meine Taschen aus, duschte kurz, setzte mich aufs Bett und öffnete den Umschlag. Und dann las ich den Brief:

Charlotte, ich danke dir für alles. Du bist jetzt die (wie ich hoffe, stolze) Eigentümerin einer Zwölfeinhalb-Meter-Segeljacht von Alerion, die brav an Liegeplatz 23 im Hafen von Marina Del Rey wartet. Sorge gut für sie. Ich weiß, das wirst du tun. Ich habe auch einen Scheck hinterlegt, denn ich habe dich zu deinem eigenen Besten angelogen. Tut mir leid, aber ich will, dass du ein bisschen von dem blöden Geld ausgibst. Ich habe einen großen Batzen für wohltätige Zwecke gespendet, also bitte, erweise mir die Ehre und nutze das Geld, um dich im Leben einzurichten. Nun, ich bin jetzt tatsächlich im Himmel. Das ist unglaublich, und ich wünschte, du wärest hier, aber versuch bloß nicht, irgendwelche Schritte auszulassen, indem du dich selbst in Gefahr bringst. So funktioniert das nämlich nicht. Ich mache dir einen Vorschlag: Ich halte dir einen Platz auf dieser bombastischen Wolke frei, bis deine Zeit gekommen ist, okay? Ich liebe dich. Du warst mein Himmel auf Erden, auch wenn meine Zeit ein bisschen kurz war. Bitte halte die Versprechen, die du mir gegeben hast. Du weißt, was ich meine. Oh, und eine letzte Sache noch: Ich habe das Wandgemälde ändern lassen, das von dem geflügelten Mann. Ehrlich, Charlotte, du kannst nicht ewig in dieser jämmerlichen Wohnung bleiben. ;) In tiefer Liebe, Adam

Ich weinte und lachte zugleich, als ich den Scheck aus dem Umschlag nahm und sah, dass er auf exakt eine Million Dollar ausgestellt worden war. Seine letzte Million, an deren Existenz ich nicht einmal geglaubt hatte. Unterschrieben von Adam Bramwell, und im Verwendungszweck stand: *Es ist kein Penny.* Ich hielt für einige Augenblicke die Hand ans Herz, bis ich wieder zu Atem gekommen war. Als ich mich weit genug beruhigt hatte, um aufzustehen, steckte ich den Scheck zurück in den Umschlag und warf ihn auf meinen Schreibtisch. Dann marschierte ich wie ein Zombie aus meiner Wohnung und zu dem geflügelten

Mann. Als ich um die Ecke bog, sah ich es. Das Wandgemälde von dem geflügelten Mann war fort, und an seiner Stelle war nur noch kristallblaues Wasser und ein winziges Segelboot zu sehen. Er hatte es die ganze Zeit gewusst.

26. Akzeptanz

Ich weiß nicht, wie viele Stunden oder Tage vergingen, bis ich zu dem Haufen Leute aufblickte, der sich um mein Bett versammelt hatte. Da waren Helen und Chucky, Mom und Dad und Jack aus dem Restaurant, was ziemlich bizarr war.

Helen fand zuerst die Sprache wieder. »Hey, du.« Sie lächelte sanft.

Jemand hatte die Jalousien geöffnet, und ich blinzelte die Leute in dem hellen Lichtschein an, der den Raum flutete.

»Hi.«

Mir fiel auf, dass alle das gleiche mitfühlende Lächeln im Gesicht trugen. »Ich habe dir Cap'n Crunch besorgt«, sagte Chucky. »Willst du eine Schale?«

»Warum seid ihr alle hier?«

»Du hast zwei Tage lang geschlafen, Charlotte. Du warst nicht mal pinkeln«, informierte mich Helen.

Ich sah meine Mom an, die den Kopf zur Seite geneigt hatte.

»Jetlag«, erklärte ich.

Mein Dad beugte sich über mich und küsste mich auf die Wange. »Du brauchst eine Dusche, Kleines.«

Jack lächelte breit. »Hi, Charlotte. Das Restaurant hätte dich immer noch gern zurück, wenn du mal etwas anderes sehen musst und ein bisschen Geld verdienen willst.«

»Danke, Jack, aber ich muss nicht arbeiten, und ich glaube, ich will einen Hund«, sagte ich und rieb mir die Augen.

Die Lippen meiner Mutter öffneten sich und formten ein O.

»Einen aus dem Tierheim. Einen mittelgroßen Hund, der Wasser mag. Ich habe jetzt ein Boot. Ich glaube, ich werde mit meinem Hund auf meinem Boot leben.«

Alle im Raum wechselten panische Blicke untereinander.

Endlich ergriff meine Mutter das Wort: »Charlotte … du hast eine Menge durchgemacht …«

»Du magst keine Hunde«, erinnerte mich Chucky.

»Oh, ja, und ich bin jetzt Millionärin.« Wieder senkte sich Stille über den Raum. »Chucky, ich mag Hunde. Ich mag Hunde und Katzen, und ich will einen Hund, vielleicht so was wie einen Labrador, der mit mir segeln geht.«

»Du scheinst ein bisschen voreilig zu sein«, mahnte mein Dad.

Ich setzte mich auf und lehnte mich an das Kopfbrett. »Nein, bin ich nicht. Ich tue, was ich will. Ich habe Geld und ein Boot und ich werde tun, was ich will.« Ich zuckte mit den Schultern.

»Das ist nicht der richtige Zeitpunkt, um so eine Entscheidung zu treffen, Charlotte«, beharrte mein Vater, dessen Brauen sich in einem Ausdruck von Mitgefühl und Besorgnis sträubten.

»Wisst ihr«, sagte ich nachdrücklich, »ich habe gerade einen Monat lang zusehen dürfen, wie jemand, der wusste, dass er sterben würde, das Beste aus dem beschissenen Leben gemacht hat, das ihm das Schicksal zugestanden hat. Bevor das passiert ist, konnte ich keinen Tag allein leben. Ich hatte keine eigene Identität. Ich wusste nicht einmal, was ich mag, bis ich mir eine Geschichte darüber ausgedacht und sie Adam erzählt habe, damit er sich besser fühlt. Inzwischen ist mir klar, dass ich all das Schöne auf der Welt übersehen habe, weil ich den Kopf so tief im Arsch hatte.«

»Charlotte«, tadelte mein Vater.

»Wisst ihr, was er getan hat?«, fragte ich. »Er hat es wahr gemacht. Er hat alles, was ich mir gewünscht habe, wahr gemacht, und wenn ihr denkt, ich werde wieder diese wankelmütige, oberflächliche Person sein, die ich vorher war, dann irrt ihr. Ich verlasse die Kosmetikschule für immer. Ich war eine miese Friseurin, und du weißt das, Mom.« Sie wandte den Blick ab, was einem Eingeständnis gleichkam. »Das war nur eine weitere Sache, in der ich am Ende versagt hätte, weil ich es von Anfang an nicht wirklich gewollt habe. Ich habe immer einen Weg gefunden, um jeden Job und jede Beziehung in meinem Leben zu sabotieren. Und ich habe immer Ausflüchte gefunden, aber damit bin ich endgültig fertig.«

Ich schlüpfte in meinen Trainingsanzug und huschte durch den Raum, schnappte mir dieses und jenes, während alle mich schockiert beobachteten. Dann, im Bad, zog ich mich um, bürstete mein Haar, putzte die Zähne, ging wieder hinaus, vorbei an der schweigenden Gruppe, und holte mir einen Müsliriegel aus dem Schrank.

»Ich gehe jetzt nach meinem Boot sehen. Ich seid alle herzlich eingeladen, mich zu begleiten, aber ihr solltet besser selbst fahren, denn ich werde heute noch eine Testfahrt machen und mich vergewissern, dass es einsatzbereit ist. Falls euch der Sinn nach einem Segeltörn steht, könnt ihr gern an Bord kommen, aber der Kapitän bin ich, vergesst das nicht. Ihr werdet mich so ansprechen und all meine Befehle ausführen müssen. Segeln kann gefährlich sein, wenn man nicht weiß, was man tut.«

Meine Mutter beugte sich zu meinem Vater hinüber. »Ist sie geisteskrank?«, flüsterte sie allzu laut.

Mein Vater schüttelte den Kopf und entgegnete in normaler Lautstärke: »Nein.«

»Also, wer begleitet mich?«

Ich glaube, niemand sonst sah so perplex aus wie Helen. Meine Mutter wirkte besorgt, mein Vater hingegen schien ausnahmsweise einmal stolz auf mich zu sein. Chucky war entweder amüsiert oder verdattert – ich konnte es nicht so genau sagen.

Jack ging, und Chucky marschierte in sein Zimmer, hielt aber noch einmal inne und drehte sich um. »Also muss ich mir einen neuen Mitbewohner suchen?«, fragte er.

»Ich habe eine Million Dollar, Chucky«, sagte ich lächelnd. »Ich werde die Hälfte der Miete übernehmen, bis du ein echter Zahnarzt bist, einverstanden?«

»Danke, du komischer Vogel«, sagte er und schloss die Tür.

Damit blieben nur noch Helen, meine Mom und mein Dad, die mich alle anstarrten. »Bist du noch mit Roddy zusammen?«, fragte ich Helen.

»Jep.« Sie sah mich an, als wäre ich übergeschnappt.

»Wie geht es Seth?«

»Gut«, sagte sie. »Soll ich ihn für dich anrufen?«

»Nope.« Ich nahm einen Bissen von meinem Müsliriegel und sprach mit vollem Mund weiter: »Dein Haar sieht toll aus, Mom.« Sie hatte es in Ordnung bringen lassen.

Nun berührte sie die hüpfenden Locken auf ihrer Schulter. »Äh, danke.«

»Dad, was sagst du zu den Dodgers? Ist das zu fassen? Sie haben es wirklich geschafft.«

Er nickte drei Sekunden lang ununterbrochen.

»Tja, das ist alles real gewesen, und es war immer schön mit euch. Ich fahre jetzt zum Jachthafen. Ihr könnt mir folgen, wenn ihr wollt.«

Ich trottete die Treppe hinunter und stieg in meinen Wagen. Gleich darauf klopfte Helen an die Beifahrerscheibe. Als ich die Tür entriegelt hatte, öffnete sie sie und beugte sich zu mir herein. »Äh, das ist vielleicht komisch, aber kann ich mitfahren? Wir sind doch noch Freundinnen, oder?«

»Natürlich kannst du, und natürlich sind wir. Spring rein.« Kaum war sie eingestiegen, streckte ich die Arme aus und zog sie fest an mich. »Ich liebe dich, Helen. Du bist ein toller Mensch.«

»Ich liebe dich auch«, flüsterte sie tief bewegt.

»Also, das Meer ruft. Ab geht's.«

Auf dem Weg zum Jachthafen erzählte ich Helen von Adams letztem Monat, ohne eine einzige Träne zu vergießen. Ich erzählte ihr, wie ich segeln gelernt hatte und was er mir gegeben hatte. Sie weinte während des größten Teils meiner Geschichte.

»Du bist Witwe«, stellte sie fest.

»Bin ich.«

»Du wirkst verändert.«

Ich blickte konstant auf die Straße. »Das ist nicht irgend so eine Existenzkrise, Helen. Es ging nur darum, dass ich vorher keine Verantwortung übernommen habe. Dass ich Dinge aus den falschen Gründen getan habe und unfähig war, Entscheidungen zu treffen, keinen Antrieb hatte, um zu reisen und mir die Welt anzusehen und weiter zu lernen. Alles, was ich in der Vergangenheit getan hatte, war auf Sicherheit ausgelegt. Diese Männer, mit denen ich mich früher abgegeben habe, waren emotional abwesend, und das bedeutete Sicherheit.«

»Deine Eltern würden einwenden, dass Adam das wohl extremste Beispiel einer unerreichbaren Person sein dürfte.«

»Ich weiß, dass du das auch denkst, aber ihr irrt euch. Adam hat alles gegeben, was er hatte.«

»Weil er im Sterben lag, Charlotte.«

»Nein, weil er gelebt hat.« Für einen Moment warf ich ihr einen spitzen Blick zu, ehe ich mich wieder auf die Straße konzentrierte.

Den Rest des Weges bis zum Parkplatz des Jachthafens herrschte Stille im Wagen. »Seth war erreichbar, aber das hast du sabotiert«, bemerkte Helen dann leise.

Ich schob den Schalthebel in Parkstellung und drehte mich zu ihr um, um ihr in die Augen zu sehen. »Habe ich? Habe ich eine Beziehung mit Seth sabotiert? Hat er dir das erzählt?«

»Nicht direkt.«

»Bist du in diesem Moment egoistisch, Helen? Willst du, dass ich mit Seth zusammen bin, damit du und ich, Seth und Roddy zusammen durch die Gegend tanzen können?«

»Nein.«

»Gut, denn ich bin derzeit nicht bereit, eine Beziehung mit jemand anderem einzugehen. Wird sich das auf die Freundschaft zwischen dir und mir auswirken? Denn das sollte es nicht.«

Sie senkte den Blick und starrte ihren Schoß und ihre zappelnden Finger an.

»Was ist los, Helen?«

»Ich will jetzt wirklich nicht selbstsüchtig sein, Charlotte.« Ihre Stimme brach.

»Willst du mir etwas über Seth erzählen?«

Sie schüttelte den Kopf. »Es geht nicht um Seth.«

Sie bückte sich und hob ihre Handtasche vom Wagenboden auf, nahm eine kleine Schatulle heraus und öffnete sie. Darin lag ein Ring, den sie sich an den Finger steckte. »Er hat mich gefragt«, sagte sie und starrte zum Fenster hinaus, mied den Blickkontakt. »Ich wollte nicht, dass du ihn siehst und traurig wirst.«

Ich ergriff ihre Hand und starrte den schlichten Diamanten an. »Ich bin nicht traurig. Ich freue mich für dich. Der Ring ist wunderschön, und du wirst eine großartige Braut abgeben, Helen. Herzlichen Glückwunsch.«

Als sie mir endlich in die Augen blickte, sah ich Tränen über ihre Wangen laufen. »Würdest du meine Brautjungfer sein?«

»Natürlich. Liebend gern. Es wäre mir eine Ehre.« Ich knickte auch nicht ein, als meine Eltern in die Parklücke neben uns steuerten.

»Habt ihr euch schon ein Datum ausgesucht?«, fragte ich Helen.

»Valentinstag. Wir wollen heiraten, ehe die Vorsaison beginnt. Wir planen eine Hochzeit im Ausland, irgendwo in den Tropen, Bora Bora vielleicht.«

»Das klingt toll. Ich kann es kaum erwarten.« Und das meinte ich ernst.

Ihr Lächeln verblasste, und sie schüttelte den Kopf. »Okay,

Charlotte, ich kann diese neue Version von dir akzeptieren, aber ich glaube nicht, dass du es bei deinem Dad auch so leicht haben wirst.«

Meine Mom wartete geduldig auf dem Gehweg, aber mein Dad sah ärgerlich aus. Er hielt die Arme vor der Brust verschränkt und machte ein finsteres Gesicht.

»Dann werde ich ihn eben überzeugen müssen«, sagte ich.

An Liegeplatz 23 fand ich ein wunderschönes Segelboot mit dem passenden Namen *Heaven*, das heiter auf den Wellen schaukelte. Ein Hafenmeister, der ganz in der Nähe war, sah mich und fragte mich, ob ich Charlotte sei. Er gab mir alle notwendigen Schlüssel und informierte mich über alles, was ich über mein neues Boot wissen musste.

»Sie ist eine Schönheit«, bemerkte meine Mutter und strich mit der Hand über den Bug. Und sie hatte recht. Von den glatten Linien und dem tiefblauen und roten Lack bis zu dem handgeschliffenen Holz im Cockpit und der prachtvollen Kabine. Das Boot war viel schöner als meine Wohnung. Es war schöner als die meisten Wohnungen.

Meine Eltern und Helen setzten sich ins Cockpit, während ich mich mit den Leinen und Winschen vertraut machte. Alles funktionierte elektrisch. Natürlich hatte Adam mir nur das Beste vom Besten gekauft. Ich startete den Motor und manövrierte unter den staunenden Blicken meines Vaters aus dem Hafen hinaus. Das war der Moment, in dem es auch bei ihm endgültig Klick machte.

Ich brauchte insgesamt drei Minuten, um Hauptsegel und Vorsegel zu hissen. Alles auf Knopfdruck.

»Char, ich kann das gar nicht fassen. Du bist ja ein richtiger Profi. Wann hast du das gelernt?«, fragte mein Dad.

»Adam und Dr. Mark haben es mir beigebracht«, sagte ich lächelnd. »Ich kann es dir beibringen, Dad.«

Ich hatte meinem Dad nie besonders nahegestanden, aber in

diesem Moment beschloss ich, nie wieder eine Mauer zwischen ihm und mir aufzubauen.

Als wir aus dem Hafen in die offene See glitten, setzte ich die Segel, um gegen den Wind zu kreuzen, schaltete den Motor ab, und wuuusch! … dieses großartige Geräusch, wenn der Wind die Segel füllt, umgab uns aus allen Richtungen.

»Wow!«, rief meine Mutter, und dann, als das Boot dramatisch krängte, hielt sie sich mit panischer Miene an der Sicherheitsleine fest.

»Schon gut, Mom, das muss so sein.« Bald trieb uns der Wind in den Segeln voran, und wir sausten elegant über das Wasser. Wäre der Ozean Musik, dann wären Segelboote Ballerinas. Bis dahin war ich nie gut im Tanzen gewesen. Vielleicht wusste ich einfach nicht, wie es geht.

»Es wäre toll, wenn du mir das beibringen würdest, Char«, sagte mein Dad, der neben mir am Ruder stand.

»Mach ich«, sagte ich und meinte es vollkommen ernst.

Wir segelten ungefähr eine Stunde herum, ehe ich das Boot wieder an seinem Liegeplatz vertäute.

Als wir dann zu viert in der Nähe meines verbeulten Wagens auf dem Parkplatz standen, fragte meine Mutter: »Was hast du jetzt vor, Charlotte?«

Sie war besorgt. Für sie war das alles aus dem Nichts gekommen. »Ich habe einen Plan, Mom, das ist alles, was du wissen musst.«

Die drei ließen mich allein am Jachthafen zurück. Ich sagte Helen, sie solle Kontakt halten und mir Bescheid geben, sobald sie den Ort für die Hochzeit festgelegt hatten. Sie informierte mich, dass sie keinen Junggesellinnenabschied und keine Wedding Shower wollte; sie wollte nur, dass ich an ihrem Hochzeitstag da wäre, aber bis dahin waren es noch sieben Monate.

Zwei Wochen später stand ich vor einem Zwinger bei der Humane Society und starrte in die süßen braunen Augen einer zweijährigen gelben Labradorhündin. »Hallo, du süßes Mädchen.«

Sie wedelte mit dem Schwanz.

»Warum will denn niemand diesen Hund?«, fragte ich den Mitarbeiter der Humane Society.

»Ich weiß es nicht«, sagte er. »Wir haben hier immer ganz tolle Hunde, die niemand haben will.«

»Ich nehme sie.«

»Sie muss noch vier Tage bleiben, ehe wir sie zur Adoption freigeben können.«

Jeden Tag marschierte ich wieder hin und ging mit ihr zu der Auslauffläche, warf einen Ball für sie und kaufte ihr Leckerlis, bis ich sie endlich mitnehmen durfte. Ich nannte sie Dora. Ja, nach der Zeichentrickfigur Dora the Explorer. Ich dachte mir, wenn sie mit mir auf einem Boot reisen sollte, dann brauchte sie auch einen passenden Namen, ganz abgesehen von dem Chip und all den Impfungen.

Dora liebte das Wasser, und sie fand sich schnell auf dem Boot zurecht. Ich brachte ihr bei, nicht ohne meine Erlaubnis von Bord zu springen und schwimmen zu gehen, aber das war einfach, weil sie schlau war und Anweisungen befolgte.

Die nächsten Monate blieb ich für mich und lebte beinahe ausschließlich auf meinem Boot. Mein Vater kam an den Sonntagen vorbei, und ich erteilte ihm Segelunterricht. Den Rest des Wochenendes nutzte ich zum Üben, fuhr immer weiter und weiter hinaus, bis ich den ersten Solotrip zu der kleinen Insel Catalina wagte. Die Fahrt dauerte nur acht Stunden, aber ich fuhr zum ersten Mal so weit hinaus, dass ich das Land eine Weile nicht mehr sehen konnte. Ich war froh, Dora zu haben. Allein zu segeln gibt einem viel Zeit zum Nachdenken. Meine eigene Stimme wurde lauter in meinem Kopf. In dieser Nacht blieb ich auf Catalina, und am nächsten Tag segelte ich zurück, ohne auf Probleme zu stoßen.

Als ich zurückkam, nahmen mein Vater und Chucky mich am Hafen in Empfang. Während ich das Boot vorsichtig an seinen Liegeplatz manövrierte, rannte Chucky auf die eine Seite und mein Vater auf die andere. Ich warf ihnen die Leinen zu, sodass sie mich beidseits vertäuen konnten.

»Bin stolz auf dich, Charlotte«, rief mein Dad, während er die Leine strammzog. Allmählich ging mir auf, dass mein Vater die sechzigjährige Version von Chucky war, schlank und fit mit freundlichen Zügen.

Ich hatte gewusst, dass sie hier auf mich warten würden, aber mit dem, was nun kam, hätte ich nie gerechnet. Mein Bruder stand auf dem Steg und salutierte: »Erlaubnis, an Bord zu kommen, Kapitän?«

»Ach, halt doch die Klappe, Chuck. Komm rauf.« Ich winkte ihn an Bord.

»Wow, Fettarsch, nicht zu glauben, dass du das hingekriegt hast. Dad hat deine Route über GPS verfolgt.«

Auch mein Dad kam an Bord. Ich wusste, dass er mein Signal hatte verfolgen wollen. Zwar hatte ich unbedingt wissen wollen, ob ich es aus eigener Kraft schaffe, dennoch hatte ich vor der Abreise nach Catalina eine Menge Sicherheitsmaßnahmen ergriffen.

Mein Vater umarmte mich. »Schön, dass du wieder da bist. Wie war's?«

»So ruhig, wie es nur sein kann. Beinahe unheimlich ruhig«, sagte ich. »Nicht gerade ein ernstzunehmender Test.«

Chucky und mein Vater setzten sich einander gegenüber an den Rand des Cockpits. »Charlotte, wir haben nachgedacht …«

»Das ist lobenswert, Chuck«, kommentierte ich prompt.

»Dad und ich wollen mit dir nach Bora Bora zu Helens Hochzeit segeln.«

Ich wirbelte am Bug herum und wäre beinahe über die Sicherheitsleinen gestolpert. »Ach, wirklich? Habt ihr eine Ahnung, was das mit sich bringt? Mit Segelsetzen ist es nicht getan. Dieser Trip ist kein Freizeittörn. Da muss alles an Wind, Jahreszeit und Wetter ausgerichtet werden. Alles!«

»Liebling«, sagte mein Vater, »ich habe ein paar Nachforschungen angestellt, und ich glaube, wir drei können das schaffen. Wir nehmen den Coconut Milk Run. Wir nutzen die Nordost- und Südostpassatwinde um Hawaii. Da gibt es nur ein kleines Problem …«

»Ja?«

»Du würdest mehrere Monate in der Südsee bleiben müssen, ehe du das Boot wieder nach Nordamerika bringen kannst. Oder du lässt das Boot dort und fliegst mit uns zurück in die Staaten.«

Ich fing an zu lachen, weil … na ja, die Idee war idiotisch, aber mein Vater und Chucky blieben vollkommen ernst. »Ihr wollt mich samt meiner Jacht für ein Jahr in Bora Bora aussetzen? Und dann fliegt ihr zwei zurück?« Grinsend zeigte ich mit dem Finger auf die beiden.

»Na ja, wir hatten gehofft, du würdest mitkommen und das Boot dortlassen. Wir fliegen wieder runter, wenn das Wetter es zulässt, und segeln sie zurück, wenn du einverstanden bist. Du kannst nicht …«

»Ich lasse mein Bott nicht ein Jahr lang in Bora Bora, nur weil ihr scharf auf ein Abenteuer seid.«

»Das wäre für uns alle ein tolles Abenteuer, Char«, wandte mein Bruder ein. »Du kannst zu dieser Jahreszeit nicht wieder zurücksegeln. Und du kannst auch nicht den Rest deines Lebens mit deinem Hund auf diesem Boot bleiben.«

Allmählich kam die Wahrheit ans Licht. »Oh, dann ist das also eine Intervention? Eine Möglichkeit, mich von meinem Boot zu holen? Um was zu tun? Das, was normale Singlefrauen Ende zwanzig so machen? In Bars gehen? Einen Mann suchen?«

»Hör mit dem Unsinn auf, Charlotte!«, fauchte mein Vater. »Wir dachten nur, du würdest das gern machen. Ich gehe bald in den Ruhestand und möchte etwas Zeit mit meinen Kindern verbringen, und das ist die einzige Zeit, in der Charles keine Praxis zu führen hat. Wenn du das Boot dortlässt, was macht das schon? Kauf dir ein anderes; du bist Millionärin, weißt du noch?«

Er verlor die Geduld.

Ein paar Augenblicke zogen in Stille vorüber, ehe ich zwischen den beiden zu den Stufen ging, die nach unten in die Kabine führten. »Ich glaube nicht, dass ich damit zurechtkomme, zusammen mit euch zwei sechs Wochen lang auf dem Boot unterwegs zu sein, und ich werde dieses Boot nirgends zurücklassen. Die Antwort lautet also wahrscheinlich Nein, aber ich werde darüber nachdenken.« Inzwischen brüllte ich aus dem Küchenbereich zu den beiden hinauf.

Mein Vater lugte die Stufen hinunter und lächelte mir zu. »Das ist alles, worum wir dich bitten, dass du darüber nachdenkst. Ich würde gern Zeit mit dir verbringen, Kleines, mit euch beiden … ehe ihr eure eigenen Familien habt.« Ich wandte den Kopf ab, damit mein Dad meinen Kummer nicht sah. Ich hatte von einer Familie mit Adam geträumt.

»Was sagt Mom dazu?«, fragte ich, kehrte ihm aber immer noch den Rücken zu.

»Sie denkt, wir sollten es tun.« Natürlich. Meine Mutter war ja mit allem einverstanden.

Ich räumte weiter auf. Es fiel mir schwer, Nein zu ihm zu sagen, aber die Idee, in Bora Bora zu bleiben oder das Boot dort ein Jahr lang zurückzulassen, kam mir völlig abwegig vor, ganz zu schweigen davon, sechs Wochen lang meinen Dad und Chuck the Fuck herumzukommandieren. Aber ich schwor mir, dass ich wenigstens darüber nachdenken würde.

27. Solo

In der sanften Novemberkühle von Südkalifornien segelte ich allein nach San Diego, wo ich vorübergehend einen Liegeplatz in der Nähe des Kongresszentrums in Gehweite zu der Wohnung von Helen und Roddy mietete. Ich war eine Bootbewohnerin … offiziell. Inzwischen fing ich schon an, andere Bootbewohner zu erkennen. Ich war Teil einer Gemeinschaft, zugegeben, einer sonderbaren Gemeinschaft, bestehend aus einzelgängerischen, einigermaßen introvertierten Leuten. Aber etwas fehlte, und so ungern ich es auch zugeben mochte, ich war einsam. Ich wollte nicht glauben, dass es Adam war, denn ihn würde ich nicht zurückbekommen, aber zugleich wusste ich, dass ich nicht bereit war, mich mit anderen einzulassen.

Dora und ich trafen uns in einem kleinen Freiluft-Fischrestaurant am Harbor Drive mit Helen. Ich trug Adidas-Bootsschuhe, eine Stretchhose und einen winddichten Pulli. Sie stand am Eingang und zeigte mit dem Finger auf mich, als ich auf sie zuging. »Schau dich nur an; du siehst aus wie so ein alter Seebär mit dem Hund und allem.«

Ich lachte, zog mir das Haarband vom Kopf und schüttelte meine Locken über meine Schultern. Helen fehlte mir, ihr Humor und ihre Loyalität.

Als wir uns umarmten, bebten wir beide vor Lachen. »Wie recht du hast, liebste Freundin.«

Helen tätschelte Dora geistesabwesend den Kopf, ehe sie sagte: »Komm rein. Das hier ist der einzige Laden, den ich finden konnte, in dem Hunde erlaubt sind.«

Während unserer Unterhaltung beim Mittagessen kam es mir vor, als widerstrebe es Helen, über die Einzelheiten ihrer Hochzeit zu reden. »Hast du schon ein Kleid ausgesucht?«, fragte ich sie und steckte mir eine Fritte in den Mund.

»Ja, ein ganz einfaches. Schlicht. Roddy wollte, dass wir in Badeklamotten heiraten.«

»Er gefällt mir immer besser!«, rief ich voller Inbrunst, und Helen brach in Gelächter aus.

»Auf jeden Fall habe ich keine Brautjungfern außer dir, also kannst du tragen, was du willst. Okay, vielleicht nicht gerade dieses Windschutzzeug.« Lächelnd sah Helen Dora an. »Sie ist so lieb und brav. Willst du sie auch mitbringen?«

»Vielleicht. Sie *ist* ein guter Hund. Ich kann gar nicht fassen, dass jemand sie weggegeben hat.«

»Hey«, sagte Helen, »hast du mal daran gedacht, sie als Therapiehund anzumelden?«

»Als was?«

»Ja, Seth und Roddy machen haufenweise Wohltätigkeitsarbeit im Kinderkrankenhaus. Sie helfen aus, organisieren Veranstaltungen, und seit ich dabei bin, weiß ich auch, dass sie da Hunde haben, die besonders süß und sanftmütig sind. Sie bringen sie zu krebskranken Kindern, die wegen ihrer Behandlung lange dortbleiben müssen.«

Helen sprach so schnell, ich konnte sie kaum verstehen. Ich dachte an Adam und Krebsabteilungen und kranke Menschen und Kummer.

»Ich weiß nicht, Helen …« Ich seufzte tief und blickte in Doras Augen, die mich aufmerksam musterten.

»Die Organisation heißt Therapy Dogs International oder so. Google es doch und sieh es dir wenigstens mal an.«

»Okay, okay, ich sehe es mir an.« Ich trank einen Schluck Wasser. »Also, mein Dad und Chucky wollen auf meinem Boot zu deiner Hochzeit segeln.«

Sie nahm einen Bissen von ihrem Sandwich und wandte gedankenverloren den Blick ab. »Ja, ich weiß.«

»Wer hat es dir erzählt?«

»Dein Bruder hat mich angerufen und nach Einzelheiten zu der Insel gefragt, auf der wir sein werden, und er wollte wissen, wo ihr das Boot lassen könntet, bis ihr es in einem Jahr zurücksegeln könnt.«

»Die sind verrückt, findest du nicht? Mein Boot zurückzulassen, das ist idiotisch.«

Sie zuckte mit den Schultern. »Ich weiß nicht, irgendwie glaube ich, du solltest es tun. Um das alles mal hinter dir zu lassen.« Manchmal merkte Helen nicht, wie verräterisch sie sich äußerte.

Ich lachte. »Ihr haltet das alle nur für so was wie eine Phase?«

Sie verdrehte die Augen. »Nein, keine Phase. Ich weiß, dass Menschen sich verändern können, Charlie; das war nur ein bisschen arg drastisch. Ich will meine Freundin wiederhaben.«

»Mein Boot in Bora Bora zu lassen wird sie dir nicht zurückbringen.«

»Was dann?« Ihr traten die Tränen in die Augen.

Ich sackte auf meinem Stuhl zusammen. »Tut mir leid. Ich weiß, ich war ziemlich abwesend. Ich war dir keine gute Freundin. Für dich sollte das eigentlich eine besonders schöne Zeit sein. Pass auf, ich werde mich erkundigen, ob ich den Liegeplatz hier noch länger mieten kann. Dann können wir zusammen abhängen, und ich sehe mir dieses Therapiehundeding an. Einverstanden?«

»Einverstanden.« Sie lächelte.

Nach dem Essen verabschiedete ich mich und zog los, um mit dem Mann zu sprechen, der die Liegeplätze vermietete, ehe ich Textnachrichten an meinen Bruder und meinen Dad schickte.

Ich: Also gut, bin dabei. Wir legen
am 1. Januar in San Diego ab.

Ich wusste, so konnte ich einer längeren Diskussion vorbeugen.

Dad: Ich freue mich wahnsinnig.
Danke, Tochter.

Chucky: Ich will zweiter Kommandant sein.

Ich: Fordere dein Glück nicht heraus,
und bring auch nichts von deiner
Scheißmucke mit.

Dad: Achte auf deine Sprache, Charlotte!!

Chucky: Und wenn wir Piraten begegnen
oder eine Meuterei ausbricht? Dann
wirst du dir einen zweiten Kommandanten
wünschen.

Ich: Ok. Dad ist zweiter Kommandant.
Du bist Deckhand, bis du dich als
würdig erwiesen hast.

Chucky: Aye, aye, Kapitän Fettarsch.

Im Laufe des nächsten Monats hielt ich an meinem Plan fest. Ich bereitete das Boot vor, legte akribisch den Kurs fest, zapfte alle Informationsquellen zum Thema Segeln in San Diego an, die ich auftreiben konnte, eingeschlossen jede Person im Hafen, die bereit war, mit mir zu reden. Ich machte mehrere lange Wochenendtrips mit dem Boot, einige davon allein, andere mit Chucky und meinem Dad. Ich verbrachte mehr Zeit mit Helen, half ihr, die Einzelheiten ihrer Hochzeit zu planen, und meldete sogar Dora als Therapiehund im Kinderkrankenhaus an.

Ich mied Helen, wenn Roddy dabei war, und ich fragte nie nach Seth, und von selbst lieferte mir niemand Informationen. Allerdings begegnete ich Mitte Dezember seinem Hund. Ja, Sie haben mich richtig verstanden. Wie es scheint, ist Obi-Wan der Jedi-Ritter unter den Therapiehunden.

Es war an einem Mittwoch, zwei Wochen bevor wir ablegen sollten und eine Woche vor Weihnachten. Das Kinderhospital war bereits weihnachtlich geschmückt. Inzwischen besuchte ich die Krebsabteilung zusammen mit Dora schon seit einem Monat, seit sie ihren Test bestanden hatte und offiziell zur Therapiehündin aufgestiegen war. Sie war selbstverständlich ein Naturtalent. Alle nannten Sie Zen-Dora, weil sie so sanft mit den Kindern umging. Sie schenkte den Kindern so viel Frieden und Freude, und wie sich herausstellte, schenkte genau das auch mir Frieden und ein Gefühl der Vollständigkeit, das mir weder der Ozean noch der Anblick von Adams Wandgemälden liefern konnte. Ich war froh, dass Helen mir diesen Vorschlag unterbreitet hatte. Ich war nicht froh, Obi-Wan zu begegnen.

Ich traf ihn in Begleitung einer Person, die nicht Seth war, vor den Fahrstühlen der Parkgarage des Krankenhauses. Niemand ist imstande, einen schwarzen Labradormischling zu identifizieren, dem er nie begegnet ist, es sei denn, besagte Person hat einige Stunden damit zugebracht, ein Bild dieses Hundes, ausgestreckt auf den Bauchmuskeln eines Baseballspielers, zu betrachten. Seths Match.com-Profilfoto lieferte mir alle Hinweise, die ich zum Zweck der Hundeidentifikation brauchte. In diesem Fall war es eine sehr auffällige Besonderheit: Obi-Wan hatte einen Fleck weißen Fells in der Form eines Lichtschwerts an der Brust. In natura sah er außerdem vage phallisch aus, aber das würde ich Obi nie erzählen. Das gehört zu den Dingen, an die zu denken ich mich schon irgendwie schämte.

Seine Hundeführerin, sollte ich vielleicht noch erwähnen, war eine vollbusige blonde Granate.

Fick dich, Welt!

»Oh, hallo«, sagte ich in meinem typischen hohen Hundesprechton zu Obi-Wan. Die Fahrstuhltür öffnete sich, und wir traten alle vier in die Kabine. Dora und Obi-Wan schleckten sich gegenseitig die Gesichter ab, und ich dachte müßig darüber nach, dass das ganz so war, als würden Seth und ich uns gegenseitig die Gesichter abschlecken. Dann fingen sie an, ihre jeweiligen Hinterteile zu beschnüffeln. Ich blickte die Hundeführerin an. »Hi, ich bin Charlotte.« Ich streckte die Hand aus.

Sie wirkte zögerlich, griff aber trotz ihres unverkennbaren Unbehagens zu. »Ich bin Sara.« Sie taxierte mich; ich hatte keine Ahnung, warum.

»Und wer ist dieser Bursche?«, fragte ich, obwohl ich ziemlich sicher war, dass ich das bereits wusste.

»Das ist Obi-Wan.« Sofort schaute er sie an und wedelte mit dem Schwanz. Sie kraulte ihn hinter den Ohren und sagte mit einer Babystimme: »Bist du nicht der süßeste kleine Jedi von allen?« Wäre diese Frau sich ihrer Schönheit auch nur ansatzweise bewusst und nicht so ungeniert dämlich gewesen, ich hätte sie vom ersten Augenblick an gehasst wie die Pest, aber irgendwie konnte ich das nicht. Der Hund sah aus, als wäre er total verliebt in sie. Natürlich war er das, wer wäre das nicht?

Als wir gemeinsam zum Eingang des Krankenhauses gingen, sah ich sie an und wünschte ihr lächelnd einen schönen Tag.

»Ihnen auch«, erwiderte sie, trat ein und ging den gegenüberliegenden Gang hinunter.

Ich bleib stehen und schaute ihr nach. *Verdammte Schönheiten. Habt noch ein nettes Leben, Sara und Seth … und Obi.*

Es würde keine Trübsal geben, und ich würde auch keine Fragen stellen. Ich würde einfach weiter meinem Plan folgen.

Weihnachten kam und ging. Jedes einzelne Geschenk, das im Hause Martin den Besitzer wechselte, hatte etwas mit unserer Reise nach Bora Bora zu tun. Ich versuchte, Mom zu überreden, uns zu begleiten, aber sie schwafelte unentwegt von ihren Verpflichtungen gegenüber ihrem Rotary Club. Ältere Leute nehmen so einen Mist furchtbar ernst, allerdings war ich deswegen im Grunde recht stolz auf meine Mutter; wir zollten ihr nicht die Anerkennung, die sie verdiente. Und sollte ich ihr ähnlich sein – irgendwie ziellos –, dann war ich stolz darauf, dass ich zumindest auch ihr Herz hatte.

Wir hatten einen großen Teil unserer Teenagerzeit und unserer Zwanziger damit zugebracht, das Weltbild unserer Eltern grundsätzlich abzulehnen. Ich spreche von der Zeit zwischen fünfzehn und Ende zwanzig, wenn man die eigenen Eltern für die abgefucktesten Menschen überhaupt hält, nur weil sie nicht perfekt sind. Diese giftigen Gedanken bauten sich in uns zu einem Sturm auf. Wir hatten solche Angst, wir könnten genauso sein wie sie, dass wir ihre nicht ganz so vollkommenen Eigenschaften aufbliesen, bis sie viel schlimmer erschienen. Aber dann erreichten wir selbst ein gewisses Alter, und es machte klick, als hätte jemand einen Schalter umgelegt. Urplötzlich schienen meine Eltern doch gar nicht so übel zu sein. Meiner Erfahrung nach nennt man so etwas Akzeptanz. Wir bekommen sie nicht in die Wiege gelegt, und es dauert eine Weile, sie zu kultivieren.

Ich glaube, unsere Eltern zu akzeptieren liefert uns eine Möglichkeit, uns selbst zu akzeptieren. Sobald wir dazu imstande sind, geben wir den Kampf auf oder, so würde es Adam ausdrücken, treffen eine Wahl. Das ist der Moment, in dem wir endlich sagen: *Das ist, wer ich bin, das ist, wie ich aussehe, das ist, was ich gut kann.* Ich bin anders als meine Eltern und doch auch genau wie sie. Ich bin ein Mensch, der auf diesem einsamen Planeten herumläuft, der einen Atemzug nach dem anderen tut und versucht, zwischen Gut und Böse zu unterscheiden. Und obwohl sie mehr Lebenserfahrung haben, haben sie doch nicht die gleichen Erfahrungen.

Nach Adam war ich meinen Eltern viel näher gekommen.

Das war unbestreitbar. Endlich konnte ich sie als die Menschen akzeptieren, die sie waren.

Als ich am Tag der Abreise zum Anleger ging, fand ich meinen Vater im Bug meines Bootes vor, wo er mit einem zufriedenen Lächeln dabei war, Leinen aufzuschießen. Ich sah Chucky Vorräte schleppen, und ich beobachtete, wie Dora herauskam, um ihn zu begrüßen, und dann neben seinen Beinen herhüpfte, als er seinen Weg zum Anleger fortsetzte. Ich blieb stehen, um das alles in mich aufzunehmen. Der Himmel war klar, die Luft frisch. Es war ein neuer Tag. Ein neues Jahr.

Eine sanfte Brise streichelte meinen Hals, drängte mich beinahe, weiterzugehen, aber ich blieb, wo ich war. »Du bist hier«, sagte ich tonlos. »Ich kann dich spüren.«

Plötzlich blieb Chucky stehen, drehte sich um und sah mich am Ende des Landestegs stehen, ungefähr zwanzig Meter von ihm entfernt. Mit der Kiste auf seinen Armen konnte er nur mit dem Kopf auf das Boot deuten. »Komm schon!«, rief er.

Ich nickte und schloss die Augen. Der Wind frischte wieder auf. »Ich komme ja, ich komme«, sagte ich lächelnd und dachte an Adam, und der Geruch der See erinnerte mich daran, wie tief verbunden er und ich immer sein würden.

28. Hoffnung

Als wir zwei Wochen auf See waren, fing Chucky an, sich einzubilden, er wäre Kapitän Ahab; mein Dad starrte einfach nur auf das Meer hinaus und lächelte stundenlang ununterbrochen. Ich hätte gern gewusst, was er wohl dachte, fragte aber nie. Sein zufriedener Gesichtsausdruck erinnerte mich an Adam. Ich glaube, wenn man damit fertig ist, nach den großen Antworten zu suchen, dann kann man wieder anfangen, Ehrfurcht zu empfinden, so, als wäre alles mit einer neuen Farbschicht überzogen worden. Mir gefiel, dass diese Reise meinem Dad diese Möglichkeit eröffnete.

Was mich betrifft, ich versuchte, die Schönheit in jedem Augenblick zu sehen, aber wenn die See rau wurde, fand ich es beängstigend, dass ich die erfahrenste Person an Bord war. Doch immer dann, wenn wir wieder solch eine Situation hinter uns hatten, fühlte ich mich so gestärkt, dass auch ich etwas davon hatte.

Was noch beängstigender war, das waren die Nächte, in denen die See so ruhig war und kaum ein Lüftchen wehte, das uns vorantreiben konnte. Dann war es still und dunkel und wir trieben einfach mitten in dem endlosen Ozean. Chucky las dann auf Deck im Licht einer Taschenlampe irgendeinen zahnmedizinischen Kram, mein Dad war in der Kabine und ich am Ruder. Das Wasser reflektierte funkelnd den Mondschein, und ich kniff die Augen zusammen und versuchte, in der Ferne irgendetwas zu erkennen, doch da war nie was. So lief es ständig, in beinahe jeder ruhigen Nacht. Meilenweit vor und hinter uns gab es gar nichts, da waren nur die Sterne über uns und eine Welt voller Riesen und Geheimnisse unter uns.

Was die Vorstellungskraft uns sehen lässt, kann furchterregend sein.

Das Wetter war angenehm, wenn es auch etwas wärmer hätte sein dürfen. Chucky hätte meinen Dad eines Tages beim Kreuzen beinahe mit dem Baum umgebracht. Er hatte vergessen, sein Kommando zu rufen, obwohl ich deswegen sowieso schon eine Weile hinter ihm her war. Der Baum schwang herum, und mein Dad drehte sich gerade noch rechtzeitig herum, um sich zu ducken. Danach wurde Chucky meine Küchenschlampe. Ich konnte ihm keine navigatorischen oder operativen Aufgaben mehr anvertrauen, also brachte er seine Zeit damit zu, uns Essen zu kochen. Es war besser so.

Eines Nachts, ich lag in der zum Ersatzbett umfunktionierten Dinette, die sich so gar nicht wie ein Bett anfühlte, dachte ich an meine Eltern und an Ehe und daran, dass ich Helen an Roddy verlor und dass Adam, mein märchenhafter, sterbenskranker Mann, auch nicht mehr da war. Dora hatte sich neben mir zusammengerollt und hauchte mir ihren stinkenden Atem ins Gesicht. Was sollte ich mit meinem Leben anfangen? In Gedanken schimpfte ich mit Adam, weil er mir eine Million Dollar und ein Boot vermacht hatte. Es ist nicht leicht, sich zu motivieren, wenn man Millionär und unter dreißig ist, aber ich wusste, das Geld würde nicht ewig reichen, und, ernsthaft, welches Recht hatte ich, mich zu beklagen? Ich wusste, ich musste lediglich das Geld investieren und etwas finden, um meine Energie sinnvoll einzusetzen.

Als ich gerade dabei war, wegzudösen, kam mein Dad halb die Stufen herab und blieb dann stehen. Im Licht der Deckleuchten konnte ich nur seine Silhouette sehen, sein Gesicht aber nicht.

»Bist du noch wach, Charlotte?«

»Alles in Ordnung, Dad?«

»Ja.«

Er kam herunter, setzte sich auf den Rand des Dinette-Betts

und kehrte mir den Rücken zu. Ich wünschte, ich könnte seine Mimik sehen, aber ich erkannte auch so, dass er nach den richtigen Worten suchte, um mir etwas zu sagen, also bat ich ihn nicht, sich umdrehen.

»Ich wollte mich nur bedanken, Liebling.« Er legte mir eine Hand auf den Kopf.

»Es war deine Idee«, entgegnete ich.

»Ich meine, danke, dass du mir das Segeln beigebracht hast. Ich liebe es so sehr. Ich habe nicht geahnt, dass es mir so gefallen würde.«

»Oh.« Die Rührung drohte mir die Sprache zu verschlagen.

»Du bist richtig gut darin. Ich meine, du bist eine gute Lehrerin, Charlotte. Und Dora … dieser Hund, Mann, was für ein Juwel.« Er tätschelte Doras Kopf. Ich war nun also offiziell ein Hundemensch und ein Bootsmensch, und mein Dad war stolz auf mich. Hätten Sie mich mal ein Jahr zuvor gefragt, ob ich so etwas je für möglich hielte.

Als ich die Hand ausstreckte und meine Finger mit seinen verschränkte, fühlte ich, wie eine Träne auf meinen Arm fiel. Ich wusste nicht, was in ihm vorging, aber das war ein weiterer Beweis seiner Menschlichkeit.

»Ist alles in Ordnung, Dad?«

Sein Körper erbebte unter stummem Gelächter. »Ja. Ich bin nur wirklich glücklich und sehr stolz auf dich.«

Ich drückte seine Hand. »Danke.«

»Ich werde versuchen, deine Mom zu überreden, dass sie mich auch ein Boot kaufen lässt.«

Als ich mich aufsetzte und das Licht einschaltete, drehte er sich strahlend zu mir um, und ich sah, dass sein Gesicht immer noch feucht war. »Ihr könnt mein Collegegeld nehmen, falls sie es dir ausreden will«, sagte ich.

Nun lachte er noch mehr. »Oh, Schatz, dieses Geld ist schon lange weg.«

Jetzt musste ich auch lachen. »Schätze, ich habe mehr als die meisten in das College investiert, nur ohne ein ernsthaftes Ergebnis.«

»Zumindest warst du bereit, deine Möglichkeiten auszuloten. Und ich muss sagen, nach all dem – Ernährung, Massagetherapie, Immobilien, Kosmetikschule – ist das hier das Natürlichste, was ich dich je habe machen sehen, das wollte ich dir nur sagen.«

Ich nickte stumm, während ich seine Worte wegsteckte.

29. Trunkener Sokrates

Als wir in Honolulu, O'ahu, angelegt hatten und Chucky und ich unter Deck saubermachten, hörten wir eine Stimme vom Anleger sagen: »Na, hallo, mein hübscher Ausreißer.«

Sie gehörte meiner Mutter, die verführerisch mit meinem Dad scherzte. Chucky sah mich an und tat, als müsse er sich übergeben.

»Mom!«, rief ich unten an der Treppe und sah, wie sie anfing zu strahlen.

Mein Dad war bereits auf dem Steg und zog sie in seine Arme. Chucky und ich sprangen ebenfalls von Bord und gesellten uns zu einer großen Gruppenumarmung zu ihnen.

»Ich bekomme keine Luft«, quiekte meine Mom irgendwann. »Und ihr drei stinkt!«

»Was machst du hier, Mom?«, fragte Chucky.

»Ich habe meine Familie vermisst.« Sie sah meinen Dad an. »Mein Schatz hat mir gefehlt.« Sie legte die Hände an sein bärtiges Gesicht. »Ich mag diesen … derben Stil.« Sie zwinkerte uns zu. In diesem Moment beneidete ich Mom und Dad – vielleicht zum allerersten Mal.

Ich klopfte meinem Bruder auf den Rücken. »Also, Chucky, ich würde sagen, wir verschwinden von hier.«

Wir ließen meine Eltern allein, damit sie ein wenig unter sich sein konnten, und fuhren mit dem Taxi an die North Shore, wo wir den Tag damit fortsetzten, uns am Strand zu besaufen. Ich erzählte ihm immer wieder, er könne nach Waikiki zurückfahren, da gäbe es bestimmt eine größere Partyszene, aber er blieb bei mir.

»Mir gefällt diese Version von dir, Charlotte. Du bist viel lustiger drauf.«

Wir fuhren mit Fahrrädern am Straßenrand von Strand zu Strand. An der Pipeline saß ich im warmen Wind im Sand und sah den Surfern zu. Das Wasser war unfassbar blau und der Boden unter mir so solide, dass sich mein Körper unglaublich lebendig anfühlte, geradezu elektrisiert …

Ich kaufte zwölf billige T-Shirts, aß zwei Stücke Haupiakuchen und einen Donut mit Zuckerguss aus *Ted's Bakery* und verschlang eine Schale Shrimps von einem Imbisswagen in Kahuku, ehe wir zu unserem Hotel zurückkehrten. Als Chucky sich in der Lobby von mir verabschiedete, sagte er: »Das war ein toller Tag.«

»Ja, ich hatte eine Menge Spaß. Und war das nicht irgendwie cool, Mom und Dad so zu erleben, so verliebt?«

Er blinzelte. »Wie meinst du das? Die sind doch immer so gewesen.«

»Tja, ich schätze, du hast einfach länger bei ihnen gelebt und es vermutlich öfter erlebt.«

»Vielleicht.« Ein paar Sekunden sah er mir in die Augen – etwas, das Brüder und Schwestern normalerweise erst tun, wenn sie älter sind; solange man jung ist, ist man zu sehr damit beschäftigt, sich gegenseitig zu quälen.

»Was ist los, Chuck? Warum siehst du mich so an?«

»Du findest einen anderen, Charlotte. Was du für Adam getan hast, ist bewundernswert, aber du hast immer noch eine Menge zu geben. Gib nicht auf. Und gib dich nicht mit irgendeinem Schwachkopf zufrieden.«

»Adam hat mich verändert«, sagte ich und sah an Chucky vorbei ins Nichts.

»Ich würde sagen, das Leben hat dich verändert.«

»Okay, trunkener Sokrates«, gab ich feixend zurück.

»Eigentlich ist das auch nicht wichtig. Mom und Dad haben die Messlatte viel zu hoch gelegt. Ich schätze, darum brauchen du und ich so lange, um jemanden zu finden, an den wir uns wirklich binden wollen.«

»Wir sind noch keine dreißig, Chuck.«

»Ich weiß, aber ich komme allmählich an den … na ja, du weißt schon, den Punkt ohne Wiederkehr, an dem niemand mehr gut genug ist, weil ich mich schon so in meinem Eigensinn eingerichtet habe.«

»Tja, wenigstens ist dir das bewusst. Trotzdem, ich würde Ende zwanzig nicht als Punkt ohne Wiederkehr sehen.«

»Ich will mit jemandem jung sein. Darum funktioniert es bei Mom und Dad so gut; sie haben ein Fantasiebild von sich. So was braucht man später, wenn man älter wird.«

»Wie meinst du das?«, fragte ich.

»Frag Mom; das hat sie mal zu mir gesagt. Damals habe ich es nicht verstanden.«

Er machte Anstalten, davonzugehen. »Warte! Ich will mir noch eine Umarmung holen.«

Er blieb stehen, drehte sich um und nahm mich ohne Umschweife in die Arme, und es fühlte sich überhaupt nicht schräg an.

»Ruh dich ein bisschen aus, Fettarsch.«

Als er mich auf die Wange küsste, kicherte ich. »Du auch, Kotzbeutel.«

In dieser Nacht in der Abgeschiedenheit meines Hotelzimmers träumte ich, Adam und ich würden über eine endlos ruhige, endlos blaue See segeln. Er lag auf Deck, die Hände hinter dem Kopf gefaltet, und betrachtete mich lächelnd. »Was siehst du dir an?«, hatte ich ihn gefragt.

»Dich.«

Ich schrak hoch, als ein lautes Pochen an der Tür ertönte. Hastig warf ich mir einen Morgenmantel über und riss sie auf. Es war Mom. Sie trug eine Matrosenmütze und salutierte vor mir.

»Was ist los, verrückte Frau?«

»Kapitän«, sagte sie.

Ich winkte sie herein. »Was hat das zu bedeuten?«

Sie betrat mein Hotelzimmer und setzte sich aufs Bett. »Ich weiß nicht, was du mit Charles angestellt hast, Charlotte, aber er ist heute früh ins erste Flugzeug gestiegen. Er hat gesagt, er müsse Jenn holen, dieses Mädchen, mit dem er mal zusammen ist und mal nicht. Er trifft sich in Bora Bora mit uns.«

»Ernsthaft? So ein Drückeberger.«

»Tja, das bedeutet, dass du mich als neue Deckhand bekommst.« Könnte ich diesen Auftritt meiner Mom mit der Matrosenmütze und diesem kolossalen, unfassbar albernen Grinsen im Gesicht speichern und im Bedarfsfall erneut ablaufen lassen, könnte ich Depressiven womöglich besser helfen als die meisten Psychopharmaka.

»Das freut mich, Mom«, sagte ich lächelnd. »Ich bezweifle, dass du dich schlechter schlagen könntest als Chucky. Übrigens habe ich nichts mit ihm angestellt. Er hat gesagt, er wolle mit jemandem zusammen sein, solange er jung ist, und zwar wegen etwas, das du zu ihm gesagt hast. Ich glaube, darum ist er zurückgeflogen.«

»Oh.« Sie sah ehrlich erschrocken aus. »Ich glaube nicht, dass er mich richtig verstanden hat. Ich meine, ich habe Chucky nicht eindeutig erklärt, worum es ging.«

»Wovon sprichst du, Mom?«

Sie sah sich in meinem Zimmer um. »Willst du das Bett machen?«

»Darum kümmern sich die Zimmermädchen. Hör damit auf. Versuch nicht, das Thema zu wechseln.« Ich setzte mich auf den Schreibtischstuhl gegenüber dem Bett und wirbelte herum, um sie anzusehen. »Also?«

»Du kennst doch meine Freundin Carol?« Mom sprach über eine Highschoolfreundin, die nie geheiratet oder Kinder bekommen hatte. Sie hatte ein paar längere Beziehungen gehabt, aber keine hatte je mehr als ein paar Jahre gehalten.

»Ja, ich kenne Carol.«

»Tja, sie war einmal bei uns und hat mich gefragt, ob ich es bereut hätte, so jung geheiratet zu haben.«

»Okay, aber ich meine, einundzwanzig war damals gar nicht so jung, oder?«

»Nein, andererseits ist einundzwanzig auf jeden Fall jung.«

»Komm zum Punkt, Mom.«

»Ich habe Nein gesagt. Ich glaube, meine genauen Worte waren: Willst du mich auf den Arm nehmen? Ob ich es bedauere, Jerry geheiratet zu haben, als wir in den Zwanzigern waren, schlank und schön und dumm? Verdammt, nein.«

Ich schüttelte den Kopf. »Aber Chucky …«

»Ich habe Carol erzählt, ich hätte keinerlei Interesse an plumpem Sex mit einem Fremden und würde auch gewiss nicht in Erinnerungen an den plumpen Sex mit Fremden schwelgen, den ich vor meiner Heirat …«

»Mom!«, schrie ich.

»Hör einfach zu. Irgendwann läuft es eh immer und für alle mies. Wenigstens habe ich Erinnerungen daran, dass ich einmal jung war und jede Nacht Sex mit deinem Vater hatte.«

Ich reckte eine Hand hoch. »Hör auf, Mom, bitte.« Das war nicht das, womit ich gerechnet hatte.

»Lass den Unsinn, Charlotte, und hör mir zu. Ich habe versucht, das Chucky zu erklären, natürlich auf eine weniger anschauliche Art. Den Kern hat er offenbar verstanden, obwohl ich glaube, das hat eine Weile gedauert. Ich habe Erinnerungen, Erinnerungen, die ich mit deinem Vater teile.« Sie tippte sich mit dem Zeigefinger an die Schläfe. »Ich habe das alles hier oben, und das ist ausgesprochen hilfreich, wenn man versucht, die eigene ergraute Farblosigkeit zu ignorieren. Ich weiß, wie hart dieses Jahr gewesen ist, wegen …«

»Du kannst seinen Namen ruhig aussprechen. Adam.«

Sie kicherte. »Ich dachte an das Boot und daran, dass du Dad das Segeln beigebracht hast, und an Dora, die kleine hündische Therapeutin. Adam hat vielleicht mehr für dich getan, als …«

»Ich weiß«, fiel ich ihr prompt ins Wort. Es war nicht nötig, noch länger darüber zu sprechen. Wir verstanden einander. »Ich verstehe es, Mom. Ich verstehe, was du über Dad und die Ehe sagst.« Die weniger anschauliche Fassung hätte ich allerdings vorgezogen, aber na ja.

Während der ersten vier Tage der Weiterreise nach Bora Bora war meine Mom seekrank. Sie tat mir so leid, aber sie hielt sich tapfer, wurde seefest und schließlich sogar eine ziemlich gute Deckhand. Die Reise verlief ruhig. Das Wetter war während der ganzen drei Wochen, die wir von Hawaii aus unterwegs waren, gut.

Als wir in Bora Bora ankamen, wo Helen in drei Tagen heiraten sollte, vertäuten wir nur rasch das Boot, ehe wir zu den Überwasserbungalows gingen und eincheckten. Ich wählte einen, der so weit wie möglich von dem meiner Eltern entfernt lag – nicht, weil ich nicht in ihrer Nähe sein wollte, sondern weil ich annahm, dass sie nach der langen Zeit auf See ein bisschen Raum für sich brauchten.

Am Abend traf ich mich im Restaurant der Ferienanlage mit Helen und Roddy.

»Du siehst toll aus, ganz besonders für jemanden, der über einen Monat auf einem Boot unterwegs war«, sagte Helen, als wir zu unserem Tisch gingen. Ich trug ein fließendes weißes Sommerkleid und Sandalen. Meine Haut war von der Sonne gebräunt, mein Haar gebleicht. Auch Helen sah verändert aus. Sie schien von innen heraus zu leuchten, und Roddy grinste von einem Ohr zum anderen. Beide strahlten um die Wette.

»Tja, ihr zwei seht auch verdammt gut aus.« Wir umarmten uns und nahmen am Tisch Platz.

Nachdem wir Speisen und Getränke bestellt hatten, sagte ich:

»Ich habe ein fuchsiafarbenes Kleid für die Feier. Ich hoffe, das ist in Ordnung.« Ich warf mir eine Garnele in den Mund.

Helen sah Roddy an. »Das dürfte doch passen, oder? Was trägt Seth noch mal? Khakishorts und ein schwarzes Hemd oder so was?«

Ich hustete, und die Garnele flog quer durch den Raum. »Entschuldigt bitte, was?«

Roddy runzelte die Stirn. »Ja, Khakishorts und ein schwarzes Hemd. Ist das ein Problem?«

»Nein, alles bestens«, erwiderte ich. »Ich wusste nur nicht, dass er hier sein wird. Ich meine, ich wusste nicht, dass er zur Hochzeitsgesellschaft gehört.«

Helen hatte die Augen weit aufgerissen, aber Roddy wirkte verärgert. »Er ist mein bester Freund. Und mein Trauzeuge.«

»Das hat Helen mir nicht erzählt.«

»Du hast nicht gefragt«, konterte sie.

Ich verschränkte die Arme vor der Brust. »Ist schon in Ordnung. Das ist schließlich eure Hochzeit.«

»Na ja, ist ja nicht so, als kämet ihr nicht miteinander aus«, meinte Helen.

»Ich habe ihn nur lange nicht gesehen oder mit ihm gesprochen.«

»Tja, dann passt das doch. Ihr habt noch drei Tage bis zur Hochzeit, um das in Ordnung zu bringen. Er kommt heute an«, sagte Roddy.

»Bringt er seine Freundin auch mit?« Mein Magen sprang Salti. Mir war danach, Shrimps auf den Tisch zu kotzen.

Helen sah Roddy forschend an. »Wer ist seine Freundin?«, fragte sie.

»Er hat keine Freundin, glaube ich.«

»Tja«, schnaubte ich, »vielleicht erzählt er euch nicht alles. Ich bin irgendeiner Sara begegnet, die seinen Hund ins Krankenhaus gebracht hat.«

Roddy und Helen wechselten nur einen Blick und fingen an zu grinsen. Dann streckte Helen die Hand aus und griff nach meiner. »Charlie, Sara ist Seths Schwester. Groß, blond, Riesenmöpse?«

»Ja.«

»Ja, seine Schwester. Siehst du, es gibt noch viel über ihn zu erfahren.«

Heute bin ich bereit zuzugeben, dass sie etwas Vertrautes an sich hatte.

»Sie hat Obi-Wan zu den Kindern gebracht«, fügte Roddy hinzu.

»Oh … also hat er doch keine Freundin?«

»Nicht, dass ich wüsste«, sagte Roddy.

Ich war nicht überzeugt, aber zumindest konnte ich Sara aus der Gleichung streichen. Allerdings verstand ich nicht recht, warum mich das überhaupt interessierte. Das ging mich im Grunde nichts an. Und Seth zu begegnen würde auf jeden Fall unangenehm werden.

30. Neues Leben

Gegen zwei Uhr nachmittags war ich total abgefüllt mit tahitianischem Rum und tropischen Früchten. In meinem Bikini saß ich auf der Veranda vor meinem Bungalow und las in einer alten, zerfledderten Ausgabe von *Garp und wie er die Welt sah*, als ich etwas aus dem Augenwinkel wahrnahm. Auf der anderen Seite der Lagune stand eine weitere Reihe Bungalows, und draußen auf der Veranda war Seth und winkte mir tollpatschig mit beiden Armen zu. »Hallooooo, Nachbarin!«, schrie er.

Ich stand auf und starrte hinüber, unschlüssig, wie ich reagieren sollte. Er trug nur eine Badehose, und er war weit weg, aber ich wusste, dass er es war. Das Durcheinander brauner Haare auf seinem Kopf konnte ich gut erkennen. Sogar aus hundert Metern Entfernung konnte ich die Linien seines Sixpacks sehen. Endlich winkte ich ebenfalls. »Hallo!«

Für mich würde es allerdings eine Menge mehr erfordern als lässiges Winken quer über eine tropische Lagune, um den Gletscher zu brechen, den ich zwischen uns aufgebaut hatte.

»Ich komme zu dir«, schrie er und tauchte in die Fluten.

Oh mein Gott. Oh mein Gott! Ich blickte an mir hinab. Ich war beinahe nackt, und nun stand ich hier, zitternd, und wusste nicht, was ich tun sollte, während ich zusah, wie er mit seinem kraftvollen Körper rasch im Wasser auf mich zukam. Gerade in dem Moment, in dem er das Geländer packte und sich elegant auf die hölzerne Plattform zog, betrat ich die untere Veranda.

Ich starrte ihn an, während er vor mir aufragte und grinste wie ein Junge, der das große Los gezogen hatte. Wasser tropfte von seinem perfekten Körper, und als er sein Haar ausschüttelte, zuckte ich zusammen. »Fühlt sich großartig an. Du solltest es auch mal versuchen«, sagte er. Was ich als monumental missliche Lage einstufte, nahm er scheinbar unbeeindruckt hin.

»Äh … ich …« Diese Anspannung, oh Gott, dieses Chaos. Ich wusste weder, was ich denken sollte, noch was ich fühlte. Alles, was ich sehen konnte, war sein in der Sonne funkelnder nasser Körper.

»›Hallo Seth, wie geht es dir?‹ wäre ein guter Anfang«, sagte er feixend.

Ich blinzelte und brachte immer noch keinen Ton heraus. *Warum ist er so nett? Ich habe ihm sein verdammtes Herz gebrochen.*

»Charlotte Martin, wirst du jetzt etwas sagen? Ich habe gehört, du hast jetzt einen Hund?«

»Ja«, sagte ich, immer noch fasziniert von seinem prachtvollen Anblick. Ich hatte bequemerweise vergessen, wie sich seine Gegenwart für mich angefühlt hatte. »Dora ist bei meinen Eltern. Woher weißt du das?«

»Obi hat es mir erzählt. Er mag sie.« Er wackelte mit den Brauen. *Sara muss es ihm nach der Begegnung im Krankenhaus gesagt haben.*

»Ha!«, machte ich geistesabwesend, weil ich mich immer noch nicht von seinen blöden Muskeln losreißen konnte.

»Gut, so kommen wir offensichtlich nicht weiter.«

Er hob mich hoch wie eine Tüte Mehl und warf mich – nicht eben sanft – in die Luft. »Argh!«, brüllte ich, als ich mindestens zehn Meter weit von der Veranda aus Richtung Meer segelte, ins Wasser eintauchte und geradewegs bis zum Grund sank. Sekunden später hörte ich ein Krachen, und das Wasser um mich herum explodierte, und als sich die Luftblasen allmählich auflösten, sah ich Seth mit langen geübten Zügen auf mich zuschwimmen. Die Lagune war herrlich kühl und kristallblau. Die Sonne brannte auf sie herab, sodass wir jedes Körnchen weißen Sand unter uns sehen konnten und sogar ein paar winzige tropische Fische, die sich in der Nähe tummelten. Das Wort *Himmel* blinkte in meinem Kopf auf, als wir gemeinsam knapp unter der Oberfläche schwammen.

Einige Augenblicke später tauchten wir auf, um Luft zu holen.

»Du hast mich reingeworfen«, schimpfte ich schwer atmend.

»Deine Beobachtungsgabe ist so scharf wie eh und je, Charlotte.« Er schwamm näher heran und legte seine Hände auf meine Hüften. *Oh Gott, seine Hände sind an meinen Hüften.* Und er lächelte dieses gesunde, jungenhafte Lächeln, und ich konnte nicht anders, ich musste ebenfalls lächeln. Obwohl ich angesichts seiner Nettigkeit unter Schock stand.

Ich wand mich aus seinen Armen und tauchte unter, um davonzuschwimmen. Er packte meinen Fuß und zog mich zurück, als wäre das gar nichts. Ich hatte vergessen, wie jung und viril Seth war. Als ich wieder auftauchte, lachte ich aus vollem Halse und spuckte Wasser in alle Richtungen.

Er lachte ebenfalls. »Hast du vor, noch länger vor mir wegzulaufen? Du bist leichte Beute, weißt du das?«

»Ich laufe nicht, ich schwimme.« Ich befreite mich aus seinem Griff und schwamm, so schnell ich konnte, zum Bungalow. Als ich das Geländer der Veranda erreichte und mich aus dem Wasser zog, konnte ich ihn direkt hinter mir spüren.

»Okay«, rief er, »aber jetzt rennst du.«

Ich streckte ihm die Zunge heraus.

»Wo ist dein Boot? Vielleicht lasse ich mich von dir ein bisschen herumsegeln.«

»Ich habe dich ja nicht mal eingeladen.«

»Du bist heute ganz schön streitsüchtig.«

»Und?« Ich schnappte mir ein Handtuch und fing an, mich abzutrocknen.

»Lass uns reden, Charlie. Ich möchte wissen, wie es dir ergangen ist.« Nun hörte er sich erheblich ernsthafter an.

Ich zögerte. Da stand also dieser schöne Mann und verhielt sich, als hätte es die letzten paar Monate gar nicht gegeben. War das etwas Gutes? Wollte ich, dass er sich so verhielt? Ich hatte mich seit unserer letzten Begegnung sehr verändert; ich wusste nicht recht, ob ich dahin zurückwollte, wo wir einmal waren. Aber Adams Worte und mein Gespräch mit Chucky auf O'ahu trieben unentwegt durch den Äther meines Geistes. Wenn Seth reden wollte, schön – reden konnten wir.

»Wir treffen uns um fünf in der Bar«, sagte ich, als ich die Stufen zur oberen Veranda hinaufstieg. Dann blickte ich auf und sah meine Eltern dort stehen und uns mit großen Augen anstarren. Verdammte *Scheiße.*

»Charlotte«, sagte meine Mutter.

»Die Show ist vorbei«, erwiderte ich und ging an ihr vorbei in meinen Bungalow.

Mein Dad räusperte sich. »Ich gehe zurück in unseren Bungalow«, verkündete er und huschte davon. Aber meine Mutter stand in meiner offenen Tür, während ich mich weiter abtrocknete.

»Das war Seth«, informierte ich sie.

»Ich weiß. Dein Dad und ich haben uns einige seiner Spiele angesehen.«

»Wir haben nichts gemacht, Mom.«

»Ich habe nicht gesagt, ihr hättet.«

»Und selbst wenn, sehe ich aus, als würde mich das kümmern?«

Sie fing an zu lachen, und ihr Lachen steigerte sich zu purer Hysterie.

»Was stimmt nicht mit dir?«, grollte ich.

»Chucky hatte recht«, keuchte sie um Atem ringend. »Du hast dich verändert.« Sie machte kehrt, um davonzuspazieren. »Ich glaube, ich mag diese neue Charlotte«, sagte sie, als sie meinen Bungalow verließ.

»Dann hör auf, an mir rumzukritteln!«, rief ich ihr nach, als sie die Veranda hinunterging.

Sie drehte sich um und tat, als würde sie ihre Lippen versiegeln und den Schlüssel wegwerfen, ehe sie mir eine Kusshand zuwarf.

Ich konnte mir ein Schmunzeln nicht verkneifen.

Es wurde fünf, und ich saß in einem geblümten Kleid an der Bar in der Lobby des Resorts. Das Haar fiel mir in sanften Wellen offen über die Schultern, und ich trank irgendein Machwerk mit einheimischem Alk, tropischem Fruchtsaft und einem kleinen Papierschirmchen.

»Ist der Platz besetzt?«, ertönte eine Stimme hinter mir.

Ich sah mich nicht um. »Setz dich. Wir haben viel zu bereden.«

Er nahm Platz und rief den Barkeeper herüber. »Entschuldigung, können wir ein paar Schnäpse bekommen?«

»Ich will keinen Schnaps!«, sagte ich.

»Du solltest einen nehmen, Charlotte.«

»Ich trinke schon seit zwei.« Ich lallte nicht, schielte jedoch – verräterisch. Aber diese potentiell nervenaufreibende Unterhaltung würde ich nüchtern sowieso nicht überstehen.

»Okay, überspringen wir die Schnäpse. Lass uns reden«, sagte er.

Wir drehten unsere Hocker so, dass wir einander ansehen konnten. Seine Hand lag auf meinem nackten Knie. Ich musterte seine muskulösen Unterarme und spürte, wie mir der Unterkiefer absackte.

»Du wolltest etwas sagen, Charlotte?«

»Wenn ich jetzt einen Schnaps trinke, bin ich in gar nichts mehr gut … Selbstkontrolle eingeschlossen.«

»Soll mir recht sein«, entgegnete er grinsend.

»Grins nicht so. Wir sollten reden. Hör auf, dauernd zu versuchen, mich mit deinem Baseballbody und deiner Hand auf meinem Knie abzulenken«, schimpfte ich und schlug die Hand weg.

Er lachte. »Ich sehe das so: Ich sitze einfach hier und warte darauf, dass du redest. Du schuldest mir eine Erklärung, nicht umgekehrt.«

»Eigentlich schulde ich dir oder sonst wem gar nichts. Ich glaube, ich habe meine Absichten bei unserem letzten Gespräch ziemlich gut deutlich gemacht, und ich habe dich nie gebeten, auf mich zu warten. Aber schön. Ich werde dir erzählen, was passiert ist.« Ich war trunken vor Wagemut. Von den Cocktails ganz zu schweigen. »Ich habe Adam geheiratet, er starb an der Französischen Riviera in meinen Armen, und jetzt bin ich Witwe.«

Seine Miene änderte sich, aber er wirkte nicht schockiert; tatsächlich erkannte ich nur Mitgefühl in seinen Augen. »Ich weiß. Helen hat es mir erzählt, und es tut mir leid. Und du hast recht, du schuldest mir nichts. Ich wollte nur, dass du weißt, ich bin für dich da.«

Ich wedelte mit der Hand in der Luft. »Vielleicht verstehst du das nicht. Ich habe *geheiratet* und all das«, sagte ich und zog die Brauen hoch. »Ich. Bin. Witwe.«

»Ich weiß. Wie gesagt, Helen hat mich auf dem Laufenden gehalten.« In diesem Moment brachte uns der Barkeeper unsere Schnäpse. Seth schob einen zu mir hinüber und hob seinen eigenen. »Stoßen wir an.«

»Worauf?«

»Witwen und Junggesellen?«, schlug er grinsend vor, wurde aber gleich wieder ernst. »Tut mir leid. Zu früh?«

»Nein, alles in Ordnung. Es ist nur … warum habe ich das Gefühl, alle um mich herum sind total übergeschnappt? Liegt das an diesem Ort?«

»Du willst nicht mit mir anstoßen, schön. Dann lass uns ein Spiel spielen.« Er rief die Barfrau herbei und bat sie, eine Flasche Tequila zu bringen.

»Was für ein Spiel, Nummer zwölf?«

»Du erinnerst dich an meine Nummer?«

»Äh, ja? Wir hatten mal was miteinander, du Idiot.« Das machte ihn offensichtlich glücklich. »Wie war übrigens der Rest deiner Saison?«

»Ich habe einen Vertrag bekommen. Ich werde in der nächsten Saison in San Diego bleiben. Meine durchschnittliche Erfolgsquote war stabil, auch wenn ich im Moment einen kleinen Hänger habe.«

»Aber die Saison ist vor… oh, ha, ha, ha, jetzt kapier ich es auch.«

»Wir werden doch kein ernstes Gespräch führen, oder?«

Ich grinste wie eine Irre.

»Okay, weißt du was? Wir spielen Wahrheit oder Pflicht. Wenn du keine Pflicht übernehmen oder eine Wahrheit verweigern willst, ist das in Ordnung, aber dann musst du zum Ausgleich einen Schnaps trinken. Alles klar?«

Ich war erleichtert. Ich konnte einfach nicht mehr über Adam reden, und ich wollte ganz bestimmt nicht näher auf den verwirrenden Morast meiner Gefühle eingehen. Und der Umstand, dass Seth mindestens noch ein weiteres Jahr in Südkalifornien sein würde, machte es sogar noch komplizierter. »Klar«, sagte ich.

»Ich fange an. Ich nehme Pflicht.«

»Mach einen Striptease auf dieser Theke«, sagte ich und wackelte mit den Brauen. Er griff nach der Tequilaflasche, schenkte ein und kippte den Schnaps mit einem Schluck hinunter.

»Du bist dran.« Er lächelte selbstzufrieden.

»Du bist langweilig. Wahrheit.«

»Willst du mich küssen?«, fragte er und starrte meine Lippen an.

»Ja«, sagte ich.

Da beugte er sich vor, und plötzlich küssten wir uns. Ich brach den Kuss zuerst.

»Okay, jetzt ich. Wahrheit. Schieß los.«

»Warum magst du mich immer noch?«

»Das ist einfach, Char. Weil du mitfühlend, intelligent und lustig bist, einen wahnsinnigen Sexappeal hast und wunderschön bist. Du bist dran.«

»Wahrheit«, lallte ich.

»Willst du, dass ich dich küsse?«

»Ja«, flüsterte ich, dank des Alkohols frecher denn je. Und dann küssten wir uns wieder.

Ich wich zurück und legte ihm die Finger an die Lippen. »Du bist dran.«

»Pflicht.« Er zwinkerte mir zu.

»Küss mich«, sagte ich.

Er trank einen Tequila. Ich keuchte auf. Er war so ein Plagegeist. »Du bist dran«, sagte er.

»Pflicht.«

»Trink einen Schnaps«, forderte er.

Ich verdrehte die Augen. »Schön.« Ich trank einen Tequila. »Weiter.«

»Wahrheit.«

»Hast du in den Monaten, seit ich dich das letzte Mal gesehen habe, wen getroffen?«

Seine Augen wurden dunkler. »Ich habe einen Haufen Mädchen getroffen. Und wenn ich sage, einen Haufen, dann meine ich, einen Riesenhaufen.« Ich versuchte, ihm meine Hand zu entziehen, aber er ließ nicht los. »Aber ich mochte keine von ihnen, und da habe ich es allmählich begriffen. Das, was du mit Adam hattest.«

Ich musterte ihn durchdringend. »Ich habe mich in Adam verliebt, Seth. Ich habe ihn schon geliebt, bevor ich dich kennengelernt habe. Ich weiß, das war nicht fair, und ich wollte dich nie verletzen, aber so war es. Ich habe mich in ihn verliebt, und ich habe ihn geheiratet, weil ich seine Frau sein wollte. Und dann …

na ja … er ist gestorben. Und ich bereue keine Minute der Zeit, die wir zusammen hatten.«

Er schluckte. »Es tut mir wirklich leid, dass du da durch musstest.«

»Es war meine Entscheidung.«

»Glaubst du an Seelenverwandtschaft, Charlotte?«

»Ich denke schon«, sagte ich.

»Möchtest du wissen, was ich denke?«

»Was?«

»Ich denke, wir haben Seelenverwandte, aber ich glaube auch, wir können mehr als nur einen haben, so wie wir mehr als nur einen Beruf haben können oder mehr als nur ein Hobby oder mehr als nur ein Lieblingsessen. Verschiedene Leute gehen eine Verbindung mit verschiedenen Teilen unserer Seele ein. Ich mag dich, Charlotte, ich glaube, das weißt du. Und ich wünsche mir für dich die Hoffnung, dass du dich noch einmal verlieben kannst.«

Ich war sprachlos, also tat ich das Einzige, was ich in diesem Moment zustande brachte: Ich trank noch einen Schnaps. »Du bist dran.«

»Pflicht«, sagte er.

»Komm mit mir in meinen Bungalow.« Und während ich das sagte, beugte ich mich immer näher an ihn heran.

Er nahm einen Schnaps und lächelte. Ich riss die Augen weiter auf, als anatomisch machbar sein sollte. »Du Arsch. Pflicht«, sagte ich mit beleidigter Miene.

»Tanz ganz allein auf der Tanzfläche.«

»Ich trinke nicht noch einen Schnaps.« Inzwischen lallte ich deutlich.

»Dann geh da raus und schwing die Hufe, Madame.«

Ich stolperte zur Tanzfläche. Aus den Lautsprechern hallte irgendeine polynesische Folklore. Ich versuchte, mich an den Tanz zu erinnern, den die Schwester in *Dirty Dancing* gebracht hat, und massakrierte ihn erfolgreich, während Seth grinsend am Tresen saß.

»Charlotte?« Mom und Dad tauchten plötzlich auf, scheinbar aus dem Nichts, obwohl ich zugeben muss, dass ich zu diesem Zeitpunkt komplett besoffen war. Sie saßen an einem Tisch nahe der Tanzfläche. Ich hörte auf zu tanzen, und da sah ich, dass Helen, Roddy, ihre Eltern und noch andere Freunde mich beobachteten und sich prächtig amüsierten.

Ich warf die Arme in die Luft. »Was? Das war Pflicht!«

Plötzlich war Seth hinter mir und hielt mich aufrecht. »Alles in Ordnung, Leute. Ich bringe sie zurück in ihr Zimmer.«

Mein Vater stiefelte herbei und räusperte sich. »Oh, hallo, Mr Martin«, sagte Seth.

»Hallo«, antwortete mein Vater, und sie schüttelten einander die Hände.

»Charlotte, deine Mutter und ich wollen etwas mit dir besprechen, aber das scheint gerade kein guter Zeitpunkt zu sein. Ich glaube, du solltest dich ein bisschen ausruhen.«

»Oh Gott, was denn jetzt?«, murmelte ich.

»Charlotte!«, schimpfte meine Mutter.

»Ich bin betrunken, Leute, 's ist keine große Sache.« Seth verankerte mich sicher an seiner Seite, indem er den Arm um meine Taille legte.

Meine Mutter reichte Seth die Hand. »Hallo, Seth. Ich bin Charlottes Mom, Laura«, sagte sie und lief rot an.

»Oooh, Mudder, wirs du rot? Er isnurn professonaler Baseballschbieler mit nem Zwölfbackbauch un perfektm Haar. Komm drüber weg!«

»Gehen wir, Suffziege.« Seth schleifte mich mit.

»Hey, Taylor!«, rief mein Vater Seth beim Nachnamen. Als wir uns umdrehten, zeigte mein Dad erst auf seine und dann auf Seths Augen. *Ich hab dich im Blick*, formten seine Lippen. Gleich darauf klappte er vor Lachen beinahe zusammen.

»Deine Familie ist total schräg«, flüsterte mir Seth ins Ohr. »Allmählich verstehe ich, woher du deinen Sinn für Humor hast.«

»Jep, die sind in Ordnung. Und außerdem ist es deine Schuld, dass ich so betrunken bin.«

Ich fing mir einen Blick von Helen ein, als wir die Bar verließen. Seth winkte, sie lächelte, und Roddy lachte.

»Ich glaube, du hattest schon ein bisschen intus, ehe ich ins Spiel gekommen bin.«

»Das habe ich dir doch gesagt. Hey, hast du Lust auf Nacktbaden?«

»Ich besorge dir ein Sandwich, und dann stecke ich dich ins Bett«, sagte er.

»Spielverderber!«

31. Abenteuer

Seth tat exakt das, was er angekündigt hatte. Er bestellte zwei Sandwiches, Pommes frites und eine Gallone Wasser und brachte mich zurück in mein Zimmer, wo ich anfing, mir gierig das Essen in den Mund zu stopfen.

Ich hielt ein Kartoffelstäbchen hoch. »Weißt du, wie lange es her ist, seit ich zum letzten Mal etwas Frittiertes gegessen habe? Ich will es überhaupt nicht essen, weil ich es so liebe.«

»Iss!«, befahl Seth.

Als wir aufgegessen hatten, putzte ich mir die Zähne, riss mir mein Kleid vom Leib und schleuderte es in eine Ecke. Dann stand ich mit nichts als BH und Slip vor Seth, und er grinste mich an.

»Willst du mit mir schlafen, Nummer zwölf?«

»Kenne ich schon«, sagte er, worauf ich ihm auf den Arm schlug. »Geh ins Bett, Suffkopf, dann wickle ich dich in die Decke.«

Der Rest der Nacht war vernebelt, aber ich weiß genau, dass Seth weiter nichts tat, als mich in den Armen zu halten. Am Morgen war er fort und ich verkatert. Auf meinem Nachttisch fand ich einen Zettel, ein Glas Orangensaft und Eiswasser.

Du hast so süß ausgesehen, als du ins Kissen gesabbert hast. Ich habe ein Foto gemacht, das ich ewig wertschätzen werde. Roddy wollte, dass ich ihm heute das Surfen beibringe, darum musste ich schon früh mit ihm raus. Schließlich bin ich sein Trauzeuge. Außerdem glaube ich, dass Helen sowieso schon etwas für euch geplant hat. Ich möchte dich später treffen. Versuch gar nicht erst, Widerworte zu erheben oder mit mir zu verhandeln, damit du nicht mit mir abhängen musst. Ich verhandle nicht mit Terroristen. Kuss, Seth

In meinem Kopf pochte es. Ich griff nach den Ibus in meiner Handtasche und würgte sie mit ein paar Schlucken Orangensaft hinunter. Dabei konnte ich Stimmen vor meinem Bungalow hören. Als ich durch den Vorhang lugte, sah ich Mom und Dad auf Stühlen auf meiner Veranda sitzen.

Immer noch in BH und Slip öffnete ich energisch die Schiebetür. »Ihr seid wirklich immer da. Habe ich denn gar keine Privatsphäre mehr? Ich habe doch gerade erst drei Wochen mit euch auf einem Boot zugebracht, um Himmels willen!«

»Jetzt weißt du, wie es ist, Kinder zu haben. Zieh dir was an, Brummbär, und komm raus«, sagte meine Mutter.

Als ich dann wirklich hinausging, begrüßte mich mein Dad mit den Worten: »Willkommen in der Welt der Lebenden, Charlotte. Es ist nach Mittag.«

»Ich habe gestern eine Menge getrunken.«

»Wissen wir«, antworteten beide im Chor.

»Seth hat uns gebeten, nach dir zu sehen. Er schien sich Sorgen zu machen. Müssen wir uns Sorgen machen?«, fragte mein Dad.

»Leute, ich war betrunken. Und das war nicht das erste Mal.«

»Tja, du hast jedenfalls so ausgesehen, als würdest du dich prächtig amüsieren, Liebes«, bemerkte meine Mom mit hochgezogener Braue.

»Wollt ihr etwas Bestimmtes von mir?« Doras Kopf lag auf dem Knie meiner Mom. »Dir scheint es ja gut zu gehen«, sagte ich zu Dora. Ihre Ohren richteten sich auf, aber der Rest des Hundes rührte sich nicht.

»Also gut, ich werde nicht um den heißen Brei herumreden«, fing mein Dad an. »Solltest du vorhaben, dein Boot hier unten zu lassen, dann werden deine Mom und ich bleiben und es zurücksegeln, sobald das Wetter es zulässt.«

Mir klappte der Mund auf. Sowohl meine Mom als auch mein Dad starrten mich aus großen Augen an. »Das dauert Monate. Was ist mit dem Rotary Club, Mom? Und was ist mit deiner Praxis, Dad?«

»Scheiß auf den Rotary Club, der ist todlangweilig, und die Praxis deines Dads wird schon überleben, bis Chucky sie übernehmen kann. Die läuft mehr oder weniger von selbst.«

»Von jetzt an ist es euch beiden offiziell untersagt, mich je wieder für meinen Sprachgebrauch zu tadeln. Ich bin gerade ein bisschen schockiert.« In dem Moment sah ich Seth den Weg zu seinem Bungalow hinuntergehen. Während ich ihn anstarrte, sagte ich: »Aber Dora bekommt ihr nicht, also denkt nicht mal daran, danach zu fragen.«

»Wir wollen ein Abenteuer, Charlotte«, erklärte meine Mutter und folgte meinem Blick zu Seth, der ein Handtuch über das Geländer seiner Veranda hängte. Er winkte, und wir winkten alle zurück. Dann erhob sich meine Mutter und baute sich Nase an Nase vor mir auf, aber sie lächelte. »Ich habe das Gefühl, du willst in den nächsten fünf Monaten sowieso nicht hier unten auf einem Boot herumhängen.«

»Du bist so einfühlsam, Mutter.« Ich küsste sie auf die Wange. »Schön, einverstanden. Wir sehen uns heute Abend bei der Probe. Komm, Dora«, sagte ich und ging wieder hinein.

Dora zögerte.

»Komm, Dora!«

Endlich folgte sie mir in den Bungalow. Als ich durch die Schiebetür zurückblickte, lagen Mom und Dad sich in den Armen.

Ich wartete, bis sie wieder auf dem Weg zu ihrem Zimmer waren, ehe ich mein Badezeug anzog und ins Wasser sprang. Zusammen mit Dora schwamm ich zu Helens Bungalow. Niemand schien in der Nähe zu sein, also fing ich an zu schnalzen und zu fiepen wie ein Delphin, während Dora neben mir paddelte.

Als Helen herauskam, krümmte sie sich vor Lachen. »Oh, Flipper, du hast es immer noch total drauf.«

»Komm schwimmen!«

Roddy kam heraus und stellte sich hinter sie. »Hey, Charlotte.«

»Hey, Roddy. Wie war das Surfen?«

»Ich bin furchtbar schlecht darin, aber ich glaube, Seth hatte seinen Spaß. Allerdings war er ziemlich fertig. Hast du ihn letzte Nacht lange wach gehalten?«

»Wer, ich?«, fragte ich.

Ich half Dora auf die Veranda und kletterte dann selbst hinauf.

»Heute Morgen habe ich Chucky und irgendein Mädchen gesehen«, berichtete Helen.

»Wirklich? Ich habe sie noch nicht gesehen. Er muss wohl gerade erst angekommen sein«, mutmaßte ich.

»Sie sahen total verliebt aus«, fügte Helen hinzu.

»Tatsächlich? Wie schön für ihn. Himmel, Helen, hier liegt überall Liebe in der Luft, was?« Ich dachte, ich würde nur einen Witz reißen, aber kaum hatten die Worte meinen Mund verlassen, dachte ich an Adam. Und als würde eine riesige Woge über mir brechen, blieb mir abrupt die Luft weg.

»Was ist los, Charlotte?«, fragte Helen und musterte mich forschend.

»Nichts. Ich wünschte nur … Ich wünschte, er wäre hier.«

Helen schenkte mir ein zutiefst mitfühlendes Lächeln. Einen Moment später spürte ich eine Hand in meinem Rücken. »Ich bin hier«, erklang Seths Stimme. »Habt ihr mich gesucht?«

»Gutes Timing, Seth«, sagte Helen kopfschüttelnd.

»Habe ich was verpasst?«, fragte er.

»Nein«, erwiderte ich mit einem dankbaren Lächeln.

»Wir müssen unsere Hochzeit proben«, konstatierte Roddy.

»Wir sind in einer Minute da«, beschied ich ihnen. Daraufhin gingen Helen und Roddy ohne ein weiteres Wort die hölzerne Plattform hinunter und ließen Seth und mich allein.

»Das muss Dora sein«, sagte er. Prompt richtete sie die Ohren auf. »Jetzt verstehe ich, warum Obi so verliebt in sie ist.«

Ich versuchte mich an einem Lächeln, aber mein Kopf funktionierte nicht. Mir ging auf, dass ich wie benebelt dastand und einen Seth mit freiem Oberkörper anstarrte, der außer seiner Badehose nur das Grinsen in seinem Gesicht trug. So schnell sie aufgetaucht war, so sanft trieb die Erinnerung an Adam auf den Wellen davon, und nun dachte ich nur noch an Seth und seinen großen, starken Körper.

»Habe ich letzte Nacht wirklich gesabbert?«

»Du hast mich vollgesabbert. Es war widerlich.«

Ich spürte, wie mir die Röte ins Gesicht stieg. »Hör auf.«

»Nur ein Scherz. Oder so ähnlich.« Rasch trat er einen Schritt näher und küsste mich, nur um gleich wieder zurückzuweichen. »Du warst süß, als du auf mir geschlafen und gesabbert hast. Ich fand das wahnsinnig charmant.«

Ich verdrehte die Augen, sprang ins Wasser und schwamm davon. »Komm, Dora, wir hauen hier ab.« Sie sprang auch rein und schwamm hinter mir her, während Seth uns von der Veranda aus nachschaute. »Wir sehen uns bei der Probe.«

Ich blickte mich nicht um.

In typischer Helen-Manier rappten sie und Roddy in ihren Badeklamotten improvisierte Ehegelübde, während wir unsere Plätze einnahmen. Die Probe war nur für uns vier und den Liturgen, also gab es im Grunde nicht viel zu proben. Ich stand gegenüber von Seth und konnte seinen Blick unentwegt auf mir spüren. Nachdem der Liturg uns erklärt hatte, was wir zu tun hatten, gingen wir zum Abendessen ins Restaurant, und danach sagte Helen: »Ich übernachte bei dir, Charlie, vergiss das nicht.«

Sie gab Roddy einen Gutenachtkuss, und dann waren Seth und ich – wieder einmal – allein.

»Gehen wir ein bisschen spazieren?«, fragte ich.

»Nur zu gern.«

Wir hielten uns an den Händen, und ich führte ihn den Weg zur Südseite der Insel hinunter, wo die *Heaven* vor Anker lag. Es war dunkel, aber ich kannte das Boot, als wäre ich darauf geboren worden. »Das ist es. Komm mit.«

»Muss ich dich jetzt Kapitän nennen?«, scherzte er, als er hinter mir an Bord ging.

»Ja«, sagte ich in ernstem Ton. »Genau das solltest du tun.«

Ich führte Seth auf dem Boot herum. Er stellte mir eine Menge Fragen über das Segeln, und ich versprach, es ihm beizubringen. Am Ende saßen wir auf Deck, starrten die Sterne an und tranken Wein aus Pappbechern. Und wir redeten ehrlich und zwanglos miteinander, endlich.

»Ich fliege übermorgen«, sagte ich zu ihm. »Meine Eltern bleiben beim Boot, bis sie es zurücksegeln können.«

»Ich fliege am gleichen Tag.«

»Vielleicht sollten wir versuchen, den gleichen Flieger zu nehmen«, sagte ich. »Nur, dass ich nach L.A. fliege. Ich muss ein paar Dinge im Haus meiner Eltern regeln und mir eine Wohnung in San Diego suchen.«

Er griff nach meiner Hand und drückte sie. »Du ziehst nach San Diego?«

Ich nickte. »Ja, ich denke schon. In L.A. gibt es zu viele Erinnerungen, und ich möchte näher bei … Helen sein.«

»Ich habe noch drei Tage, ehe ich zum Frühjahrstraining nach Arizona muss. Ich kann dir bei deinen Eltern zur Hand gehen … wenn du willst.«

»Das dauert nur einen Tag«, sagte ich und starrte ins Nichts. Ich musste nur ihre Post einsammeln und das ein oder andere regeln.

»Und dann können wir los, kurz bei meinen Eltern reinschauen und Obi holen und dann weiter zu meiner Wohnung fahren?« Ich warf ihm einen schiefen Seitenblick zu. »Tja, ich nehme an, irgendwo musst du unterkommen, während du dir eine Wohnung suchst. Und ich würde dir nicht empfehlen, in der Flitterwochenhöhle von Helen und Roddy abzusteigen.«

Ich drehte den Kopf und sah ihm in die Augen. »Bist du sicher, Seth?«

Er setzte sich auf und erwiderte meinen Blick. »So sicher wie noch nie.«

Er legte mir eine Hand in den Nacken und küsste mich, wich dann langsam zurück und flüsterte: »Ich muss mich immer wieder ermahnen, langsam zu machen.« Dann wanderten seine küssenden Lippen von meinem Schlüsselbein hinauf zu meinem Ohr. Immer noch flüsternd fragte er: »Willst du heute bei mir übernachten?«

»Helen verbringt diese Nacht bei mir. Lass uns erst nach ihr sehen.« Er nahm meine Hand und führte mich zurück an Land.

Als wir in meinem Bungalow ankamen, fanden wir Helen ausgestreckt auf dem Bett vor, wie sie mit einer Gurkenmaske im Gesicht irgendwas im Fernsehen glotzte. Sie musste nicht einmal fragen. »Nur zu, Charlie. Ich döse sowieso bald weg. Brauche meinen Schönheitsschlaf.«

»Schlaf nicht mit dem Ding auf dem Gesicht ein. Sonst siehst du morgen aus wie eine Dörrpflaume.«

»Das ist eine Feuchtigkeitsmaske.«

»Wie du meinst«, sagte ich und ging hinaus.

Seth lehnte am Geländer und blinzelte mir mit versonnener Miene entgegen. »Was?«, fragte ich ihn.

»Nichts. Ich habe nur über meine Zukunft nachgedacht.«

»Und wie sieht die aus?«

»Strahlender.«

»Womöglich brauchst du eine Sonnenbrille.«

Er lächelte. »Können wir jetzt bitte in mein Zimmer verschwinden?«

Ehe wir auch nur die Tür zu seinem Bungalow geschlossen hatten, flogen schon die ersten Klamotten, und wir lachten und küssten uns. Seth brachte eine Leichtigkeit mit sich, eine, nach der ich mich so gesehnt hatte, als wir uns damals kennengelernt hatten.

Und während wir uns küssten und küssten, dachte ich darüber nach, was sich verändert hatte. Wenn ein Mensch bereit ist, sich zu verlieben, dann geht es schnell. Dann gibt es kein Zurück und kein Dazwischen, in dem sich Wasser sammeln und gefrieren kann, um die zwei auseinanderzutreiben. Es gibt keine Lücke. Kein Abwägen von Möglichkeiten. Keine Analyse, kein Aufrechnen von Pro und Kontra. Alles ist plötzlich reduziert auf die reinen Gefühle und Taten, die weder einer Erklärung noch einer Rechtfertigung bedürfen. Das hatte ich in jener ersten Nacht mit Adam empfunden, wenn auch nur in dieser einen Sekunde vor meinem Haus. Es fühlt sich nicht ständig so an, es fühlt sich nicht immer einfach oder richtig an, also muss man, *wenn* es sich so anfühlt, zupacken. Liebe ist ein Geheimnis ohne Worte; ein Insiderwitz. Nur ihr zwei müsst ihn verstehen.

Die Tür war zu, und wir waren nackt. Seth saß auf der Bettkante, und ich stand zwischen seinen langen, starken Beinen. Er strich mit einem Finger über meine Seite und küsste meinen Bauch. Wir waren Glieder und Münder, eine verschlungene Masse auf zerdrückten Laken. Wir waren Fleisch gewordene Versprechen, definiert durch jeden Kuss und jeden Atemzug.

Als die Sonne sich wie ein Lichtstreifen im Zeitraffer über dem Meer erhob, sahen wir die Leute von Bungalow zu Bungalow ziehen, und es war, als sähen wir aus einem Flugzeug auf sie hinab, so fern waren sie der Welt, die wir in der letzten Nacht in diesem

Raum erschaffen hatten. Der Gedanke, dass wir irgendetwas anderes tun sollten, als bis in alle Ewigkeit in den Armen des anderen zu liegen, erschreckte uns. In diesem Moment beschloss ich, für alle Möglichkeiten offen zu sein. Mich, Adam zu Ehren, der Liebe zu öffnen. Die Tatsache zu würdigen, dass Seth imstande war, meine Liebe zu einem anderen Mann zu akzeptieren, und sein Verständnis vom Leben, von der Liebe und von Seelenverwandtschaft zu adaptieren. Mein Leben war nicht vorbei.

»Wir sind Trauzeugen«, sagte ich.

»Ich bin nicht überzeugt, dass wir da hinmüssen«, murmelte Seth in mein Haar, griff mir in die Kniekehle und zog mein Bein über sich.

Ich hatte mir den Kopf verdreht, um die Leute zu beobachten, die an unserem Bungalow vorbeieilten.

»Es ist schon elf. Wir sind offiziell die schlechtesten Freunde aller Zeiten. Die Hochzeit beginnt in einer Stunde.«

Lächelnd sprang Seth auf. »Du hast recht. Ich habe das Gefühl, das werde ich in den nächsten Jahren noch oft sagen.«

Heiter erwiderte ich sein Lächeln, und keiner von uns erschrak angesichts der Tragweite seiner Worte.

Epilog

Seth

Ich habe ihr gesagt, dass ich vermutlich nie im Leben lernen werde, poetisch zu sein, dass ich sie aber mehr liebe als die See und Obi und Baseball und mich selbst. Sie antwortete: »Das, Nummer zwölf, ist das Poetischste, was je jemand zu mir gesagt hat.« Sie hat mir auch gesagt, dass sie mich liebt, und zwar für immer.

Charlotte gab mir am Tag unserer Hochzeit einen Umschlag und sagte: »Ich habe das nicht gelesen, weil ich Adam versprochen habe, es nicht zu tun, und er war mein Mann, und ich habe ihn geliebt. Ich werde auch dir gegenüber nie ein Versprechen brechen.«

Später am selben Tag öffnete ich den Umschlag und las allein den Brief, beherzigte die Worte, die ich als so wunderbar wahr und voller Hoffnung empfand. Dann legte ich den Brief in eine Schublade, in der er, so stelle ich es mir vor, bleiben wird, bis ich sterbe.

An Charlottes zweiten Ehemann … wer immer du bist.

Sich eines anderen Menschen so anzunehmen, wie Charlotte sich meiner angenommen hat, muss nicht zwangsläufig andere Gelüste wecken, aber wir alle wissen, dass eine Ehe oft dazu führt, dass sich irgendwann einer des anderen annimmt. Hoffentlich läuft es folgendermaßen: Am Ende seid ihr in Boca Raton, Florida, in einem sonnendurchfluteten Raum mit

Schrägdach, dekoriert mit Pastellfarben und Plastikblumen, der einmal in der Woche von einer Haushälterin geputzt wird. Es gibt nur fades Essen, davon aber viel, und es gibt rosarote Flamingos, Rasenfiguren, Bingoabende, Grippeimpfungen, dann und wann einen Abend außer Haus, ein Candle-Light-Dinner, bei dem ihr um die natriumarme Version bittet. Charlotte ist von einem Glas Wein beschwipst, und nachdem ihr eure Blutzuckerwerte kontrolliert habt, gönnt ihr euch jeder einen Bissen Erdnussbutterkuchen, und dann haltet ihr euch auf dem Weg zum Wagen die ganze Zeit an der Hand.
Zu Hause redet ihr über eure Kinder und darüber, dass sie nicht perfekt sind, ihr sie aber liebt. Ihr schwelgt in Erinnerungen an die vielen Jahre eurer Ehe, denkt zum millionsten Mal an die Zeit, in der ihr jung wart und alles angefangen hat.
Irgendwann wird einer von euch sich des anderen bis zum Ende annehmen, aber der, der übrig ist, wird bald folgen, und ihr werdet euch an demselben Ort treffen, an dem ihr euch all diese Jahre getroffen habt, und das ist »irgendwo in der Mitte«, und die Erinnerung an die Jugend ist zum Greifen nahe.
Sie hat mir dieses Geschenk gemacht, ehe sie die Weisheit erwerben konnte, seine Bedeutung zu begreifen. Ich möchte nur sagen, ich hoffe, du weißt, was für ein glücklicher Mann du bist.

Adam

Danksagung

Ich habe den letzten Abschnitt des Buches noch einmal gelesen, über ein Jahr, nachdem ich ihn geschrieben habe, und buchstäblich nur Minuten, bevor ich mit dieser Danksagung begonnen habe. Ich wollte mich erinnern, wo ich im Leben gestanden habe, als ich diese Worte über das Altwerden mit einem anderen Menschen und den Wunsch nach etwas so Einfachem formuliert habe. Und dann fiel mir ein, dass es im letzten Abschnitt um Dankbarkeit ging. Darum, einfach jeden Atemzug zu schätzen, den ich tun darf, während die Menschen, die ich liebe, an meiner Seite sind.

Ich bin den Lesern, den Bloggern, Autoren, Freunden und Angehörigen dankbar, die mich auf dieser Reise unterstützt haben.

Christina, Jhanteigh, Tori und Dani, ich danke euch! Jane Rotrosen und Atria, ich danke euch!

An meinen Bruder Rich: Das ist für dich und vielleicht schon längst überfällig, aber ich musste auf die Geschichte warten, die am besten passt. Du bist der beste Bruder, den man sich wünschen kann.

Sam und Tony, weltbeste Lehrer und Freude meines Lebens, ich danke euch!

Anthony, Rasenfiguren, fades Essen und Grippeimpfungen hören sich toll an, solange man sie noch erlebt.